Esclava de amor

VIRGINIA HENLEY

Esclava de amor

Traducción de
Rosa Corgatelli

CÍRCULO de LECTORES

He tenido como editores
a los mejores profesionales: Page Cuddy,
Maggie Lichota y Tina Moskow.
Este libro está dedicado a Marjorie Braman.
¡También ella fue una bendición!

1

Lady Diana comenzaba a excitarse poco a poco. Aunque era en extremo temprano, una vez más la habían atraído las sábanas para entregarse a su pasatiempo favorito. En los últimos tiempos su comportamiento había sufrido un cambio drástico, y empezaba a rebelarse.

Se le escapó un delicioso jadeo al quedar clara la intención sexual del hombre. Él no aceptaría un no por respuesta; un estremecimiento sensual recorrió a Diana. Era moreno, dominante y peligroso, exactamente como debía ser un hombre, y sus avances atrevidos la hacían derretirse hasta la médula.

Los pezones se le endurecieron y comenzaron a dolerle. Su centro femenino empezó a hormiguear de placer. La mano del hombre se escurrió bajo el camisón y tomó uno de los pechos jóvenes, acelerándole la respiración. Aunque en ese momento se sentía perversa, Diana no hizo caso de la mínima punzada de culpa, y arqueó el pubis a causa del cosquilleo que él le provocaba.

Una maldición escapó de sus labios cuando de pronto se apagó la vela. Se hallaba justo en la mejor parte del capítulo. Retiró la mano del pecho dolorido y cerró con brusquedad el libro que estaba leyendo, acerca de la vida sexual del rey Carlos II.

Encendió de nuevo la vela, terminó el capítulo y suspiró de deseo. Habría preferido vivir en cualquier otro período histórico antes que en el georgiano. En esa época todos los hombres eran unos petimetres, afectos a las ridículas pelucas cubiertas de talco, los abanicos y el lápiz de labios. ¿Por qué no habría nacido ella en la Edad Media, cuando musculosos caballeros tomaban por asalto los castillos y raptaban a las mujeres que los habitaban? ¿O en el período isabelino, cuando los intrépidos marineros de la reina se llevaban a las mujeres junto con los tesoros incautados? Durante la Restauración, los galanes fanfarrones emulaban la forma perversa en que el rey Carlos trataba a las mujeres, de modo que para una joven de diecisiete años la vida era estimulante, excitante ¡y sumamente digna de ser vivida!

Ahora los dandis emulaban al príncipe Jorge, *el Principito*, como lo apodaban. En realidad, el sobrenombre lo decía todo: ¡el sujeto era blando, tonto y estúpido!

Al inclinarse hacia delante para soplar la vela, Diana se vio reflejada en el espejo de cuerpo entero. Era hermosa como una rosa inglesa a punto de florecer. El cabello rubio claro le caía hasta las caderas en rizos de seda, los ojos violáceos brillaban de expectación, el cuerpo era esbelto, de piernas largas y pechos firmes y prominentes; sin embargo, lo único que ella veía en el espejo era el voluminoso camisón que llevaba puesto. Hizo una mueca, no porque el camisón fuera espantoso, sino porque era demasiado «respetable».

¡Por Dios, cuánto había comenzado a detestar cualquier cosa que fuera respetable! La respetabilidad era la fuerza que regía a la tía Prudence y el rasero que ésta utilizaba para medir todo lo concerniente a la vida de Diana.

Dos años antes de morir, sir Thomas Davenport había dejado en herencia a su hija, Diana, su fortuna, la magnífica biblioteca y la casa, que se encontraba en Grosvenor Square. Los bienes se hallaban en fideicomiso hasta que Diana cumpliera dieciocho años, y sus tutores eran el hermano menor del padre, Richard, y su esposa, Prudence, que de inmediato se mudaron a Grosvenor Square para cuidar de ella. A los quince años, Diana era una niña obediente que nunca levantaba la nariz de los libros. Pero después de cumplir los diecisiete desarrolló una obstinación que a todas luces alarmaba a su mojigata tutora.

Diana suspiró, apagó la vela y se acurrucó debajo de las sábanas, deseando que el sueño la transportara a los tiempos de lujuria del rey George.

La tía Prudence se disponía a acostarse y martirizar los oídos del marido. Llevaba el camisón abotonado hasta la papada y se había calado la cofia de dormir almidonada hasta las cejas. Una suerte, pensó Richard, que se estremeció sólo de pensar en la posibilidad de que alguna vez se le ocurriera a su esposa mostrar toda su opulenta carne al mismo tiempo.

–Sabes que sería incapaz de criticar a nuestra pupila, Richard, pero una vez más Diana ha rechazado una invitación de lady Sefton, sólo para llevarse a la cama uno de esos libros infernales. Tanta lectura no puede hacer bien a una jovencita. Sólo el cielo sabe lo que podrían contener algunos de esos libracos. Leerlos podría despertar en ella ideas... ofensivas.

Richard decidió que no estaba mal que los pecados carnales figuraran al final de la lista de tabúes de Prudence. Al mirar el océano de algodón blanco que envolvía a su esposa, pensó con ironía: «¡Es un milagro que no se ponga guantes blancos para meterse en la cama, no sea que la bestia abominable le ponga la mano encima!». Su mente volvió al tema en cuestión.

–La colección de mi hermano vale una fortuna. Coincido en que los libros son una mala influencia, y estoy tratando de encontrar un comprador para la biblioteca completa.

Sir Thomas Davenport había sido juez presidente de la corte y barón del Tribunal de Hacienda, un erudito a quien el rey había otorgado el título de caballero. Richard sabía que Diana había sido bien instruida en los clásicos y que el padre le había enseñado francés, italiano y latín.

–¡Qué brillante, mi querido Richard! Los libros no la ayudarán a conseguir el esposo apropiado. Si corre el rumor de que es una literata, se quedará para vestir santos. Intentaré inculcarle la idea de que debe ocultar su inteligencia a cualquier precio. No entiendo qué se proponía tu hermano al educar a una niña más allá de lo debido. ¡No es respetable!

Al oír mencionar a su hermano, la boca de Richard se tensó. La vida era muy injusta. ¿Cómo era que Thomas había llegado tan alto, mientras que él seguía siendo un mediocre abogado? ¿Y por qué le había dejado todo a Diana y nada a su único hermano? ¡Ni un miserable centavo! Él había concebido cien planes para hacerse con una parte del dinero de Diana, pero la astucia de la muchacha le obligaría a idear un ardid lo bastante sutil para evitar que sospechara.

Prudence se acercó a la cama para retirar el cobertor. Richard se desató la corbata. Ella lo miró alarmada.

–No irás a acostarte, ¿verdad?

–No, no, querida. Sólo estoy cambiándome la corbata. Esta noche tengo que recibir a una clienta.

Prudence exhaló un suspiro de alivio. Richard sabía que su esposa estaba perfectamente al tanto de quién sería la clienta y de qué tipo de recepción se trataría; también sabía que a Prudence le causaba profunda gratitud que él saciara sus deseos en otra parte. Por supuesto, debía estar agradecida de que él fuera un esposo tan considerado.

Dos horas después, Richard descendía las escaleras que comunicaban la Academia de Salto con la casa de juegos conocida como Las Mesas del Faraón. Había disfrutado plenamente de los servicios de la joven a la que le encantaba llamar Imprudence.

Un joven adinerado bajaba también en aquel momento, de modo que Richard entabló conversación.

–Esta noche ha habido un buen alboroto en una de las habitaciones. Casi me desconcentró.

El joven le dirigió una sonrisa fugaz.

–Escandaloso, ¿verdad?

–Gritaba como si la estuvieran torturando en el potro.

El joven noble negó con un movimiento de la cabeza.

–La azotaban con un rebenque.

Richard lo miró con expresión calculadora. Aunque no era un jugador compulsivo, y en absoluto adicto a las mesas de juego, había comenzado a frecuentar los garitos más caros, donde las apuestas eran altas y se jugaba fuerte. Andaba en busca de un noble que estuviera endeudado hasta las orejas.

Al ver que ambos se dirigían a Las Mesas del Faraón, Richard tendió una mano.

–Richard Davenport, abogado.

–Peter Hardwick, un paso más allá de la ley –bromeó el joven.

Richard buscó en su memoria. Estaba seguro de que el apellido Hardwick pertenecía al rango de los pares del reino. Prudence lo sabría. Era una esnob consumada y una autoridad en lo que concernía a la nobleza inglesa.

Mientras observaba a Hardwick sentado a la mesa de juego, Richard comenzó a pensar que estaba perdiendo el tiempo. Sin duda, alguien que se hallara en graves aprietos no arriesgaría dinero con tal abandono, ni ganaría y perdería con tamaña actitud irresponsable. Para Richard resultaba obvio que aquel joven pícaro era capaz de hundir las manos en la fortuna de alguien, si no en la propia. Sin embargo, intuía que había dado en el blanco.

Hardwick era justo el tipo de hombre que podía atraer a Diana. Pese a su ropa cara, no era un esclavo de la moda, y el perfil de su mandíbula firme mostraba que no era ningún petimetre. Tenía un aspecto impecable y una sonrisa fácil capaz de desarmar a la persona más desconfiada. Era un joven apuesto y bien proporcionado, que cumpliría a la perfección los requisitos si resultaba a la vez ser noble y estar en bancarrota.

Richard presentó su tarjeta y aclaró en tono casual:

–Me especializo en temas monetarios. Administro la fortuna de mi sobrina, lady Diana Davenport, entre otras. No dude en llamar a Grosvenor Square siempre que lo desee.

Poco después Hardwick se marchó con dos amigos. Richard reconoció de inmediato a Richard Barry, conde de Barrymore, a quien apodaban el Demonio. La familia Barry tenía una pésima reputación; todos los hermanos poseían más dinero que cerebro. Pues bien, Richard lanzaría la carnada y, si Hardwick picaba, le haría tragar el anzuelo entero... siempre que Prudence lo aceptara como un candidato respetable.

Diana casi no podía respirar. Sabía que si la apretaban más perdería la conciencia.

–Por favor, afloja un poco. No puedo respirar –suplicó.

Sus ruegos no fueron atendidos.

«Si esto es lo que tengo que soportar para figurar en el mercado matrimonial, prefiero quedarme soltera», pensó. Le estaban aplastando los pechos y temía que fueran a quebrársele las costillas. La furia acudió en su rescate:

–¡Basta! –gritó, y se apartó con firmeza de su torturadora.

La modista soltó las cintas del corsé y buscó apoyo en Prudence:

–Diana, querida, es absolutamente necesario que uses un corsé firme con sostén. Todas las jóvenes bien formadas deben pasar por ello.

–Pero yo prefiero el primero que me probé. No me ceñía tanto la cintura ni me dejaba los pechos aplastados como panqueques.

Prudence se ruborizó.

–Las damas no dicen esa palabra. No es respetable.

–¿Panqueques? –replicó Diana, incapaz de resistirse. Sus ojos chispearon con picardía al ver cómo su tía se esforzaba por mantener la compostura.

–El primero era absolutamente inadecuado –insistió Prudence.

–¿Por qué? –preguntó Diana, indignada.

–Veo que me obligas a ser poco delicada... Pues bien, te complaceré. Tienes un busto abundante, y cuando bailes se... bamboleará. Y eso no es lo peor. Algunos bailes, en estos tiempos, son tan escandalosos que hasta se permite que un hombre apoye una mano en tu persona. Si no estás bien encorsetada, ¡pensará que no llevas nada bajo el vestido!

«Qué idea tan encantadora –pensó Diana con irreverencia, y casi preguntó–: ¿Es un argumento a favor o en contra?» Pero decidió morderse la lengua.

–Nos llevaremos una docena –dijo Prudence.

«Una docena durará toda una vida», pensó Diana con desaliento.

–Puedes elegir algunos de los más flojos –concedió Prudence.

Diana se sintió nacer en ella una leve esperanza.

–Para ir a dormir, debajo del camisón –agregó Prudence.

Las esperanzas de Diana se esfumaron. Tiró con desgana de

las cintas del corsé, hasta que una ballena se le clavó en una costilla.

–No pierdas tiempo, niña. La dama Lightfoot llegará en cualquier momento para comenzar con tus clases de baile.

Diana ya sabía bailar; su cuerpo se balanceaba con sensualidad siempre que oía música. Una vez, cuando estaba de vacaciones con su padre, había observado a los gitanos, y aquellos rápidos y exóticos movimientos se habían grabado de forma indeleble en su memoria joven e impresionable. Sin embargo, no conocía los pasos intrincados del baile de salón, que constituían una obligación absoluta para una joven de su clase. Esperaba que la dama Lightfoot tuviera música en el corazón y pasión en el alma. Sin duda, alguien que se ganaba la vida impartiendo clases de baile no podía ser del todo puritana.

Las esperanzas de Diana se extinguieron en el instante en que posó los ojos en la dama Lightfoot. Era semejante a la diosa Juno, bien dotada en la parte superior del cuerpo, pero rígidamente embutida en ballenas. La peluca de color gris acero era tan severa como su expresión. Llevaba un bastón largo con mango de ébano, que hacía sonar contra el suelo cuando quería enfatizar algo.

Obviamente, la instructora de baile contaba con la plena aprobación de Prudence, ya que ésta la miraba con expresión radiante.

–Aquí tiene a su alumna, dama Lightfoot. Con toda confianza dejo a lady Diana en sus hábiles manos. No estaría de más que le diera unas lecciones de comportamiento y etiqueta, junto con los pasos de baile. Temo que mi adorada sobrina sienta una afición desmesurada por los libros, así que necesita que le inculquen lo que se debe y lo que no se debe hacer para alcanzar el éxito en sociedad.

La instructora golpeó el suelo con el bastón mientras examinaba a Diana de pies a cabeza. Sus ojos penetrantes no se perdían ningún detalle.

–Las dejaré solas para que se conozcan –dijo Prudence al tiempo que cerraba las puertas de la sala de música.

–¿Cómo estás, jovencita? –inquirió la dama Lightfoot con altivez.

–Harta –respondió Diana con sinceridad.

La dama lanzó una sonora carcajada que hizo pensar a Diana que quizá no estuviera todo perdido. A continuación, golpeó el bastón con decisión.

–Comenzaremos con el lenguaje del abanico.

Diana no entendía qué diablos tendría que ver aquello con el baile. Cuando osó preguntarle a su maestra, la mujer adoptó la actitud de un militar y respondió en tono cortante como dardos con punta de acero:

–El abanico es más importante que los pies. De hecho, todo es más importante que los pies: el cabello, los ojos, la boca, la figura, los modales, la conversación, el deseo, el vestido.

–Yo pienso que la moda para las jóvenes es detestable –se atrevió a opinar Diana.

–¿De veras? –respondió la dama, cuyas arrugas de la cara parecían estar congeladas.

Diana casi se mordió la lengua, pero había comenzado y debía terminar.

–Las faldas son tan voluminosas que cubren por completo el asiento de un carruaje, siempre y cuando una logre pasar por la puerta. Las pelucas salpicadas de talco son tan altas que es un milagro que los pájaros no aniden en ellas. Pero lo peor es el corsé: las ballenas son tan rígidas que se clavan en el vientre cada vez que una se inclina hacia delante.

La dama levantó tanto las cejas que casi desaparecieron bajo la peluca:

–«Vientre» es una palabra que una dama no debe pronunciar jamás. Veo que has recibido una educación muy liberal y poco ortodoxa.

La dama se estiró todo lo que le permitía su estatura, dio dos golpecitos en el suelo y proclamó:

–A pesar de todo, haré de ti una debutante exitosa.

–Eso es lo que temo –murmuró Diana entre dientes. Sin embargo, comenzaba a divertirse, de modo que decidió escandalizar por completo a la dama Lightfoot–. ¡En la época medieval las damas dormían completamente desnudas! La Iglesia condenó los camisones por escandalosos y obscenos, porque tentaban a los hombres a cometer actos lascivos y lujuriosos.

Por supuesto, aquellos primeros camisones no podían compararse con las prendas «respetables» que uso yo para dormir... ¡por desgracia!

La dama Lightfoot hundió una mano en su pequeño bolso, destapó una botellita e inhaló una generosa dosis de sales. Luego, para así dar fin a tan inquietante conversación, tomó de pronto un abanico, lo abrió con fuerza y lo tendió a su alumna.

Antes de que concluyera la lección, Diana aprendió que los mejores abanicos tenían varas de marfil recubiertas de gasa, encaje o seda pintada. Aprendió además lo que significaba espiar con timidez con el rostro oculto tras el abanico, mirar por encima del borde superior o echar un vistazo por un costado. Fue todo lo que pudo hacer para evitar reírse en la cara de la profesora.

Al cabo de una hora, la dama Lightfoot se mostró satisfecha de que Diana hubiese aprendido el arte del flirteo.

Imágenes cómicas de jóvenes atractivos pasaron fugaces por la imaginación de Diana.

–Ahora que domino el arte del flirteo, ¿con quién lo practico?

La instructora clavó la mirada en la joven.

–Permitiré que seas tú misma quien responda.

–Me gustaría flirtear con el peligro.

Se prolongó el silencio entre ambas. Al fin la dama Lightfoot observó:

–Tienes un alma inquieta, así que te confiaré un pequeño secreto que la sociedad oculta a las damas inexpertas. Una vez que ha logrado un matrimonio respetable y dado a luz a un heredero, una joven puede llevar una intensa vida social, libre de las trabas que limitan a una mujer soltera.

–Es el primer comentario atrayente que oigo acerca del matrimonio –contestó Diana, que absorbió con avidez la información.

Prudence regresó a la sala de música, ansiosa por saber qué bailes había aprendido Diana.

–No se apresure, señora Davenport. Lady Diana es un diamante en bruto. Para convertirla en un diamante pulido son necesarias ciertas nociones de relación social. Yo enseño los pasos de baile en mi estudio de Mayfair, donde disponemos de espacio para hacer justicia al minué, la contradanza y el *reel* escocés. Aquí tiene mi tarjeta. –Golpeó el suelo con el bastón–. Espero verla allí el lunes a las dos de la tarde.

2

Después de que la dama Lightfoot se retirara, Diana protestó:

–Tía Prudence, lo único que aprendí fue a abanicarme. Esto es una absoluta pérdida de tiempo y dinero. La mujer es una marimandona con cara de dragón... y figura de abanico. –Diana se interrumpió al ver la expresión ofendida de su tía.

–Yo, a tu edad, habría dado cualquier cosa por tener una instructora de baile, pero mis problemas físicos no me permitieron darme ese lujo. Toda mi vida he sido una mártir del dolor. –Se frotó con una mano la cadera artrítica–. No sabes cómo me aflige cuando te rebelas, Diana. Me complacería que aceptaras tomar clases de baile con la dama Lightfoot.

Diana sintió vergüenza de sí misma.

–Por supuesto que iré a la cita, tía Prudence. No me he dado cuenta de cuán egoísta he sido al quejarme.

–Oh, querida, es algo que aprenderás cuando madures: a sufrir en silencio, como yo.

Diana sospechaba que Prudence era hipocondríaca, lo cual no hizo más que duplicar su sensación de culpa. «¿Y si sufre de verdad?»

–Estamos invitadas a tomar el té en casa de Emily Castlereagh –dijo a su tía–. ¿Te apetece ir?

–En realidad no, querida. Temo que esta tarde me veré obligada a guardar cama.

–Enviaré una nota con nuestras disculpas.

Prudence se horrorizó.

–¡No harás semejante cosa! Lady Castlereagh es la patrocinadora de Almack's. Las jóvenes invitadas al té de hoy recibirán sus entradas. Bridget te acompañará.

Diana intuía que Prudence no se sentía a gusto entre ciertas anfitrionas aristocráticas que se distinguían en sociedad, porque ella no poseía título. A Diana la habían invitado sólo porque Emily Castlereagh había sido íntima amiga de su padre. Emily estaba casada con el marqués de Londonderry y su padre era el conde de Buckinghamshire. A pesar de que ocupaba un lugar en la cúspide de la escala social, a Diana no la intimidaba. De hecho, se trataba de una excéntrica atractiva que exhibía ciertas rarezas en la vestimenta.

–Puedes ponerte el vestido de bombasí color chocolate; sería perfecto para el té de lady Castlereagh –sugirió la tía.

«De qué chocolate habla –pensó Diana–. Es el color más parecido a caca de gato que he visto en mi vida.»

–Y no necesito recordarte que te abstengas de ir por la calle St. James, donde los caballeros tienen sus clubes.

–Por supuesto que no –contestó Diana al mismo tiempo que decidía que aquél era exactamente el lugar adonde iría.

Diana eligió el sombrero más extravagante que tenía para compensar el respetable vestido marrón, que combinó con botas cortas de cuero. El sombrero ostentaba la cola completa de algún gallo desafortunado que había caído en desgracia.

Bridget, la criada que la acompañaba, preguntó:

–¿No vamos en la dirección equivocada, señorita Diana?

–Sí, Biddy, así es. Iremos por el camino más largo, así podemos pasear por la calle St. James.

La irlandesa Bridget McCartney tenía la cara llena de pecas y una nariz respingona. Prudence la habría despedido ya de no haber intercedido Diana. Los ojos de Biddy brillaron con picardía.

–Oh, si usted juega, yo también.

Al ver que Biddy reía divertida, Diana pensó cuán agradable era que alguien compartiera su sentido del humor.

Del número 60 de la calle St. James, donde se erigía el club Brooks, salieron dos hombres que miraron a las dos damas con ojos aprobadores. Si bien alguna que otra prostituta tenía el suficiente descaro para caminar por aquella calle, para una dama y su criada aquello constituía algo escandaloso. Uno comentó:

–Ahí va un artículo de primera.

–Y lleva un gracioso y pequeño equipaje –observó el otro.

Diana entornó los ojos y cruzó la calle, no para evitar a los hombres, sino para mirar de cerca Boodle's and White's, que estaba situado enfrente.

Los dandis que holgazaneaban en la puerta de los clubes levantaron sus copas y soltaron comentarios chistosos. Un joven atrevido, que vestía pantalones a rayas blancas y negras, dio un paso al frente.

–Si andan en busca de un *cher ami*, permítanme ofrecerles mis servicios.

La mirada helada de Diana recorrió al joven de arriba abajo. Luego dijo a Biddy:

–Sin darnos cuenta nos hemos metido en el zoológico.

Los compañeros del joven con atuendo de cebra rieron a carcajadas burlándose del ridículo que había hecho. Diana estaba de muy buen humor. Se había puesto el sombrero de plumas para llamar la atención, y comprendió que el petimetre de White's utilizaba las rayas de cebra por la misma razón.

Peter Hardwick subió las escaleras del número 21 de Grosvenor Square, presentó su tarjeta de visita y el mayordomo lo condujo a la biblioteca.

Richard Davenport estaba esperándolo, así que no perdió tiempo en ir a su encuentro y ofrecerle el vino y los dulces de rigor.

Prudence, apostada detrás de las cortinas de encaje del salón, echó un vistazo al joven, que le causó una impresión favorable. En el momento en que Richard había pronunciado el apellido Hardwick, ella lo puso al tanto del linaje, el título del que era heredero y la ubicación de la casa ancestral. Sonrió satisfecha. El joven tenía una fina estampa, a la que ni siquiera Diana sería inmune.

Prudence se aseguró de que su sobrina se ausentara todas las tardes, a la espera de que se presentase Peter Hardwick. Ahora que lo había hecho, Richard cerraría el trato secreto al amparo de las puertas de la biblioteca, y sólo entonces presentaría la presa a Prudence..., algo que ella esperaba con ansia.

El lunes por la tarde Diana dio permiso a Biddy para que saliera a divertirse mientras ella asistía a la clase de baile.

–No hay razón para que las dos lo pasemos mal. Nos encontramos a las cinco en la esquina de Grosvenor y Brook.

Camino a Shepherd's Market, donde la dama Lightfoot tenía su estudio, Diana vio que la imponente figura de la mujer se aproximaba por el otro lado de la calle.

–Buenas tardes, lady Davenport. Aprecio sinceramente la puntualidad.

–Buenas tardes, dama Lightfoot –respondió Diana mientras se felicitaba por no haber llegado más temprano.

La dama entró en un gran estudio con paredes cubiertas de espejos. Se quitó el sombrero, con unos golpecitos se acomodó la peluca gris acero y anunció:

–Ponte cómoda. Enseguida vuelvo.

Diana miró con deleite a su alrededor. Veía su imagen reflejada desde todos los ángulos. El salón había sido diseñado para que las mujeres se vieran mientras bailaban. ¡Qué fascinante! Se quitó el sombrero y enseguida, obedeciendo un impulso, se sacó la peluca y sacudió sus bucles dorados. Sabía que su cabello era bonito, y odiaba ocultarlo debajo de una peluca. De repente sintió ganas de bailar. La luz entraba a raudales por las ventanas, de manera que se reflejaban pequeños arco iris en las paredes de espejo, convirtiendo el salón en un lugar cálido y acogedor. Por un momento, Diana se sintió embargada de magia.

Se quitó los zapatos, los dejó junto al sombrero y comenzó a girar. Su falda ondulante dejaba las piernas al descubierto, y el cabello le caía en cascada sobre los hombros en alocado desaliño.

La dama Lightfoot, que se disponía a entrar en el estudio, se detuvo rígida en el umbral. Miró fijamente a Diana durante un minuto; luego se sentó en la banqueta del piano y se puso a tocar.

Diana sentía la música, más que escucharla; remolineaba con desenfreno, acompañando la melodía con sus movimientos, cada vez más rápidos. Experimentaba el ritmo en la sangre mientras giraba con sensualidad, disfrutándolo profundamente, hasta sentir los latidos del corazón en la garganta y las plantas de los pies. Con un *crescendo* cayó de rodillas y barrió el suelo con su gloriosa cabellera. Luego abrió los ojos y se rió en la cara del dragón.

El dragón dijo con lentitud:

–Eres un espíritu libre que ha estado mucho tiempo enjaulado. Tu cuerpo tiene una fluidez que no había visto en años.

–¡Si no llevase puesto este corsé restrictivo, bailaría de verdad! –exclamó Diana sin aliento.

La dama Lightfoot guardó silencio un momento y contestó:

–¿Por qué no nos quitamos las dos el corsé? ¡El mío me está matando! Puedes usar aquel vestidor.

Diana, sorprendida, no perdió un instante. Cuando entró en el vestidor se le agrandaron los ojos. Allí había docenas de trajes colgados de varios percheros, de todos los colores y materiales que la mente fuera capaz de imaginar, algunos con lentejuelas, otros con plumas. Tendió una mano para acariciar las irresistibles creaciones, pensando que eran trajes de baile o atuendos para alguna obra de teatro. Quizá la dama Lightfoot no fuera la marimandona que ella había creído.

Se quitó el corsé y volvió a ponerse el vestido. Siempre había deseado confeccionarse un disfraz; tal vez la dama Lightfoot pudiera ayudarla.

Ahora le tocó a ella detenerse en el umbral. El dragón ya no semejaba tal. Se había quitado la peluca gris acero y dejaba ver sus bucles de color negro azabache; ya sin corsé, Diana advirtió que tenía unos pechos voluminosos. En realidad, ya no parecía vieja. Diana decidió que tampoco era joven, sino de edad indefinida.

–Dama Lightfoot...

–Por favor, llámame Allegra.

Diana parpadeó. Incluso la voz había adquirido un tono provocativo y ronco:

–Allegra es un hermoso nombre, adaptado con ingenio a partir de un término musical.

–De hecho, todos mis amigos íntimos me llaman Allegra.

–¡Quedé fascinada con los trajes que hay en el vestidor!

–Pruébate uno –la alentó Allegra.

–Ah, gracias. Me los probaré todos, si es posible. Aunque he estado pensando en crear uno yo misma. ¿Me ayudarías?

–Será un placer. ¿Cuál te atrae más?

–Diana, la diosa de la caza.

–¡Por supuesto! ¡Serás una Diana perfecta!

–Imagino una túnica blanca con un hombro desnudo –describió Diana, audaz, a pesar de que probablemente la diosa habría llevado un pecho al descubierto.

–Corta, por supuesto –convino Allegra–, para mostrar tus hermosas piernas largas.

–También un arco y una flecha dorados –agregó la joven con entusiasmo.

–Y sandalias con tiras doradas para cruzar hasta las pantorrillas, y tu glorioso cabello dorado al natural, cayéndote en cascada por la espalda.

–Amuletos de oro en los brazos –agregó Diana, transportada por la imagen que estaban creando.

Allegra, con la cabeza ladeada para observar a la hermosa muchacha, que aparecía radiante de entusiasmo, dijo pensativa:

–El nuevo Panteón de la calle Oxford se inaugurará con un baile de disfraces. ¿Te gustaría asistir?

–Me encantaría, pero por supuesto es imposible. Prudence lo juzgará demasiado mundano para una dama soltera.

–Mmm... –murmuró Allegra.

–Pero aun así quisiera el traje –insistió Diana.

–Bien, esta tarde te enseñaré los pasos de todos los bailes, así mañana, cuando vengas, podremos dedicar la tarde a crear la imagen de la diosa cazadora.

Al día siguiente, Diana lo pasó tan bien con Allegra que lamentaba no poder ir también los miércoles. Pero a partir de aquella semana debía dedicar los miércoles a Almack's, el templo sagrado de la moda.

Prudence eligió un vestido de un color en boga que se denominaba «pomona», un tafetán verde manzana que subrayaba su corpulencia. Se mostró tan radiante, que Diana dudó de su propio atractivo. Era la primera vez que iba a un baile de gala, y el corsé y las tres enaguas la hacían sentirse aún más limitada. Prudence le había permitido elegir el color. «Excelente elección, teniendo en cuenta que los otros tonos eran un rosa desabrido y celeste bebé», pensó Diana. El vestido tenía cuello alto con hileras de volantitos que cubrían todo el canesú. Qué irónico que el corsé le aplastara el busto hasta el punto de necesitar volantes para realzarlo.

Mientras tomaba el chal de cachemira y seguía a Prudence hacia el carruaje, Diana admitió sentir cierto entusiasmo por su debut en sociedad. Sin embargo, el entusiasmo se esfumó pronto cuando la tía aprovechó el trayecto para recitar el catálogo de rígidas reglas y concluir:

–Bajo ninguna circunstancia debes atraer a un hombre indebido. Tienes que protegerte a cualquier precio de los cazafortunas y libertinos.

Cualquiera que la escuchara habría pensado que Prudence sólo deseaba proteger a Diana, pero si hubiera podido leerle la mente se habría desengañado. «Es tan encantadora que atraerá a un candidato noble de primera, y entonces ni Richard ni yo tendremos el menor acceso a su dinero. Deberé vigilarla como un halcón y desalentar a cualquier pretendiente acaudalado y con título de nobleza. ¡Me alegro de que estén de moda las pelucas, porque su hermoso cabello rubio es suficiente para dejar sin aliento a cualquier hombre!»

El cochero sabía que no debía ni acercarse a St. James cuando llevaba a las damas en el carruaje, de modo que tomó la calle Duke hacia King.

En Almack's la multitud se agolpaba hasta formar cola en la entrada. Prudence se sintió muy halagada cuando lady Melbourne la saludó. La seguían su hija, Emily, y su hijo, William Lamb, que de inmediato se acercó a Diana.

–¿Me concedería el primer baile, lady Davenport?

–Por supuesto, señor.

Le resultaba tan ridículo no llamarlo William cuando conocía de toda la vida a ese muchachito sin mentón. Apuntó el nombre en la tarjeta y entraron en el salón. Diana sintió gran alivio al oír que Prudence decía:

–Vayan a divertirse, jóvenes. Mi cadera no me permite el placer de bailar.

La joven se unió a un grupo de amigas que también debutaban aquella noche: Hary-O Devonshire, la hermana menor de Georgiana, Penelope Crewe y Fanny Damer; las habían llevado sus madres con la esperanza de lanzarlas al matrimonio con algún hombre adinerado que además poseyera un título de nobleza. Habían recibido muy buena instrucción en el uso de artificios y astucia para embaucar al sexo opuesto, pues todas las mujeres sabían que debían desplegar sus armas aunque sus padres estuviesen dispuestos a pagar grandes sumas de dinero por casarlas.

La tarjeta de baile de Diana se llenaba con rapidez. El joven conde Cowper, rico como Creso y dueño de un castillo de estilo gótico en Hertford, no hizo el menor intento de ocultar su atracción por Diana, pero el sentido común le indicaba que sus padres aspiraban a que se casara con la hija de un duque. «Alabado sea el cielo», pensó ella agradecida.

Cuando se les acercó Caro Ponsonby, Diana concluyó que aquella muchacha se hallaba siempre al borde de la histeria. Su risa era estridente y mostraba un apasionamiento poco natural.

–¿Quién es ese sujeto elegante que viste uniforme del cuerpo de infantería? –preguntó a Diana.

–Apuesto a que es un cachorro de pedigrí. Hay trescientos infantes, pero sólo honraron con la invitación a media docena.

Diana no se molestó en darse la vuelta mientras hacía ese comentario despectivo, de modo que se perdió el par de impresionantes ojos oscuros que escrutaban el salón y que se agrandaban con sólo mirarla.

Peter Hardwick trataba de adivinar cuál de las jovencitas del grupo era lady Diana Davenport. Su experiencia le indicaba que cuanto mayor era la fortuna, más fea era la heredera. Así que obviamente no debía de ser aquella preciosa criatura de figura sensual. Su mirada recorrió el lugar hasta detenerse en una muchacha de rostro informe y figura acorde. Apostó diez a uno a que ésa era su objetivo. Por poco lo abandonó el coraje. No era de sorprender que su hermano mayor, el conde, siempre bromeara diciendo que tendría que ser Peter el que se casara y engendrara un heredero. Desde luego, el hermano podía permitirse el lujo de mostrarse cínico respecto a las mujeres y el matrimonio, ¡pero Peter Hardwick no!

Con resolución se abrió paso hacia aquel budín de sebo, hizo una ligera reverencia y preguntó:

–¿Lady Diana?

–¿Sí? –respondió una voz femenina a sus espaldas.

Peter se dio la vuelta y contempló unos ojos violetas. Contuvo la respiración para que no se desvaneciera la hermosa visión. Para Peter Hardwick, la imperturbabilidad era un arte.

–¿Me concede esta pieza? –preguntó con suavidad.

–Me temo que no podrá ser, señor. Ya tengo compañero –informó Diana.

–Entonces la próxima –insistió Peter.

–Lo lamento, pero mi tarjeta de baile está completa.

Los ojos de Diana chispeaban de diversión y un poco de desilusión.

–No la creo. Déjeme ver –insistió él.

Diana no se ofendió. Lanzó una carcajada y le mostró la tarjeta.

Él escribió de inmediato su nombre encima de dos de los aspirantes, y se la devolvió.

Diana frunció los labios al leer «Hardwick» escrito con letra vigorosa.

–Su apellido quiere decir «mecha dura» –comentó.

–Como más le guste, querida. Pero me llamo Peter Hardwick –murmuró él mientras entornaba los ojos para apreciarla mejor.

–¡También podría ser «cara dura»! –contestó Diana, reprochándole la evaluación.

–Entre otras cosas –murmuró Peter con descaro.

Al ver que la muchacha no comprendía lo que él había querido decir, se percató de algo que debía haber sabido desde el primer momento: lady Diana Davenport era virgen. Se le espesó la sangre de sólo pensarlo. ¡Qué inesperado placer!

Diana vio que William Lamb se acercaba a buscarla:

–Aquí está mi compañero.

Peter esbozó una sonrisa cruel.

–¡No puedes preferir a esa maravilla sin mentón antes que a mí!

Diana lo examinó abiertamente un momento.

–En verdad, sí lo prefiero.

Diana tomó del brazo a William y dejó solo a Peter Hardwick. «Mentira», protestó una voz dentro de su cabeza.

3

A la mañana siguiente, mientras bebían chocolate, Prudence interrogó sin cesar a su sobrina acerca de todos los detalles de la velada.

–Déjame ver tu tarjeta de baile.

–Eh... No la guardé –mintió Diana.

–¿No guardaste el recuerdo de tu debut en Almack's? –se escandalizó Prudence.

–Estaba llena. Bailé con William Lamb, lord Ashley, lord Granville... Ah, sí, y con Peter.

–¿Peter Hardwick? –preguntó Prudence con avidez.

–No. Peter Cowper.

Prudence estaba alarmada. ¡Ni un solo baile con Hardwick! Y después de que ella y Richard lo habían hecho comer de sus manos... Debía hacer algún comentario despectivo para desmerecer a Cowper ante Diana.

–Un joven bastante robusto.

«El muerto se asusta del degollado», pensó Diana.

–Mencionaste a Peter Hardwick. ¿Lo conoces? –preguntó a la tía en tono casual.

–Eh... Richard maneja algunos de sus negocios.

–Ah, comprendo –contestó Diana.

–¿Bailaste con él?

–No.

–¿Te lo pidió? –sondeó Prudence.

–Sí –admitió Diana.

–Entonces ¿por qué motivo no bailaste con él? Es un joven muy respetable.

–¿De veras? –Diana frunció los labios al recordar el encuentro.

–¡No puedo creer que lo hayas rechazado!

–En realidad, no estaba muy segura de saber bailar bien. Con William o los otros no me importaba, porque son muy jóvenes, pero Peter Hardwick era distinto.

Prudence dejó escapar un suspiro de alivio. Sin la menor duda, Diana se sentía atraída por Peter.

–Lo que necesitas es pasar más tiempo con la dama Lightfoot.

–Sí, estoy de acuerdo, Prudence. Esta tarde tengo una clase. ¿Puedes prescindir de Bridget?

Diana estaba como hipnotizada en el salón de espejos. La túnica blanca era liviana como una pluma. La falda, hecha de pañuelos de gasa, le caía en puntas hasta los muslos, y dejaba un hombro audazmente desnudo, compensando a la perfección el adorno de los brazaletes dorados. Sujeto a la espalda llevaba un pequeño carcaj dorado, cuyos cordones de oro cruzaban por debajo de los pechos realzando su redondeada plenitud. Las tiras de las sandalias le cruzaban las pantorrillas, de modo que las piernas lucían increíblemente largas. En lo alto de la cabeza una diadema ceñía la gloriosa cabellera, que caía en cascada por toda la espalda hasta las nalgas. No sólo parecía una reina; se sentía como tal.

–El baile de disfraces es el viernes por la noche –la tentó Allegra.

–Oh, no podré ir –rehusó Diana.

La dama le alcanzó un antifaz confeccionado con plumas de paloma. Al ponérselo se dio cuenta de que nadie la reconocería. La semilla sembrada por Allegra brotó de pronto.

–¿Vendrías conmigo? ¿Qué puedo hacer para deshacerme de Prudence el viernes por la noche?

–Yo me encargaré de eso –dijo Allegra al tiempo que agitaba una mano como si fuera una varita mágica.

Cuando Diana llegó a Grosvenor Square, sobre la mesa del vestíbulo había media docena de tarjetas de visita. Las ojeó con rapidez en busca de un nombre. Sus mejillas adquirieron un delicado rubor al encontrarlo. Y cuando Prudence le alcanzó un ramillete de capullos de rosa y arvejillas, el color se acentuó aún más.

–Peter Hardwick, qué encantador –comentó en tono casual, para disimular su placer.

–Un poco presuntuoso –observó la tía con astucia, a la espera de que la joven saltara a defenderlo.

–Sí, lo es.

Diana hundió la nariz en las flores para inhalar una fragancia celestial.

A la mañana siguiente la dama Lightfoot fue a visitar a Prudence. El corsé la hacía parecer tan rígida como su bastón de mango de ébano, y le daba un aire de duquesa matronil y respetable. Diana se mantuvo muy seria mientras escuchaba con cierto temor.

–Tanto lady Melbourne como lady Bessborough me solicitaron que diera clases extra a sus hijas, con la esperanza de que se luzcan más que mis otras alumnas que están por debutar. Sin embargo, mis principios me obligan a ser escrupulosamente justa con todas mis jóvenes. Con ese fin le solicito que permita a Diana acudir a mi estudio el viernes por la noche.

–Su ética es elogiable, dama Lightfoot.

Diana carraspeó para evitar no atragantarse de risa.

–Te acompañaré, Diana. No debes estar fuera de casa sin mí una vez que ha anochecido.

–Me llevaré el carruaje –se apresuró a proponer la sobrina–, y Bridget me acompañará. Jamás se me ocurriría permitir que estuvieras sentada durante horas, esperándome.

Prudence echó una mirada insegura a la dama Lightfoot. Sus códigos eran lo bastante estrictos para establecer qué era respetable y qué no.

–Mis otras jóvenes llegarán en carruaje. Con una criada basta como dama de compañía –sentenció el dragón.

Al ver que Prudence capitulaba, la dama Lightfoot se puso en pie para marcharse. Con un movimiento rígido inclinó la cabeza hacia su alumna y saludó:

–Hasta mañana.

–Hasta mañana –repitió Diana con voz grave, aunque en su interior el regocijo burbujeaba como champán.

Al llegar al estudio de Shepherd's Market, Diana dejó a Biddy con James, el cochero. Sabía que ambos sentían una atracción mutua a pesar de que debían aparentar lo contrario ante la mirada vigilante de Prudence.

Allegra estaba radiante con su vestido de un tono violáceo denominado amaranto. A Diana le alegró descubrir que por aquella noche la dama Lightfoot había sido desterrada, junto con su peluca gris acero y su corsé.

–Entra, querida –invitó Allegra–. Estaba terminando de maquillarme.

Cuando Diana salió del vestidor con el traje puesto, contempló fascinada a Allegra mientras ésta se delineaba los ojos con *kohl.*

–¿Puedo probarme un poco de maquillaje para labios?

–Por supuesto. Ponte también un poco en las mejillas. Ya sé que el antifaz te cubrirá casi toda la cara, salvo los labios, pero creo que con un poco de maquillaje una mujer gana confianza en sus encantos.

A Diana le complació el resultado de su obra; como toque final se pintó los párpados con un tono violeta plateado.

–*Voilá!* Una diosa hasta las yemas de los dedos –exclamó Allegra mientras cubría los hombros de su protegida con una larga capa–. Si tus sirvientes son discretos, podemos llevar tu carruaje.

–Tenemos un entendimiento mutuo –aseguró la muchacha al tiempo que tomaba un abanico de plumas de avestruz de color violeta oscuro.

Aunque estaban de moda los abanicos pequeños, Diana debía admitir que el de Allegra resultaba espectacular. Hablaba un lenguaje propio.

–A la calle Oxford –ordenó la joven a James mientras Biddy, sin dejar de mirar a Allegra, corría a abrir la puerta del carruaje.

En la calle Oxford el tránsito era denso hasta la calle Bond.

Los carruajes que trataban de aproximarse al Panteón habían colapsado todas las arterias principales.

–A partir de aquí continuaremos a pie –decidió Diana, y dio un golpecito en el techo del coche–. Tú quédate con el carruaje, Biddy. Regresa a Shepherd's Market a las diez y media. –Se acomodó la máscara antes de apearse del carruaje, y se unió a la multitud en compañía de Allegra.

Aquella noche, todos los miembros destacados en la sociedad londinense se dirigían al Panteón. Diana y Allegra se abrieron paso entre el gentío hasta llegar ante un gran grupo de caballeros que escoltaban una silla de manos y sostenían en alto antorchas encendidas. Allegra tocó el brazo de uno de los caballeros vestidos de gala. Él le dirigió una sonrisa familiar.

–Hola, Allegra. ¿Has venido a ver los fuegos artificiales?

–¿Qué está tramando, sir Charles? –preguntó Allegra.

–Corrió el rumor de que no admitirían actrices, de modo que decidimos ofrecer nuestra escolta personal a la señora Baddeley; una guardia de honor, por así decirlo.

–Todo sea por la diversión, ¿eh, Charly?

Al ver la cara de desconcierto de Diana, Allegra le explicó:

–Sofia Baddeley, que canta en Ranelagh, es la actual amante del vizconde Melbourne. Sus amigos se aseguran de que reciba una bienvenida triunfal.

Diana quedó boquiabierta. ¿El padre de Emily y William tenía una amante?

–Lady Melbourne es tan mojigata como Prudence –susurró Diana.

Allegra guiñó un ojo a la joven.

–Ahí tienes la respuesta, pequeña. A una mujer le conviene ser flexible y dúctil..., no una mujer fácil, pero sí al menos complaciente.

Los pensamientos de Diana pasaron de Prudence a Richard. ¿Era posible que él fuese infiel? Tras contemplar un momento esa posibilidad, se le escapó una media sonrisa. «¡Sería un tonto si no lo fuera!»

Mientras avanzaban por la calle Oxford, notó que todos los caballeros conocían a Allegra. Reconoció a lord Bute y a lord March, a quienes siempre había considerado pilares respetables de la sociedad. En apariencia, había un doble juego de reglas de conducta.

Allegra dio un codazo en las costillas a William Hangar, amigo íntimo del príncipe de Gales.

–Sofia entra en sociedad... ¿o es al contrario?

Los hombres que las rodeaban lanzaron fuertes carcajadas ante el chiste obsceno de la dama, y Diana pensó que quizá sólo la vida de las debutantes era formal y sofocante.

Había porteros de librea en la entrada del Panteón, con largos bastones listos para impedir la entrada de cualquier persona indeseable. Cuando los hombres que escoltaban a Sofia Baddeley desenfundaron sus espadas al unísono, los porteros se esfumaron. Luego, para deleite de los allí reunidos, la actriz hizo una entrada triunfal bajo el arco que formaban las espadas de sus galanes.

Dentro había tanta gente como fuera. Cuando un criado la ayudó a quitarse la capa, Diana se sintió muy perversa. Era una sensación absolutamente deliciosa. Le dedicaban más miradas que a la excéntrica condesa de Cork, que llegó vestida de sultana, con la cara pintada de oscuro y adornada con un tocado de diamantes.

Cumberland, el malvado tío del príncipe de Gales, se había disfrazado de Enrique VIII, y sir Richard Phillips lucía resplandeciente en negro y blanco: mitad molinero, mitad deshollinador. Al observar y ser observada, Diana advirtió que todo el mundo buscaba llamar la atención, y ella no era la excepción a la regla. Los asistentes se habían esmerado con sus trajes, que representaban todas las épocas históricas, desde la Restauración hasta el período isabelino y la antigua Grecia. Cupido acompañaba a una dama que parecía recién salida de la corte de Camelot. El salón entero era un despliegue de colores y luces brillantes. Diana pensó, feliz, que jamás se había divertido tanto.

En aquel momento, el conde de Bath, que estaba en la ciudad en viaje de negocios, se hallaba en un lapso de transición entre una amante y otra. No alimentaba ilusiones acerca de sí y era el primero en admitir su saciedad y su cinismo. Pensó un instante en su hermano menor, Peter; gracias a Dios, podía confiar en él para mantener el buen nombre de los Hardwick. El conde no tenía ninguna intención de permitir que la sociedad lo atrapara en la obligación de casarse y fundar una familia. Era consciente de su reputación de libertino, pero a las mujeres les atraía sólo su título nobiliario; y, si a ello se sumaba su riqueza, el sexo débil lo seguía jadeante como una jauría de perras en celo.

El conde tenía los ojos de color negro azabache y cabello del mismo color, que se resistía a cubrir de talco u ocultar bajo una peluca; la nariz aristocrática, ligeramente aguileña, le proporcionaba un perfil de ave de rapiña. El conde examinó ufano el salón en busca de alguna presa que mereciera la pena. Su mirada oscura no se demoraba en ninguna dama que lo invitara; era un hombre que elegía por su propia cuenta, para bien o para mal.

Bath no había formado parte de la escolta de Sofia Baddeley; había llegado solo desde su casa, que estaba situada en la calle Jermyn. Sólo sentía desprecio por los hombres de su misma clase social que eran esclavos del juego, la bebida o las mujeres de mala vida. Se enorgullecía de mantener siempre el control. Sin embargo, estuvo muy cerca de sufrir un desliz cuando divisó a la gloriosa criatura que sin duda vestía como Diana, la diosa de la caza. Aquella mujer desconocida, acompañada por la notoria Allegra, captó toda su atención. La contempló en silencio mientras la joven belleza movía hacia atrás la cabeza en una carcajada. Poseía una naturalidad que lo llevó a acercarse, pese a la evidente juventud de la muchacha.

Sin percatarse de los ojos que la exploraban, Diana reía los maliciosos pero divertidos comentarios de Allegra. En ese momento hablaban de una de las más peculiares invitadas al baile. Al ver que unas personas se apartaban de la condesa de Cork, que vestía un traje de sultana árabe, Diana dijo con inocencia:

–Podrá ser excéntrica, pero sin duda es inofensiva, ¿verdad?

–En realidad es mortal –contestó Allegra–. Puntúa sus palabras con flatulencias. Su repertorio rectal es sorprendente. Hazte a un lado y así podrás escucharla.

Diana aguzó el oído en dirección a la sultana y oyó que ésta comentaba a Cumberland:

–Es hora de que aprueben la ley de Regencia. ¡El rey está más loco que el maldito sombrerero! –Y por cierto que la duquesa puntuó sus palabras con una sonora retahíla de signos de exclamación.

Mientras Diana se apresuraba a retroceder, Allegra revoleó los ojos y agitó el abanico de plumas de avestruz de manera lánguida pero eficaz. Riendo con aire desvalido, preguntó:

–¿Qué consejo daría la dama Lightfoot a sus alumnas acerca de las flatulencias?

El rostro de Allegra adoptó la expresión autoritaria de la dama Lightfoot:

–Esos ruidos nunca se mencionan; no los reconoce ni el que los produce ni la víctima.

Diana tuvo que quitarse el antifaz para enjugarse las lágrimas producto de la risa. Fue entonces cuando el conde de Bath llegó a ver unos ojos violáceos que casi lo dejaron sin aliento. Había estado acechando a su presa con la confianza de un felino selvático. Cuando la tuvo a la distancia apropiada, le rodeó con manos fuertes la cintura y la subió a una plataforma baja que estaba situada detrás de Diana.

–Una diosa merece estar en un pedestal –dijo en voz baja.

Ella quedó boquiabierta cuando aquel extraño moreno y alto le puso las manos encima. Lo miró a los ojos negros, que evaluaban con descaro sus encantos apenas cubiertos por el disfraz de diosa cazadora.

–Preséntanos, Allegra –ordenó el conde.

–Ni lo sueñes, diablo audaz. Ella no es un bocado para tu apetito insaciable.

–Prometo saborearla. Como si fuese un vino de calidad, la beberé a sorbos, la demoraré en mi lengua y la paladearé una y otra vez. Invertiré toda la noche en saciar mi sed.

Allegra quedó sin habla. No podía exponer al conde de Bath la identidad de lady Diana Davenport.

Diana, sin embargo, estaba lejos de haber perdido el habla. Se encendió su furia, que le soltó la lengua.

–¡Cerdo lujurioso! ¡Vaya a saciar su sed a otra parte! –Dio un puntapié al noble en la pantorrilla. Por desgracia, las sandalias doradas no le protegieron los dedos al chocar con una sólida masa de huesos y músculos–. ¡Ay! –gritó.

El conde le tomó con destreza el pie, divertido al ver que ella había sufrido el dolor que se proponía infligirle. Mientras sostenía con firmeza el pie entre sus manos, sus ojos recorrieron despacio el contorno de la larga pierna de Diana.

Indignada, ella sacó una flecha del carcaj dorado y la clavó en la mano que le aferraba el pie. Cuando vio que él no la soltaba, lo pinchó de nuevo, ahora con más violencia. Esta vez él aflojó el apretón, pero deslizó la mano hasta el muslo antes de soltarla.

Diana enrojeció bajo el antifaz. De pronto sintió miedo del hombre poderoso que le manipulaba el cuerpo como si ella estuviera expuesta allí para su placer personal. Desesperada, buscó a Allegra, pero no la vio por ninguna parte. La plataforma estaba rodeada de mujeres que lucían diversos disfraces.

Diana vio un mar de rostros masculinos sonrientes, que echaban miradas lascivas y gritaban al individuo que iba vestido de Cupido. De pronto sintió que la seguridad en sí misma la abandonaba, vestida con aquel traje tan provocativo. Un rato antes, ir allí le había parecido una osadía, pero ahora se cuestionaba la conveniencia de haber acudido al Panteón, disfrazada o no. Tal vez aquel lugar fuera demasiado mundano para una dama soltera de su tierna edad.

El conde de Bath no conseguía apartar la mirada de la muchacha de cabello dorado. Resultaba obvio que se trataba de una aventurera, pero era muy joven, de modo que aún debía de ser novata en esas lides. En general, a él le atraían las mujeres mayores, con experiencia, pero esa visión maravillosa poseía una belleza natural cuyas frescura y vitalidad constituían una potente tentación aquella noche. En ese instante decidió poseerla. Luego levantó varias veces la mano en dirección a Cupido, al igual que los otros hombres que lo rodeaban.

El ángel que se hallaba junto a Diana tendió una mano y le quitó el antifaz.

–Éste va perfecto con mi disfraz. ¿Te importa...?

–¡Por supuesto que me importa! –replicó Diana, horrorizada ante la idea de que alguien la reconociera–. ¡Ve a tocar tu estúpida arpa en otra nube! –agregó al tiempo que le arrebataba la máscara para cubrir su identidad. Entonces vio los ojos negros mientras sentía que la levantaban de la plataforma–. ¿Qué diablos hace? –preguntó cuando sus pies tocaron el suelo.

Él le sonrió.

–Acabo de comprarte, Diana.

–¿De qué habla? –inquirió la joven, presa del pánico porque el conde la había llamado por su nombre, aunque enseguida comprendió que él se refería a la diosa.

–De la subasta... Cupido está subastando a todas las jóvenes ninfas que se ubican en la plataforma, y yo acabo de pagar la suma más alta por ti.

–¡Imposible! –protestó ella, horrorizada.

–Se trata de un acto benéfico, dulzura. Es por una buena causa, te lo aseguro. –Con delicadeza, el conde de Bath tomó dos copas de champán de la bandeja de plata que ofrecía un criado de librea, y depositó una en la mano de Diana–. Saciemos ambos nuestra sed.

Su voz profunda era tan peligrosamente seductora que la afectó de manera extraña. Las sugerentes palabras de aquel hombre, sumadas al tono cavernoso, le hicieron hormiguear el cuerpo en las partes más íntimas. Casi presa del pánico, Diana arrojó el champán a la cara del hombre y huyó.

4

En la puerta vio que Allegra ya había retirado su capa, anticipándose a una huida temprana. Diana se apresuró a cubrirse el disfraz.

–Nunca debí haber venido –comentó.

–Oh, no te pongas tan respetable conmigo, querida. ¡Ya habrá tiempo para eso mañana, a la luz del día!

Camino a Grosvenor Square, Diana echó a reír.

–Discúlpame. ¡Lo estaba pasando muy bien hasta que ese hombre repugnante me hizo objeto de sus atenciones!

–Ese hombre tan repugnante era el conde de Bath –aclaró Allegra.

–¡Oh, Dios! ¡Y yo le tiré el champán a la cara!

–Me atrevo a decir que eso humedeció un poco su ardor.

–Gracias a Dios que el disfraz me protegía –señaló Diana con fervor.

Al doblar por la calle North Audley hacia Grosvenor Square, les adelantó un carruaje negro, que se detuvo junto a ellas. Se abrió la puerta y una mano fuerte levantó a Diana, y la depositó contra los cojines de terciopelo del interior en penumbra.

Diana gritó.

–No te alarmes. Ya nos conocemos, y me atrevo a decir que antes de que termine la noche estaremos en una situación aún más íntima.

Diana reconoció la voz, lo cual no hizo más que aumentar su miedo.

–¿Cómo se atreve a abordarme? ¿Qué diablos quiere?

–Simplemente quiero disfrutar de lo que pagué, *cherie*. –Hizo una pausa y continuó arrastrando las palabras–. Y quizás una disculpa por lo del champán.

–¿Quiere una disculpa? –replicó Diana, escandalizada–. ¡Es usted el que debe disculparse, por tocarme la pierna!

–Pido perdón por tal atrevimiento. Habría preferido acariciarte los pechos.

Diana soltó una exhalación. No sólo le temía a él; también comenzaba a tener miedo de sí misma y de su reacción ante aquel hombre peligroso. Sentía una atracción magnética hacia él, aunque sabía que debía rechazarlo a toda costa. En ese momento advirtió que el carruaje se movía.

–¿Adónde me lleva?

–A mi casa en la ciudad. No queda lejos.

–¡Señor, no puede! Me confunde con una... una prostituta. En realidad soy una dama disfrazada –confesó Diana.

Él rió. Su risa era intensa, oscura y envolvente.

–No lo creo.

–¿Por qué lo dice?

El conde tomó un fósforo y encendió uno de los faroles del carruaje. La mitad de su cara quedaba en penumbra, pero la de ella fue bañada por la luz de la lámpara.

–Por cierto, eres tan adorable como una dama, y tu hablar es muy culto, pero te traicionaste al elegir la compañía de Allegra. Ella dirige una de las academias de equitación más finas de Londres. Provee de monturas a la mitad de la aristocracia.

Por un momento Diana se preguntó de qué estaba hablando aquel sujeto, pero cuando cayó en la cuenta de que él se refería a que Allegra era una madama, se ruborizó hasta la raíz de los cabellos.

El conde notó cómo el color subía por las mejillas de Diana y necesitó ver la belleza que apenas había vislumbrado bajo el antifaz. Sin embargo, el carruaje se aproximaba a la calle Jermyn, de modo que decidió permitirle que mantuviera la máscara puesta hasta que se hallaran a salvo en el interior de la casa.

Cuando él le ofreció una mano para ayudarla a apearse, ella replicó, indignada:

–¡No puedo entrar en su casa!

–Ah, por fin comienza a aclarar. Sabes quién soy, y que estoy dispuesto a obtener el precio más alto posible.

–¡No! Es decir, sí, sé quién es usted.

Una sonrisa cínica curvó los labios del hombre.

–Entonces sube mientras negociamos.

Diana se sintió invadida por un sentimiento de ira. Jamás en su vida se había topado con un individuo tan arrogante. Necesitaba que le pusieran freno, y ella se proponía hacerlo. Se apresuró a urdir un plan.

Como una diosa, Diana tendió una mano y aceptó que el conde la ayudara a descender. Él abrió la puerta y despidió con un gesto al mayordomo, que se desvaneció entre las sombras al ver que el conde no se hallaba solo. El noble señaló las escaleras, y Diana subió al primer piso como si ascendiera al Olimpo, permitiendo que su secuestrador, que iba detrás, le admirara las piernas bien torneadas.

Mientras el conde encendía las lámparas de la magnífica sala de estar, Diana se paseaba con lentitud evaluando la decoración con ojos críticos. Miró de reojo los tapices, los sillones de cuero, los cuadros de Van Dyke, y declaró:

–Muy masculino.

–Eso espero –contestó él en tono divertido. Se dirigió hacia una mesa de vinos estilo Sheraton y llenó dos copas.

–Qué osado es usted –comentó ella, mirando el vino.

–Apuesto a que no me lo tirarás otra vez a la cara. –Ya no podía ocultar su diversión ni su expectativa.

–Puede perder la apuesta –advirtió Diana. Bebió un sorbo mientras observaba al conde por encima del borde de la copa, y dijo–: Conque así es como se hace. –Bajó la mirada–. Bien, ya puede comenzar con la negociación.

Él enarcó una ceja.

–¿Estás segura de que ésta es tu primera vez?

–¿La primera vez que se me declaran, o la primera vez que considero la idea de aceptar un amante?

Diana se asombraba de su propio atrevimiento, pero la guiaba su diablo interior.

El conde vio el brillo de los ojos de la joven tras el antifaz, y supo lo mucho que ella estaba disfrutando de la situación. Se endureció como mármol al imaginar el placer que ella le proporcionaría en la cama. Casi sentía aquellas piernas largas deslizándose por su espalda.

–Te pagaré las cuentas de la modista y una criada –ofreció.

Diana dejó la copa de vino sobre la mesa.

–Está perdiendo tanto su tiempo como el mío.

El conde tomó la copa y se la devolvió.

–Te alquilaré un *pied-à-terre*, y tendrás tu propio carruaje –agregó él como incentivo.

Diana se humedeció los labios con la lengua. Hardwick sintió que le latía el miembro.

–Su oferta... –Diana hizo una pausa dramática– es ofensiva.

Los ojos del conde ya no mostraban mera diversión, sólo un intenso deseo.

–Juegas muy bien, pequeña diosa. Estoy dispuesto a comprarte una casa... si me complaces en todos los aspectos.

Diana pasó la punta de un dedo por el borde de la copa.

–¿Acaso acaba de decir *carte blanche*, señor? –Casi se dejaba llevar por una deliciosa sensación de poder.

–¡Maldición! ¡Me lo pones difícil!

El conde la miró unos minutos con expresión sombría mientras su mente discutía con su cuerpo. Ganó el cuerpo.

–Que sea *carte blanche* –accedió con una mirada triunfadora.

Diana volcó el vino en un florero con lilas.

–Me temo que no habrá *carte blanche.*

–¿Qué diablos quieres decir?

–Quiero decir «no». Mi respuesta es «no».

–¿Por qué? –inquirió él.

Diana lo miró de arriba abajo.

–Porque usted es demasiado arrogante, demasiado engreído y muy, muy viejo para mí, lord Bath.

Mark Hardwick, conde de Bath, quedó atónito.

–No se moleste en acompañarme. Conozco muy bien la salida.

Sin darse cuenta, Hardwick hizo pedazos la copa que sostenía en la mano.

Lady Diana encontró su carruaje, que la esperaba en Grosvenor Square. Golpeó la puerta y pasaron algunos minutos hasta que salió James, desgreñado.

Una vez dentro, Diana se quitó la capa. Estaba sin aliento después del delicioso íntimo encuentro que acababa de tener con el viril conde. Cuando él le mostró a todas luces que la deseaba, ella se sintió inundada de un placer perverso.

–¡Rápido! Ayúdame a quitarme el traje –pidió a Biddy–. ¿Cómo haré para volver a ponerme el condenado corsé en este espacio tan reducido?

–Es un poco complicado, pero se puede lograr. Confíe en mí, señora –contestó Biddy con amabilidad.

A la mañana siguiente, temprano, Diana se bañó y se lavó el pelo, asegurándose de que no quedara en ella ni el menor rastro de maquillaje.

Prudence, con una taza de chocolate en la mano, la miraba consternada.

–¡Te has lavado el pelo! ¡En mal momento! Apresúrate a secártelo. He aceptado una invitación para que vayas a pasear por Hyde Park esta tarde.

–¿Con quién? –preguntó Diana, molesta por el control que siempre ejercía su tía sobre ella.

–Con Peter Hardwick, por supuesto. Ha sido muy puntilloso en sus visitas. Debo decir que sus modales son impecables. Tal como debe ser.

En cierto modo, Diana se apaciguó al oír el nombre. Decidió que el hogar de la biblioteca sería ideal para secarse el cabello. Mientras paseaba impaciente frente a las llamas crepitantes, sus ojos recorrieron los títulos de los volúmenes encuadernados en cuero, en busca de un ejemplar que la transportara a otro lugar y otra época. Eligió un libro sobre la leyenda del rey Arturo y se acurrucó a leer ante el fuego en un espacioso sillón de orejas.

Como siempre, su imaginación emprendió el vuelo y la transportó hacia donde las brumas remolineantes revelaban ese paraíso terrenal que se llama Avalon. Perdió la noción del tiempo y de pronto se dio cuenta de que ya no estaba sola. Levantó la vista con desgana por encima del libro y espió por el borde superior del sillón. De inmediato, escondió la cabeza como una tortuga que se refugia en su caparazón; su mente estaba inmersa en un absoluto caos.

Salvo por el crepitar del fuego, reinaba el silencio. Diana levantó la cabeza para comprobar que su imaginación no la engañaba. ¡Y vio cómo la miraban un par de ojos de color negro azabache!

Los ojos se abrieron un poco debido a la sorpresa y brillaron de animosidad.

–Diana descubierta –se burló él.

–¿Cómo me ha encontrado? –preguntó Diana, escandalizada.

–Créeme si te digo que no te estaba buscando. El destino halla un perverso placer en arrojarte en mi camino.

–¿Qué hace aquí? –insistió ella; cerró el libro de un golpe y avanzó agresiva hacia él.

–No creo que sea de tu incumbencia, pero he venido a evaluar la posibilidad de comprar una biblioteca.

Aquellas palabras hicieron que Diana se detuviera.

–No se tratará de esta biblioteca, supongo.

–Sí, precisamente de esta biblioteca.

La voz profunda del hombre recalcó las palabras, mostrando con claridad su irritación.

–¡Imposible! Esta biblioteca no está en venta. Le han informado mal, lord Bath.

Al conde le irritó que la muchacha conociera su identidad mientras que él ignoraba la de ella.

–¿Quién diablos crees que eres?

–Soy lady Diana Davenport, la dueña de esta biblioteca.

–Hola, Diana –saludó Richard al entrar en el cuarto forrado de libros–. No tenía idea de que estuvieras aquí, querida. Lamento molestarte.

–Estoy más que molesta, Richard. Este... caballero tiene la errónea idea de que deseo vender mi biblioteca.

–Yo había entendido que la biblioteca era de usted, Davenport, y que la vendía –dijo lord Bath con brusquedad.

–Entonces entendió mal, señor –replicó Diana–. La colección de mi difunto padre no tiene precio, al menos para mí. Y no está en venta.

La joven miró furiosa, en actitud desafiante, como instando a que el conde se vengara informando a Richard sobre el episodio de la noche anterior.

El conde no tenía esa intención tan mezquina, y le habló como a una igual.

–Tienes mucha razón en cuanto al valor de esta biblioteca. Comprendo perfectamente tu negativa a deshacerte de ella. Yo creía que Davenport tenía derecho legal a disponer de esta colección. –Su voz sonaba ahora suave y serena, pero traicionaba un gran pesar.

–Tengo derecho legal a disponer de la biblioteca –afirmó Richard–. Soy el ejecutor del testamento de mi difunto hermano, así como el asesor financiero y tutor legal de mi sobrina hasta que cumpla la mayoría de edad. Era el deseo de mi hermano que yo guiara a lady Diana en todo sentido.

–¿Cómo puedes siquiera pensar en vender los libros de papá? –reclamó Diana con pasión–. He crecido rodeada de ellos; forman parte de mi vida. ¡Deshacerme de estos libros sería como cortarme un brazo!

–Basta de historias, Diana. Es muy descortés de tu parte discutir temas familiares en presencia de un invitado.

Richard estaba sorprendido, pues Diana nunca lo había desafiado.

–¡No permita el cielo que alguien actúe con descortesía ante el conde! –La joven todavía sentía el calor de la mano descortés de lord Bath deslizándose por su pierna.

–¡Retírate! –gritó Richard, pálido.

Con las mejillas enrojecidas, Diana levantó el mentón, apartó sus faldas como si fueran a contaminarse al contacto con ambos hombres, y se marchó con la altivez de una reina. O de una diosa, pensó Bath.

Al entrar en el comedor, Diana esperaba que Richard y Prudence la reprendieran por el desconcertante despliegue de malos modales. Se preparó para hacerles frente. No obstante, Richard brillaba por su ausencia y Prudence tenía los labios apretados en una aparente mueca de dolor.

De inmediato Diana se compadeció de ella.

–¿Te duele la cadera, Prudence?

–Entre otras cosas –respondió la tía en tono acusador.

«Que el maldito conde de Bath se vaya al infierno», pensó la joven. Cada vez que se encontraban saltaban chispas entre ambos, encendiendo emociones que amenazaban con consumirlos. Si la noche anterior él no la hubiera tratado como a una ramera, no habría ocurrido nada. Aunque Diana jamás habría permitido que Richard le vendiera la biblioteca de su padre, al menos habría hablado al conde de manera civilizada.

Prudence se negaba a conversar. Tenía el rostro tenso de un dolor que había decidido sufrir en silencio. Como el almuerzo ya se había echado a perder, Diana se excusó con objeto de ir a cambiarse para el paseo de la tarde por el parque. No sabía si deseaba ir en realidad, pero la compañía de Peter Hardwick sería una distracción bienvenida.

Mientras descendía las escaleras con el vestido de tarde, que era de un delicado tono verde, y un parasol de color pistacho a juego, Prudence la interrogó:

–¿Adónde vas, Diana?

–A pasear por el parque con Peter Hardwick. Tú aceptaste la invitación por mí.

–¿Qué te hace pensar que la invitación sigue en pie, después de la espantosa forma en que trataste a lord Hardwick?

–Peter no es un lord –corrigió Diana, que desconocía cómo se había enterado su tía de que ella se había mostrado impertinente con él.

–Me refería a Mark Hardwick, conde de Bath.

Diana estaba atónita.

–¿El conde de Bath es hermano de Peter?

–Por favor, no finjas no saber nada acerca de los Hardwick, Diana. Eres muy inteligente para hacerte la desentendida.

–Para ser honesta, no asocié a ambos caballeros. No tenía ni la más remota idea de que Peter Hardwick estuviese emparentado con el conde.

–Ésa es la única razón por la que considero al joven Hardwick un candidato apropiado. Él fue quien informó al conde acerca de la biblioteca.

En ese preciso instante Peter Hardwick tocó el timbre.

–Oh, Dios, ¿qué haré? –murmuró Diana.

–Considérate una de las jóvenes más afortunadas de Londres, ya que Peter Hardwick optó por pasar por alto tu falta de educación y cumplir con la invitación.

Media hora después Diana se encontraba sentada junto a Peter Hardwick, disfrutando del aire fresco de un hermoso día londinense.

Los briosos caballos que tiraban del carruaje eran unos corceles impresionantes. La joven hacía comentarios superficiales mientras Peter guiaba los caballos en la corta distancia que mediaba hasta Hyde Park. Diana se preguntaba qué estaría pensando él y qué le habría comentado el hermano acerca de ella.

En verdad, Peter Hardwick estaba pensando que era un bastardo muy afortunado. Diana Davenport no sólo poseía una exquisita belleza, sino que también disfrutaba de una renta anual de veinte mil libras. Los «buitres», como apodaba a Richard y Prudence, sólo le habían ofrecido la mitad, pero él había negociado con astucia su parte hasta lograr un sesenta por ciento, y antes de cerrar definitivamente el trato gozaría de por lo menos quince mil libras al año. Entonces, una vez que le pusiera a Diana el anillo en el dedo, no habría nada que le impidiera echar mano de la porción mayor de la fortuna. Recorrió con ojos aprobadores el perfil de Diana. Aquella muchacha era un excelente premio a sus desvelos.

Diana, al sentir la mirada de Peter, ya no pudo contener la tensión. Respiró hondo y se volvió hacia él.

–Creo que debo confesarte algo.

La boca de Peter se curvó con benevolencia, dando la impresión de que sabía ser indulgente con una mujer.

–Anoche acudí al baile de máscaras del Panteón –dijo Diana, sin aliento. Como su acompañante no pareció escandalizarse, continuó–: Tu hermano me tomó por una prostituta porque yo no iba bien acompañada, y temo que le arrojé champán a la cara.

Peter echó la cabeza hacia atrás y soltó una sonora carcajada.

Alentada, Diana le contó la segunda parte de la historia:

–Debo ser absolutamente sincera, Peter. Creo que tu hermano me odia. Cuando apareció esta mañana en mi biblioteca, con la intención de comprarla, mi comportamiento fue intolerable.

–Imagino que debes de estar muy hermosa cuando te enfadas.

Ella lo miró incrédula.

–¿No estás molesto?

–Hay momentos en que mi hermano me resulta casi despreciable. Tenemos muy poco en común. A él le apasiona la arqueología, y su predilección por las ruinas lo ha llevado a preferir a las mujeres mayores. Me sorprende que le hayas interesado.

«Sin duda él me ha interesado a mí», admitió Diana para sus adentros. ¿Por qué el hermano menor no despertaba en ella ningún sentimiento?

Diana rió a su pesar. La conversación no era en absoluto convencional.

–Bien; le desbaraté la intención de comprar la colección de mi padre, de modo que estoy segura de que me considera mucho más que detestable.

–Qué alivio. Competir con él por ti sería terrible, ya que es conde del reino.

–¡No me interesan los títulos!

Él enarcó una ceja.

–¿Y qué es lo que te interesa?

Diana amaba los libros apasionadamente. Incluso le atraía la idea de intentar escribir historia desde el punto de vista femenino, pero su sensatez le impedía confesar una aspiración tan excéntrica a un caballero. Abrió la sombrilla mientras decidía la conveniencia de volver a algún tema cortés, como correspondía a una joven de su clase, o responder la pregunta con franqueza. Optó por esto último. Como aquel hombre no le interesaba, tampoco le importaba que él encontrara poco convencional la conversación.

–Me interesa mucho la libertad..., la libertad de elección. Creo que ahora dispongo de muy poca libertad para vestir, hablar, actuar o incluso pensar, porque soy joven y además soy mujer. Ya sé que creceré, pero siempre seguiré siendo una mujer.

–¡Loado sea el cielo! –exclamó Peter en tono burlón al tiempo que sus ojos evaluaban con descaro los deliciosos pechos de la muchacha–. ¿Acaso preferirías ser hombre?

–¡Claro que no! Deseo ser una mujer libre. Piensa un instante: en la sociedad georgiana, una joven pasa de manos de su padre a las de un tutor o un esposo, y vive acompañada desde que se despierta hasta que se acuesta. Prudence estaría ahora con nosotros en este carruaje si hubiera espacio para más de dos personas, pero los códigos morales son tan estrictos que sólo puedo pasear dando vueltas y más vueltas alrededor del lago Serpentine, donde hay por lo menos mil ojos que nos miran y cientos de malas lenguas listas para propagar chismes si yo no acato las reglas.

–¿Te gustaría ir a un lugar más íntimo? –sugirió Peter, esperanzado.

–No, no me gustaría. Y no me estás entendiendo, creo que adrede –comentó Diana, divertida.

–Lo lamento. De veras que te escucho.

–Las mujeres celtas tenían mucha libertad. Elegían con quién casarse y se les permitía conservar su propia fortuna y sus propiedades. Algunas incluso llegaban a ser jefas de tribus. Las mujeres medievales quedaban a cargo de los castillos y toda la *demesne* cuando sus hombres abandonaban sus propiedades durante años para ir a la guerra o a las cruzadas. A las mujeres modernas, en cambio, se las trata como si no tuvieran deseos ni opiniones ni cerebro, mientras que a los hombres se los alienta a alcanzar metas, disfrutar, viajar por el mundo, practicar deportes, ¡y a hacerlo todo con poco o ningún entusiasmo!

–Te prometo que cuando estés conmigo te permitiré todas las libertades.

Diana suspiró. Era tan típicamente masculino eso de pensar que él podía «permitirle» libertad.

–¿Me permites acompañarte al baile de los Richmond mañana por la noche?

–Te agradezco la invitación, pero no –respondió Diana con frialdad.

–No dejaré que te vayas sin aceptar antes algún tipo de compromiso.

Un compromiso era lo último que Diana deseaba. Esperaba

pasar un par de temporadas por su cuenta, libre del control y las exigencias de un marido.

–Supongo que volveré a ir a Almack's el miércoles, si Prudence tiene alguna influencia en ello. Y por desgracia la tiene –contestó la joven con pesar.

Peter maldijo entre dientes, aunque mantuvo la apariencia de cortesía. Por Dios, eran tantos y penosos los sacrificios que debía hacer para saldar sus deudas y mantener llenos los bolsillos. Así que tendría que ser Almack's; no podía permitirse el lujo de dejar escapar un bocado tan apetecible. A pesar de que lady Diana no daba la impresión de estar loca por él, Peter esperaba que tanta indiferencia fuera sólo una pose. De cualquier modo, se proponía llevarla al altar fuera como fuese. Siempre había un método comprobado por el que las mujeres suplicaran contraer matrimonio; además, plantar su semilla en aquella dama en particular constituiría un enorme placer.

Los planes de Peter para la noche le hacían hervir la sangre por anticipado. Aunque detestaba pedir dinero a su hermano, no le quedaba otra opción. Decidido a atrapar al león en su guarida, entró en la biblioteca y esperó a que Mark levantara la vista de una pila de correspondencia de negocios.

Sin apartar la mirada del escritorio, Mark Hardwick dijo:

–En el cajón de la mesa de la biblioteca.

Peter rió.

–¿Qué te hace pensar que necesito dinero?

Mark lo miró.

–¿Acaso no es así? –preguntó sin rodeos.

–Sí, pero ni en sueños iba a ser eso lo primero que me saliera de la boca.

–Ah, comprendo. En primer lugar, tenías pensado apiadarte de mí por lo de la biblioteca Davenport; después ibas a indagar dónde pensaba cenar; luego me preguntarías si anoche me acosté con alguien, como si te importara un comino, y sólo entonces tocarías el tema del dinero. –Hardwick se estiró–. Mira todo el trabajo que te he ahorrado.

En el cajón sólo había mil libras. Así era como el hermano trataba de reducirle el hábito del juego. Aunque resentido, Peter esbozó una sonrisa de agradecimiento y enseguida partió a encontrarse con sus amigos para la velada disoluta que habían planeado.

–¡Wick, de nuevo llegas tarde! –se quejó el Diablo–. ¡Hemos planeado una noche de mil demonios! ¿No estás ansioso por comenzar?

Peter se encontró con sus amigos en Prospect of Whitby, un *pub* de Wapping.

–Ah, creo que sí.

–Por si acaso, pedí por ti –dijo Jeremy Montagu cuando un camarero sirvió una bandeja con cincuenta ostras crudas.

El conde de Barrymore tomó de un manotazo la falda de una camarera, y cuando ella intentó darle una bofetada en tono juguetón, él le pellizcó con crueldad el muslo. Los amigos celebraron el gesto; no por nada los llamaban los Malditos. Ese manojo de extravertidos se consideraban temerarios. Los tres padecían el contagio de la sangre lujuriosa, y la orden de la noche era la brutalidad.

Avanzaron por el peor barrio de Londres. Las calles abundaban en prostitutas y los tres amigos se enorgullecían de elegir las más sucias y desaliñadas. Era todo un alarde entregarse a esa perversa *nostalgie de la boue* y deleitarse en una escapada sórdida a una cama mugrienta con una ramera roñosa.

En el otro extremo de Londres, en la elegante zona de Park Lane, el conde de Bath subía unas escaleras en pos de una criada que lo introdujo en un lujoso cuarto de vestir.

En la cámara contigua, Vivian, condesa de Belgrave, sonreía ante su imagen reflejada en el gran espejo. Se pasó por el cabello de color rojo fuego los dedos llenos de anillos y tomó un gran frasco de perfume. Al hacerlo, la bata de satén negro le resbaló por un hombro. Ella sabía que nadie soñaría jamás que pasara de los treinta años de edad. Aquélla era sólo la segunda vez que lord Hardwick aceptaba su invitación, pero Vivian ya sabía que lo deseaba. Para siempre.

En un impulso repentino, apartó el frasco de perfume con

una maliciosa sonrisa dibujada en los labios. Dejó caer la bata de satén negro, deslizó una mano entre sus piernas, hundió un dedo en la humedad resbaladiza y se dio unos toques suaves detrás de las orejas. Volvió a hundir el dedo, pero esta vez se pasó las yemas por los pechos y ascendió hasta la garganta blanca. Por último se frotó detrás de las rodillas, la cintura y las muñecas.

Abrió la puerta contigua y fingió sorpresa.

–Mark, querido, creo que has llegado demasiado pronto. Aún no estoy lista.

Ambos sabían que se trataba de una farsa, porque en realidad era lord Hardwick quien había llegado tarde.

–Para mí estás más que lista.

–Podríamos cenar aquí, en lugar de salir –sugirió Vivian con voz ronca.

–Pensé que nunca me lo pedirías –murmuró él al tiempo que abría con el pie la puerta de la habitación y alzaba a la condesa en sus brazos.

Lord Hardwick la echó de espaldas sobre la cama y admiró el efecto de la piel blanca y el cabello rojo fuego contra la colcha de satén negro. Comenzó a desvestirse con lentitud, un poco sorprendido por la avidez con que ella lo observaba. Vivian se arqueó contra los almohadones que tenía bajo la espalda y separó las rodillas en abierta invitación a dejar de lado los preliminares. El conde la complació gustoso y la montó rápido la primera vez. Ya habría tiempo más que suficiente para saborear todos los matices de la sensualidad.

Durante las dos horas siguientes Mark Hardwick atendió con generosidad a Vivian. Su regla principal con las mujeres era dejarlas satisfechas. Gracias a Dios, no todas las mujeres resultaban iguales en la cama, y él siempre se concentraba por completo en una dama nueva para aprender sus necesidades y deseos, lo que le gustaba y le disgustaba, y para mostrarle sin lugar a dudas lo que a él le complacía y satisfacía.

Regla número dos: no quedarse toda la noche. La reacción de la mujer determinaba cuán pronto regresaría, o si no regresaría más. En el caso de Vivian, estaba demasiado saciada como para protestar en exceso cuando él bajó una pierna de la cama y cogió la camisa.

–¡Eres un demonio! Yo no puedo ni mover un dedo, y tú ya estas listo para merodear por Londres.

–¿Alguna objeción? –preguntó lord Bath en tono ligero mientras observaba la cara de la mujer.

Vivian era demasiado astuta y tenía muchas cosas en juego como para poner objeciones. Y en verdad no tenía ni una sola queja acerca de las horas apasionadas que habían compartido.

Él se inclinó para besar la enmarañada cabellera roja. Ella se arqueó con deleite, cerrados los pesados párpados.

–Mmm –murmuró.

Hardwick sonrió para sí, feliz de haberla dejado ronroneando.

5

Diana ahogó un bostezo. Ella y su tía estaban tomando el té en la Casa Devonshire. El lugar se hallaba repleto de gente y saturado de calor. Mientras el corsé le mordía dolorosamente el esternón, Diana se preguntaba si era posible morir de aburrimiento. La conversación trivial suponía una maldición para ella, y en cambio parecía constituir el centro de la vida de la gente que la rodeaba. Observó a las otras muchachas que sonreían tontamente a los jóvenes petimetres vestidos con pantalones de satén hasta las rodillas, mientras sus madres alardeaban acerca de sus linajes.

Lady de Warrenne informó a Prudence:

–Nuestros antepasados se remontan a la conquista normanda, ¿sabes?

Diana echó un vistazo al joven De Warrenne y pensó con pena cómo era posible que la sangre hubiera alcanzado proporciones tan anémicas en sólo setecientos años. Con una sonrisa cortés fija en el rostro, se dejó llevar por su imaginación. ¡Por Dios, qué excitante debía de haber sido para una dama sajona encontrarse con un conquistador normando!

«Ella cabalgaba por una pradera cuando lo vio por primera vez. Era enorme, y montaba un macizo semental. La joven se estremeció al verlo marcar su presa, ¡y entonces comenzó la cacería! Ella corrió a refugiarse en el bosque, pues su perseguidor tenía un aspecto más feroz que cualquier hombre que jamás hubiese conocido. La distancia que los separaba se acortaba con tanta rapidez que hasta podía distinguir la protección del casco y la cota de malla que le cubría el torso robusto. Justo cuando ella llegaba a los árboles, él se le abalanzó, la levantó en vilo y la depositó sobre la silla de montar, delante de él. En el forcejeo cayó el manto que cubría la cabeza de la joven, y la masa de sedoso cabello de oro se derramó sobre las manos masculinas, cubiertas de cicatrices.

»–¡Te reclamo como mía!

»La voz del conquistador era tan autoritaria que ella sólo deseó obedecerle. Él se quitó el casco y se pasó la mano por el cabello oscuro. La intensa mirada de deseo de sus ojos feroces casi la dejó sin aliento. Entonces los labios del hombre tomaron posesión de la boca de la muchacha, guiándola en un beso largo y profundo. Ella hizo presión con ambas manos contra el pecho viril, pero era él tan grande, tan fuerte y estaba tan hambriento que sintió cómo le flojeaban las rodillas. Con el pulso acelerado y el pecho jadeante, lo oyó decir:

»–Dámela.

»Con un suspiro de placer, Diana se abandonó al éxtasis.»

–Dámela –repitió la voz.

Diana parpadeó al tiempo que una mano pálida intentaba tomar la taza de té que ella aferraba.

–Oh, discúlpame, William.

El joven Lamb tomó la taza y el plato y suspiró.

–¿Puedo imaginar que estabas soñando conmigo, Diana?

–Puedes imaginar lo que quieras, William –replicó Diana con maldad.

Si debía soportar esas interminables sesiones sociales, ¡al menos tenía derecho a divertirse!

Ya de regreso, en casa, a Prudence le sorprendió que Richard la llamara por señas a su despacho.

–Ha sucedido algo inesperado respecto a Peter Hardwick, y deberás emplear tu sutileza con Diana.

–No es fácil de manejar, Richard. En realidad se ha estado mofando de mí en el coche hace un momento.

–Cuanto antes logremos deshacernos de ella, mejor, querida. Hardwick es la respuesta a nuestras plegarias, pero temo que las circunstancias han cambiado. Su hermano, el conde, le ha ordenado retirarse a su ciudad natal, Bath, porque ha descubierto que juega. En apariencia es un tirano, pero un tirano que controla el dinero, y Peter no puede permitirse irritarlo más, ya que está endeudado hasta las cejas.

–No estaría endeudado si controlara su afición al juego –reprobó Prudence.

–Querida, si no tuviera deudas no se habría hecho cómplice nuestro –replicó Richard, cortante.

–Entiendo, Richard.

–Lo único que tienes que hacer es convencer a Diana de que visite Bath. –Alzó la mano cuando Prudence abrió la boca para protestar–. Esa ciudad tiene sus ventajas, según me señaló el joven Hardwick.

–No creerás que se está yendo por la tangente ¿verdad?

–¿De dónde sacas esas expresiones, querida? No, no lo creo. Es más astuto que un zorro. Tendrían que faltarle unos cuantos tornillos para que dejara pasar la oportunidad de meter mano en la fortuna de Diana, ¡por no mencionar la de meterse en su cama!

–Richard, no hay necesidad de ser vulgar –protestó Prudence en tono de fastidio–. ¿Cuáles son las ventajas de Bath?

–Bueno, están las obvias, por supuesto, para una joven del temperamento de Diana. Bath ofrece la sensación de liberación de las restricciones sociales. Hay pasatiempos y actividades a toda hora, lo cual proporciona un clima que induce al *amour*. Luego está la ventaja añadida de que Diana sea invitada a Hardwick Hall. No podrá menos que deleitar su imaginación y hacer que anhele vivir allí. Es una mansión isabelina del siglo XV, que se halla construida sobre el río Avon. Ya sabes cuánto le fascina todo lo isabelino.

–He hecho mis deberes con los Hardwick, Richard. El conde es rico como Creso. Posee canteras y una flota de barcazas para el transporte de piedras de oro por el canal Avon hasta Bristol. Es juez de Somerset y un solterón empedernido. No tenemos nada de qué preocuparnos al exponer a Diana a sus encantos.

–Si Mark Hardwick no se casara, Diana podría ser la madre del próximo conde de Bath. Creo que debes comunicar a nuestra sobrina esta información esencial.

–¿Entiendo que podríamos deducir del dinero de Diana el coste de una estadía en Bath?

–Absolutamente, querida. Un gasto perfectamente legal.

–Entonces alquila una casa de estilo en la zona más elegante de la ciudad, que yo me encargaré de Diana.

Cuando Diana bajó las escaleras, ataviada con un vestido de noche color crema salpicado con capullos de rosa, el carruaje ya las esperaba para conducirlas a Almack's.

Prudence aguardó hasta que se hallaron en la intimidad del oscuro interior del carruaje para tocar el tema que tenía en mente.

–¡Diana, se me ha ocurrido una idea maravillosa! Podríamos pasar una temporada en Bath. Alquilaremos por un mes una casita linda y moderna y disfrutaremos de unas vacaciones. Bath fue el tema de conversación de todo el mundo en el té de esta tarde. Parece que ningún lugar de Inglaterra alberga tan brillante círculo de buenas compañías.

Diana no daba crédito a lo que oía. «¿Qué gusano te está devorando los sesos, Prudence?», pensó.

–¡Pero nuestros planes lo impedirán! –contestó la joven–. Me han invitado a la ópera, y estoy segura de que no querrás perderte el baile de Devonshire, ya que el príncipe será el invitado de honor, ¿verdad? No, no. Iremos en otro momento.

Prudence, que se quedó por un instante sin habla, vio que el carruaje había llegado a su destino. Debería continuar más tarde con sus esfuerzos.

A pesar de que Diana no lo admitiera, estaba ansiosa por ver a Peter Hardwick. El joven llegó tarde y fue directo hacia ella. Tomó su tarjeta de baile y dijo:

–Creo que podemos tirarla.

–¿Desde cuándo tomas decisiones por mí? –preguntó Diana en tono socarrón.

–Desde esta noche –murmuró él con voz íntima, para que sólo ella lo oyera. Le sostuvo la mirada; sus ojos castaños la devoraban–. Diana, quiero que vengas a Bath.

¿Había oído bien? En pocas horas la habían presionado dos veces para que fuera a Bath. Qué asombrosa coincidencia... Salvo que Diana no creía en las coincidencias.

Abrió el abanico.

–Bromeas –dijo con ligereza.

Peter meneó la cabeza.

–Por una vez, hablo en serio. Debo regresar a Somerset, pero no quiero dejarte... ahora que acabo de encontrarte.

–Imposible –murmuró ella.

Cuando los movimientos del baile los juntaron, él insistió:

–No me digas que no. Por favor, piénsalo.

Los pasos del baile hicieron que se separaran de nuevo, pero Peter no le quitaba los ojos de encima.

Diana se sentía muy halagada por recibir tanta atención de parte de Peter Hardwick. Femenina hasta la médula, saboreaba el juego de la persecución, aunque ya había decidido que el flirteo no llegaría mucho más lejos.

Al comenzar la siguiente pieza, Peter se la arrebató a William Lamb.

–Te haré pasar una maravillosa estancia en Bath. Las reglas sociales no son tan estrictas como aquí, en Londres.

Ella sentía el aliento cálido del joven que le rozaba la oreja.

–Tú no tienes problemas en pasar por alto las reglas.

–Tengo demasiada sangre roja en las venas como para eso.

–Pensé que tenías sangre azul.

–¡Entonces sí piensas en mí!

–Nunca.

–¡Mentirosa!

Diana lo rehuyó hasta que sonó el aviso para el último baile. Comenzó con una nota suave, pero la tensión creció entre ellos cuando los brazos de Peter se volvieron posesivos, y su mirada, intensa. Diana cayó en la cuenta de que se estaba poniendo demasiado insistente, de modo que decidió zanjar el tema. Con tono firme pero amistoso, dijo:

–Me siento muy halagada por tu invitación, Peter, pero no podré ir a Bath.

La música cesó, pero Hardwick aferró a la joven con fuerza. Tenía una mirada salvaje y depredadora, que al mismo tiempo la atraía y la repelía. Con voz baja, resuelta, amenazadora, sentenció:

–Vendrás. ¡Vendrás!

Al concluir la pieza, Diana regresó junto a su guardiana, que no había perdido de vista a la pareja. Detectó una mirada de total satisfacción cuando anunció a la tía:

–Peter Hardwick me ha invitado a Bath.

–Qué sorprendente coincidencia.

–Yo más bien sospecho que se trata de una confabulación.

–¡Juro que eres la muchacha más cruel de la Tierra! ¿Cómo puedes sugerir que yo hiciera una cosa así? Supongo que habrás aceptado.

–Por supuesto que no. Si está tan interesado, pronto volverá galopando a Londres.

–Hacerte la difícil puede resultar peligroso. Esta temporada hay jóvenes más bonitas y con títulos más importantes en el mercado matrimonial.

–Pero ninguna con una herencia mayor –replicó Diana en voz baja.

–Déjame decirte, muchachita, que en una persona tan joven el cinismo es repugnante. ¡Eres tan perversa que rechazas a Peter Hardwick sólo porque yo lo apruebo!

«Ahí hay más que una pizca de verdad», pensó la muchacha.

–¡Bien, déjame informarte de que escupes en tu propia cara! Todo el mundo sabe que al conde no le interesa contraer matrimonio. Peter es su heredero, y la mujer que se case con él no sólo será la madre del futuro conde de Bath sino que también heredará la propiedad isabelina, las canteras, ¡todo!

Era irrespetuoso y molesto discutir con Prudence, pero Diana se resistía a ser un peón sumiso en la implacable escalada social de su tía. Para cuando llegaron a Grosvenor Square, ya no cruzaban palabra.

Diana no podía conciliar el sueño; los sucesos de aquella noche acudían a su mente. No tenía nada contra Bath; sin duda abundaba en antigüedades y sólo la arquitectura de estilo palladiano bastaba para tornarla fascinante. En realidad, tampoco ponía ninguna objeción a la compañía de Peter Hardwick. Todo se reducía al desagrado que le causaba el control que Prudence ejercía sobre su vida. Se durmió decidida a ser el ama de su propio destino.

A la mañana siguiente Diana despertó a causa del ajetreo desacostumbrado de idas y venidas que se desarrollaba al otro lado de la puerta de su cuarto. Cuando Biddy le llevó el chocolate, desbordaba de noticias que estaba deseosa de comunicar.

–Ha venido el doctor. ¡La señora se ha caído!

–Oh, no. –Diana apartó las sábanas y se vistió de inmediato.

En la planta baja estaba Prudence en su lecho, acompañada por el médico.

–¿Qué ha sucedido? –preguntó Diana con sincera preocupación al advertir la expresión de dolor que mostraba su tía.

–Estaba tan acongojada por nuestra discusión que resbalé en la escalera –dijo Prudence al tiempo que echaba una mirada acusadora a Diana.

–Lo lamento mucho –murmuró la joven.

–Podría haber sido fatal –proclamó el médico–. Ha tenido mucha suerte de no haberse roto nada. En caso contrario, es probable que no hubiese podido volver a caminar.

Prudence se cubrió el rostro con las manos, reacia a pensar siquiera en tal posibilidad.

–Aun sin huesos rotos, una cadera con artritis es una carga pesada de llevar. Recomiendo la cura medicinal de baños minerales. Una inmersión diaria obrará milagros en su afección, señora Davenport. Le aseguro que ésa es la única solución a su problema.

–¡Qué irónico! –exclamó Prudence con expresión patética–. Le pedí a lady Diana que pasáramos un mes en Bath, pero se negó rotundamente.

Al doctor se le erizaron las cejas; se frotó las patillas con aire circunspecto.

–El agua mineral tiene propiedades casi milagrosas. Aplicada en forma externa es antiséptica y antirreumática; en forma interna, es antiespasmódica y antibiliosa. Estoy seguro de que lady Diana reconsiderará su negativa. –A continuación el médico despachó a la sobrina–: Me gustaría quedarme a solas con mi paciente.

–¿Alguien la vio caerse? –preguntó Diana a Biddy, desconfiada, al salir del cuarto.

La mucama negó con la cabeza.

–Fui yo quien corrió a buscar al médico, pero cuando ella me llamó ya se había levantado.

Diana suspiró. En teoría estaba bien decidir el propio destino, pero la realidad era otra. Sabía que Prudence la estaba manipulando como a una marioneta, pero no podía hacer nada para impedirlo. Le habían ganado la partida. Le habían adjudicado el papel de una egoísta sin sentimientos. «Que así sea», decidió Diana.

Cuando el médico se marchó, Diana entró en la habitación para interesarse por el estado de Prudence. La mujer no podía ocultar su expresión de triunfo, mezclada con dolor, por supuesto.

–Prudence, he estado pensando que hoy en día Bath es un centro de compras que está de moda. En las tiendas de la calle Milsom se visten algunas de las principales anfitrionas de la sociedad. Si decido ir, supongo que podré adquirir un nuevo guardarropa, uno que esté más en consonancia con mi propio gusto.

Notó la expresión de angustia dibujada en la cara de su tía cuando ésta se percató de su astucia.

Un momento después ya estaban enfrascadas en los preparativos para el viaje. Biddy volaba disponiendo el equipaje de Prudence. Diana empaquetó escasas pertenencias. ¡Se permitiría hacer tantas compras que revolucionaría Bath! Fue a la biblioteca a elegir un libro para el viaje. Mientras pasaba los dedos por los títulos dorados, se detuvo a pensar en el efecto que la excursión a Bath tendría en el futuro. La imagen de Peter Hardwick invadió por completo su mente al revivir el último intercambio de palabras: «Me siento muy halagada por tu invitación, Peter, pero no podré ir a Bath».

«¡Vendrás!», había afirmado él.

Diana se estremeció al recordar la expresión que había visto en sus ojos.

–Biddy, toma asiento junto a lady Diana. Yo necesitaré éste para mí sola. Acomoda ese almohadón junto a mi cadera dolorida..., con cuidado, muchacha, con cuidado..., y ya podemos ponernos en marcha.

Diana, ante la idea de pasar un viaje de ciento cincuenta kilómetros encerrada en un carruaje con Prudence, se había parapetado tras un volumen de Ovidio, que había tomado de la biblioteca de su padre; sabiendo que la obra era decididamente sensual, la cubrió con un ejemplar del *Bath Chronicle.* Hojeó el libro hasta que encontró *El arte de amar.* No aprendió exactamente las cosas que deseaba saber, pero se enteró de que los romanos creían que las mujeres fueron creadas para ser juguetes de los hombres, y las consideraban a todas unos seres lascivos y voluptuosos. Las tácticas amorosas de Ovidio eran erotismo puro: el arte de disfrutar al máximo de un cuerpo femenino.

Diana cerró de un golpe el libro. La molestaba que Ovidio omitiera por completo la mente y la personalidad femeninas; luego protestó para sus adentros porque el ruido había despertado a Prudence. Desde ese momento, y hasta que se detuvieron a pasar la noche en Reading, tuvo que escuchar a su tía disertar sobre su tema favorito: ¡la respetabilidad!

Al día siguiente el viaje se hizo interminable, de modo que Diana permitió que sus pensamientos la transportaran más allá de su destino. Estaba ansiosa por llegar a Bath, localidad cuya antigüedad era legendaria. La habían construido los romanos, que la llamaron Aquae Sulis. El mismo nombre evocaba imágenes que le encendían la mente.

Cuando el carruaje bajó la última colina y cruzó el puente de elegantes arcos, la puesta del sol había convertido Bath en una ciudad de oro. Diana contuvo la respiración, fascinada por tanta belleza. En aquel instante se juró disfrutar de Bath al máximo. Estaba sedienta de vivir, y aquélla sería la temporada más gloriosa de su vida.

James pagó el peaje para entrar en la ciudad y preguntó cómo llegar a Queen Square; le informaron de que Bath era una ciudad de peatones y que, después de dejar a las mujeres en la casa, debería llevar el coche a la posada White Swan y aparcarlo allí.

Aunque Diana habría preferido una casa con vistas al río Avon y al bosque y las colinas del otro lado, donde pastaban ovejas y caballos, debía admitir que Queen Square era un sitio muy conveniente. El moderno parque había sido diseñado por Wood de modo semejante al patio de un palacio. La casa tenía una fachada alta, que estaba revestida en piedra típica de la zona, y poseía grandes ventanales. Por dentro tenía dos habitaciones en forma de L, que se comunicaban entre sí rodeando una escalera. Los salones privados de las señoras y los cuartos de vestir se hallaban en la planta superior, mientras que la cocina y los cuartos de los sirvientes se ubicaban en el subsuelo.

A Diana le divirtió comprobar con cuánta libertad había gastado Richard su dinero. La casa contaba con cocinero, criada y mayordomo. Prudence comenzó a impartir órdenes en el preciso instante en que sus pies cruzaron el umbral. Informó a los empleados de que estaba allí para someterse a curas y que su estado de salud era delicado; luego pidió una cena capaz de matar a una mujer que careciera de una constitución robusta y resistente.

Cuando Prudence se quejó de sentirse agotada, Diana y Biddy la ayudaron a subir las escaleras, y siguió emitiendo órdenes desde la cama hasta la medianoche. Hizo tantas preguntas a los empleados que el mayordomo terminó por esbozar un croquis de toda la ciudad, manzana por manzana. Por supuesto, ella no lo entendía, de modo que ordenó a Diana que permaneciera junto a su lecho y le señalara los lugares más destacables.

Al ver que Prudence no aparecía a la hora del desayuno, Diana aprovechó para salir sola a explorar Bath. Le interesaba conocer la ubicación de los comercios, las bibliotecas de suscripción y dónde comenzaban los manantiales calientes que se hallaban junto al río. Se sentía libre como un pájaro que hubiera escapado de su jaula. La excitaba pensar que podría elegir ella misma la ropa que le gustara.

Paseaba por la calle Milsom mientras miraba escaparates y leía con atención los carteles de las puertas, tratando de decidir cuál de los comercios la recibiría como clienta. La tienda más grande era La Belle Mode, y madame Madeleine, la propietaria, le dio una cálida bienvenida cuando Diana entró.

–¿Hay algo que le interese en particular, mademoiselle?

–Oh, sí. Todo, en realidad.

Diana estaba embelesada por los trajes que había en el escaparate. El comercio también vendía zapatos, abanicos y todo tipo de accesorios femeninos para completar el guardarropa de una dama. Echó un vistazo a los muebles de estilo francés y entonces lo vio. Era el vestido más hermoso que había visto en su vida, y supo que debía poseerlo o de lo contrario moriría. Era de terciopelo color jade, con escote en forma de corazón y cintura ceñida, de líneas clásicas que jamás pasarían de moda.

Diana se imaginó en la corte isabelina llevando ese vestido, desde luego con una magnífica gola. Sin embargo, lo que más le atraía era aquel color tan vivo.

–El vestido de color jade... ¿Puedo probármelo, por favor?

Madame Madeleine la acompañó al probador y la ayudó a quitarse el insípido vestido rosa. Diana se sintió obligada a dar explicaciones a la moderna dama francesa:

–No me agradan los tonos pastel. Prefiero los vestidos en tonos fuertes, que aviven mi tez pálida.

–Estoy de acuerdo. El jade le sentará perfecto. –La mujer miró incrédula el viejo corsé–. ¿Quizá necesite un corsé nuevo, mademoiselle?

–Oh, no. Odio los corsés, pero mi tía insiste en que use estas prendas tan desagradables.

–No, no, no me ha comprendido. Me refiero al medio corsé, es la última moda. Una prenda pequeña que apenas ajusta la cintura y eleva los pechos.

–¿De veras? Bueno, en verdad suena como un progreso con respecto al que yo uso. Me lo probaré.

–*Bon!* ¿Y en qué color? ¿Prefiere algo atrevido, o modesto?

–¡Prefiero siempre lo atrevido!

Madame Madeleine regresó con un corsé cubierto de encaje escarlata, y se dedicó a la tarea de desatar las tiras de la prenda rígida y apretada que llevaba Diana.

Lady Diana aspiró una bocanada de aire cuando su caja torácica se expandió y sus senos se liberaron del aplastamiento antinatural. Se puso la prenda nueva y se miró asombrada al espejo. ¡No podía ser ella! El medio corsé rojo casi le hacía desaparecer la cintura y realzaba sus exuberantes pechos. Se los elevaba de manera que las curvas rebosaban por el escote de encaje del vestido, del modo más desvergonzado y provocativo.

El timbre del comercio resonó alegre.

–Discúlpeme, mademoiselle. Volveré en un momento.

Diana estaba tan encantada con su nueva apariencia que casi ni la oyó. Se volvía de un lado y del otro mientras posaba frente al espejo. Hasta las piernas, enfundadas en medias de seda, parecían más largas. El nuevo corsé no le apretaba las caderas, sino que terminaba justo antes de la curva natural del trasero, dejando a la vista el lino blanco de los calzones.

Diana se sentía perversa como el mismo pecado original, y lo saboreó con fruición. Le apenaba que nadie pudiera ver tan arrebatadora ropa interior. Se sentía más femenina que nunca y deseaba que el mundo entero viera cuán deslumbrante era la nueva lady Diana Davenport. «¿No lo tendrán en color negro?», se preguntó. Entonces se dio cuenta de que había gente hablando en el local.

–Querido Mark, me gustaría probarme éste.

–Por supuesto –respondió una voz masculina.

Diana fue arrancada de su fantasía al oír aquella voz masculina que le resultaba familiar. ¡La reconocería en cualquier parte! El timbre profundo la hizo estremecer hasta la médula. Le molestaba que él le causara tal efecto.

–Ah, mademoiselle, otra dama desea probarse este vestido.

–Oh, Mark, piensa qué bien irá el jade con mi cabello –rogó la mujer en tono meloso.

Diana se enfureció al instante. El conde de Bath había encontrado una nueva amante y ya le estaba comprando ropa. Bueno, de algo estaba segura: ¡no iba a comprar «su» vestido a esa condenada mujer!

–Convenza a la otra dama de que no lo compre. Yo sabré recompensarla –dijo Hardwick con tranquilidad, como si estuviera acostumbrado a dar órdenes a todo el mundo.

Diana vaciló porque se hallaba medio desnuda, pero una sonrisa maligna le curvó los labios cuando su diablillo interno volvió a la carga. Abrió la puerta del probador, irrumpió en el salón y arrebató el vestido jade de las posesivas manos de la pelirroja.

–¡Oh, cómo se atreve! –protestó Vivian.

–Este vestido es mío –aseguró Diana con tono majestuoso.

Mark Hardwick entornó los ojos y se le dilataron las fosas

nasales al apreciar con mirada muy masculina la arrebatadora belleza que lucía el provocativo corsé escarlata.

–¡Le ruego que ceda! –exclamó Vivian.

–Puede rogar hasta que se le decolore la tintura del pelo –contestó Diana, imperturbable.

–¿Usted sabe quién es él? –escupió Vivian al tiempo que señalaba al noble que la acompañaba.

–Claro que sí –replicó Diana con lentitud–. El conde de Bath y yo somos viejos adversarios. A propósito, ¿y sabe usted quién soy yo?

–¡No, no lo sé! –gritó Vivian.

–Yo –empezó Diana– soy la dueña del vestido color jade.

Madame Madeleine, en actitud muy inteligente, guardó silencio mientras las dos mujeres peleaban por la prenda.

La expresión de Hardwick era seria, aunque no le pasaba por alto el aspecto cómico de la situación.

Vivian se volvió hacia él en busca de ayuda:

–¡Mark, haz algo!

–Te compraré dos vestidos para reemplazar el de color jade –dijo con tono tranquilizador.

Lady Diana se volvió hacia la pelirroja y le comentó con aire de confidencia:

–Tenga cuidado con este señor, le gusta hacer valer su dinero.

El conde ya no se divertía, aunque por el brillo de los ojos amatista de Diana sabía que ella sí estaba disfrutando plenamente del momento.

La condesa de Belgrave giró sobre sus talones y se marchó. Hardwick tomó el sombrero y el bastón y, sin más alternativa, la siguió.

–Lamento mucho haberle arruinado otra noche, señor –murmuró Diana con voz dulce.

6

–Hay tanta gente en la ciudad, que Londres debe de estar desierta –declaró Prudence durante el desayuno.

Al echar un vistazo a las tarjetas de visita, Diana vio entre ellas la de Peter Hardwick. Sin embargo, no fue su rostro el que le acudió de pronto a la mente, sino el del hermano, el conde. Sabía que el día anterior, en la tienda de ropa, se hubiera dispuesto a estrangularla. Ella le había echado una buena ojeada y sin duda él parecía furioso. Diana había tenido la satisfacción de saber que su belleza había eclipsado la de la mujer mayor que lo acompañaba.

–Peter se mostró muy decepcionado por no encontrarte en casa cuando vino. Debo decir que me molestó mucho tu comportamiento, Diana. Una dama respetable no sale a caminar sola, ni siquiera en una ciudad de peatones como Bath.

Diana se apresuró a cambiar de tema. Prudence era capaz de monopolizar cada momento si ella no ideaba un plan para burlarla.

–Prudence, he estado pensando... ¿Quieres que te consiga una de esas cosas maravillosas que aquí llaman sillas de Bath? Yo te llevaría a todas partes y no tendrías que caminar.

–¡Las sillas de Bath son para los ancianos! A mí no me encontrará la muerte sentada en una de ésas. No soy inválida ni estoy decrépita. Soy perfectamente capaz de caminar por Bath. De hecho, ya me siento mejor de la cadera.

–Debe de haber algo en este aire; es de lo más saludable –comentó Diana con expresión seria–. Y bien, ¿vamos a darnos una zambullida esta mañana? –preguntó con tono enérgico.

Prudence vaciló un breve instante; luego cuadró los hombros y replicó con igual energía:

–Claro que sí. Las órdenes del médico no pueden pasarse por alto.

Las dos damas formaban una extraña pareja mientras caminaban por la calle Westgate. Prudence iba ataviada con un vestido de algodón en tono azul obispo, aunque en realidad era más bien violeta, mientras que Diana había preferido uno de brocado. La tía había insistido en que ambas se pusieran las pelucas y grandes sombreros con plumas de avestruz. Como la muchacha sabía que en los baños deberían quitarse la ropa, no se atrevió a usar el corsé rojo; en cambio se puso el modelo viejo.

Diana estaba ansiosa por visitar el Baño de la Cruz, rectangular, cuyas paredes se hallaban revestidas de rostros de dioses romanos tallados en piedra, y donde había estatuas de Apolo y Coronis que observaban a los concurrentes desde nichos que estaban cavados en los muros. Sin embargo, Prudence decidió ir al Baño de la Reina, y hacia allí se dirigieron.

La tía se dio maña para bajar con sorprendente agilidad por los peldaños angostos y empinados que conducían a los baños ferruginosos.

–¡Ajj! ¿Qué es este olor tan espantoso? –exclamó mientras atravesaban una nube de vapor.

–Azufre –dijo Diana.

–¿Por qué diablos no habrán hecho algo para purificar el agua? –se quejó la mujer.

–El azufre y otros minerales hacen que el agua resulte medicinal –explicó Diana a su tía como si ésta fuera una niña.

Una guía del baño las condujo por un pasadizo cubierto hasta una habitación con hogar y les indicó dónde podían dejar la ropa. Prudence hizo un gesto de desagrado cuando les dieron unas batas largas de lino marrón, de cintura alta y mangas hasta los codos. Para ella resultaba inconcebible la idea de quitarse el sombrero y la peluca en público, pero la asistente le aseguró que todas las mujeres se dejaban intactos los tocados. Diana, por el contrario, se sentía completamente ridícula con la peluca y las plumas de avestruz y rogaba fervientemente no toparse con Peter Hardwick o, peor aún, con su hermano, el conde.

Prudence se estremeció cuando la sobrina la ayudó a entrar en el agua tibia. Su rostro adoptó la expresión de una gárgola, reflejo ostensible del desagrado que sentía por todo aquel ejercicio del baño medicinal.

Diana casi habría apostado a que aquélla iba a ser la cura más rápida de que el mundo hubiera tenido noticia jamás. De hecho, era muy probable que Prudence insistiera en que se había obrado un milagro. La sobrina no veía el momento en que la «enferma» visitara la Sala de la Bomba y probara el hierro en la fuente del agua ferruginosa. Diana tenía la certeza de que, después de ese día, Prudence pasaría el tiempo que le quedaba en Bath en los salones sociales. Para poder pasar un rato a solas, ¡Diana sólo necesitaría decir que iba a los baños!

Cuando llegaron a Queen Square, Peter Hardwick estaba esperándolas.

–Bienvenidas a Bath, señoras. Ayer las eché de menos –comentó intencionadamente al tiempo que tomaba la mano de Diana, se la llevaba a los labios y la retenía con aire posesivo–. Vengo a invitarte, junto con tu tía, a los Salones Wiltshire esta noche.

–Querido muchacho, nos encantaría ir –aceptó Prudence de inmediato–. Y Diana está muy ansiosa de recibir una invitación a Hardwick Hall. El período isabelino es su favorito, ¿no es así, querida?

–Uno de ellos –murmuró Diana, ruborizada por la actitud de su tía.

–Sé que no es adecuado dejaros solos, pero estoy segura de que puedo confiar en ti, querido –agregó Prudence.

Era tan obvia en su intento de unirlos que Diana se ruborizó otra vez. Cuando Prudence se retiró del cuarto, su sobrina se disculpó:

–Lo lamento, Peter. No tengo ninguna intención de ir a Hardwick Hall.

Él la miró con expresión herida.

–Diana, es mi mayor deseo que visites la casa familiar. Quiero que vengas mañana temprano. Anhelo pasar contigo el mayor tiempo posible.

–¿Y tu hermano? ¿No tiene alguna invitada?

El corazón le daba un salto cuando pensaba en él, y aunque lo intentaba, le resultaba imposible controlar las emociones que el conde despertaba en ella.

–No que yo sepa –aseguró Peter.

–Pero ayer lo vi con una encantadora pelirroja.

–Debía de ser la viuda Vixen. Por Dios, ella no se aloja en casa. Es su..., es decir, es...

–Sé perfectamente lo que es.

–Entonces no eres tan inocente como pareces –replicó Peter con voz cada vez más ronca. Volvió a tomarle la mano y se la estrechó–. Sólo invitamos a la mansión a las futuras novias.

Diana no podía pasar por alto lo que él quería dar a entender. Aunque se sentía halagada, percibía que la trampa se cerraba sobre ella.

–Me temo que mañana será imposible –respondió.

–No me iré hasta que me prometas venir –insistió él.

Diana abrió los grandes ojos amatista al ver que él acercaba la cabeza con intenciones obvias. Sólo tuvo tiempo de aspirar una bocanada de aire antes de que los labios de Peter se posaran en los suyos. No sintió campanillas románticas ni nada semejante, pero le sorprendió la calidez del beso.

–¿Cuándo vendrás? –susurró él cuando ella apartó los labios.

–Pronto –prometió.

–¿Cuándo?

–Pasado mañana.

–No es tan pronto. –Peter meneó la cabeza, la tomó por los hombros y la atrajo más, para besarla de nuevo–. Mañana –insistió.

–Prudence controla todos mis movimientos. –A Diana le resultaba difícil inventar una excusa creíble–. Vino a Bath por prescripción médica, a tomar baños medicinales, y yo debo acompañarla.

Nada más terminar se preguntó por qué diablos debía inventar excusas. Prefería visitar una mansión isabelina a ponerse una espantosa bata de lienzo y meterse en el agua tibia.

–Prudence parecía ansiosa por venir. ¿Crees que debería invitarla?

Los ojos de Diana brillaron divertidos al ver que él la había burlado.

–Eres un diablo, Peter Hardwick. Me rindo. Iremos mañana.

–Y os quedaréis a pasar toda la noche –insistió él–. Para apreciar por completo Hardwick Hall debes caminar por las murallas a la luz de la luna, cabalgar por el coto de caza en la bruma del amanecer y, por supuesto, dormir en la cámara que una vez ocupó la Reina Virgen.

Las mejillas de Diana se encendieron.

–Tú ganas, Peter. Llevaré un bolso para pasar la noche, pero con la condición de que me liberes de la reunión de hoy.

Peter sonrió.

–Son reuniones espantosas. Será un placer liberarte. –Una sonrisa triunfante se dibujó en su rostro–. Vendré a buscaros a las once, así llegaremos para el almuerzo.

Cuando el muchacho se fue, Diana oyó que la tía seguía dando órdenes en la cocina; esperó hasta que apareció.

–Te encantará saber que Peter Hardwick nos ha invitado a Hardwick Hall.

–¿Me incluyó en la invitación?

–Por supuesto.

–Ah, qué adorable. Sus modales son impecables. ¿Cuándo iremos?

–Mañana. Estamos invitadas a pasar la noche, para disfrutar de la absoluta hospitalidad de una mansión isabelina. Peter no se mostró demasiado interesado en la reunión de esta noche, de modo que dispondremos de tiempo de sobra para prepararnos para mañana.

–Una invitación a la casa del conde no es algo que suceda todos los días. Necesitaré también a Bridget, además de la criada, para que preparen mi guardarropa y dispongan todo lo que necesito para la ocasión.

En el momento en que Prudence abandonó el cuarto, Diana se escabulló de la casa y se dirigió al río a ver los cisnes. El Avon era ancho y profundo y corría veloz hacia el canal de Bristol y el mar celta. Imaginó las embarcaciones de los celtas y los vikingos, y los buques de guerra de los romanos, con sus grandes remos. Vio dos barcos cargados de piedra dorada de Bath y comprendió que debían de proceder de las minas de Hardwick. Al ver los hermosos edificios georgianos se preguntó cuántos de ellos se habrían construido con piedras de esas mismas canteras. «La familia debe de ser inmensamente rica; su riqueza debe de datar de tiempos remotos», pensó. Cuando fuera a la biblioteca pediría un libro sobre la historia de los condes de Bath y se enteraría de cómo habían llegado a poseer una mansión isabelina.

Durante el resto del día, fue Mark Hardwick quien se insinuó en sus pensamientos. Era un individuo moreno, dominante y peligroso. Justo el tipo de hombre con el que ella solía soñar despierta. Destacaba por completo de entre sus iguales. Para Diana era la antítesis del petimetre georgiano; de hecho, parecía mucho más digno de algún otro siglo: podía ser un espléndido guerrero medieval o un explorador isabelino. Aquella noche, al quedarse dormida, no fue el galante y joven Peter quien visitó los sueños de Diana, sino el arrogante conde.

Mientras los lustrosos caballos de tiro de Peter llevaban el carruaje siguiendo el curso del río Avon, dejando atrás el centro de Bath en dirección a las colinas del norte, Prudence inquirió con fatuidad:

–¿Estará el conde en la residencia?

–Eh..., no. Mi hermano se encuentra ausente por el momento. Es magistrado de Somerset, y lo llamaron de Bristol.

–Qué pena –se lamentó la mujer–. Esperaba que esta visita diera a Diana la oportunidad de enmendar sus faltas con el señor. Ese desagradable malentendido de la biblioteca fue muy desafortunado.

Diana carraspeó y se esforzó por guardar un conveniente silencio. Había habido bastante más entre ella y el conde que el mero incidente de la biblioteca. Cada vez que se encontraban saltaban chispas y, a pesar de que ella deseaba lo contrario, sentía una atracción fatal por el hermano equivocado. Sintió cierto alivio al saber que el conde y ella no pasarían la noche bajo el mismo techo.

Al tomar el sendero que conducía a la casa cubierta de hiedra, Diana se enamoró de Hardwik Hall. Peter captó su mirada reverente y supo que ya había ganado la mitad de la batalla. El carruaje se detuvo en la entrada principal y el mayordomo y dos criados se apresuraron a recibirlos.

–Tengo una idea fabulosa. –Peter se volvió hacia Prudence–. La dejaré en las diestras manos del señor Burke mientras yo muestro los alrededores a Diana.

–No te preocupes por mí, Peter. Enseguida me pondré cómoda. Vayan, niños.

Diana casi no daba crédito a lo que oía. Cuando Peter la ayudó a bajar del carruaje y la llevó al jardín principal, ella comentó:

–Tienes a esa mujer insoportable comiendo de tu mano.

Él se detuvo y la miró.

–Sé cómo tratar a una dama –murmuró.

La joven se ruborizó y un hormigueo le recorrió la espalda. A pesar de que Peter tenía el don de decir cosas perversamente impropias, no la excitaba con ello; sólo la ponía en guardia, así que se prometió no confiar demasiado en él. Pronto sintió cómo la felicidad embargaba su corazón cuando captó la belleza del jardín isabelino cercado de plantas herbáceas.

Visitaron los palomares, el huerto con sus viejas colmenas, el jardín acuático Tudor, y contemplaron el andar orgulloso de los pavos reales por el césped aterciopelado. Cuando llegaron al laberinto, una copia del de Hampton Court, Diana no pudo resistirlo. Peter se sentó en un banco tallado.

–Ve a explorarlo –la alentó–. Si en cinco minutos no encuentras la salida, acudiré en tu rescate.

Los primeros minutos se perdió, lo cual, por supuesto, la fascinó por completo. Los setos eran demasiado altos para permitir la visión, y demasiado tupidos para espiar a través de ellos. Tras dar muchas vueltas, encontró el centro. Sentado allí la esperaba Peter.

–Hiciste trampa –dijo Diana entre risas–. Prometiste esperar afuera.

–¿Y dejar pasar la oportunidad de estar contigo en privado sin testigo alguno de mis avances amorosos?

Diana sabía que echar a correr ahora equivaldría a una invitación provocativa a que él la persiguiera hasta alcanzarla.

Peter se le acercó con obvias intenciones y la tomó entre sus brazos.

–Exijo una prenda antes de dejarte ir. Es lo propio.

–¿Qué clase de prenda? –preguntó ella, inmóvil en el círculo que dibujaban sus brazos.

–Debes quitarte alguna de tus prendas –pidió él con atrevimiento.

Diana se quitó un guante sin pestañear.

El joven no logró ocultar una expresión de decepción.

–No juegas limpio –se quejó.

–No estoy jugando en absoluto –informó ella.

«Dios, es como una reina de hielo –pensó él–. Llegados a este punto, cualquier otra mujer ya habría caído rendida a mis pies.» Peter sabía que todo le resultaría mucho más fácil si ella se mostrara más propensa a la seducción, pero no iba a permitir que eso lo detuviera. Debería esperar hasta la noche para pasar a la acción. Montaría la escena con cuidado para que no tuviera escapatoria. Esbozó una sonrisa. Sería como guiar un cordero al sacrificio.

–Aceptaré el guante si viene acompañado de un beso –murmuró.

Cuando ella le ofreció los labios, él tuvo que controlarse. De alguna manera triunfaría en su cometido, y sólo disponía de una noche para conseguirlo. No podía permitir que ella desconfiara de él en una etapa tan temprana del juego, de modo que apenas le rozó la frente con la boca. Como recompensa por su buen comportamiento, Diana se puso de puntillas y lo besó en los labios. Cuando salieron del laberinto, Peter pensó que se hallaba un paso más cerca de la victoria.

La cena prometía ser muy formal, en el comedor de paredes revestidas de madera, con una enorme mesa Tudor de roble y sillas talladas.

Tras tomar un baño, Diana se puso el corsé carmesí y el vestido nuevo de terciopelo color jade. Nunca se había sentido tan seductora y femenina. No podía olvidar cómo la había mirado el conde de Bath y deseó que pudiera verla de nuevo esa noche.

La cena consistió en seis platos; Diana estaba impaciente por dar el paseo por Hardwick Hall que le había prometido Peter. Después de la comida se sirvieron copas de cristal llenas hasta el borde.

Peter se puso de pie:

–Hoy en día los usos y costumbres indican que las damas deben abandonar la mesa mientras los caballeros disfrutan de su oporto, pero esta noche se procederá al estilo isabelino. Es decir, hipocrás tibio y especiado, tal como lo servían a la reina hace más de doscientos años. Propongo un brindis por lady Diana Davenport. Hardwick pide a gritos una castellana tan hermosa como tú que agracie sus venerables recintos.

El vino era aromático y su calidez se expandió por las venas de Diana como fuego salvaje. Tomaron las copas de hipocrás y dejaron a Prudence sentada a la mesa para ir a explorar la mansión.

Peter mostró a la joven la pequeña capilla de las damas, el lugar donde se destilaban los perfumes de Hardwick de rosas y hierbas de la propia finca. En el salón de baile, Peter había ordenado que los sirvientes encendieran cientos de velas en las arañas de cristal, y desde la galería superior descendía flotando una música virginal.

Peter tendió los brazos y Diana se dejó acoger por ellos. Mientras bailaban, ella cerró los ojos e imaginó que en verdad se hallaba en la época isabelina. Vestía un traje de color jade idéntico, con volantes alrededor del cuello. Se sentía como si ya hubiese hecho antes lo mismo, con otro compañero que flexionaba sus poderosos músculos para alzarla en la alegre danza. Rió feliz mientras miraba a los ojos negros de su compañero, y entonces vio de nuevo el rostro de Peter.

Cuando él volvió a posarla en el suelo lustroso, la volvió hacia sí y susurró:

–Vayamos a pasear por la muralla.

Ella lo tomó de la mano y como dos conspiradores se escabulleron del salón de baile.

Apoyada contra las piedras almenadas, bañada por la luz de la luna, Diana dejó que la embriagara la magia de la noche. Aquel pequeño palacio era tan cálido y acogedor que daba la impresión de haber estado esperándola durante dos siglos, y ahora al fin ella había llegado a su hogar. Hasta la atmósfera se hallaba cargada de romanticismo. Diana sabía que estaba enamorada, pero no se creía capaz de amar al hombre tanto como a la casa.

–No me has mostrado la alcoba de la reina –murmuró con aire soñador.

Había pronunciado las palabras que él estaba esperando. En la oscuridad, Peter sonrió ante su propia astucia.

–He dejado lo mejor para el final. Hay un pasadizo secreto –susurró.

–¡No me digas! –exclamó ella, fascinada. Una de las chimeneas se abría para revelar unas escaleras que conducían hacia abajo–. ¿No necesitaremos una luz?

–Cógete de mi mano, cariño. Iremos tanteando el camino.

Ella tendió una mano y apoyó la otra en la ancha espalda de Peter. Sintió los músculos a través de la tela y se ruborizó en la oscuridad. Era tanta la fuerza que él contenía... ¿Qué pasaría si daba rienda suelta a toda aquella energía? Diana se estremeció de sólo pensarlo. La oscuridad y el espacio reducido se aliaron con la excitación de la aventura para dejarla sin aliento. Estuvo a punto de gritar cuando de repente se abrió una puerta y la luz inundó el pasillo.

Peter la hizo pasar y cerró la puerta secreta detrás de ellos. Era la cámara más impresionante que Diana había visto jamás: muy amplia, con un enorme hogar de piedra que cubría toda una pared. Sobre la repisa había un par de portarretratos: uno, de Isabel I, ataviada con un traje de terciopelo negro con cristales y piedras incrustadas; el otro, del primer conde de Bath. Éste mostraba unos ojos negros que brillaban en el rostro orgulloso y moreno.

Ante el fuego había un par de sillones que flanqueaban una mesa incrustada con cuadrados de ébano y marfil. Sobre ésta se hallaba dispuesto un juego de ajedrez exquisitamente tallado en jade, que parecía invitar a la partida.

En el otro extremo del cuarto se apreciaban estantes llenos de libros que iban desde el suelo hasta el cielo raso; todos los volúmenes estaban encuadernados en cuero y sus títulos estaban grabados en letras doradas en relieve. Había un escritorio de dos metros y medio de largo, con tinteros y plumas de plata, que estaba cubierto de cartas, documentos y mapas, como si alguien acabara de ser interrumpido mientras trabajaba. Una cama de dosel, con pesados cortinajes de terciopelo, dominaba la alcoba. Todo estaba decorado en los colores Tudor, verde y blanco, bordado con pequeñas coronas y leones dorados. El ambiente de la estancia estaba impregnado de un aroma a sándalo.

–Es perfecto –comentó Diana con un suspiro.

En su imaginación, por un instante mágico la joven se convirtió en Isabel, con su traje de terciopelo verde. Cerró los ojos, deseando que aquélla fuese su alcoba. Al abrirlos, Peter le había servido una copa de vino rojo sangre. Diana ya había bebido lo suficiente para sentirse algo inestable, pero en cierto modo tomar el vino y comportarse con cierta imprudencia le parecía propio de la ocasión. Vació la copa y sintió que una rosa de color rojo sangre le florecía en el pecho.

Peter le quitó la copa de los dedos y la atrajo con urgencia hacia sí. Su boca exigente buscó la de ella, forzándola a abrir los labios. Le dio un beso profundo y apasionado mientras con las manos buscaba las cintas de la parte trasera del vestido.

De repente se abrió la puerta y Mark Hardwick cruzó el umbral y entró en la cámara. Diana soltó una exclamación y se apartó de Peter. Una de sus manos voló rápida a la espalda abierta del vestido.

–¡Mark! ¿Qué diablos haces en casa esta noche?

–Mis asuntos en Bristol terminaron –respondió el hermano con tono práctico–. ¿Qué diablos haces tú?

–Me estaba declarando. Lady Diana y yo estamos comprometidos.

Diana quiso protestar, pero en ese instante sólo pensaba en cómo huir de la mirada cínica del arrogante conde de Bath. Resultaba más que evidente que aquélla era su alcoba.

–Supongo que debo felicitaros –dijo el conde con tranquilidad–. Bienvenida a la familia.

Diana se hallaba en un terrible aprieto. Si negaba el compromiso, admitiría que actuaba como una prostituta. Bajó la mirada.

–Por favor, discúlpenme.

Un sentimiento de protección embargó a Mark Hardwick. Diana Davenport era tan joven, tan encantadora... ¿Sería consciente de que se estaba sacrificando a un cerdo brutal?

–Bien, ¿están o no? –inquirió Prudence mientras el carruaje las conducía de regreso de Hardwick Hall a Queen Square.

–Sí... y no –respondió Diana, con la mente dispersa.

–¡Bueno, tu respuesta es tan clara como el lodo! ¿Y por qué salimos corriendo al alba como ladrones en la noche? –siguió Prudence, mezclando metáforas–. Da la impresión de que estuvieras huyendo.

–Creo que lo estoy haciendo –admitió Diana. Prudence se merecía alguna explicación acerca del modo repentino en que abandonaban Hardwick Hall–. Anoche, tarde, el conde de Bath regresó de improviso y Peter le dijo que estábamos comprometidos en matrimonio.

Prudence se desinfló en un rincón del asiento.

–¡Gracias al cielo! Pensé que nunca lo haría.

Diana se encrespó.

–El asunto es que Peter no me lo pidió, y yo no acepté.

–Detalles, detalles sin importancia. Créeme, si se ha informado al conde, estás definitivamente comprometida.

–Quizá –replicó Diana.

Había adoptado una cobarde actitud escapista; le pidió al señor Burke que preparara un carruaje que las llevara de regreso a Bath y le entregó una carta para Peter.

La noche anterior se había sentido a la vez enojada y humillada ante el hecho de que él la pusiera en tal compromiso, en especial frente al arrogante hermano. Había sido como si le tendiera una trampa deliberada. De haberse quedado allí esa mañana, se habría producido una escena terrible, que probablemente también habría involucrado a Prudence y el conde, y eso era lo último que ella quería.

Aquél era un asunto que tan sólo concernía a ella y a Peter. Diana se proponía resolverlo con él, en privado. Pero antes necesitaba tiempo para aclarar sus sentimientos y decidirse. En ese momento se sentía demasiado confundida para tomar una decisión que presumiblemente iba a afectarla durante el resto de su vida.

El problema consistía en que, en el instante en que Peter leyera la carta, iría a verla. En el estado emocional en que Diana se encontraba por el momento, lo más probable es que perdiera el control y dijera cosas de las que jamás tendría ocasión de desdecirse. Necesitaba pasar un tiempo a solas, un tiempo para pensar y tomar su propia decisión sin que nadie la influyera.

Al llegar a Queen Square, advirtió con desaliento que con las prisas había olvidado el equipaje. Al amanecer se había puesto apresuradamente uno de sus corsés viejos y el más modesto e insípido vestido beis antes de ir a ver al muy correcto señor Burke. Por Dios, jamás se había sentido tan poco atractiva en toda su vida.

Le dio una propina generosa al conductor del carruaje de los Hardwick, en gesto de gratitud por tan veloz huida. El hombre quedó boquiabierto. Diana se mordió los labios porque había cometido un error de trato social, pero notó con cinismo que el chófer no rechazaba el dinero. Tomó el equipaje de Prudence y lo colocó en el interior del coche.

La tía ya estaba dando órdenes en la cocina para disponer un almuerzo reconfortante.

–Mientras tanto pueden prepararme un tentempié de oporto y huevos, antes de que me retire a dormir una siesta.

Diana pensó en escabullirse. Si Prudence se iba a dormir, no la echaría de menos hasta la hora del almuerzo. Una mañana completa paseando a solas era más de lo que Diana podía resistir. Una vez que se hubiese escapado, hasta podría tomarse todo el día. ¿Qué diablos haría entonces su tía?

Quería cambiarse el odioso vestido beis, pero si subía tras Prudence perdería un tiempo precioso. Un instante después Diana salía como un rayo hacia la colina Sion y la calle Lansdown.

Cuando llegó a las cumbres y contempló entre los árboles la perfecta ciudad georgiana, la embargó una sensación de libertad. La brisa suave transportaba el eco de los sonidos que producía el agua. Diana alcanzaba a oír los antiguos manantiales que descendían por las colinas y el arrullo del río Avon al derramarse sobre la esclusa del puente Pulteney.

Veía las agujas de la abadía medieval donde habían coronado al rey Eduardo en el siglo X, y la magnífica curva del Circo, que el arquitecto John Wood construyera al estilo del Coliseo romano.

Diana se llenó los pulmones con el delicioso aire fresco y supo que había tomado una decisión. En realidad era muy simple. Ella y Peter estaban comprometidos, pero no se había definido la duración del compromiso. Si él accedía a que fuera largo, por ejemplo de un año, ella dejaría las cosas como estaban. En caso contrario, lo interrumpiría de inmediato. En unos meses sería mayor de edad y tendría la capacidad legal para decidir sobre su dinero y su herencia. Quería un año de libertad antes de someterse al control de un esposo. Si Peter la amaba, estaría dispuesto a esperar.

Ahora que había tomado una decisión se liberó de la preocupación que la agobiaba. Su corazón volvió a aligerarse. Era una mañana hermosa, estaba en una espléndida ciudad antigua, y además disponía de todo el día para explorar sus encantos.

Diana comenzó a descender la colina, doblando primero a la izquierda, luego a la derecha, donde encontró una calle con hermosas tiendas de antigüedades. Los artículos del escaparate eran tan tentadores que no pudo sino entrar a mirar.

Algunos objetos eran tan curiosos que ni podía nombrarlos. Había decenas de barriles de cobre, una tina pintada con patas en forma de garras, sillones de jardín tallados en piedra, relojes antiguos, espinetas y mandolinas. Se detuvo a admirar un tapiz medieval, un poco descolorido aunque de belleza sutil. Se estremeció hasta la médula al contemplar una pieza que había sobrevivido desde la Edad Media.

Siguió y se detuvo al encontrar una muestra de la artesanía romana. «¿Será auténtica?», pensó mientras el corazón le latía más fuerte. Había un casco de bronce con decoraciones en los costados, un escudo, espadas en vainas y dagas de acero. «¡Deben de ser del siglo I!», exclamó para sí. Al pasar los dedos por un casco romano imaginó que casi la quemaba. Contuvo la respiración al pensar que todo aquello había sobrevivido diecisiete siglos.

–Este casco perteneció a un centurión romano –murmuró asombrada.

Echó un vistazo a la tienda, pero no vio a ningún propietario. En un impulso repentino, se quitó el sombrero para probarse el casco. Por un momento olvidó que llevaba una peluca. Con una maldición sofocada metió los rizos blancos de la peluca bajo las piezas laterales que protegían las mejillas.

El casco de bronce era increíblemente pesado, y cuando intentó quitárselo descubrió que se le había atascado en la cabeza. Sintió un zumbido en los oídos. Se mareó y se le nubló la vista. Luego, de repente, experimentó frío en todo el cuerpo, como si un aire helado la atravesara. Tenía la extraña sensación de que era transportada por el espacio a gran velocidad, aunque permanecía de pie en el mismo lugar.

El volumen del ruido que sentía en la cabeza aumentó hasta que creyó que le estallaban los tímpanos. Levantó las manos para taparse las orejas, pero sólo sintió el enorme casco de bronce, que le producía un dolor de cabeza insoportable. Luego comenzó a caer, más allá del suelo.

7

Diana oyó que unos hombres gritaban, y vio que de alguna manera se encontraba al aire libre y el sol le daba en la cara y le cegaba los ojos. Intentó ponerse en pie, pero cuando aún estaba de rodillas divisó dos caballos enormes que tiraban de una especie de cuadriga y se le venían encima. De forma instintiva, se arrojó al suelo para esquivar los cascos. Los caballos retrocedieron bruscamente al verla en su camino, y la carreta resonó como un trueno al detenerse a pocos centímetros de su cabeza. Oyó que alguien soltaba un alarido y se dio cuenta de que era ella misma.

Una voz masculina vociferaba y la maldecía a pleno pulmón. Diana notó vagamente que había otros caballos y hombres reunidos allí cerca, pero toda su atención se centraba en el hombre que gritaba. Al mirarlo, pensó que guardaba cierto parecido con el conde de Bath. Tenía los mismos cabellos y ojos negros, la misma nariz aguileña, pero una cicatriz le atravesaba el rostro desde la sien hasta la mejilla, confiriéndole un aire saturnino. Tenía una espalda increíblemente ancha, un torso muy musculoso y por completo desnudo. Vestía una especie de disfraz que también le dejaba las piernas al desnudo, y éstas eran tan fuertes y gruesas que parecían roble.

Diana miró las ruedas que casi la habían arrollado y vio que pertenecían a una cuadriga. La invadió una oleada de furia cuando se percató de que casi la había matado un ridículo grupo de hombres que iban vestidos de romano y corrían una estúpida carrera de cuadrigas.

–¡Malditos imbéciles! Hombres adultos entregados a juegos de niños. ¡Deberían azotarlos!

El hombre moreno la señaló con el dedo.

–¡Agárrenla! –ordenó.

Dos individuos enormes obedecieron de inmediato. A Diana le castañetearon los dientes cuando la pusieron de pie y la mantuvieron inmóvil hasta que se acercó el jefe, que se paró junto a ella, altísimo e iracundo.

–¡Mujer zarrapastrosa! Casi lastimas a mis caballos. ¿Quién eres? –gritó.

Diana lo miró perpleja. Aunque él hablaba una extraña mezcla de italiano y latín, lo entendió todo.

–¡Por Júpiter! ¡Has robado un casco! –acusó el hombre al tiempo que acercaba una mano enorme y se lo arrancaba de la cabeza. Al ver el cabello blanco, pensó que Diana era una vieja. El vestido sucio y abultado que ella llevaba le cubría todo el cuerpo desde la garganta hasta los talones. Era la mujer más extraña que él jamás hubiese visto–. Como no me has contestado, lo haré yo por ti. Eres una espía..., una espía druida, por el aspecto de tus extraños ropajes.

Lo que decía no tenía sentido. Diana lo miró a los ojos oscuros y vio cómo contenía la furia.

–Sáquenla del camino y amárrenla bien. Más tarde la interrogaré.

Los hombres se la llevaron a rastras.

–¡Suéltenme! ¿Cómo se atreven a maniatarme? ¿Es el cerdo de Mark Hardwick?

Se dio cuenta de que los hombres entendían sus palabras, porque rieron y contestaron:

–No, el cerdo es Marco Magno, el *Primus Pilus*.

La sujetaban con rudeza, sin importarles si le hacían daño. Diana comenzó a sentir miedo en lugar de rabia. La llevaron a una carreta de madera. Uno de los hombres buscó un collar de hierro, que le cerró alrededor el cuello como si tratara de refrenar a un perro molesto.

–¡No pueden hacerme esto! –gritó Diana, pero los hombres se marcharon, con la mente ocupada en otra cosa. En un instante la olvidaron. Era prisionera de aquellos hombres extraños, crueles e incivilizados. Se desplomó en la tierra y rompió a llorar.

Una vez que empezó no pudo parar; lloró hasta quedarse sin lágrimas. Al final entendió que no le serviría de nada. Nadie le prestaba la menor atención, de modo que, tras unos llorosos estremecimientos y repetidos gestos de enjugarse la cara con las manos sucias y sonarse la nariz en la manga, sus sollozos cedieron.

Entonces comenzó a observar el panorama que se abría ante ella. Habían trazado una pista para la carrera de cuadrigas, y todos los hombres a la vista, participaran o no, vestían como soldados romanos. Sin importar el color, la estatura o el peso, todos gozaban de un soberbio estado físico. «Son como deberían ser los hombres, aunque rara vez lo sean», pensó la joven.

Los corredores de cuadrigas eran temerarios. Todos daban la impresión de preferir morir a perder. Daban poca importancia a la seguridad física; corrían con los ejes de las ruedas pegados unos a otros, en el empeño supremo por ganar. Los pobres diablos cuyas cuadrigas se volcaban debían alejarse como mejor pudieran para ponerse a salvo, porque ningún competidor detenía los caballos para evitar lastimarlos. Cada uno pensaba en sí mismo. Sólo valía la victoria. No obstante, Diana veía con claridad cuánto disfrutaban, por el alboroto colectivo que hacían al reír, gritar, fanfarronear o maldecir.

Uno de los hombres sobresalía de entre el resto. No podían vencerlo. Se trataba de Marco Magno. Su cuadriga de caballos blancos era tan espléndida como él. Diana se llevó la mano al cuello, que aprisionaba el pesado collar de hierro. Estaba acalorada, sucia y sedienta, pero no podía hacer absolutamente nada hasta que la liberasen. Cuando la desencadenaran buscaría a las autoridades y haría que los arrestaran a todos.

Miró alrededor con objeto de orientarse y reconocer el lugar. Qué extraño parecía todo aquello. Se hallaba en las alturas, pero en lugar de la georgiana ciudad de Bath se extendía ante ella una ciudad por completo distinta. Era una superficie de aproximadamente diez hectáreas, que estaba cubierta por construcciones semejantes a enormes cuarteles militares. El resto comprendía villas y templos. Los edificios más grandes tenían pilares del clásico estilo romano, aunque guardaban cierta semejanza con Bath.

Diana alcanzaba a ver el vapor que despedían los baños; vio que estaban demoliendo uno. No, se equivocaba..., ¡se encontraba en plena construcción! ¿Cómo era posible? Diana intentó recordar qué era lo que estaba haciendo antes de encontrarse en aquel lugar. Le resultaba difícil recordar con exactitud. Iba caminando por la calle Lansdown. Recordaba una tienda de antigüedades. ¿Había entrado? Estaba casi segura de que sí, pero a continuación sólo recordaba el galope de los caballos que casi la habían atropellado.

Miró hacia el sur. Las laderas estaban cubiertas de plantas que parecían vides florecientes. ¡Los viñedos se extendían tan lejos como alcanzaba la vista! Si no hubiese sabido que era imposible, habría jurado que había sido transportada a tiempos remotos, ¡cuando los romanos dominaban Gran Bretaña!

Al terminar la carrera, el sol ya se ponía detrás de las colinas circundantes. Marco Magno se dirigía hacia Diana acompañado por un joven muy atractivo.

–Tus hombres están mejorando –oyó elogiar al joven–. Como te dije, es bueno impartir severa disciplina, pero si no la combinas con diversión te meterás en problemas.

–Me encanta lidiar con los alborotadores, hermano. Por eso fui centurión antes de cumplir diecinueve años, y centurión de cohortes a los veintiuno.

Magno propinó un afectuoso coscorrón al joven gigantesco.

–No olvides, Petrio, que esta noche cenas conmigo.

Uno de los hombres que había maniatado a Diana saludó a Magno.

–¿Puedo disponer de la prisionera, general?

Marco Magno lo miró desorientado por un momento; luego recordó de quién hablaba.

–No. Si la matas no obtendré respuestas.

–¿Tienes una prisionera? –preguntó Petrio.

Magno señaló con la cabeza hacia donde se hallaba la mujer con el collar de hierro.

–Es una criatura de aspecto extraño. La sorprendí espiándonos. –Luego ordenó al soldado–: Llévala a mi villa para que la interrogue.

–Déjamela a mí –sugirió Petrio–. Pronto le sacaré la verdad.

–Si empleo tus métodos, sus gritos molestarán a los nativos. Ya hay demasiado desasosiego por el momento.

–No sé por qué diablos te preocupas tanto por los nativos.

Los civilizados britanos son poco menos que bárbaros. El temor es un arma que deberías usar más a menudo.

–No instruyas a tus superiores acerca de cómo manejar sus asuntos –replicó Magno con una sonrisa burlona.

El soldado indicó con un gesto a Diana que subiera a la carreta donde la habían maniatado. Ella lo hizo con esfuerzo, al tiempo que el vehículo comenzaba a descender la colina. El viaje era sorprendentemente plácido, considerando el primitivo transporte en que iba. El camino por el que avanzaban estaba bien construido. «Un camino romano», pensó Diana en silencio.

Se repetía a sí misma que estaba soñando o, con mayor exactitud, que se hallaba en medio de una pesadilla, pero sabía con certeza que no iba a despertar. Aquello era real. No sabía cómo, pero temía que ya no estaba en el siglo XVIII.

Y algo mucho peor aún: era prisionera del hombre que regía aquel lugar. ¡Él y el soldado habían hablado casi con indiferencia acerca de darle muerte! El miedo la invadía. Tenía la sensación de que ella era la causante de su propio infortunio. ¡Por supuesto que debía sucederle algo así! ¿Cuántas veces había dicho que le desagradaba su propia época? Vivía soñando despierta, con la mente puesta en tiempos de la historia que le parecían más esplendorosos. Despreciaba a los hombres de su generación; los consideraba unos débiles petimetres en comparación con los de la época isabelina o los caballeros de armadura de la Edad Media. ¿Y si el destino hubiese decidido hacerle probar cómo eran realmente esos hombres? Que Dios la asistiera; al lado de esos romanos, los conquistadores normandos parecían refinados caballeros.

La carreta pasó por un portón hacia el jardín amurallado de la villa. Se detuvo ante la puerta trasera. Un hombre mayor, de mediana estatura, que vestía una toga lisa de cuyo cinturón colgaba un látigo, habló con el conductor del vehículo. Miró a Diana con la altivez de un príncipe.

–Libérenla. –No se esforzó por disimular su desagrado ante lo que veía–. Ven –ordenó. Diana se frotó el cuello irritado por el collar, pero no se movió de la carreta. El hombre la apuntó con un dedo largo e imperativo–: ¡Ven! –La mano se posó en el látigo, en claro gesto de amenaza.

Diana bajó de la carreta y se acercó con lentitud.

–Yo soy Kell, el amo de esclavos de esta morada. Y me obedecerás. –Tenía los ojos de un tono gris claro, descoloridos como el mar tormentoso. Lo único que Diana vio en ellos, a juzgar por la expresión de ese momento, fue un exceso de orgullo–. Me seguirás –ordenó el amo.

La condujo por un pasillo largo con suelo de baldosas. Pasaron por una arcada hacia una cámara que estaba amueblada con bancos de madera. Las baldosas estaban decoradas con un hermoso diseño de mosaico.

Kell palmeó sus manos fuertes, y dos mujeres acudieron de inmediato. Vestían largas túnicas de lino liso; llevaban el cabello castaño recogido en la nuca. Diana notó que las dos carecían de atractivo y hasta mostraban un aspecto rústico, pero ambas lucían inmaculadamente limpias.

Kell habló a las mujeres con el mismo tono dominante con que se había dirigido a Diana. Ellas inclinaron la cabeza y fueron de inmediato a cumplir sus órdenes. Kell señaló uno de los bancos y Diana se sentó, aliviada. Tenía las rodillas flojas; estaba tan nerviosa que deseaba gritar. Pero era mejor no desperdiciar la energía discutiendo con aquel hombre, ya que necesitaría hasta la última pizca de sus fuerzas para cuando llegara Marco Magno. Y sin duda llegaría. De eso estaba segura, aunque fuera lo único de lo que tenía alguna certeza en aquel momento.

Poco después las mujeres regresaron con comida y bebida. A Diana le sorprendió que el refrigerio fuera para ella. Tomó de la bandeja la copa de peltre y bebió sedienta. Era un agradable brebaje de uvas dulces. Sentía la garganta tan seca que vació la copa. Una de las mujeres se la llenó de nuevo, sirviéndole de una botella de piedra.

La otra mujer depositó la bandeja con comida en el banco junto a Diana. Uno de los platos contenía corazones de alcaucil, aceitunas tiernas y queso blanco suave. Otro plato estaba repleto de finas rebanadas de carne fría y pan blanco crujiente y aún tibio, recién salido del horno.

Diana se resistía a disfrutar de los alimentos, pero como temía que la castigaran haciéndole pasar hambre, se metió algo de comida en la boca y comenzó a masticar. Tras ingerir unos bocados quedó satisfecha; no podía tragar más, pese a que la comida estaba sabrosa y bien preparada. La apartó y volvió a beber.

Diana se acurrucó contra la pared cuando Marco Magno cruzó la arcada. Una mujer joven apareció como surgida de la nada, portando un manojo de toallas. A pesar de ser alta y estar bien formada, al lado de Marco parecía menuda. Cuando se aproximó Kell, la mujer retrocedió haciendo una reverencia.

–¿Lidiará con la cautiva antes o después del baño, general?

Diana vio que una expresión de fastidio cruzaba el rostro del general. Una vez más se había olvidado de ella. Sin perder tiempo, la abordó en tono directo y autoritario. Los ojos negros la recorrieron con aire de superioridad.

–¿Quién eres?

Las palabras y los modales no mostraban el menor titubeo.

–Soy lady Diana Davenport.

El hombre lanzó una fuerte carcajada con cierto deje divertido.

–¡Ja! Diana. ¿Te consideras una diosa?

–No, Diana es mi nombre. No soy una diosa, pero sí soy una dama. –Levantó la cara en gesto desafiante–. ¿Y quién eres tú?

Él quedó perplejo por el tono que empleaba la joven.

–Yo soy el hombre que decide si tú vives o mueres. Eres mi prisionera, mi propiedad. Quiero respuestas, ¡y las quiero ya!

Diana dio un salto, a pesar de su decisión de hacerle frente. Tragó saliva.

–Eres un bruto y un engreído –espetó en voz contenida.

–Dos de mis mejores cualidades. ¿De qué nacionalidad eres?

–Soy inglesa... Británica.

–¡Otra mentira, por Júpiter! Las tribus de Britania son de primitivos cazadores de cabezas, tan salvajes e incivilizados que todavía se pintan el cuerpo con glasto para asustar a los enemigos.

Diana guardó silencio un instante. No podía negar que los antiguos britanos eran en verdad como él los describía.

–¿De dónde vienes? –inquirió el general.

–De Londres. Vivo en Londres.

–¿Te refieres a Londinium? Hasta tu lenguaje es extraño. ¡Y ésa es otra condenada mentira! Londinium fue destruida por el fuego hace unos meses. ¿Qué estás haciendo en Aquae Sulis?

«¡Aquae Sulis, por supuesto! Ése es el nombre romano de Bath», comprendió Diana.

–Estabas espiando. Eres una sucia espía druida. ¿Acaso Aquae Sulis es la próxima ciudad que quemarán los salvajes britanos, a quienes vosotros, los druidas, tenéis bajo control?

Diana se apresuró a buscar información en su memoria. Había devorado muchos libros de historia y sabía que en los años 60-61 a. C. la reina Boadicea de Britania había liderado un levantamiento de las tribus nativas contra los romanos y había quemado Londres.

–No soy druida –afirmó con veracidad.

–Entonces ¿qué eres, además de un sucio montón de harapos?

Aquel bruto incivilizado tenía la capacidad de herirla en su orgullo. Sin embargo, no podía darle ninguna respuesta que lo apaciguara.

–Con esos trapos ni siquiera puedo saber tu sexo o tu edad. ¡Desvístanla! –ordenó a las mujeres.

Las mismas esclavas que habían llevado la comida intentaron quitarle la ropa. Como Diana se resistió, la más alta dejó las toallas y acudió a asistirlas. Diana huyó por el suelo de baldosas hacia la pared opuesta.

Kell tomó el látigo y avanzó con intenciones más que obvias.

Con los ojos llameantes, Diana mostró los colmillos como un furioso gato salvaje.

–¡Romanos cobardes! ¿La única manera que conocen de tratar a una britana es azotándola?

Estas palabras divirtieron a Marco Magno, que sonrió como un lobo.

–Kell no es romano, sino britano. Según mi experiencia, en el mundo no existe mejor amo de esclavos que otro esclavo.

Diana estaba horrorizada. La habían acorralado y comenzaron a desvestirla. Sólo le dejaron el corsé y la inmunda peluca. Todos miraban perplejos la prenda apretada que la embutía. La humillación le tiñó las mejillas.

Magno miró a Kell y comentó sin darle importancia:

–Debe de ser algún artilugio secreto que usan las sacerdotisas druidas. ¡Quítenselo!

Después de mucho forcejear, empujar y tirar de las cintas mientras Diana lanzaba maldiciones y repartía arañazos, el corsé cedió. En el forcejeo también saltó la polvorienta peluca.

Magno vio que se producía una transformación a la vez asombrosa y placentera. Al caer el falso pelo blanco, una masa sedosa de bucles dorados se desparramó por la espalda de Diana, que era una deliciosa curva de alabastro. Libre de la prenda que la aprisionaba y le distorsionaba el cuero cabelludo, resultaba en verdad muy femenina: toda delicadas curvas y montículos. Los pechos redondos y erguidos estaban coronados por pezones idénticos a capullos de rosa. La cintura era tan fina que casi se la podía encerrar en una sola mano fuerte. Las nalgas se dibujaban suaves, preludio de unos muslos sedosos y unas piernas esbeltas.

La piel era clara e inmaculada; el cuerpo, más hermoso que el de cualquier diosa. Diana se acurrucó en un banco de madera con excesiva modestia. El cuerpo de Marco Magno respondió enseguida a la belleza que tenía delante. Era tanta la diferencia respecto a las demás mujeres que casi no podía creerlo. Aquella muchacha semejaba una fina copa italiana puesta entre gruesas jarras de piedra.

–¡Por los dioses! –murmuró con voz ronca–. Báñenla y envíenla a mi lecho. –Luego se retiró a su piscina privada, que se hallaba al final del jardín.

Diana miró a Kell con repugnancia.

–Tienes mucha suerte –dijo el hombre–. Al amo le ha gustado lo que ocultaban tus harapos. Tu cuerpo te ha salvado la vida, al menos de momento.

A Kell le sorprendía que Marco mostrara tanto interés por una mujer, ya que el general no solía perder tiempo con el sexo opuesto. Era un militar severo, que disponía de poco tiempo para las féminas. Visitaba a alguna prostituta o usaba a una esclava un par de veces por semana, aunque nunca había demostrado preferencia por ninguna en particular, pese a que todas las que allí habitaban ansiaban su atención.

–Por favor, deme algo para cubrirme.

–Los romanos no se avergüenzan del cuerpo desnudo. De hecho, lo muestran en toda oportunidad que se les presenta –replicó Kell con voz cortante.

–Yo no soy romana –aclaró Diana, y se cubrió el pecho desnudo con su propio cabello.

–Llama a una esclava de baño, o mejor a dos. La mujer es caprichosa –ordenó Kell a una de las mujeres.

Las dos muchachas entraron en la habitación tan pronto como se retiró la criada. Eran jóvenes y atléticas, y llevaban el cabello cortado al rape. Vestían túnicas blancas cortas y sandalias.

–Bañen a la nueva esclava, y luego devuélvanmela. Yo elegiré una estola para ella.

–¡No soy una esclava! –exclamó Diana desafiante, con la cabeza bien erguida.

Kell suspiró. Se acercó al banco de madera y dijo en voz baja, con infinita paciencia:

–Necesitas unos buenos azotes. El instinto me indica que, si te azoto ahora mismo, me ahorraré bastantes problemas. Sin embargo, el amo disfrutará más de tu cuerpo sin las marcas de mi látigo.

–¡Está loco! –replicó Diana.

–La vida será infinitamente más sencilla para ambos si llegamos a un acuerdo –prosiguió Kell–. Tu lenguaje y modales me dicen que eres una muchacha inteligente. Mi posición en esta morada es segura, porque mi palabra es ley. Y lo es porque imparto disciplina a todo el que se halla por debajo de mí. Esta casa funciona con perfecto orden; por lo tanto, es un hogar feliz. Y eso es exactamente lo que quiere el general, y los deseos del general son los míos. Por tanto, lo que yo quiera debes quererlo tú. ¿Queda claro?

–Perfectamente claro –respondió Diana en el mismo tono–. No hay fallo en su lógica, ¡pero aborrezco su cobardía y su falta de sensibilidad moral!

Los ojos de Kell brillaron peligrosos.

–Continúa.

El tono indicaba con claridad que si Diana continuaba, debería atenerse a las consecuencias.

–Estoy desnuda. Me niego a seguir hablando con usted.

Kell entendió perfectamente lo que ella había querido decir. Él era el esclavo que manejaba a su propia gente cumpliendo las órdenes de un romano. Los ideales de la muchacha eran muy elevados y nobles sólo porque nunca había experimentado la esclavitud. A Kell le interesaba saber cuánto tiempo más se mantendrían esos principios después de que él le hiciera saber qué significaba ser una esclava. No tendría que esperar demasiado.

–Confiaba en que llegáramos a un entendimiento, pero sólo hemos llegado a un callejón sin salida. Que así sea. –Hizo señas a las esclavas para que se la llevaran.

No fueron en la misma dirección que el general, de modo que Diana supuso que había más de una zona de baños. La condujeron del otro lado de unos portones cubiertos por pesadas cortinas de lona. Sintió un gran alivio al ver que no había más ojos masculinos fijos en ella.

El suelo del cuarto, que no era demasiado amplio, estaba cubierto por inmaculadas baldosas blancas; las bañeras eran cuadradas, de color turquesa. De la bañera más grande se elevaban nubes de vapor. El agua humeante la invitaba a sumergirse.

–Puedo bañarme sola –aclaró Diana con firmeza al tiempo que descendía los escalones hacia el agua.

Las esclavas intercambiaron miradas pero no protestaron. Una de ellas echó en el agua algo que sacó de una hermosa botella. Las nubes de vapor aromatizado subieron hasta invadir los sentidos de Diana.

–¿Qué es eso? –preguntó.

–Incienso, una hierba aromática –respondieron al unísono las esclavas.

El agua tibia era celestial. Diana cerró los ojos y apoyó la cabeza contra las baldosas de color turquesa. Respiró hondo, y le pareció que las preocupaciones y los temores que amenazaban con desbordarla comenzaban a esfumarse. De repente oyó que había otras personas en el agua, con ella.

Abrió los ojos y se estremeció al ver a una esclava de bano a cada lado; cada una de ellas sostenía en la mano un arma de aspecto temible.

Diana gritó, y las muchachas intentaron calmarla.

–Es sólo un cepillo –dijo una, mostrándoselo en la palma abierta de la mano.

–¿Un cepillo?

–Es un utensillo que sirve para raspar la piel –explicó la esclava al ver el desconcierto de Diana–. No duele. Ven.

Diana se sentía demasiado cansada para protestar. Salió del agua y se echó sobre una superficie de mármol, como le indicaron. Eso de que le rasparan la piel daba la impresión de ser una experiencia desagradable, pero se dio cuenta de que encontraría innumerables costumbres extrañas en aquella villa y en Aquae Sulis. Cuanto más rápido se adaptara, más fácil le resultaría todo.

Tener que adaptarse a otra época y cultura iba a revolucionar su concepción de las cosas. La perturbaría en el aspecto físico, y también en el mental y el emocional. Se dijo que era más inteligente y más culta que cualquiera de las personas que habitaban aquella casa, y el hecho de proceder del mundo moderno la hacía más civilizada que cualquiera de los personajes primitivos del siglo I.

Allí debía dejarse llevar por el discurrir de lo cotidiano. Tenía que aceptar las diferencias más pequeñas, que en realidad eran inconsecuentes. Reservaría su energía y sus fuerzas para protestar contra aspectos más importantes, aquellos que jamás podría aceptar. ¡Como la esclavitud! Sin duda se trataba de una condición abominable para todas las personas civilizadas.

La sensación que le producía el cepillo al deslizarse por su cuerpo la sorprendió gratamente. Las esclavas le dieron masajes con aceite de almendras y retiraron el exceso con una toalla limpia. Luego la llevaron de nuevo al agua caliente y le lavaron el cabello con puñados de jabón suave.

Por último, la hicieron salir de la bañera para sumergirse en una más pequeña. El agua fría le cortó la respiración, y las esclavas rieron con ella cuando se le erizó la piel de los brazos y las piernas. La envolvieron en un gran toallón seco y le enjugaron el agua del cabello hasta dejarle una masa de bucles apenas húmedos.

Luego las muchachas se cambiaron las túnicas mojadas por otras secas, idénticas a las primeras. Entonces la condujeron a otra habitación de la villa. El suelo era de suntuoso mosaico y las paredes estaban pintadas de un contrastante color crema. En las paredes había antorchas que iluminaban el cuarto. Las esclavas la invitaron a sentarse en una banqueta semejante a un trono, que estaba cubierta con un almohadón y cuyas patas aparecían exquisitamente talladas, como si la hubiese creado el famoso diseñador georgiano Robert Adam. Entonces Diana se percató de que quizás Adam hubiera tomado prestado ese diseño de los romanos.

El espejo, de pura plata bruñida, habría resultado de un valor casi incalculable en los tiempos modernos. Una de las esclavas se sentó a trabajarle el cabello con peines, cepillos y pinzas calientes. La otra abrió una caja tallada y extrajo potes de cremas, lociones, perfumes y pinturas para el rostro.

Diana era lo bastante mujer para disfrutar del embellecimiento de su persona. Observó fascinada cómo su cara quedaba enmarcada por los pequeños rizos que formaban los mechones más cortos de las sienes y la frente. El resto le caía por los hombros y la espalda como una nube de oro. La otra esclava le coloreó las mejillas, dio un toque de carmín a los labios y hasta le sombreó los párpados con un tono plateado.

Diana se contempló en el espejo con desconcertante placer. Las esclavas habían obrado magia. ¡La habían convertido en un ser hermoso!

8

Kell entró en la habitación con la túnica que había elegido para Diana. Los ojos de color amatista se encontraron con los de color gris y les sostuvieron la mirada un instante. El atuendo que el hombre había elegido era de un tono tan vibrante que Diana anheló poseerlo. Kell lo tendió a una de las mujeres y se paró con los brazos cruzados sobre el pecho a la espera de que se lo pusieran.

Diana luchó contra el desagrado que le causaba que un hombre la viera vestirse. Sabía que ninguna protesta la libraría de él. Lo consideraría sencillamente un esclavo, no un hombre. Este pensamiento la llenó de culpa. ¿Acaso ya empezaba a corromperse?

La túnica de seda era de color magenta. Diana jamás se habría atrevido siquiera a soñar con poseer una prenda de aquel tono magnífico, que realzaba su belleza tornando el cabello en luz de luna y la piel en nácar. No llevaba ropa interior, y la ironía de la situación no le pasó inadvertida. ¿Cuántas veces había deseado tener el cuerpo libre de incómodas prendas íntimas?

Una de las esclavas se arrodilló a sus pies y le calzó unas sandalias con plataforma de corcho. Cuando se incorporó para ver si podía caminar, Diana advirtió que en un costado la túnica de seda magenta presentaba un corte que llegaba hasta la cintura y dejaba ver la pierna a cada paso. Y encaramada en las plataformas de corcho, sus piernas parecían muy largas.

Kell la miró con ojos entornados.

–El almizcle egipcio –ordenó.

Se trataba de un perfume tan costoso que la esclava alcanzó a Kell el frasco de alabastro, en vez de aplicárselo ella misma a Diana. Cuando el hombre se dispuso a ponerle unas gotas entre los pechos, los ojos de ambos volvieron a encontrarse. El toque de Kell fue tan indiferente e impersonal que Diana supo que aquel gesto constituía un primer paso hacia el entendimiento.

Diana había logrado olvidar las palabras del general, dueño de la maravillosa villa. Pero ahora le volvieron a la mente: «Báñenla y envíenla a mi lecho». Bien, la primera orden se había cumplido. La habían bañado y embellecido. Él ya no la consideraría «un saco de ropa sucia». Diana daba gracias a Dios por ello; una mujer se sentía más segura y poderosa cuando se sabía la más hermosa.

Ahora podían llevarla a la alcoba del amo, dondequiera que ésta se hallara. ¡Ya estaba lista para enfrentarse a él! De pronto cayó en la cuenta de lo que había querido decir el hombre. ¡El general se proponía acostarse con ella! Por Dios, qué estúpida era. Para eso la habían bañado y perfumado. ¡La habían transformado en un objeto de placer para que él la disfrutara!

Las pupilas de Diana adquirieron un tono violeta oscuro cuando miró furiosa a Kell.

–¡Está muy equivocado si piensa que iré sin más a la alcoba del general! Podrá dar órdenes a estas esclavas para contentar su negro corazón, pero yo no soy su esclava, y no obedeceré sus órdenes. –Vio que la mano de Kell tomaba el látigo, y adoptó una expresión de desafío–. No cederé sin oponer resistencia. Perturbaré la tranquilidad de esta morada, sembraré el caos, ¡causaré tal pandemónium que despertaré a todos los muertos! –Hablaba con indignación, desafiante, las manos apoyadas en las caderas–. Destruiré esta casa piedra a piedra antes que someterme a él.

Kell contaba con diversas armas para obligarla a obedecer. Eligió una sutil.

–Lo que ocurra entre Marco Magno y tú es asunto vuestro. Reconozco tus fuertes principios y estoy seguro de que no arrastrarás a otros a causa de esto. Si las esclavas no te llevan a la alcoba del señor, las azotarán por desobediencia. Como amo de esclavos de esta vivienda, seré yo el que ordene azotarlas, mientras que tu preciosa piel seguirá intacta. Tienes una lengua elocuente. Te sugiero que esperes al Primus Pilus en su cámara y le digas a él mismo que destruirás su villa piedra a piedra.

Diana tragó con dificultad. Lo que Kell sugería requeriría gran coraje. Sin embargo, la alternativa resultaba imposible de considerar. Nadie debía ser azotado por causa de ella, si se podía evitar. Kell se había valido de su ingenio para persuadirla de que cumpliera las órdenes. En el fondo, Diana no podía sino admirar la inteligencia de sus tácticas.

–Vamos –consintió Diana, inclinando la cabeza.

Kell la condujo al segundo piso de la villa y la hizo pasar a una gran alcoba.

–Después de cenar, el amo y su hermano han ido al anfiteatro. Pueden transcurrir horas antes de que regrese. Te sugiero que descanses mientras puedas.

El consejo no contribuyó a animarla, pero se aguantó las ganas de replicar con mordacidad a Kell, y le permitió retirarse.

Marco Magno ansiaba pasar aquella velada con su hermano menor. Hacía cinco años que no se veían. Ahora la legión del hermano había llegado a Britania y se sometería a un entrenamiento riguroso en Aquae Sulis antes de aventurarse en la salvaje e inconquistada Britania occidental.

Marco esperó en el atrio, listo para recibir a Petrio cuando entrara en la villa. En lugar de abrazarlo, le dio una palmada en el hombro.

–Por Júpiter, qué buen aspecto tienes. Estás mucho más robusto que el muchachito de diecisiete años al que dejé en Roma.

Petrio había seguido los pasos de su hermano. A los catorce años, Marco había iniciado una carrera de veintiséis años de servicio militar, y se convirtió en un soldado profesional de por vida. Petrio había debido esperar hasta los diecisiete, porque no poseía los músculos de Marco. Sin embargo, lo que le faltaba en el plano físico lo compensaba con ferocidad, gracias a la cual logró ascender a centurión de cohorte y tener a su mando a más de quinientos soldados.

Dominaba a sus hombres mediante el miedo, y le habría agradado cambiar su apuesto rostro por el de Marco. El semblante del hermano era moreno y severo. El puente de la nariz y los planos de las mejillas le conferían un aspecto duro, austero, invencible. La cicatriz que le cruzaba desde la sien hasta la mejilla le añadía un toque de violencia salvaje que Petrio codiciaba.

Al ver la villa de su hermano, no fue el rostro de Marco lo único que codició. Era casi tan grande como la del padre de ambos, en Roma. El atrio tenía un cielo raso de vidrio a través del cual se veían las estrellas, así como una fuente de mármol con peces dorados y plateados que nadaban veloces entre las frondosas plantas acuáticas.

Caminaron entre los pilares de mármol y entraron en el triclinio, donde Marco cenaba solo o agasajaba a los invitados. Toda la estancia estaba decorada en dorado y blanco. Unos pilares de mármol rodeaban las paredes, y había mesas de mármol entre sillones reclinables, que se hallaban cubiertos de almohadas y almohadones dorados y blancos.

–Imponente. ¿Cuántas habitaciones hay? –preguntó Petrio, decidido a no traicionar su envidia.

–Una veintena, quizá –respondió Magno al tiempo que se encogía de hombros.

–¿Cuántos esclavos?

–En la casa, treinta –informó Magno, sin tener en cuenta los esclavos que trabajaban en los jardines y en el peristilo amurallado, convertido en un hermoso santuario. No deseaba parecer ostentoso ante Petrio.

–¿Tienes más?

Ya que Petrio no lo dejaría en paz, Marco le dijo toda la verdad.

–Un centenar. Todos obtenidos en batallas como trofeos de guerra. Luché una década en África y la Galia antes de venir a Britania. Combatí cuatro años aquí antes de convertirme en Primus Pilus. Eso suma muchos prisioneros.

–Yo no tomo prisioneros. La emoción de la batalla mancha de sangre mi espada en la matanza de los enemigos de los romanos.

–Con las directrices adecuadas, los enemigos pueden convertirse en aliados. Mis esclavos son todos trabajadores voluntariosos. Construyen carreteras, acueductos y baños. Algunos son ingenieros. Están aprendiendo habilidades que podrán utilizar una vez que queden en libertad.

–¿Libertad? No seas necio, Marco. Cuando termines con ellos, debes enviarlos a las galeras o a Roma a luchar en el circo. Cualquiera de las dos opciones terminará pronto con ellos, antes que dejarlos vivir para que te acuchillen por la espalda alguna noche oscura.

Marco cambió de tema. Al igual que muchos romanos, Petrio disfrutaba con el derramamiento de sangre. Por ello ascendería de rango. Varias tribus salvajes de los celtas eran cazadoras de cabezas. Las montañas del oeste y la isla de Mona eran como una marcha hacia el Hades.

–¿Tanto ha cambiado Roma en cinco años?

–¿Bromeas? Desde tu último permiso para recuperarte de tus heridas han construido bastante; no reconocerías el lugar. ¡Desde que Nerón se proclamó emperador los entretenimientos resultan espectaculares! Son la envidia del mundo entero. Tenemos cacerías de bestias no sólo en el circo, sino por doquier en la ciudad. Admiro enormemente a Nerón.

–Se acostó con su madre y después la envenenó –observó Marco sin rodeos.

Petrio rió.

–¡Un destino que merecen muchas mujeres! –exclamó Petrio con una carcajada.

Los pensamientos de Marco volaron hacia la hermosa esclava que acababa de adquirir. Ya estaba ansioso por poseerla. Se esforzó en retornar a la conversación.

–Me encantaría ver las carreras de cuadrigas en el Circo Máximo. Hasta me encantaría tentar a la suerte como competidor.

–Yo no frecuento las carreras. Prefiero los gladiadores y los *bestiari*. Y, por supuesto, las ejecuciones.

Como a Magno no le entretenían las ejecuciones, pensó que quizá Petrio intentaba aguijonearlo, pero entonces el hermano menor lo sorprendió con un cumplido.

–Si corrieras allí, muy probablemente ganarías, como has hecho hoy.

–No estoy seguro, Petrio. Los britanos son los mejores corredores de cuadrigas del mundo. De ellos aprendí mi habilidad.

–Nerón importa todo lo que puede. ¿Por qué son mejores los britanos que los romanos?

–Porque todavía utilizan cuadrigas para las contiendas armadas. Nosotros dejamos de hacerlo hace años... Un error, en mi opinión. Nuestros soldados de infantería son demasiado lentos para luchar con los britanos, que se mueven con la velocidad del rayo. Espera a enfrentarte a ellos en la batalla, y no darás crédito a lo que son capaces de hacer.

–La legión romana es la máquina militar más grande que el mundo jamás haya conocido –se burló Petrio.

Mientras conversaban, estaban recostados en sillones, atendidos por esclavos de impecable entrenamiento que les llevaban diversos platos de comida deliciosamente preparada. Entre manjar y manjar, otro esclavo les alcanzaba recipientes de agua perfumada y pequeñas toallas. Petrio casi palideció de envidia al ver que su plato era de oro macizo.

–No obstante, nuestras pérdidas son colosales. Pero no te preocupes; te enseñaré todos los trucos. Para eso te enviaron a Aquae Silus.

–Un número de bajas aceptable no es más que una parte del precio que pagamos por conquistar el mundo.

–Así es –convino Marco con expresión severa.

–¿Cómo has aguantado aquí tantos años lejos de Roma? –preguntó Petrio, curioso.

Marco retrocedió en su memoria a cuando tenía doce años. El emperador Claudio acababa de invadir Britania, lo cual encendió su ambición de convertirse en general romano y conquistar nuevas tierras. A causa de su tamaño y su fuerza, el ejército lo convocó cuando contaba apenas catorce años.

–Me gusta Britania, en especial Aquae Silus. Bajo el dominio de Claudio acudió gente de todo el imperio. Muchos se casaron con britanos y se tornaron muy civilizados. Hablan latín tan bien como tú y yo. Adoptaron la vestimenta romana. Comerciantes de todos los rincones del mundo establecieron sus negocios aquí, de modo que es posible adquirir cualquier producto o lujo. Disponemos de lo mejor de todas las culturas, teatros, anfiteatros y templos. Estamos cerca del mar y no hay exceso de población, como ocurre en Roma. Vivimos lejos de la corrupción de la política, ¡y lo mejor de todo son nuestras aguas termales, que brotan de la tierra a una temperatura constante de cuarenta y cinco grados!

Tras retirar la comida, se sirvió el vino.

–Bueno, tal vez yo no admire el lugar como tú, pero no pongo objeción a las ostras o el vino –comentó Petrio con afabilidad.

–Salgamos. ¿Cómo te gustaría pasar la noche?

–¿Qué te parece si vamos al teatro? Pero nada de tragedias de Sófocles, por favor. Una obra obscena estaría bien. Luego podría resultar estimulante una visita a un prostíbulo. ¿Tienen rameras por aquí?

–Claro que sí, en los burdeles. Tenemos prostitutas que proceden de lugares tan lejanos como Asia o Arabia.

–¿Crees que habrá alguien de Nubia? ¿Puedo comprar los servicios de un hombre y una mujer?

–Me alegro de que hayan servido ostras esta noche –comentó Marco en tono seco.

Anhelaba pasar la noche con su hermano, pero ahora habría preferido mucho más quedarse en su casa. Pensaba en la hermosa criatura que había ordenado que llevasen a su alcoba. Su gusto por las prostitutas ordinarias y libidinosas se esfumaba minuto a minuto.

Petrio eligió ver una pantomima. Se trataba de una ruidosa farsa de un amante sorprendido por el regreso de un esposo celoso, que se veía forzado a ocultarse debajo de la cama. Luego mostraba el gran sufrimiento del amante mientras el esposo y la esposa tenían repetidos encuentros sexuales sobre el lecho debajo del cual el desdichado amante estaba escondido.

El lenguaje era en extremo grosero. Los gestos de los actores y actrices, indescriptiblemente vulgares. Y todo ello aderezado con una música estridente y bailes floridos. El teatro estaba atestado de hombres, en su mayoría soldados romanos; también había muchos comerciantes y un gran número de jóvenes de Aquae Sulis.

Marco, aunque aburridísimo, se sintió agradecido de que Petrio se partiera de risa del principio al fin de la pieza. El único reparo que formuló el hermano menor fue que durante el intervalo no hubieran animado al público con una pelea de osos o toros.

La obra, que parecía interminable, provocaba los aplausos más fuertes en las escenas más groseras. Por fin terminó, y al salir del teatro Marco alegó una excusa para no visitar el burdel esa noche.

–Deberías ver las rameras que abundan ahora a las puertas del Circo Máximo. Las alcahuetas trabajan de sol a sol.

–Eso es porque los placeres sádicos de los juegos excitan al máximo el apetito sexual –explicó Marco, disimulando la repugnancia que aquello le producía.

–Hoy en día, en Roma, cualquier dueño de una tahona o un negocio de restauración posee jóvenes esclavas para satisfacer los placeres sexuales de los clientes. Se puede obtener una mujer por dos centavos.

–Aquí, en Aquae Sulis, estamos atrasados en este aspecto –comentó Marco mientras en silencio agradecía a los dioses que así fuera y se preguntaba por qué Roma iba perdiendo su gloria al volverse cada vez más degenerada.

Tomaron una litera en dirección a la peor calle de Aquae Sulis, donde Magno llevó a su hermano a un burdel que atendía los apetitos más depravados. Pagó cinco sestercios de oro a la dueña del prostíbulo y deseó buenas noches a Petrio.

–Debo de estar envejeciendo –comentó con una sonrisa burlona–. Las carreras de hoy han consumido toda mi energía, y pronto amanecerá.

–¡Disfruta de todos los placeres, hermano! ¡Ya dormirás cuando hayas muerto! –insistió Petrio–. ¿O será tu serrallo de esclavas lo que te arrastra a tu casa? Ahora que lo pienso, has estado algo distraído toda la noche. Volveré, para ver cuál es la gran atracción.

Magno rió.

–Ven cuando quieras, Petrio. Mi villa es tuya mientras estés en Aquae Sulis.

–Acepto tu generosidad, pero prefiero dormir en el cuartel con mis hombres, porque necesitan que alguien los vigile. Aun así, quizás aproveche tu peristilo y el baño privado.

Marco experimentó un profundo alivio al escapar de allí. Al

día siguiente lo esperaba una larga y ardua jornada, dominada por perversas lecciones de esgrima. Entonces hizo una mueca. Marco no se engañaba ni por un momento. La fuerte atracción que lo impulsaba a regresar a su villa era la fascinante mujer que se hacía llamar lady Diana.

Aunque Diana temía la llegada del bruto que había ordenado que la mantuvieran cautiva, observaba subyugada la cámara del general. Era tan grande que debía de ocupar todo un costado de la villa. Las persianas abiertas revelaban la existencia de unos ventanales de vidrio, lo cual la sorprendió. ¿Acaso los primeros castillos y atalayas, construidos siglos después de que los romanos abandonaran Britania, no se valían de cueros de animales para tapar las hendiduras por donde se disparaban flechas?

La pared más amplia ostentaba un hogar de mármol. En la parte superior había un fresco; Diana lo estudió y vio que las figuras que aparecían en el yeso eran de dioses y diosas romanos, y la mayoría de ellos desnudos. Quedó fascinada, pues jamás había visto desnudos artísticos.

El dios dominante, que estaba situado en lo alto y asía un rayo de oro, debía de ser Júpiter. La mujer que aparecía más abajo, hacia su derecha, con el vientre hinchado por un embarazo, debía de ser Juno, la diosa de las mujeres y los partos. Y había muchos otros que Diana no reconocía.

En el extremo inferior izquierdo se representaba un banquete, una orgía a juzgar por el modo en que los cuerpos se entrelazaban entre sí. Diana se ruborizó y decidió que el artista había pintado a Baco y sus bacanales. Los cuerpos masculinos eran espléndidos, de espaldas y torsos anchos, todos muy musculosos, con extremidades como troncos de árbol. Las mujeres, bastante excedidas de peso, lucían pechos, vientres y muslos generosos.

Sólo una mujer tenía un cuerpo esbelto. Estaba quieta en medio de una arboleda y apoyaba una mano en un ciervo. Tenía cabello dorado, largas piernas y los pechos desnudos. Todo el fresco resultaba bastante perturbador. Diana bajó la vista hacia el hogar de mármol, negro con vetas de color oro. Sobre él había un gran brasero de bronce en forma de plato; Diana trató de imaginar para qué serviría.

Luego sus ojos se posaron en la cama que presidía la alcoba. Era maciza y estaba colocada sobre una plataforma alta con escalones. Supuso que se podía considerar una cama de dosel, salvo que los doseles eran columnas romanas altas hasta el cielo raso, con la parte superior decorada con curvados cuernos de carnero. El lecho estaba cubierto con pieles de animales, sobre las cuales descansaba una docena de almohadas y almohadones bordados en negro, oro y púrpura. También aquello resultaba perturbador. Con toda intención le dio la espalda.

En un nicho que se hallaba en la parte posterior de la alcoba había un escritorio de ébano y un enorme sillón. Vio numerosos pergaminos y papeles, pero lo que le causó más admiración fueron las plumas y las tablillas de madera y cera. Recorrió los objetos con los dedos en actitud reverencial; había leído acerca de ellos, pero jamás había soñado que los llegaría a ver y tocar en realidad.

Detrás del escritorio había mapas desplegados en la pared. Tres eran de Bath, o Aquae Sulis, como la llamaban allí. Los estudió y vio que uno mostraba cómo era la ciudad antes; otro, cómo era en ese momento; y el tercero presentaba las mejoras planeadas. Trazó con los dedos el camino romano conocido como la Vía del Canal. Otro mapa, más grande, abarcaba la zona norte de Inglaterra y partes de Escocia, mientras que unos cuatro mapas representaban Gales.

A partir del momento en que Diana descubrió los pergaminos, toda su atención se centró en ellos. Resultaba evidente que Marco Magno leía a los filósofos griegos. Allí estaban Homero y Sófocles traducidos al latín por un tal Suetonio. Eligió una caja de cuero que contenía un pergamino de sátiras de Horacio; lo desenrolló y leyó al azar:

> Y cuando arde tu deseo, sin duda
> si hay una criada o un paje cerca a quien atacar,
> ¿no elegirás sonreír y aguantar?
> ¡Yo no! ¡A mí me gustan los amores fáciles y baratos!

Diana dejó que el pergamino volviera a enrollarse solo. ¡Qué filosofía repugnante! Encontró una historia de Julio César, de cuando Roma era una república, no un imperio. Se sentó en el gran sillón de ébano y se puso a leer. Tan absorta estaba en la lectura que perdió la noción del tiempo.

De repente oyó la voz profunda de un hombre. ¡Por Dios! ¡Había llegado!

9

El cuerpo poderoso de Marco llenó la puerta al detenerse en el umbral. Los ojos negros recorrieron a Diana desde el cabello de oro hasta las sandalias con suelas de corcho y ascendieron de nuevo a los párpados plateados. Cruzó el cuarto hasta donde se hallaba la joven, donde la luz de las antorchas le iluminaba el rostro.

En contraste, el rostro en sombras del general lucía oscuro y peligroso. Los ojos de color negro azabache no perdían detalle. Vio la seda magenta que volvía claro como la luz de la luna el cabello de Diana. Vio cómo el género moldeaba la redondez de los pechos erguidos y revelaba los pezones duros como diamantes.

La vio saltar de la silla al tiempo que los labios de Diana se abrían en una breve exhalación, y advirtió que las manos delicadas se agitaban al dejar caer el pergamino que sostenían. «¿De veras sabrá leer?», pensó.

Cuando Diana se puso en pie, la tela adherente le acarició las curvas del cuerpo; revelaba el lugar donde se hundía el ombligo y, algo aún más tentador, el sitio donde el abultado hueso del pubis levantaba la seda magenta sugiriendo el delicioso monte de Venus.

Los ojos de ébano descendieron hasta la falda abierta a un costado, luego por las piernas esbeltas hasta los delicados tobillos y los menudos pies. Después Marco invirtió despacio la dirección de su mirada, delineándole el cuerpo desde los dedos de los pies hasta las sienes.

Aquella muchacha era como un extraño regalo de los dioses. ¿Había hecho algo excepcionalmente noble o valiente en los últimos tiempos para merecer tal recompensa? La excitación le causó un absoluto placer. Sentía que los latidos de su miembro iban al compás de los de su garganta.

–Ven a mí –dijo con suavidad.

Diana se sobresaltó, tanto por la petición como por el tono de voz. Alzó el mentón y se le encendieron los ojos de color violeta.

–¿Adónde debo ir? –preguntó en un dulce tono sarcástico–. ¿Hasta tu cama?

–Ése sería mi deseo.

Las palabras eran directas, pero el tono sonó bajo y ronco.

El estómago y los pechos de Diana se contrajeron en un estremecimiento. Los ojos negros la miraban.

–¡Pero no sería «mi» maldito deseo! –desafió con imprudencia.

–No tienes opción. Eres mi esclava –replicó Marco con calma.

Su mirada le decía que iba a consumirla, a devorarla. En lo más hondo de su ser, Diana sabía que era inevitable. Sabía que para él era hermosa. Sabía que en ese momento él la deseaba más que a cualquier otra mujer, y eso la fundía por dentro como lava ardiente.

Era la masculinidad de Marco lo que causaba en ella ese efecto. Él era más hombre que cualquier otro que jamás hubiese conocido o evocado en sus fantasías, y hasta la fibra más íntima de su feminidad clamaba por él. Marco le había pedido que se acercara, y eso era lo que ella anhelaba, por increíble que pudiera parecer. Comenzó a avanzar sinuosa, provocativa, sensual, ondulando las caderas, consciente de que la seda magenta se adhería a sus nalgas y las moldeaba de forma posesiva.

Como Eva, quería hacerle hervir la sangre. Sus jugos perversos burbujeaban descontrolados, corrían salvajes por las venas, fluyendo hacia el caliente centro femenino entre sus piernas.

–¿Tu esclava? ¿Qué fue de tus ridículas suposiciones de que yo era una espía o una sacerdotisa druida? ¿Acaso se han desvanecido todos tus recelos respecto a mí?

Él lanzó una carcajada.

–Soy romano. Los romanos no temen a las mujeres. No me importa lo que fueras antes de hoy. Lo que hayas sido terminó. De ahora en adelante eres mi esclava, mi propiedad. Tienes una sola razón para vivir, y es complacer a Marco Magno.

Mientras se ondulaba ante él desplegando fuego y pasión, Diana descubrió en el brillo de los ojos negros que lo complacía en grado sumo. Brotó en ella un nuevo poder femenino.

–Muy bien, romano. Si te complace pensar que soy tu esclava, que así sea, pero permíteme quitarte la idea de que seré una esclava bien dispuesta. Antes de someterme a tus exigencias, deberás usar tu látigo.

Estas palabras sólo sirvieron para estimular el apetito del general, que estaba ávido de ella, voraz.

–Soy romano. No necesito azotar a mis esclavas.

Marco subió los escalones hacia la cama y se sentó para quitarse los protectores de las canillas y las sandalias. Los músculos de las fuertes pantorrillas se abultaron como bloques de hierro. Los muslos desnudos parecían aún más potentes.

Diana se humedeció con la lengua los labios resecos. Dejó de avanzar, se detuvo frente a él con las manos apoyadas en las caderas y le hizo burla.

–¡«Soy romano»! Qué maldita arrogancia. ¡Eres menos civilizado que un salvaje!

Él se aflojó el cinturón ancho de cuero y dejó a un lado la espada corta y una daga.

–¿Eso es lo que esperas? –preguntó con suavidad.

La serena interrogación resultaba más amenazadora que si hubiera gritado y prometido ser más salvaje que cualquier hombre vivo.

–Por Dios, no –susurró ella con tal vulnerabilidad que lo hizo vibrar hasta lo más hondo y aceleró salvajemente los latidos del miembro viril.

Marco se quitó la pechera ornamental y la faja de bronce de la coraza. Ahora sólo lo cubría una corta túnica de lino blanca. Abrió las rodillas, apoyó los codos en ellas y se inclinó hacia Diana.

–Acércate a mí –ordenó.

Marco Magno se sentó sobre la colcha de piel como si fuera un trono, y él, el emperador del mundo.

–No, no puedo.

Diana se estremeció un poco. Su negativa ya no era desafiante, aunque sí firme.

–Dame una razón por la que no puedas –exigió él mientras con los ojos acariciaba el cuerpo tembloroso de la joven.

–Soy virgen –confesó Diana con brusquedad. Él la miró incrédulo.

–¿Ahora me dices que eres una vestal virgen? –replicó él sin dar crédito a las palabras de ella.

–No, una virgen vestal no. Sólo virgen.

Él se golpeó los muslos y rió.

–¡Imposible! –La risa cesó. Ella daba la impresión de hablar en serio–. ¿No has tenido otro hombre antes que yo? –Pensar en esa posibilidad causaba en él sensaciones gloriosas y extrañas.

–No, nunca he yacido con hombre alguno.

–¡Pero eso es ridículo! No tiene sentido. Eres mujer; el único objetivo de la hembra es complacer al macho. ¿Por qué no tienes experiencia en los actos de Venus?

–Porque no estoy casada –explicó ella.

–¿Y? –preguntó Marco, aún sin comprender.

–En el lugar de donde yo vengo, una muchacha debe permanecer virgen hasta convertirse en novia. –Diana se ruborizó por la intimidad del tema.

–¿Por qué? –inquirió Marco–. No tiene sentido preservar el himen. No existe lógica ni beneficio en ello.

«Si es así, ¿por qué la posibilidad de que esta muchacha sea virgen te lleva al borde de la locura? ¿Por qué tu virilidad está a punto de estallar?»

–No lo sé –susurró Diana–. Lo único que sé es que en mi cultura ningún hombre contrae matrimonio con una muchacha que no esté intacta. Si una mujer soltera está físicamente incompleta, no tiene valor ni honra alguna. Es lo más importante en la existencia de una joven.

A él lo irritaba que ella hablara de su cultura y su vida anterior.

–¿No te he dicho que a partir de ahora han cesado de existir tus experiencias pasadas? Desde hoy..., desde esta noche, eres mía. El único objetivo de tu vida es complacerme. ¡Ven!

La voz era imperiosa; el rostro, orgulloso como el de una águila romana.

En Diana se encendió de inmediato la ira.

–¡¿Y yo no te he dicho que no me convertiré en tu esclava?!

Marco se puso en pie y la señaló.

–¡Eres mi esclava, y pronto lo aprenderás!

–Quizá sea tu esclava, romano –replicó Diana con gesto atrevido–, pero no soy esclava en tu cama. ¡No sin azotes!

¿Eres capaz de disfrutarme después de haberme azotado ferozmente?

El general descendió las escaleras hacia ella. Aunque sin saber cómo, Diana se mantuvo inmóvil. Marco Magno se le acercó tanto que casi se tocaban.

–Te castigaré, pero mi arma no será el látigo. –Los ojos negros taladraron los de ella, dominándola con su presencia imponente.

«Tómame y llévame a tu lecho», gritó una voz perversa dentro de Diana.

Marco percibió el incienso egipcio y también otra cosa, mucho más embriagadora. Su boca descendió hasta encontrar la de ella en un beso intenso y brutal, como para probarle que él era el amo, y ella, la esclava.

La boca de Diana era deliciosamente suave y dócil, hasta que de repente ella le mordió el labio inferior con los pequeños dientes afilados. Él tuvo que tirarle con violencia del cabello de oro para que lo soltara.

Diana se echó atrás, jadeante, exhibiendo un brillo victorioso en los ojos de color amatista.

–Fui yo quien te sacó sangre, romano.

Él llevó el brazo atrás con la intención de golpearla, y en ese preciso instante fue como si los dioses le sujetaran el puño para evitar que pegara a la joven. Con una sensación de vértigo en las entrañas, Marco comprendió que, si en verdad le hubiera pegado, le habría aplastado los delicados huesos de la cara. Con paso enérgico se dirigió a la puerta, la abrió con fuerza y vociferó:

–¡Kell!

Al cabo de un minuto, el esclavo entró en la alcoba. Bajó la mirada para que el general no se diera cuenta de su admiración por la nueva esclava. De inmediato supo que Diana no se había entregado al amo. Y supo también que aquella muchacha había despertado en Marco un deseo voraz como éste jamás había experimentado por otra mujer. Una enorme erección abultaba la túnica del general romano, que hervía a la vez de furia y deseo, una combinación fatal.

–Esta dama se cree demasiado fina para venir a mi cama. No está convencida de que es mi esclava. No tengo duda de que entre los dos podemos convencerla de que es propiedad mía. Sé que juntos la convenceremos de que acepte su destino.

–Haré lo máximo que pueda, general –repuso Kell.

La mano de Kell aferró el látigo, pero antes de llegar a blandirlo le sorprendió ver que Marco Magno palidecía por el castigo que había ordenado. «La desea con desesperación y la quiere sin mácula. Me pregunto si ella es consciente de cuánto poder le otorga eso.»

El rostro de Marco Magno era una máscara de bronce.

–Cambia la seda fina por una tosca toga marrón, y cubre su hermoso cabello con una pañoleta. Límpiale la cara para sacarle la pintura de labios y ojos que la embellece. Dale sólo pan y agua.

–Toda mi vida he usado ropa que me desagradaba –gritó Diana con voz desafiante–. ¡No me importa en absoluto!

–Ah, pero ahora que has conocido el placer de vestir de un modo exquisito, tu vanidad femenina no soportará los trapos feos por demasiado tiempo.

«Maldito, maldito Marco Magno; sabes exactamente cómo atacar mi orgullo.»

–Mañana a las cinco de la mañana ponla a fregar los suelos de baldosas. Creo que hay por lo menos una veintena en mi villa. Invertirá todo el día en dejarlos sin una sola mancha. Luego haz que la traigan de nuevo a mi alcoba, y ya veremos si la dama ha cambiado de opinión.

Diana adoptó la postura altiva de una diosa.

–Te rechazaré por toda la eternidad.

Los ojos negros la quemaron.

–¡De un modo u otro te tendré de rodillas a mis pies!

«Si no pongo distancia entre ellos, las chispas incendiarán la villa», pensó Kell.

Diana siguió al amo de esclavos por un vestíbulo. El hombre eligió para ella una cámara pequeña y aireada y la hizo entrar. Las antorchas encendidas dejaban ver que el lugar estaba pintado de color durazno; el suelo era de mosaicos de terracota. En el centro había un dibujo del dios celta del sol, Sul. La cabecera de la cama era de hierro forjado, pintado de dorado con diseños en forma de rayos de sol. La colcha, de tela dorada, parecía de satén y brocado entretejidos.

En un rincón había un hogar con plato oval encima de un brasero, igual que el que viera en la alcoba del general. También había un tocador con un espejo de bronce muy pulido. Al fin y al cabo, aquél no parecía el cuarto de una esclava.

Kell convocó a las esclavas de la casa, que acudieron de inmediato aunque era casi medianoche. Impartió órdenes en voz baja. Cuando regresaron, una traía agua perfumada y toallas; otra, una túnica lisa de lino marrón y una pañoleta. Una esclava quitó los finos cobertores de la cama y los reemplazó por sábanas de tela áspera. La esclava dejó el recipiente de agua y esperó en pie con la toalla.

–Lávate la cara –ordenó Kell.

Tras vacilar un momento, Diana obedeció.

Kell pensó que la muchacha tenía la piel tan hermosa que no necesitaba maquillaje alguno.

Una esclava tendió la túnica.

–Quítate la seda magenta –dijo Kell.

Diana se inclinó para quitarse las sandalias de corcho y las arrojó al otro extremo del cuarto con tal fuerza que chocaron contra la pared. Luego tomó de un manotazo la fea túnica de color marrón y la arrojó tras las sandalias.

Los ojos grises de Kell no mostraron ninguna emoción. Se volvió hacia una esclava y ordenó:

–Quítale la seda magenta.

La muchacha obedeció de inmediato.

Diana permaneció de pie, soberbia, mientras la despojaban de la fina prenda. Luego, como un gato orgulloso, fue hasta la cama y se metió entre las sábanas ásperas.

–Retiraos –ordenó Kell. Cuando quedaron a solas, dijo en voz baja–: No seas tonta. Dale lo que desea. Él se enorgullece de poseer un gran dominio de sí mismo. Jamás lo he visto anhelar con tanta vehemencia a una mujer. Concédele lo que pide..., es muy poco. Será más que generoso contigo.

–No puedo –respondió Diana.

–En realidad, no quieres. Esta noche estabas tan adorable que podrías haberlo seducido con un solo parpadeo.

Al ver que ella no respondía, Kell apagó las antorchas y se marchó.

Diana yacía en la oscuridad, reflexionando sobre el encuentro con el Primus Pilus y los consejos de Kell. Cleopatra pasó a la historia como una de las más grandes amantes por haber conquistado a César y seducido al general romano Marco Antonio. Marco Antonio... Marco Magno. ¡Si ella quisiera, quizá pudiera competir con Cleopatra!

Kell le había dicho que el sacrificio que debía hacer no era tan grande. Ni siquiera el gran romano había valorado en mucho la virginidad. Al cerrar los ojos Diana veía ese cuerpo magnífico y fuerte, de músculos prominentes, y el rostro de águila, tan duro, tan orgulloso, con esa cicatriz que iba desde la sien hasta la mejilla y tornaba el rostro de bronce en algo casi irresistible.

Veía los ojos de color negro azabache que brillaban de lujuria, el cabello negro como el carbón ensortijado hasta la nuca, los hombros fuertes y los brazos abultados por encima y por debajo de los amuletos de oro. Diana solía mentir, pero nunca a sí misma. Mientras yacía acostada allí, admitió que lo deseaba. Quería que el espléndido general romano la iniciara en los ritos místicos de la feminidad. Lo único que debía hacer era posar su mano en la de él.

«Y reconocer que soy su esclava», dijo una voz en su interior.

«Sólo piensa –dijo otra voz–. Ninguna otra mujer de tu época tendrá una oportunidad como ésta. Diana, si de repente retornaras a tu tiempo y no hubieras compartido el lecho de este romano, ¡no te lo perdonarías por el resto de tu vida!»

Pero ¿cómo podría regresar sin ser ya virgen? Por fin la venció el sueño. Al cabo de una hora comenzó a soñar que alguien le había atado las manos a la cabecera de la cama. Forcejeaba en vano con las ataduras. El símbolo del sol de hierro que aparecía forjado en la cabecera de la cama se reía de ella. «¡Dios mío, hasta en mis sueños soy una esclava sometida!»

10

Marco Magno yacía desnudo sobre las pieles de su gran cama con pedestal. Tenía los brazos cruzados detrás de la cabeza, y mantenía sus ojos negros fijos en la nada. Su cuerpo aún se hallaba excitado por el encuentro con la nueva esclava. Como era un hombre que poseía un gran dominio de sí mismo, se obligó a serenarse.

El problema radicaba en que hacía casi una hora que permanecía echado allí, y su imperioso miembro masculino se endurecía más a cada minuto que pasaba. Hasta el escroto y los testículos estaban tensos y doloridos.

Con impaciencia bajó las piernas de la cama y se puso de pie. La erección le llegaba al ombligo. Con una maldición, tendió la mano hacia la campanilla para llamar a una esclava que saciara su lujuria. Maldijo de nuevo y bajó la mano. No tenía ganas de un intercambio sexual rápido. Esa noche no deseaba a más mujer que a una.

Tomó la antorcha pequeña que aún ardía y encendió todas las lámparas de la alcoba. Sus ojos se posaron en el fresco de la pared que representaba a los dioses. Le asombró advertir que en la pared de su habitación se hallara pintada una mujer casi idéntica a Diana. Las otras diosas eran casi grotescas comparadas con ella. Diana del Bosque. Tenía una delicada mano posada en el cuello de un ciervo. Ambas mujeres eran idénticas, desde el cabello color oro hasta los largos brazos desnudos. Incluso tenían el mismo nombre: Diana.

Sintió como si esa mano le acariciara la nuca, y se convirtió en un ciervo en celo. Diana del Bosque vestía una túnica que dejaba un pecho desnudo. Le ordenaría a Kell que adornara a su Diana con una prenda similar. Deseaba su compañía en la cena todas las noches después de la jornada. Hasta que la domara, la haría sentarse en el suelo, a mano, junto a su sillón.

Una vez que ella aceptara su papel, le permitiría reclinarse en su propio sillón, que se hallaría frente al de él, para que lo entretuviera con charlas civilizadas. Cuando se convirtiera en su concubina, compartiría su sillón con él y se reclinarían en la intimidad, tocándose y saboreándose.

El falo duro como mármol latía y se encabritaba. Marco sabía que con leve tocamiento, el semen brotaría en un chorro de sólo pensar en Diana. ¿Diana, la cazadora? No. ¿Diana del Bosque? Tal vez. Descartó la idea de que fuera una diosa, aunque la noción de que pudiera ser un regalo de los dioses persistía en sus pensamientos. ¿Diana, la virgen? ¡Por los dioses, casi había eyaculado!

¿En verdad lo habrían premiado con una virgen? Era muy improbable. Marco se rió de sí mismo. No era más que una expresión de deseo. Sin embargo, ¡debía agradecer el regalo a los dioses! Les ofrecería un sacrificio. Tomó un pequeño terrón de sal de un estuche de plata y lo rompió en un plato plano de bronce. Esparció la sal con incienso y mirra; luego encendió el incienso en el brasero, debajo del plato.

Se sirvió una copa de vino tinto rojo como la sangre y la alzó en el aire. Después frotó la moneda de oro, con la efigie de César, que siempre llevaba colgada al cuello.

–Júpiter Óptimo Máximo, el mejor y el supremo, te ofrezco mi agradecimiento por el regalo de la esclava.

Luego agradeció en silencio al dios griego Eros, para no ofender a los dioses romanos.

Bebió el vino y derramó un poco sobre el plato de bronce:

–Formulo un deseo: que sea virgen.

Acto seguido, vació la copa. Le ardía la sangre, pero no a causa del vino, ¡sino de la mujer!

El aire se llenó de las esencias aromáticas que iban ardiendo, pero lo único que Marco olía era el almizcle egipcio. Diana le había saturado los sentidos. El general romano se paseaba de un extremo a otro de la habitación, sacrificando el sueño por las visiones de ella. No pensaba en el arduo día que tenía por delante, en las interminables horas de entrenamiento de los hombres hasta que sus habilidades de lucha estuviesen lo bastante afianzadas para enviarlos a los páramos oscuros de la salvaje zona occidental. En lo único que pensaba era en Diana.

Si no tomaba precauciones, la esclava acabaría por convertirse en una obsesión. ¿Acaso los dioses estaban jugando con él? ¿Se reían de él? Por fin decidió que no tendría paz hasta conocer cuál era el secreto de esa mujer. Debía saber si era en verdad virgen. Y sólo había una forma de averiguarlo.

En cierto momento de su sueño, Diana abrió los ojos. ¡Quizá no estuviera soñando! Veía todo oscuro pero sentía que había alguien más en la habitación. Intentó lanzar un puñetazo, pero tenía las manos bien sujetas. De modo que no era un sueño; ¡de veras se hallaba prisionera!

Cerró los ojos con fuerza hasta que la luz de la antorcha la deslumbró de repente. De manera instintiva se valió de la única defensa de que disponía y lanzó un puntapié salvaje para mantener a raya al depredador. Le aprisionaron también ambos tobillos con una fuerza perversa. Cuando abrió los ojos para ver quién la atacaba, quedó paralizada de miedo. ¡Era el poderoso general romano, que se erguía ante ella al pie de la cama!

Las manos que le aferraban los tobillos parecían grilletes de hierro. La sombra del gigante se proyectaba en la pared y lo hacía parecer aún más enorme. Y estaba desnudo.

Diana intentó tragar saliva, pero no lo consiguió. Intentó respirar, pero le resultó imposible. Siempre había querido saber cómo eran las partes masculinas. Ahora las veía. Las veía, pero no lo creía. ¡Era inconcebible que esas partes entraran en los pantalones de satén de los hombres de la Regencia!

El órgano sexual del romano era demasiado grande, demasiado duro, y se levantaba como una columna romana desde un nido de rizos negro azulado. ¡Un nido que contenía dos huevos de cisne! Resultaba evidente que el hombre estaba allí para violarla, y Diana supo que si la empalaba la mataría.

Diana logró recuperar su voz y dijo en un susurro bajo, sin aliento:

–Por favor, no lo hagas.

Los ojos negros acariciaron las curvas y ondulaciones de la belleza de alabastro. Ella era absolutamente distinta al resto de las mujeres. Mucho más delicada. Como si la hubiesen refinado una y otra vez a través de los siglos, hasta alcanzar la perfección. Tenía un vello suave en el vientre, que otorgaba a la piel una textura de terciopelo. Sin embargo, la piel que cubría los pechos lascivos era casi transparente y dejaba ver delicadas venas azules. Era etérea como un ángel. El monte de Venus se elevaba como un arco coronado de zarcillos de oro pálido. Cuando por fin abrió los pétalos del centro, Marco esperaba que el color fuese el mismo tono rosado de los labios y las aureolas de los pezones. Con las muñecas atadas detrás de la cabeza, los pechos se alzaban como lujuriosas frutas maduras, listas para que él las saboreara.

Al verlo de pie, bebiendo inmóvil su belleza, inundado de deseo, Diana encontró el coraje para suplicar de nuevo:

–Por favor, Marco, no lo hagas.

–Me muero de deseo –dijo él en voz baja.

–Si me violas, me matarás –susurró ella.

–No he venido a violarte –aclaró Marco con voz ronca.

–Entonces ¿por qué has venido?

–Sólo a buscar la verdad.

–¿A qué te refieres? –preguntó Diana, desesperada por entender.

–Quiero saber si en verdad eres virgen.

Ella comprendió de pronto. Fue como una revelación.

–¡Por Dios! ¡No serás capaz de hacerlo! –Sin embargo, aunque le resultaba increíble, sabía que él lo haría. Marco quería probar su virginidad. Una oleada de furia desplazó el miedo–. ¡Cerdo romano! ¡Creí que la virginidad no significaba nada para ti! Dijiste que no tenía sentido preservar el himen. ¡Dijiste que no había lógica ni beneficio en tal cosa!

–Quiero la verdad.

Diana sabía que era un hombre de palabra. En aquel momento él tenía más determinación que cualquier ser viviente. Ninguna súplica sobre la Tierra lo haría cambiar de idea. Entonces Diana se dio cuenta de otra cosa: ¡él estaba haciendo aquello porque no la creía!

Yacía ante él indefensa, y aun así era ella quien poseía todo el poder... porque aún conservaba la virginidad. Comenzó a temblar. Él percibía cada temblor, pero eso no lo detuvo.

Diana temía que le hiciera daño, pero Marco no alimentaba esa intención. Le rodeó con un brazo las piernas, por encima de los tobillos, y le levantó las rodillas. Los dedos de la otra mano tocaron el centro femenino.

Diana se echó atrás, tragó con fuerza y concentró la atención en la medalla de oro que colgaba alrededor del cuello de Marco.

Estaba tan caliente y seca al tacto, que Marco deseó tener algo con qué lubricarla para no hacerle daño. Miró la cabeza hinchada de su falo y vio una gota grande y transparente de líquido seminal. Recogió la gota con un dedo, levantó más alto las rodillas de Diana y con gran suavidad y cuidado hundió el dedo hasta el fondo.

La oyó soltar una exhalación. Era un delicioso sonido femenino. Ella se hallaba muy tensa, pero él aún dudaba de que estuviese intacta. Y de repente encontró la barrera. ¡Marco estaba exultante!

También Diana se sintió dichosa. Entonces, con el poder que sólo posee una mujer hermosa, dijo:

–Jamás te premiaré con eso.

–¡Lo harás! ¡Lo harás!

Era un juramento; con gesto deliberado, encontró el pequeño capullo del centro femenino y con un dedo trazó un círculo alrededor.

Diana abrió los ojos, conmocionada al sentir un delicioso cosquilleo interior. Entonces su sexo aferró el dedo de Marco con un temblor convulsivo. Él lo retiró con delicadeza suave, paseándolo por la hendidura rosada en una caricia tan sensual que la hizo palpitar. De pronto Diana se sintió ardiente y húmeda en su interior. Debía evitar a toda costa que él descubriera que las caricias la habían excitado hasta desbocarla.

Él se puso de pie y desató las tiras que le sujetaban las muñecas. Diana resistió el impulso de frotárselas. En cambio, lo miró a los ojos.

–Me gustaría dormir un poco, general. Mañana tengo que fregar muchos suelos.

Que ella eligiera el trabajo de una esclava doméstica, en lugar de a él, lo enfurecía. Sólo el férreo dominio de sí mismo que poseía evitó que la abofeteara con fuerza. Quizá la dama no creía que él la obligara de veras a realizar un trabajo tan arduo y degradante. ¡Ya lo comprobaría al amanecer!

Una esclava de la casa la despertó antes del amanecer. Le llevó una tina con agua fresca para que se lavara; luego tomó la túnica marrón y la pañoleta y esperó paciente.

–No me pondré eso –dijo Diana con tono arrogante.

–Es lo único que tienes para cubrirte. Kell no cederá –informó la esclava en voz baja.

Tras un momento de reflexión, Diana se lavó con desgana y se vistió con la espantosa ropa. Un niño de unos once o doce años le dio una pequeña rebanada de pan y una taza de agua. Diana estuvo a punto de arrojar los alimentos contra la pared, pero una voz interior le previno que tal vez ésa fuera toda la comida que vería aquel día.

El muchacho era delgado y resultaba evidente que aún no había alcanzado la pubertad. Sus ojos oscuros resultaban demasiado grandes para el rostro menudo.

–Debes darte prisa –apremió.

–Haré exactamente lo contrario –dijo Diana.

Los hombros delgados se hundieron.

–Si no te apresuras, azotarán a Sim –dijo la esclava.

Diana ardió de furia.

–¡Llevadme con Kell! –ordenó.

El trío se encaminó hacia las cocinas del primer piso, luego pasó por una cocina trasera en la que había un hogar gigante con grandes hornos negros y una enorme cisterna que contenía agua hirviendo. Al verla llegar, Kell ordenó a una esclava que llenara un balde con agua caliente.

–Llegas tarde. Debes comenzar con las salas de baño. Primero friegas los azulejos con el jabón de lejía, luego los enjuagas bien y los secas con un paño de gamuza.

–¿Y si me niego? –inquirió ella.

–Te presento a Sim. Él será tu víctima.

Por un momento Diana pensó que Kell había autorizado al niño a azotarla si ella desobedecía, pero enseguida comprendió la terrible realidad: si ella no hacía con exactitud lo que él pedía, ¡azotarían al niño en su lugar!

Miró a Sim, con sus hombros delgados y sus ojos grandes y tristes.

–¡Eso es monstruoso! –exclamó Diana, y en tono acusador preguntó–: ¿Es britano?

–¿Crees que me permitirían azotar a un romano? –replicó Kell con voz cortante al tiempo que enarcaba una ceja.

Diana tomó el recipiente de madera que contenía agua de lejía y el balde con agua caliente y los llevó a los cuartos donde se había bañado la noche anterior.

Cuando Kell se aseguró de que ella ya no alcanzaba a oírlo, guiñó un ojo a Sim y dijo:

–Representas muy bien el papel de pobre desvalido. Ve a la cocina a buscar tu recompensa.

–Fue un truco sucio –acusó una voz de mujer.

–Métete en tus propios asuntos –contestó Kell con frialdad.

–¿Y si mis asuntos son la morada del general? –replicó Nola, una liberta a la que el general había traído de la Galia cuando aún era esclava.

Nola y Kell siempre discutían en lo que a la administración de la casa concernía. Cuando llegó Kell, era Nola quien se hallaba a cargo, pero una vez que Marco la liberó por buen servicio, Kell fue nombrado administrador en su puesto. Él tenía más autoridad que cualquier otro servidor de la casa, a excepción de Nola, y ella disfrutaba de su superioridad sobre un hombre.

–Sólo estás contenta cuando metes la nariz en asuntos de hombres. ¡A todas las mujeres, esclavas o no, habría que verlas, pero no oírlas!

Nola se le rió en la cara.

–¿Somos tal amenaza para ti, britano? Si yo fuera tú, trataría a la nueva esclava con un poco más de respeto. Una vez que obtenga el favor de Marco, podría convertir tu vida en un infierno.

–¡Eso ya lo haces tú, mujer de la Galia!

–¿En serio? –se mofó Nola–. No tenía idea de que mis púas hirieran tu piel. Ahora, sé bueno y envíame el desayuno a mi alcoba.

Diana descargaba su furia fregando las baldosas; luego, cuando empezó a disiparse la rabia y continuó con los suelos de otras habitaciones, la belleza de los mosaicos capturó su imaginación. Se sintió orgullosa dear su trabajo, que devolvía la vida a los vibrantes colores; enjuagaba el jabón hasta dejarlos impecables, y los lustraba hasta que resplandecían.

Sin embargo, tras terminar seis habitaciones le dolían las rodillas y la espalda, y tenía las manos hinchadas y doloridas. Con gran determinación, regresó de nuevo a la cocina a cambiar el agua, y siguió hacia el atrio, que se hallaba en el magnífico vestíbulo de entrada de la villa. Nunca antes había entrado en esa habitación, porque a su llegada la habían hecho pasar por una puerta posterior.

Por la noche había llovido, pero ahora el sol se filtraba por el techo de vidrio y formaba arco iris que bailaban en la fuente. Flores coloridas se derramaban por los bordes de las macetas de terracota que estaban dispuestas alrededor del salón oval. Un fresco de pájaros, que mostraba desde aves acuáticas hasta variedades exóticas de brillante plumaje color ciruela, adornaba la pared de color verde claro. Diana lanzó un suspiro al contemplar tanta belleza, fregó el suelo y dejó toda la habitación reluciente como una joya.

De repente, dos grandes mastines se precipitaron por la puerta principal. Eran tan grandes y feroces que Diana gritó. El temor pronto se transformó en enojo, al ver que las grandes zarpas estaban cubiertas de lodo negro e iban dejando huellas en las baldosas recién fregadas.

–*¡Rómulo, Remo...!* ¡Aquí! –atronó una voz profunda.

El par de mastines corrió junto a Marco Magno, jadeando de adoración por su dueño. Diana se sentó sobre los talones sin dar crédito a lo que veía. ¡Todo su penoso trabajo se había arruinado en un momento!

Los ojos negros del general la miraron sin interés, como si no hubiese nada que la distinguiera del resto de las esclavas de la casa. La noche anterior la había visto como un premio por el cual morir. Luego, más tarde, cuando había ido a la alcoba, y a pesar de haberse comportado con obscenidad, la había tocado como si fuera una pieza de porcelana de incalculable valor. ¡En cambio ahora la miraba como si no existiera!

Diana tenía ganas de arrojar el balde con agua sucia contra las paredes delicadamente pintadas. Sentía la necesidad de patear esos perros y meter la cabeza del romano debajo del agua de la fuente hasta que lanzara el último gorgoteo. Pero en cambio volvió a acuclillarse y cerró los puños de impotencia mientras se le inundaban los ojos de lágrimas. Cuando Marco salió, con un mapa en la mano, ni siquiera la miró.

Kell tenía razón. Ella era una estúpida. La noche anterior le había dicho que podía seducir al romano con un mero parpadeo. A causa de su orgullo había dejado pasar la oportunidad, y ahora Marco Magno la trataba con absoluta indiferencia. ¡Diana seguiría fregando suelos por el resto de su vida!

Se secó las lágrimas y se puso a limpiar el barro que aquellas desagradables bestias habían dejado por todo el atrio. Con cada huella que hacía desaparecer, mayor era la obsesión por vengarse del romano arrogante que creía gobernar el mundo.

Haría cualquier cosa por dominarlo, por tenerlo a su merced. Deseaba esclavizarlo como él había hecho con ella. Pagaría cualquier precio por invertir los papeles, para que ella fuese el ama, y él, el esclavo.

Necesitaba cierto grado de control, pero un britano no disponía de control alguno bajo el dominio romano. Diana comenzó a comprender la situación de Kell. Su postura le confería poder y control, aunque sólo fuese sobre sus iguales. La vida no tenía sentido sin un poco de poder sobre el propio destino.

Al meditarlo le sorprendió la similitud entre aquella época de la historia y el siglo XVIII. Los hombres habían gobernado el mundo desde los comienzos. Controlaban el gobierno, el ejército, la riqueza, las tierras, las propiedades, la economía, las artes, la familia y también a las mujeres. Diana pensó en todas las esposas, en todas las hijas, en todas las sirvientas que se habían sometido a la autoridad masculina a través de los siglos.

Las únicas mujeres que habían disfrutado de poder y habían manipulado a los hombres eran las alcahuetas, las cortesanas y las favoritas. Las mujeres adquirían poder sólo a través de los hombres. Si una mujer era inteligente, elegía al hombre más poderoso y lo seducía. Entonces participaba de su poder.

La resolución de Diana se fortaleció. Ella era hermosa, inteligente y sofisticada en comparación con las mujeres a las que había visto allí. ¡Si no era capaz de seducir al romano, merecía su miserable suerte!

Su fértil imaginación comenzó a idear un plan. Su mente fogosa sumó detalles. Mientras fregaba, incluso redactó esmerados discursos y planeó actos como si ensayara el papel en una obra teatral. Lo primero que debía hacer era reconquistar la atención de Marco de alguna manera espectacular. El plan era tan audaz que tenía que funcionar. Si desempeñaba bien su parte, obtendría poder sobre el romano, y una vez que lo tuviera dominado no lo soltaría más. ¡Lo controlaría por completo!

Diana decidió que ése sería el último suelo que fregaría en su vida. Se levantó, tomó el balde y se dirigió a la cocina. Antes de llegar, vio que Kell impartía instrucciones a las esclavas. Mientras lo espiaba, se tambaleó a causa del peso del balde. Se llevó una mano a la cabeza como si se sintiera mareada y se las ingenió para quitarse la horrible pañoleta que cubría su lindo cabello. Sabía que sus bucles de oro pálido eran únicos en Aquae Sulis, pues desde su llegada no se había cruzado con ninguna otra persona rubia.

Cuadró los hombros como si estuviera haciendo un valiente esfuerzo, dio unos pasos más y cayó de rodillas. Sabía que los ojos de Kell la observaban.

Sintió una mano en la nuca.

–Mantén la cabeza gacha hasta que pase el mareo –ordenó Kell.

Al cabo de unos minutos, Diana levantó la cabeza, suspiró hondo y abrió los ojos. Kell la ayudó a ponerse en pie.

–¿Ya has tenido suficiente? –preguntó el hombre en voz baja.

–Quizá –respondió ella.

–¡Quizá! Ésa no es una respuesta. ¡O capitulas o no!

Diana sonrió para sus adentros.

–Kell, tú ves el mundo en blanco y negro, pero yo he descubierto que alberga multitud de matices. «Sí» y «no» son buenas palabras, palabras simples, sin complicaciones y carentes de emoción. Pero la palabra «quizá» es misteriosa, tentadora y excitante, y tiene cientos de matices que implican infinitas posibilidades. Digamos que estoy dispuesta a negociar –respondió, y tendió el balde al hombre.

Kell ordenó a Sim que se lo llevara. El aroma del pan recién horneado llenaba la cocina. Diana se sentó en una banqueta y comentó:

–El pan huele delicioso. ¿Puedo untar el mío con un poco de miel?

También Kell se sentó en un banco. Una esclava les llevó torta de avena, pan recién tostado y miel, un jarro de piedra con leche y una canasta de frutas. Comieron en silencio. Los ojos entrecerrados de Kell observaban la gracia de los movimientos de las manos de Diana y la forma delicada en que ella masticaba. Aquélla era una mujer encantadora. Comprendía exactamente por qué Marco Magno la quería para engalanar su mesa y compartir su lecho.

Diana suspiró satisfecha y mordió una ciruela madura.

–Kell, ¿puedo plantear algunas consideraciones? –Diana cuidaba de pedirle permiso para todo. Cuando el hombre asintió, ella prosiguió–: Dijiste que el general se sentía atraído por mí. Que si yo le daba lo que pedía, su generosidad conmigo no tendría límites.

Kell esperó a que la joven continuara.

–Si me convierto en su concubina, y él se muestra complacido conmigo, eso me daría bastante poder.

«De modo que sabe que tiene poder», pensó Kell.

–Entonces seríamos dos las personas con poder en esta casa. Creo que sería una tontería que fuéramos rivales. Una lucha de poder entre nosotros implicaría un ganador y un perdedor. Si nos convertimos en aliados..., no en amigos, por supuesto, sino en aliados..., ganaríamos los dos.

Sabía que Kell era lo bastante astuto para reconocer la verdad que contenían sus palabras.

–Si lo hago, será a mi manera. Sé que no me necesitas, Kell. Pero me doy cuenta de que yo sí te necesitaré. –Diana tocaba a propósito la vanidad del hombre, pero aun así sus palabras eran ciertas–. Tus consejos me han resultado sabios y prudentes. En los días venideros necesitaré tu consejo, tu guía, tu ayuda y probablemente tu protección. Mi relación contigo será tan cercana como la que espero tener con el general.

Kell digirió estas palabras. Si esa mujer ganaba poder, él la quería de su lado. Nola se convertiría con facilidad en su confidente, y existía una sola cosa peor que una mujer con poder: ¡dos mujeres con poder! Al fin Kell habló. Los ojos grises miraron con intensidad.

–Ya hemos declarado una tregua silenciosa. Ahora, fortalezcámosla.

–Bien. Se me ocurre una idea. –Diana sonrió–. En lugar de esperar hasta el final del día, cuando él regrese a la villa y me convoque para preguntarme si estoy dispuesta a someterme a él, ¡creo que yo debería tomar la iniciativa!

Mientras Kell escuchaba el audaz plan, quiso decirle que era imposible. Pero al ver que a Diana se le iluminaba el rostro de malicia femenina y la voz se le avivaba de pasión, su arrojo lo embriagó. Era una mujer intrépida, capaz de apresar a un hombre y mantenerlo cautivo en la palma de la mano. A su manera, era tan astuta e inteligente como él mismo. Y además era britana. ¿Cómo no iban a ser aliados?

11

–Lo primero que necesito es un baño perfumado. Luego, si fueras tan generoso como para abrir tu colección de prendas femeninas, podríamos elegir algo que el Primus Pilus no pueda resistir.

Diana se sumergió en la deliciosa agua caliente durante casi una hora. Una vez que desapareció el dolor de espalda que le había provocado fregar tantas baldosas, las esclavas de baño la envolvieron en una gran toalla y se pusieron a trabajar en el secado del cabello.

Kell le llevó una caja de ciprés tallada con una selección de adornos y joyas para el cabello.

–¿A quién pertenecen? –preguntó Diana con curiosidad.

–Todos los objetos y las personas de esta villa pertenecen a Marco Magno, pero si preguntas si aquí hay alguna mujer que sea la dueña, la respuesta es no. La mayoría son regalos de los comerciantes de Aquae Sulis. Hay muchos artesanos que hacen adornos hermosos. El general posee muchos amuletos, algunos de oro y ámbar, otros de plata y esmeraldas sin tallar. El general colecciona joyas celtas; tiene buen ojo para las piezas costosas.

Los ojos de Diana y los de Kell se encontraron; ambos rieron juntos por la broma sin intención. Ella eligió un adorno para el cabello, de filigrana de oro; se lo sujetó en lo alto y lo dejó caer por la espalda en una cascada de rizos claros. La mujer que le había arreglado el cabello la noche anterior le hizo una vez más pequeños zarcillos que le enmarcaban la cara.

Entre un conjunto de túnicas, Diana eligió una de seda de color violeta intenso. Kell tenía un instinto infalible para elegir lo más impactante. Ese tono oscuro contrastaba con su cutis pálido, dándole un aspecto delicado y etéreo. Se pintó apenas los labios y párpados con una sombra de color violeta más claro mezclada con plateado, que le daba un resplandor iridiscente.

–En la colección del general hay una pieza que realzará tu belleza hasta la perfección. Espera –dijo Kell.

Diana se calzó las sandalias de plataforma de corcho y dio unos pasos. Las líneas clásicas de la hermosa túnica se adherían a las curvas del cuerpo femenino, pero la prenda tenía una pequeña cola que ella quería aprender a hacer a un lado con un toque de pie teatral al detenerse.

Kell regresó con una gargantilla celta con amatistas incrustadas. Era magnífica, salvo, por supuesto, en que semejaba el collar de una esclava. A Diana le fascinó, no sólo porque complementaba la seda violeta sino porque daba a su cuello un aspecto más largo y elegante. Tampoco pasó por alto el irónico simbolismo.

–No debería dejarte usarlo sin permiso –dudó Kell.

–Yo me hago responsable. Si se queja, ¡dile que lo robé! Necesito algo más de ti, Kell: un caballo.

–Imposible.

–Debo ir a su encuentro cuando se halle frente a sus hombres. No esperaré que él venga a mí.

Kell juntó las cejas en gesto de desaprobación.

–Podrás ser hermosa y deseable, pero sigues siendo una esclava. ¿Cuánto poder crees que posees? –De pronto se le ocurrió algo–. ¿Tienes algún poder secreto?

–Sí, Kell, lo tengo –respondió mientras una sonrisa curvaba las comisuras de la boca lujuriosa.

–¿Cuál es? –preguntó él, desconfiado.

–Es un secreto –contestó Diana, sonriente.

–¿Marco conoce ese secreto?

–Sí. Lo atrajo de manera irresistible a mi cuarto en medio de la noche.

Kell parpadeó. No tenía idea de que Marco hubiera abandonado sus aposentos para visitar a la esclava.

–¿Cuál es esa atracción irresistible que posees?

Diana vaciló. Necesitaba a Kell de su lado. Sería absolutamente sincera con él.

–Mi atracción irresistible es mi virginidad –le confesó en voz baja.

Los ojos del esclavo se agrandaron de asombro. Movió la cabeza y rió entre dientes.

–Algo tan simple... –murmuró– y a la vez tan raro y tan inestimable.

–Necesito un caballo, Kell.

Él negó con la cabeza.

–No hay caballos para montar. Yo tengo un carruaje pequeño que uso para llevar mensajes al general –ofreció, no sin dudas.

Diana consideró el ofrecimiento un instante y le gustó la imagen que acudió a su mente.

–Con eso bastará. Antes de partir, ¿puedes ordenar que esta noche preparen al general su plato favorito?

–Ya lo he hecho. Voy un paso por delante de ti.

–Cielos, espero que no –bromeó ella.

Un esclavo llevó el carruaje de Kell, que iba tirado por un robusto poni. Diana subió con cuidado con ayuda de Kell.

–Nunca he conducido uno de estos vehículos, pero entiendo que debo hacerlo de pie, aferrada a esta madera.

–Yo no conduzco como un loco –informó Kell.

–Marco sí lo hace. Casi me pasó por encima –recordó Diana.

–Me sorprende que soltara las riendas por ti.

–Lo detuve en plena carrera. ¿Por qué no podría hacerlo de nuevo?

–Espero que sepas que deberás responder por tus actos. La responsabilidad es tuya, no mía –previno Kell.

Temblorosa, Diana cerró los ojos un momento. ¿Y si lo irritaba y él la humillaba, o algo peor aún? Irguió los hombros. Que así fuera. Echaría su suerte a los vientos. A fin de cuentas, Marco Magno no era más que un hombre, y ella, una mujer. Las probabilidades estaban definitivamente a su favor.

Kell atravesó despacio los portones del jardín amurallado de la villa y se dirigió colina abajo rumbo a Aquae Sulis. El sol de la tarde calentaba los hombros desnudos de Diana. El guardia de la entrada saludó en dirección al pequeño carruaje de Kell al verla atravesar la puerta de la fortaleza. Diana levantó la vista hacia los muros, de cimientos de piedra, y luego vio los altos pastos que crecían al borde del foso circundante. Todos los soldados de las murallas la miraron boquiabiertos.

A Diana le sorprendió el tamaño de la fortaleza. Muros adentro, era como una ciudad, con muchas calles y edificios. En la intersección de las dos calles principales había un complejo de edificios, dispuestos alrededor de un patio, que comprendía el cuartel general, depósitos y oficinas. Cuando Kell se detuvo a preguntar dónde se encontraba el general, los guardias le informaron de que el Primus Pilus se hallaba en el anexo exterior.

Pasaron ante establos, talleres y largas filas de barracones espaciosos donde dormían y comían los soldados romanos; al frente se veían senderos flanqueados por columnas. Mientras los dos visitantes se dirigían al anexo, todos los hombres interrumpían sus actividades y los miraban incrédulos; luego comenzaron a seguirlos a pie. Era habitual ver allí el carruaje de Kell, pero jamás se había presentado con una mujer.

En el centro de la pared posterior había un portón que daba paso al anexo. Ese vasto anfiteatro se usaba para entrenamiento de armas y desfiles. Había por lo menos mil soldados en el campo, todos vestidos con armaduras segmentadas de tiras de cuero y placas de metal. El sol se reflejaba en los cascos de hierro y bronce y en las pecheras de los legionarios, que formaban ordenadas filas alrededor del perímetro del campo.

Mientras permanecían en posición de firmes con las jabalinas y los escudos, todos los ojos se concentraban en la centuria que en el centro del campo llevaba a cabo su práctica de armas. La lucha era encarnizada; la pelea entre los soldados resultaba muy real.

Antes de que se marchara de Aquae Sulis, Marco Magno quería que todos aquellos hombres emplearan con destreza profesional el *gladius*, la espada corta de doble filo. Era un arma destinada a apuñalar más que a cortar, pensada para utilizarla en combate cuerpo a cuerpo, y que se llevaba en una funda de cuero o bronce debajo de la mano derecha. En el lado izquierdo del cuerpo los hombres llevaban una daga *pugio* en vaina de hierro, suspendida del mismo cinturón de armas. Había médicos cerca para retirar del campo a los heridos y llevarlos al hospital.

Detrás de Marco había dos jefes tribales celtas, cuya vestimenta consistía en un taparrabos de cuero corto, un hacha y un cuchillo. Su cabello era negro y largo y en las piernas desnudas llevaban tatuados dibujos aterradores hechos con glasto. Ambos se le acercaron al mismo tiempo. El primero fue despachado de inmediato con un *gladius* dirigido a las entrañas. Marco tomó al segundo hombre de los pelos, le echó la cabeza con violencia hacia atrás y le rajó la garganta.

El general no había tenido tiempo ni siquiera de echarse el manto escarlata encima del hombro para dejar libre el brazo con que blandía la espada. Los soldados estallaron en grandes vítores, que fueron seguidos por una risa incómoda cuando los celtas se pusieron de pie, ilesos. Los hombres habían creído que Marco los había matado. Hacía ya dos años que los celtas llevaban a cabo esa actuación, y todavía no eran lo bastante rápidos como para sorprenderlo. Sólo una vez lo habían rozado lo bastante para herirle; después de aquella primera ocasión, Marco podría haberlos matado en cada una de las oportunidades en que los había utilizado para demostrar la manera más eficiente de valerse de las armas.

Cuando el carruaje de Diana estuvo a la vista de los guerreros, todas las miradas se volvieron hacia la inesperada visita. Entre las filas se elevó un fuerte murmullo que los líderes no lograron silenciar, ya que también ellos hacían comentarios acerca del espectáculo que se desarrollaba ante sus ojos.

El general miró incrédulo el carruaje de Kell, que avanzaba hacia él con la hermosa esclava. Cuando se detuvo el vehículo, Marco enfundó el *gladius* y se dirigió hacia los recién llegados. Contempló a Diana perplejo, con los ojos negros ardientes de furia. Antes de que lograra vociferar una orden, Diana tendió una mano delicada.

–Ayúdame a bajar, Marco, o tus hombres pensarán que eres muy descortés –le dijo con voz suave, íntima, para que la oyera sólo él.

–Ya te enterarás de todo lo descortés que puedo ser –amenazó él, pero Diana notó que hablaba con voz deliberadamente baja.

–Sonríeme. Seguro que querrás que todos los hombres que están aquí piensen que me ordenaste que te visitara.

La belleza de la muchacha lo dejó casi sin aliento. Mostró los dientes en una sonrisa de lobo, hizo caso omiso de la mano extendida y la tomó de la cintura para bajarla del carruaje. Se oyeron fuertes exclamaciones entre las filas cuando las manos poderosas estrecharon la fina cintura y la depositaron junto a él. El general no hizo caso; toda su atención se hallaba centrada en la hermosa mujer que había sido tan temeraria como para ir en su busca ante cientos de hombres.

Ella sonrió al hombre de tez oscura que estaba frente a ella.

–Creen que soy tu nueva concubina –murmuró, seductora.

De sólo pensarlo, el miembro viril se hinchó al instante, endureciéndose en forma notable. Los ojos negros brillaron victoriosos.

–¿Es eso lo que has venido a decirme?

–Claro que no, bruto –respondió Diana, esta vez en tono provocativo.

El ardiente deseo casi lo consumía. Deseaba echarla al suelo de un empujón y montarla, y poseerla como jamás hiciera en su vida, ante todos aquellos soldados romanos. Quería ponerle su marca para mostrar a todos que esa hembra exquisita era suya, ¡sólo suya! La tomó con gesto posesivo por los hombros.

–Por todos los dioses, entonces ¿qué diablos estás haciendo aquí? –inquirió furioso.

Ella se puso de puntillas y pasó los dedos delicados por la cicatriz. Todos los hombres que observaban contuvieron la respiración.

–He venido para que puedas invitarme a cenar. –Hizo una pequeña mueca con la boca.

Marco anheló cubrirla con la suya. El deseo le latía en las sienes.

–Eres mi esclava. Te ordeno que cenes conmigo.

Diana sacudió la cabeza, provocativa. Él la sujetó más fuerte; necesitaba dominarla.

–Si me invitas, será un gran placer aceptar. Cuando acabemos de cenar, tengo una propuesta que desplegar ante ti –susurró Diana.

–Serás tú quien se despliegue ante mí; no te equivoques –murmuró el romano con ferocidad.

–Quizá. –Pronunció esa palabra llena de misterio, prometedora y excitante.

Marco sintió el efecto en todo el cuerpo, hasta la punta del falo duro como mármol.

Diana sonrió para sus adentros. Había invertido los papeles. Aquella mañana, él había permitido adrede que los perros embarraran las baldosas que ella había fregado, sólo para provocarla; pero si se trataba de provocar, ¡la dama ganaba!

–Ahora vete, antes de que use mi arma contra ti, aquí, frente a estos rudos soldados. –Los ojos negros brillaron–. Te ordeno que cenes conmigo esta noche.

–Eres un demonio elocuente. –Diana sonrió–. ¿Cómo podría resistirme a tan encantadora invitación? –Volvió a ponerse de puntillas para susurrarle al oído–: Verte dirigir y controlar a todos estos rudos soldados ejerce en mí un efecto afrodisíaco.

A continuación, Diana fue hacia el carruaje.

Las fuertes manos de Marco la aferraron por las nalgas y la depositaron junto a Kell. Los hombres gritaron y silbaron de aprobación.

–¡Suficiente! –ordenó el general, su rostro moreno más orgulloso y feroz que el de un águila.

El silencio se expandió por todo el campo.

Mientras regresaban a la villa, ni Diana ni Kell acababan de creer que ella hubiera logrado su cometido. Ella había susurrado deliberadamente unas palabras que seducirían a Marco, palabras que alimentaban su vanidad, las palabras que él deseaba oír. Sin embargo, en su fuero interno Diana admitía que lo que le había dicho era cierto. Tenerlo cerca, que sus manos la tocaran, era para ella un afrodisíaco.

Le causaba una sensación embriagadora que, al tenerla cerca, Marco Magno no pudiera resistirse a tocarla. Volvería a probar su teoría aquella misma noche. Se le acercaría de nuevo para demostrar que él no podía evitar tocarla. Diana miró de reojo a Kell.

–No te censuró.

–Ni siquiera me vio, señora.

Diana se sentía complacida con Kell. El hombre le demostraba admiración al llamarla «señora». Consideraba afortunado tenerlo de aliado, porque él se había ganado la completa confianza del general. Ella debía hacer lo mismo. Había descubierto que experimentaba placer al ver los ojos oscuros de Marco Magno brillar divertidos. A los hombres les encantaba reír. Debía esmerarse por entretenerlo.

«Por las bolas de Júpiter –pensó Petrio mientras, de pie ante los sudorosos legionarios, observaba la escena que se desarrollaba entre su hermano y la exquisita esclava–. ¡No es de sorprender que a mi hermano le guste Aquae Sulis!» Con una villa llena de esclavas como esa hembra de cabello de oro que cumplieran su voluntad, obedecieran todas sus órdenes y satisficieran cada uno de sus caprichos, ¿qué hombre no estaría contento? Su hermano había ocultado muy bien a las esclavas la noche anterior, durante la cena. Sin duda Marco no necesitaba de los servicios de las prostitutas. Una esclava encendía mucho más el deseo que una ramera, y esa joven en particular poseía una belleza excepcional. «Lo sepa o no Marco, me invitará de nuevo a una cena. ¡Y esta vez será compartida a partes iguales, hermano!»

Al caer el día el calor se tornó casi opresivo. El general sabía cuánto transpiraban los hombres bajo las armaduras y los cascos de hierro. Dividió el campo en cuadrantes para practicar técnicas defensivas y ofensivas. Un grupo practicaba con los *pilmus*, jabalinas de dos metros de longitud. Ordenó que la mitad del grupo luchara como atacante, y la otra mitad, como blanco. Hasta el momento la práctica con jabalina se había limitado a dar contra listones de madera. Ahora los blancos humanos comenzaron a transpirar de miedo, más que de calor.

Marco Magno fue hacia el siguiente cuadrante.

–Quitaos las armaduras –ordenó. Todos los hombres estaban deseosos de liberarse de las pesadas pecheras de bronce, las corazas y los cascos de hierro, hasta que oyeron la orden que el general dio a continuación–. La mitad tomad los *pugio;* la otra mitad, los *gladius*. Lucharéis uno contra otro sin la protección de las armaduras. Os asombrará la rapidez con que adquirís una mayor destreza defensiva.

Ordenó a la mitad del tercer cuadrante que se desnudara y practicara su habilidad para el combate.

–Las tribus salvajes del oeste luchan desnudas. Es mejor que os vayáis acostumbrando. Por supuesto, son más vulnerables a las armas, pero se mueven como rayos. Los que aún llevan la armadura descubrirán cuánto les estorba y les moletsa en la lucha cuando el enemigo está por completo libre de todo impedimento.

A los hombres del cuarto cuadrante se les asignaron armas que jamás habían usado. Unos carros tirados por mulas distribuyeron unas espadas largas llamadas *spatha* que en general utilizaban los hombres de caballería, además de arcos y flechas. Luego Marco Magno y los nativos celtas les dieron una lección de arquería, seguida de una demostración del correcto uso de la *spatha*. En el extremo opuesto del cuadrante colocaron maniquíes.

–Primero aprenderéis a clavar una flecha en el centro de cada cabeza; después aprenderéis a cortar cada cabeza, separándola del cuerpo de una sola estocada de la *spatha*.

Marco sabía que cuando los legionarios dejaran el campo estarían cansados como perros. Miró al cielo hacia occidente y vio cúmulos que se juntaban en la distancia. Si la tormenta era lo bastante fuerte para henchir el río y hacerlo bramar, la noche siguiente sería un buen momento para impartir las lecciones de natación. En caso contrario, montarían y desmontarían de cuadrigas de guerra lanzadas a gran velocidad.

Aunque no lo demostraba, Marco estaba ansioso por que se esfumara la luz del día. La expectativa de pasar la noche con Diana provocaba en él una ansiedad que le hacía hervir la sangre. Procuraba ocultar su creciente excitación e impaciencia ante los soldados romanos a los que entrenaba; ellos merecían su total concentración. El orgullo no le permitía dar instrucciones a medias en lo tocante a prácticas de supervivencia. Con voluntad de hierro, alejó de sí todo pensamiento acerca de la hermosa esclava hasta que pudiera prestarle atención absoluta e incondicional.

Al llegar a la casa, Diana siguió a Kell a las cocinas. Tanto los hombres como las mujeres se hallaban ocupados preparando la cena; trabajaban en largas mesas, bajo utensilios de cobre que colgaban de vigas.

–¿Por qué estás aquí? –preguntó Kell con severidad.

–Quiero asegurarme de que todo esté perfecto para él.

–¿Acaso no me encargo de eso todos los días de mi vida? –replicó él con altivez–. Necesitas descansar. Hazlo mientras puedas.

Diana se sonrojó. En verdad había sido un largo día, pero se sentía tan viva, llena de una mezcla de aprensión y excitación, que sabía que le sería imposible conciliar el sueño.

–Aquí hace mucho calor. Sal al peristilo, al jardín. Eso te tranquilizará –aconsejó Kell–. Pero ten cuidado de no acercarte al baño privado del amo; a los esclavos no se les permite entrar allí.

Los jardines estaban repletos de flores perfumadas y hermosos árboles de sombra. Mientras paseaba por los sinuosos senderos, Diana encontró unas glorietas de tejos con bancos de piedra, relojes de sol y estanques ornamentales. Había robles, nogales, castaños y otros árboles frutales, más bajos: perales, membrillos, melocotoneros y ciruelos. Había ardillas rojas que corrían veloces juntando bellotas, martín pescadores que bajaban en picado sobre los estanques, y otras aves que atrapaban insectos bajo los rododendros en flor.

Cuando dio la vuelta por un recodo del sendero de piedra, surgió ante ella una piscina de color aguamarina claro. En el extremo opuesto brotaba el agua de unos enormes delfines de piedra, y al aproximarse vio que la pileta tenía un borde de mosaicos de jade, lilas y jacintos acuáticos. A un lado había una gran caseta de baño de madera, que estaba cubierta de *wistaria* púrpura trepadora y parras ornamentales. Diana se dio cuenta de que si Marco Magno había diseñado ese oasis debía de valorar mucho las bellezas de la naturaleza. Se sentó en un banco de piedra tallada y dejó que la calma reinante la tranquilizara.

Una mujer mayor vestida con una túnica de lino liso se acercó con algo fresco para beber. Diana le sonrió agradecida.

–He decidido atender tus necesidades, niña.

Era una mujer maternal, de agradable figura redondeada y cabello medio cano. Diana se sintió culpable. ¿Cómo podía aceptar los servicios de una esclava?

–Gracias, pero puedo cuidarme sola.

–Me llamo Nola. Si aceptas, puedo facilitarte las cosas..., y también tú a mí.

–Por favor, siéntate, Nola. No puedo aceptar los servicios de una esclava. Va contra mis creencias.

–Eres cristiana; ¡lo sabía! –exclamó Nola, radiante–. Yo te cuidaré. Todos necesitamos el cuidado de una madre; incluso ese hombre tan poderoso. En realidad, no es más que un niño. Las responsabilidades lo vuelven estricto y severo. Pero a veces, por las noches, comparte sus preocupaciones con su armadura. Lo he visto correr por ahí con sus perros y jugar en la piscina como un adolescente. Es solitario, aunque ni siquiera se da cuenta. ¿Mitigarás tú su soledad?

–Yo... lo intentaré –repuso Diana, cayendo en la cuenta de que Marco era vulnerable. Sería un arma poderosa–. ¿Cómo puedes sentir afecto por él, si es tu amo?

Nola rió.

–Me liberó hace mucho. Estoy aquí por elección propia. ¿Quién más lo mantendría en línea y lo protegería de las maquinaciones de Kell?

«Ajá. Así que Kell y Nola son adversarios. Quizá pueda utilizar este dato en mi ventaja.»

Diana se sorprendió al probar la bebida.

–Es sidra. ¡Qué rica!

–Los romanos beben vino sin cesar. Algunos de sus vinos no saben mejor que el vinagre. Los britanos prefieren la sidra. –Mientras Diana bebía, Nola le estudiaba la cara–. Tienes una naturaleza muy impetuosa, que deduzco ha permanecido refrenada durante demasiado tiempo. Es como si hubieses estado durmiendo, a la espera del momento de salir del capullo, desplegar las hermosas alas y volar. Ese momento ha llegado.

–¿Cómo sabes todo eso? –inquirió Diana al reconocer la verdad en las palabras de la mujer.

–Yo lo sé todo... en lo más profundo de mi ser. Anhelas quitarte la ropa y tirarte a la piscina. Aprende a complacer tus deseos, niña. Te traeré una toalla para envolver tu hermoso cabello. Sostendré tu linda estola y mantendré a los esclavos alejados de la piscina mientras te refrescas.

–Suena celestial, pero Kell me prohibió usar la piscina.

–Un poco de poder, y ya se le ha subido a la cabeza. Marco me permite usarla todas las veces que quiera, y yo te invito a hacerlo. El agua es mágica. Te ayudará a deshacerte de preocupaciones e inhibiciones. Prométeme que lo traerás a menudo a jugar aquí.

Por nada del mundo Diana habría sido capaz de imaginar a Marco Magno jugando y, sin embargo, tras pensarlo un instante, ¿acaso sus manos no se habían revelado juguetonas cuando la levantaron por las nalgas aquella tarde? Tal vez ella lograra descubrir al niño que encerraba el hombre. Entonces podría tenerlo de verdad bajo su hechizo... y en su poder.

12

Marco Magno no recordaba una jornada de doce horas que le hubiera resultado más larga. A menudo regresaba a casa a pie, subiendo por las colinas que se extendían desde el fuerte hasta la villa, pero esa noche montó uno de los sementales blancos. Nubes violáceas se apilaban en el cielo una sobre otra, y comenzaban a oírse algunos truenos en el momento en que llegó al establo.

Siempre atendía él mismo a sus animales, como lo haría cualquier legionario digno de ser llamado así. Sin embargo, aquella noche dejó a *Trajano* a cargo de un esclavo del establo.

–Ten cuidado –advirtió–. *Trajano* muerde, y la tormenta que se avecina lo pondrá nervioso.

Poco antes, el ritmo de las patas al galope de *Trajano* decía: «Diana, Diana, Diana». Cuando entró en el atrio, debió dominar su impaciencia al ver que no era Diana quien lo recibía.

Kell inclinó la cabeza.

–Espero que haya tenido un día productivo, general.

–Sí, ha sido muy fructífero.

Kell permaneció serio mientras Marco le decía:

–Esta noche me bañaré en la villa; la tormenta estallará en cualquier momento.

Con frecuencia el esclavo disentía del maestro, simplemente por principio.

–Yo creo que irá cobrando intensidad poco a poco y después llegará al clímax con un estruendo. –Y para sus adentros añadió: «¡Tú serás el trueno, y ella, el rayo!».

A Marco Magno no le pasó inadvertida la significativa analogía.

–¿Sería mucho pedir que esta noche nos sirvieras tú?

–Ésa era mi intención.

El baño solía durar por lo menos una hora, a veces dos. Esa noche, sin embargo, Kell pensó que sería mejor conducir a la dama al comedor en media hora.

Sentada frente al espejo de bronce lustrado de su cámara, Diana comentó a Nola:

–No creo que me cambie el vestido. A Marco pareció agradarle bastante esta seda de color violeta.

–¿Sabías que el color púrpura es mágico? –dijo Nola–. Ese tono en particular cambia de color con la luz. A la sombra es casi negro, pero a la luz de la lámpara es vibrante y nítido. Te dará energía, como la amatista que llevas colgada al cuello. Necesitas perfumarte con un poco de aceite de esencia de violetas entre los pechos y en la base de la espalda.

–Jamás me había puesto perfume allí.

–No será en vano; confía en mí.

–Anoche usé almizcle egipcio.

–El almizcle puede resultar empalagoso. Para esta noche te recomiendo el perfume de violetas.

Cuando Nola abrió la puerta al oír un leve golpe, encontró a Kell.

–Veo que no has perdido el tiempo en congraciarte, mujer de la Galia –reprochó–. He venido a escoltar a la dama hasta el amo.

Nola levantó una ceja.

–Esta mañana la llamabas «esclava», y ahora la llamas «dama». Me alegra que hayas seguido mi consejo y le demuestres más respeto. Puedes aprender mucho de tus superiores.

–Un britana vale más que diez mujeres de la Galia. –Hizo a un lado a Nola y entró en la cámara para hablar con Diana–. ¿Estás lista?

La muchacha experimentó un instante de pánico total y encegador. Se sentía como una prisionera a la que llevaran a su propia ejecución. ¿Cómo era capaz de hacer eso? ¿Cómo podía dejarse subyugar por un dictador? ¿Cómo podía degradarse así ante el amo? Le acudió a la mente la antigua leyenda de Scherazade. ¿Acaso esa mujer no había mantenido hechizado al sultán durante mil y una noches?

«Lo único que debo hacer es negociar. Simplemente debo trocar inocencia por poder. Un cambio justo, a fin de cuentas.» Sin embargo, muy dentro de sí, en las profundidades de su mente, adonde no llegaba la razón, era consciente de que debía hacer algo más que negociar. Debía hechizarlo, cautivarlo, ¡esclavizarlo!

Diana sonrió para sus adentros y tendió una mano a Kell.

–Estoy lista.

Él tomó la mano pequeña, la posó en su brazo y la condujo abajo. Los ojos grises escondieron una sonrisa al ver que Marco ya estaba en el triclinio oval. Kell la llevó por los pilares.

–La dama Diana –anunció con mucha más ceremonia a como la habían anunciado en la corte, hacía una eternidad.

Marco se aproximó a recibirla. Los ojos negros le acariciaban el cuerpo entero. Diana apartó con gesto teatral la pequeña cola de su túnica y dio un gran paso hacia él, en alto la cabeza orgullosa. Marco le tomó con firmeza la mano y la regañó:

–Obedeces mis órdenes con actitud majestuosa, como una diosa que concede un favor.

–Porque tú las das con arrogancia, como un amo que ordena a una esclava.

–Eso es exactamente lo que soy. –Apretó la mano de Diana con más fuerza.

–Por desgracia no soy una diosa, sino una mortal. ¿Quieres quebrarme los huesos? –preguntó con intensidad.

Sus palabras provocaron en Marco sensaciones desenfrenadas.

–¿Estás dispuesta a aceptar que eres mi esclava? –inquirió el general con voz cavernosa.

Ella se puso de puntillas para acariciarle la mandíbula recién afeitada.

–He venido para entretenerte –dijo con tono íntimo–. Si lo que te entretiene es jugar al amo y a la joven esclava, deberás enseñarme las reglas.

Los ojos de él brillaron.

–No es un juego.

Diana le miró la boca y se pasó la punta de la lengua por el labio superior.

–Marco, entre un hombre y una mujer siempre hay un juego.

La erección abultó la tela de la túnica.

Él no le había dado permiso para que lo llamara por su nombre de pila, aunque sonaba maravilloso en aquellos labios. Nadie lo había llamado antes «Marco», y se dio cuenta de que estaba hambriento de esa clase de intimidad.

–Por la tarde dijiste que esta noche te entregarías a mí.

Diana le dirigió una mirada provocativa.

–No dije tal cosa, tu memoria te traiciona.

–¡Diste a entender que te entregarías!

Ella se rió.

–¿Te engañas así todas las noches, o ésta es especial?

–Lo estás haciendo de nuevo –gruñó él al tiempo que mostraba los dientes de lobo.

–¿Haciendo qué? –preguntó ella, inocente.

–Aludir, insinuar, sugerir que esta noche será especial, ¡pero no podrá serlo a menos que te rindas y te entregues a mí!

–Eso forma parte del juego. Aludir, insinuar, sugerir... Así es como juegan los hombres y las mujeres, según creo. Lo que yo dije fue: «Cuando acabemos de cenar, tengo una propuesta que desplegar ante ti».

–Y yo te respondí: «Serás tú quien se despliegue ante mí». –Diana le puso la mano en el centro del pecho y abrió los dedos. Sintió la moneda de oro debajo de la túnica; estaba tibia al contacto con el calor del cuerpo. Se le aproximó un poco más–. ¿Y cuál fue mi respuesta? –preguntó.

–«Quizá»; ésa fue tu respuesta –contestó él al tiempo que le devoraba la boca con los ojos.

–Una palabra tentadora llena de promesas, ¿no es así? Si te hubiese dicho que no, te habría enfurecido y me habrías obligado a cumplir tu voluntad. Si te decía que sí, me habría despojado de la expectativa, la especulación. Así que te dije «quizá», y eso preservó el misterio, aumentó la incertidumbre e intensificó el deseo.

A Marco lo arrasaba la necesidad de saborearla. Los labios de Diana, tan tentadoramente cercanos, susurrando palabras tan excitantes, le daban ganas de llenarle la boca de incitante deseo. Reclamó esos labios, inclinando su boca contra la de ella, y exploró despacio la suavidad, la exuberancia, paladeando la dulzura, atrayendo la punta de la lengua rosada de Diana hacia el interior de su boca.

Algo duro rozó el vientre de Diana y le hizo soltar una exclamación. Marco se estremeció cuando la cabeza de su miembro tocó el cuerpo sedoso. Ella apenas apartó los labios.

–¿Estás hambriento, Marco? –susurró.

–¡Voraz!

En el cielo estalló un trueno.

Kell entró en el salón con una bandeja pesada. Diana aprovechó de inmediato la interrupción para poner distancia entre ella y el romano. Ahora probaría su poder. Comprobaría cuánto tiempo invertía Marco en reducir el espacio que se abría entre ellos.

–Kell ha hecho preparar tus platos favoritos. Tienes mucha suerte de contar con él. Es un maestro de la eficiencia.

–Gracias, Kell –dijo Marco.

–Mmm, el aroma de la comida es tentador.

Lo único que Marco olía era a violetas, hasta que Kell retiró las pesadas tapas de plata que cubrían los platos.

–¿Desea que sirva?

–Lo haré yo mismo, Kell.

Cuando el esclavo se retiró del triclinio, Diana comentó:

–Cenar de este modo es una experiencia nueva para mí.

Marco se le acercó de inmediato y la condujo de la mano hasta el sofá que se hallaba frente al de él.

–Permite que te indique. Reclínate sobre un costado, de modo que quedes mirando hacia mi sillón. Ahora ubica este almohadón pequeño debajo del codo.

Una femenina sonrisa de satisfacción se dibujó en los labios de Diana. Una vez que Kell abandonó la habitación, Marco apenas tardó un segundo en ponerle las manos encima. Diana se puso boca abajo, apoyada sobre ambos codos.

Marco recorrió la curva de su espalda con una mano encallecida, hasta detenerla un instante en el trasero.

–Qué inteligente es Nola –susurró ella.

–¿Nola? –murmuró él con voz contenida.

–Me aconsejó que me pusiera perfume en la base de la espalda. Dijo que no sería en vano.

Los dedos de él se movieron en pequeños círculos hasta encontrar el lugar exacto. La esencia de violetas le hizo vibrar las fosas nasales.

–La comida se enfría –murmuró Diana.

–Mi deseo no –replicó él, sin rodeos.

–Cuanto antes comamos, antes negociaremos –razonó ella.

Antes de retirar la mano del trasero, Marco lo presionó con fuerza de modo que el pubis frotara el almohadón. Entre las piernas de Diana se produjo un primer estremecimiento de excitación sexual.

Afuera destellaba la luz intensa de los relámpagos, seguida de inmediato por un trueno que hizo vibrar la estancia.

Marco se dirigió a la mesa servida que se hallaba entre ambos sillones. Cortó una porción de cerdo asado, eligió las alcachofas más perfectas, los guisantes más pequeños, los espárragos más finos, junto con un recipiente de aceite de oliva tibio con hierbas, y puso todo al alcance de las manos de Diana.

Kell también había servido ensaladas verdes de berro, lechuga fina y malva comestible. En el centro de la mesa había un plato gigante con diferentes quesos, aceitunas, uvas y nueces. Antes de recostarse en su sofá, Marco le acercó un recipiente con agua para lavarse los dedos y una toalla.

Se hallaban reclinados frente a frente. Él apoyaba los codos en varios almohadones dorados. La tormenta interior rugía tanto como la exterior.

Marco poseía el apetito de un hombre saludable, y hacía justicia a todo lo que tenía delante, pero si no le hubiesen informado de que le habían servido su plato favorito, jabalí, no habría tenido idea de lo que comía.

Los ojos negros no se apartaron de Diana durante toda la cena; la observaba mover con delicadeza los dedos y beber el vino. Veía cómo la seda violeta se adhería a la curva de las caderas y moldeaba la prominencia de los pechos. Por encima de todo, pensaba en su virginidad. Si él mismo no hubiera comprobado que se hallaba intacta, jamás lo habría creído. Era tan seductora, femenina e inteligente... Estaba madura para el amor.

Diana introdujo los dedos en el recipiente con agua y se los secó con la toalla.

–¿Has terminado? –preguntó él, impaciente.

Ella tomó una ciruela madura y la mordió con avidez.

Marco cambió de posición, para mitigar su excitación.

–¿Si he terminado? Acabo de empezar –ronroneó ella.

Marco decidió que Diana ya lo había hecho esperar demasiado.

–Yo estoy listo –dijo con énfasis.

–No te pediré que lo demuestres. Te tomo la palabra.

Por un momento, a él le chocó la insinuación erótica; luego echó la cabeza hacia atrás y rió. Su cuello era muy musculoso. El ruido de los truenos impidió que oyera la exclamación de admiración que lanzó Diana.

–Así que sí te divierto. Creí que jamás sería capaz de hacerte reír.

Él se incorporó y apoyó los pies en el suelo.

–¡No! –exclamó Diana, y levantó una mano–. Quiero que la mesa continúe entre nosotros hasta que hayamos concluido la negociación.

Los ojos negros brillaron ante el desafío, pero enseguida Marco volvió a reclinarse sobre los codos, a la espera, apaciguando el fuego que hervía su sangre.

Cuando la vio chupar el jugo de la ciruela, el romano cerró los ojos y apretó los dientes para controlar el repentino abultamiento de su falo.

–Quieres que reconozca que soy tu esclava –dijo Diana en voz baja–. Esperas que te obedezca. Deseas que me entregue a ti por propia voluntad. Quieres que te regale mi virginidad.

Un silencio espectral inundó la sala. Marco oyó los latidos del corazón de la joven mientras esperaba la respuesta.

–Estoy dispuesta a reconocer que soy tu esclava. Te obedeceré. Cumpliré tus órdenes por propia voluntad. Pero... –Diana calló un instante para dar mayor énfasis a sus palabras, y Marco contuvo la respiración–, pero sólo en presencia de los demás. Cuando estemos a solas, me tratarás como a una dama, no como a una esclava.

Él la miró perplejo, como si ella hubiese perdido la razón.

–En otras palabras, ¿fingirás ser mi esclava? –Se hallaba muy cerca de hacer uso de la violencia.

–En todos los sentidos prácticos seré tu esclava, tu propiedad. Todos tus legionarios, todo Aquae Sulis, todos los habitantes de la casa me sabrán tu esclava, pero cuando nos encontremos en la absoluta intimidad nuestra relación no será la de amo y esclava. Nuestra relación será la de un hombre y una mujer... Será una relación de amantes.

Marco no distinguía la diferencia. El deber de la mujer era obedecer al hombre, se tratara de una esclava o una concubina. El deseo del hombre prevalecía siempre, ¡a menos que no fuese hombre! Se dio cuenta de que ella había dejado de lado la parte que concernía a su virginidad. Aún no quedaba claro si accedía a unir su cuerpo al de él por propia voluntad, y en última instancia ése era el verdadero núcleo de la negociación.

–¿Accedes a unir tu cuerpo al mío por propia voluntad? –inquirió Marco.

–Sólo cuando me hayas cortejado y conquistado. No como una orden –aclaró Diana con suavidad.

–¿Y cuándo me permitirás comenzar a cortejarte, mi fina dama? –replicó él con acusado sarcasmo.

Ella lo miró provocativa.

–Los dos sabemos que ya has comenzado a cortejarme... ¡y que yo disfruto muchísimo de ello!

Un trueno desgarró el cielo, y comenzó el diluvio. Se produjo una repentina conmoción en el atrio, y pronto Kell apareció en el umbral del triclinio.

–Su hermano Petrio, general.

Kell dio un paso a un costado y entre los pilares apareció el joven y atractivo centurión de cohorte, empapado hasta los huesos.

Diana corrió al sillón de Marco y se sentó en el suelo, junto a las rodillas del general.

–¿Ocurre algo, Petrio? –preguntó Marco.

–He venido a cenar, hermano. La tormenta me pilló por sorpresa.

A pesar de no estar invitado y de que la inoportuna aparición echaba a perder los planes de Marco, éste le ofreció hospitalidad.

–Ya hemos terminado, pero hay comida en abundancia. Báñate y ponte ropa seca mientras te preparan la cena.

Petrio se bamboleó un poco y avanzó.

–Pasaré por alto la comida. Os acompañaré con las bebidas –dijo Petrio, que dejaba un charco de agua a cada paso.

Marco frunció el entrecejo al intuir que el joven demonio ya había estado bebiendo.

–No te preocupes por el agua, hermano. Tienes muchos esclavos para que la limpien. –Se sirvió vino y llenó las dos copas semivacías–. Bebed conmigo, ¿o acaso el gran general de Aquae Sulis es tan supremo y poderoso que no puede compartir el vino con un insignificante centurión?

El tono era tan agresivo que Marco apoyó una mano en el hombro de Diana para indicarle que él controlaría la situación.

–Mi vino es tu vino, Petrio. Mi comida y mi villa están a tu disposición. Siéntate, ponte cómodo.

Petrio se reclinó en el sofá blanco y dorado, empapando todo lo que tocaba. Levantó la copa de vino.

–Por Roma, la gloriosa Roma. –Vació la copa y esperó que Marco y su esclava hicieran lo mismo–. Quizá te guste este país, pero creo que es el culo del imperio. ¡Hasta los dioses mean encima de él! –Petrio vio que Kell se hallaba en el umbral–. Esclavo... ¡trae más vino!

Los ojos de Kell y Marco intercambiaron miradas de entendimiento cuando el esclavo llevó otra botella y llenó la copa de Petrio. Éste volvió a vaciarla, pero esta vez sus ojos recorrieron a la mujer que estaba sentada en silencio a los pies de Marco.

–¿Tu hospitalidad no me provee una esclava para acostarme con ella? ¿O compartiremos ésta?

Diana se echó atrás y Marco le acarició el cabello de seda.

–Esta esclava es de mi absoluta y exclusiva propiedad, Petrio, esta noche y todas las noches. Tu comportamiento de borracho me insulta y te degrada. Mañana lamentarás haber consumido tanto vino, cuando tengas que enseñar a tus hombres a nadar en el río llevando el equipo de batalla completo.

Diana se volvió hacia Marco y lo miró con admiración.

–¿Puedo ir a verte? –preguntó, y le tocó la rodilla en gesto de súplica.

Ella era lo único que él deseaba. En el instante en que dejaron de estar solos, había comenzado a interpretar a la perfección el papel de esclava. Él le estudió la cara; las miradas de ambos se cruzaron en una respuesta.

–Puedes venir. Ya hemos hecho nuestro trato –murmuró Marco.

Petrio se tambaleó.

–¡No estoy borracho! –exclamó Petrio, tambaleante, y desenfundó el pugio–. Lucharé contigo por la muchacha.

Marco lanzó un profundo suspiro y se puso de pie.

–Ahora ve a mi alcoba –ordenó a Diana–. Vamos, hermano. Creo que tendremos que ponerte sobrio. Tus hombres no pueden verte en este estado. –Desarmó a Petrio con facilidad y lo sostuvo con un brazo fraternal para ayudarlo a mantenerse en pie.

Kell acudió en ayuda del general. Mientras lo llevaban al baño, Petrio se desvaneció.

–Por todos los dioses, ha bebido a más no poder. ¿Qué lo habrá llevado a esto?

Kell contestó en silencio: «La envidia. La envidia que te tiene lo devora vivo».

–Tenemos bastante trabajo por delante –comentó Marco con resignación.

En primer lugar lo sumergió en agua fría para revivirlo. Cuando Petrio volvió en sí, peleó como un toro joven. Marco lo mantuvo bajo firme control en todo momento. Cuando al fin lo sacó del agua fría, ayudó a Kell a administrarle un vomitivo y luego le sujetó la cabeza mientras su hermano vomitaba hasta las entrañas.

«Ya se ha tranquilizado», pensó Kell con satisfacción.

Marco llevó al hermano a una habitación pequeña calentada a alta temperatura con vapor. Mientras Petrio transpiraba en abundancia, Marco le hacía beber gran cantidad de agua para que no se deshidratara.

Al cabo de tres horas, Petrio se hallaba totalmente sobrio. Marco ordenó a una esclava de baño que le diera un masaje, y luego lo acompañó de regreso al cuartel de los oficiales. Mientras iban al fuerte bajo la llovizna, Petrio estaba bastante apaciguado. Al dejarlo en el puente, balbuceó:

–Gracias.

–Para eso están los hermanos –respondió el general.

En la alcoba de Marco, Diana se hallaba de pie ante el fuego que habían encendido en la noche húmeda. Todos sus planes se habían arruinado a causa de la intromisión de Petrio. Sonrió. Estaba más borracho que una cuba. Admitió que ella misma no se hallaba demasiado sobria. En aquel momento Marco debía de sentirse furioso por tener que lidiar con el hermano beodo. Si el deseo del general ya era desenfrenado cuando terminaron de cenar, ¡Diana no conseguía imaginar cómo estaría ahora!

Bostezó. Había sido un día largo y lleno de sucesos. Esbozó una sonrisa. No dudaba que Marco aceptaría sus condiciones. Ella le había dicho que cuando se hallaran a solas no sería su esclava... pero había obviado decir que, poco a poco pero con seguridad, él se convertiría en su propiedad.

La gargantilla de amatista comenzaba a pesarle demasiado. Se la quitó y la dejó sobre la mesa, junto a la cama. Se sentó en los escalones que llevaban al lecho y se quitó las sandalias. Bostezó de nuevo.

Era asombroso, pero de algún modo había perdido el miedo que sentía por el romano. Era el hombre más fuerte y poderoso que había conocido, pero esa fuerza, lejos de dañarla, la protegería. Apoyó la cabeza en las pieles y sonrió soñolienta. Marco creía que ella era suya, ¡pero en realidad él era de ella!

Kell esperó en el atrio con un par de toallas. Marco le entregó el manto mojado y se quitó la túnica empapada. Luego se puso una de las toallas alrededor de la cadera y se frotó vigorosamente el cabello negro hasta que estuvo seco.

El esclavo tomó una antorcha e iluminó el camino de Marco por la villa silenciosa y oscura hasta la alcoba. La puerta se abrió y mostró a Diana echada sobre los escalones del lecho, la cabeza dorada sobre la cama. Mientras contemplaba con anhelo a la bella durmiente, Marco preguntó:

–¿Cuántos suelos ha fregado hoy?

–Siete –respondió Kell.

–El siete debe de ser mi número de la mala suerte –murmuró Marco.

13

Diana atravesó con lentitud los estratos de un sueño profundo. Al abrir los ojos vio los topes de los pilares con sus cuernos de carnero curvados. De inmediato comprendió que estaba en la gran cama con pedestal de Marco Magno.

Un estremecimiento le recorrió el cuerpo hasta los dedos de los pies; luego hizo acopio de coraje para volver la cabeza. Se hallaba sola en la cama. ¿Sentía alivio o pesar? Experimentaba ambas sensaciones al mismo tiempo, y no se explicaba cómo era posible.

Marco, al encontrarla dormida, debía de haberla llevado a su cama. ¿La habría despertado? Repasó en su memoria, pero no recordaba mucho más que estar sentada en los escalones con la cabeza apoyada en la cama. Recordaba la piel debajo de la mejilla, el perfume de Marco que le llenaba los sentidos, pero nada más.

Diana se sentó y vio que aún llevaba puesta la túnica de seda violeta. Se estiró y se pasó las manos con suavidad por el cuerpo. No se sentía distinta del día anterior. Sabía con certeza que él no la había tocado, porque si Marco Magno hacía el amor a una mujer, ¡sin duda ella jamás volvería a sentir igual su cuerpo!

Se sentó en la cama y miró hacia el lugar donde se había recostado él, tan cerca y sin embargo tan lejos. No había sucedido nada, y por eso ahora ella sabía más de él que antes. Marco había aceptado su ofrecimiento; la negociación había concluido y él no había violado el acuerdo. A pesar de que ese romano tenía a su mando a cientos de hombres y poseía la fuerza y el poder para imponer sus deseos en cualquier momento y del modo que quisiera, no la había despertado para exigirle que se le entregara. En apariencia era un hombre de honor, un hombre de palabra. Sin embargo, su abstinencia le decía más: de alguna manera, en lo más hondo de sí, el romano tenía un lado blando, cálido y amable. Diana se prometió explotar esa ternura que había descubierto.

Estaba contenta porque sabía que la balanza del poder se había inclinado a su favor. Debía ser muy cuidadosa al interpretar el papel de esclava frente a los demás, incluido Kell, para que cuando estuviesen a solas Marco le permitiera disfrutar el poder absoluto y completo de una mujer.

Nola le llevó el desayuno.

–¿Puedo quedarme?

–Sí, por favor.

Nola depositó sobre la cama la bandeja con panecillos crujientes, miel y fruta, y se sentó en los escalones.

–Eres especial para él.

Diana entornó los ojos, ya que no sabía con certeza cómo se comportaba una esclava.

–¿Cómo lo sabes? –preguntó con timidez.

–Te permitió quedarte con él toda la noche, cosa que jamás antes había hecho.

Diana se dio cuenta de que, en una residencia en que vivían un amo y treinta esclavos, no podía haber muchos secretos.

–Toda la villa murmura acerca de ti.

La muchacha alzó la vista.

–Nola, entiendo que una esclava no tenga derecho a la intimidad, pero Marco es un hombre muy reservado. Estoy segura de que no querrá que se hable de los detalles de nuestra intimidad en la alcoba.

–Más fácil te sería contener el mar que impedir que los esclavos murmuren. Deberás hacer que Marco les corte la lengua.

–¿Bromeas? –preguntó Diana con aprensión.

–Un poco –admitió Nola–, aunque se practica en algunas moradas romanas. Lo que quise decir es que Marco está tan apasionado que tal vez hiciera cualquier cosa que le pidieras.

Diana se lamió la miel de los dedos.

–En tal caso, debería pedirle ropa. No tengo nada que ponerme.

–Esta mañana, antes de irse, me pidió que me hiciera cargo de tu guardarropa. Jamás en mi vida me sorprendió tanto que él, entre todos los hombres, mostrara semejante interés en vestir a una mujer.

–¿Qué tipo de interés?

–Un interés ferviente, lleno de detalles. Quiere vestirte con túnicas que le procuren placer, que realcen tu delicada belleza.

Diana sintió ganas de maldecir. Siempre había alguien que elegía su ropa por ella. ¿Tampoco ahora, que había escapado de Prudence, podía elegir lo que quería ponerse? Estaba a punto de protestar con vehemencia, cuando recordó que era la esclava de Marco Magno. ¡Él podía vestirla del modo que quisiera!

Aun así lanzó una leve protesta.

–Yo sé mejor que nadie qué colores me sientan mejor.

–A Marco le interesan más el estilo y la textura. Desea para ti los materiales más costosos. Ya habrá mucho más tiempo para que elijas cosas que te complazcan también a ti.

–¿Me vestirán aquí, en la villa?

–Sí, pero también compraremos cosas afuera. En las calles de Aquae Sulis hay muchos negocios. La mercadería se expone a montones en las calles. Ir de compras es uno de los placeres más grandes de la vida de una mujer. Hay perfumerías, joyerías, orfebrerías, florerías, negocios de alimentos, *ornatrices*...

–*¿Ornatrices?*

–Son los que modelan y arreglan el cabello –explicó Nola.

–Hasta ahora me ha arreglado el cabello una de las esclavas de aquí. Es muy habilidosa.

–Es Sylla. Puedes conservarla como esclava personal, para que te arregle el cabello y te maquille. –Como vio que Diana vacilaba, Nola agregó–: Eso elevaría su posición en la casa, y si eliges que te sirva, le complacerá mucho.

–Entonces me encantaría tenerla –repuso Diana, y aceptó su primera esclava.

–Toma un baño y luego te vestiremos con estolas y túnicas nuevas.

Camino a la sala de baño, Diana se encontró a Kell. Antes de que ella formulara el deseo de ir a ver cómo Marco instruía a los hombres en el río, el amo de esclavos le dijo:

–El general me dejó ordenes de que te lleve con él después del almuerzo.

–Obedeceré –respondió ella con voz suave.

Le encantó saber que Marco había recordado su petición. También él debía de desearlo, pues de lo contrario la habría olvidado. Sería emocionante que la condujeran ante él frente a todos los legionarios que se hallaban bajo su mando. Eso demostraba lo mucho que Marco la valoraba y cuánto deseaba exhibirla. También demostraba su necesidad de verla en algún momento del día, y que le resultaba demasiado larga la espera hasta la noche.

Diana debía ponerse algo que la embelleciera. ¡Algo que incrementara el deseo que el general sentía por ella!

Después del baño, Nola la llevó al solárium. Nunca antes había estado en esa habitación, tan hermosa como el resto de la villa. Una pared completa, desde el suelo hasta el cielo raso, era un ventanal.

–¿Cómo se hace el vidrio? –preguntó de repente a Nola.

–Se echa en moldes planos. Es uno de los muchos conocimientos que los romanos enseñaron a los britanos.

La decoración del suelo era espectacular. Mostraba una tigresa de Bengala de tamaño natural, echada entre altos pastos. Estaba hecha con piezas de mármol de un color naranja intenso, negro y verde. Los sillones de la habitación eran de lino fino entretejido con cordones dorados y estaban teñidos con objeto de destacar los colores del suelo.

Las esperaban dos mercaderes, cada uno acompañado por esclavas que los asistían, porque la clienta era mujer. Habían llevado sus mercancías en grandes baúles de caña, un material liviano para el transporte. El primero era un comerciante de géneros; el segundo, de joyas.

Abrieron los canastos uno a uno y desplegaron ante Diana los rollos de telas. Todos los colores, todas las texturas, todos los materiales, algunos procedentes de lugares tan lejanos como Egipto y China, se exhibían sobre los sillones. Mientras Diana acariciaba las sedas y la fina lana, Nola encargaba las prendas pedidas por Marco.

–Necesito algo para ponerme hoy por la tarde cuando salga. ¿Se puede confeccionar a tiempo?

–Por supuesto –respondió Nola–. La toga no consiste más que en una banda de género, plegada de diversas maneras y sujeta con un broche. Un manto, incluso si lleva capucha, exige poco más que unos dobleces y un broche. Una esclava experimentada es capaz de coser en minutos una estola simple con una *palla* haciendo juego.

–Me encantaría tener un manto escarlata como el que usa Marco –decidió Diana–. Con esta seda blanca se puede hacer una hermosa toga clásica. La vestimenta que uno imagina en el cuerpo de una diosa –comentó en tono soñador mientras acariciaba la tela. Lanzó una exclamación cuando se abrió la tapa que cubría el otro canasto y vio un material lustroso de un tono que no conseguía describir–. ¿Qué color es éste?

–Azul ultramarino. Lo hacen con un pigmento azul intenso que se extrae del lapislázuli en polvo.

–¿Puedo tener una estola de esto?

–Por supuesto que sí. Este mercader de telas ha anotado todo lo que has pedido.

–¡Ah, Nola, mira esto! El diseño semeja la piel de una tigresa, pero es tan fino como una telaraña. –Desplegó el género transparente sobre el suelo de mármol, y el material dio la impresión de desaparecer.

–Los diseños de animales exóticos están a la última moda. Hay mucha demanda en Roma –aclaró el comerciante con orgullo.

En cuanto a joyas, Nola y Diana eligieron broches, hebillas, adornos para el cabello y un cinturón ancho de oro que destacaba la cintura y realzaba los pechos. Cuando la muchacha admiró un par de amuletos en forma de serpientes con ojos de rubí, Nola hizo una seña al joyero y éste abrió una caja de ciprés que contenía objetos que Diana jamás había visto antes. Había un juego de anillos unidos a brazaletes con finas cadenas; tobilleras, algunas con cascabeles; anillos con piedras preciosas para los dedos de los pies. Para Diana las joyas eran tan exóticas que le resultaban casi decadentes, y anheló poseerlas todas.

–El general pide que le dejen la mercadería para que él elija lo que le agrade en particular. Necesitaremos una estola y un manto de lana en unas dos horas –señaló Nola al vendedor de telas.

Mientras caminaban por la villa, Diana preguntó a su protectora:

–Como esclava de la morada, ¿cuáles son mis tareas?

–Tu única obligación es obedecer y complacer a Marco. Durante el día debes dedicarte a cosas placenteras para hallarte en buena disposición cuando debas pasar la noche entreteniendo al general. Él trabaja sin descanso y tiene muchas y muy pesadas responsabilidades, de modo que necesita distraerse del constante cumplimiento del deber. Yo misma voy a pedir que me den unos masajes relajantes antes del almuerzo. Enviaré a Sylla a tu cámara para que te arregle el cabello y te maquille.

Cuando Diana subió a la carroza de Kell, se envolvió con el manto de color escarlata. Le agradaba que lo hubiesen confeccionado con capucha, ya que ese día soplaba de la costa un viento helado. En lo alto de las colinas se notaba la proximidad del otoño; quizá la tormenta de la noche anterior había marcado el final del verano. Para Diana, marcaba también el final de la inocencia. No se sentía apenada, sino más viva que nunca. La vida estaba llena de desafíos y emociones, todos centrados en aquella fuerza impulsora que se llamaba Marco Magno.

–¿Me han ordenado ir al fuerte? –preguntó a Kell.

–No; vamos directamente al río.

Diana se estremeció.

–Ha refrescado. ¿Seguro que hoy se meterán en el agua?

–Las inclemencias del tiempo jamás han sido un obstáculo para el general.

–¿Qué cosa sería capaz de detenerlo? –inquirió Diana con los ojos entornados.

–Nada en este mundo, señora.

Diana se estremeció de sólo pensar en él.

–Ha estado esperando que una tormenta desborde el río. ¡Lo guía la gloria, nunca el temor!

Kell detuvo el carruaje en una pradera que miraba hacia el río Avon. En las orillas, que se extendían unos doce metros más abajo, había más de mil soldados alineados, cada uno con su armadura completa, todas sus armas y una mochila con provisiones. A la espalda de cada soldado colgaba un escudo y un morral de pertrechos para acampar.

Los ojos de Diana localizaron con facilidad la poderosa figura de Marco. Estaba a punto de hacer ante sus hombres una demostración de cómo cruzar el río. Lo vio asegurarse las armas, colgarse el escudo a la espalda y tomar con una sola mano las dos jabalinas.

Diana contuvo la respiración al ver que se metía en el agua, apoyándose en las jabalinas hasta que la corriente fue lo bastante profunda para llegarle a la pechera; entonces se valió de las jabalinas para impulsarse lejos de la orilla y sumergirse en la corriente rápida. Comenzó a nadar con un solo brazo; con el otro sujetaba las dos jabalinas en formación paralela al cuerpo, de modo que no le impidieran la brazada.

Diana sintió terror ante la posibilidad de que la pesada armadura y el casco de bronce y hierro arrastraran a Marco debajo de las aguas embravecidas.

–¿Por qué arriesga la vida? –inquirió.

–Debe dar ejemplo –respondió Kell.

–¡Intenta algo imposible! –Se abrigó más con el manto, para dejar de temblar.

–Para Marco Magno no hay nada imposible –replicó Kell con un movimiento de cabeza.

Diana no apartaba los ojos de la cabeza cubierta con el casco que se hundía y salía a la superficie entre la corriente violenta. Todos sus pensamientos se concentraban en él y su lucha contra el río, y por el griterío de los hombres se dio cuenta de que también ellos estaban deseosos de que Marco venciera la adversidad.

Había recorrido más de la mitad del camino, y Diana vio que el general lograría vencer al río. ¡Cuánto coraje y determinación requería tal proeza! Cuando Marco alcanzó la orilla opuesta, el corazón de Diana saltó de alegría por la victoria alcanzada por el general. Se oyó una gran ovación entre los legionarios y los centuriones. Luego, vio incrédula cómo Marco Magno volvía a zambullirse en el río y lo cruzaba de nuevo.

Aquel hombre era todo fuerza bruta. Mientras lo contemplaba, a Diana se le aflojaron las rodillas. Se le secó la boca al recordar las manos de él sobre su cuerpo. La noche anterior debía de haberla levantado en brazos y depositado en la cama, para luego tender su cuerpo junto al de ella con el fin de contemplar cómo dormía. Mirarlo surtía el efecto de un afrodisíaco. Ahora deseaba con todo el corazón que la hubiese despertado.

Una vez más Marco había logrado cruzar el río. Salió del agua y entregó las jabalinas a un oficial. «¿Sabrá que lo estoy observando?» En el instante en que Diana se hacía esa pregunta, Marco Magno se dio la vuelta y la miró. El corazón de Diana se colmó de orgullo. Se echó atrás la capucha del manto escarlata y dejó que el viento le desordenara los bucles dorados. Marco rió y levantó una mano para saludarla. Ella le devolvió el saludo y le envió un beso.

Ahora tocaba a los diez oficiales centuriones y los dos centuriones de cohorte imitar la hazaña del Primus Pilus. Invirtieron el doble de tiempo y hubo varios que titubearon, pero con aliento y determinación la mitad de los jefes consiguió cruzar. A seis tuvieron que sacarlos a rastras y deberían volver a intentarlo tras una breve pausa para recuperar fuerzas.

Luego llegó el turno de los soldados; no todos sabían nadar. Por fortuna, Marco contaba con sus legionarios permanentes para asistir a los nuevos. Habían pasado la prueba de nado de los jefes antes de que él los aceptara en la base permanente de Aquae Sulis.

Diana observó que Petrio salía del agua y se dirigía hacia el hermano. Se lo veía tan peligroso como la noche anterior.

–Congelarme los testículos en el agua helada no es mi idea de entrenar soldados –soltó al tiempo que escupía una bocanada de agua a los pies del hermano.

Marco lo miró directo a los ojos.

–Tendrás los testículos del tamaño de un guisante cuando debas cruzar el río helado que te espera en los páramos salvajes del oeste. Si quieres que tus hombres sobrevivan, te conviene asegurarte de que hayan aprendido la lección de hoy.

Petrio siguió la mirada de su hermano hacia donde se hallaba Diana, en lo alto, con el cabello dorado desordenado por el viento. Sintió una punzada de dolor en los riñones.

–¿Cuánto quieres por ella? –preguntó.

–No está a la venta –replicó Marco con tranquilidad.

–Qué pena. –Petrio sonrió–. Ella no obtendrá demasiado de ti esta noche, hermano. Los legionarios quieren que vuelvas a mostrarles cómo cruzar el río cargando el equipo.

–Quiere que nos vayamos –dijo Kell, a una señal de Marco.

–¡Estoy contenta de haber venido a verlo!

Kell sabía que ella jugaba algún tipo de juego con el romano, uno que ocultaba lo que en realidad pensaba de éste y lo que sentía por él. Kell hacía lo mismo. Sin embargo, sabía que Diana comenzaba a sentir una admiración genuina por el general. Aceptaba su protección y anhelaba su admiración, fuera consciente de ello o no.

Sería muy entretenido observar cómo se desarrollaba la relación en sus propias narices. ¿Cambiaría el peso en la balanza del poder? Quizá ya había sucedido, de una manera muy sutil. ¿Debía él fomentar esa relación, o echarla a perder? Kell sonrió para sus adentros. ¡Kell haría lo que fuese mejor para Kell!

Al regresar a la villa, a Diana le sorprendió cuán caliente y agradable se hallaba el interior de la vivienda en un día tan inclemente. Cuando se quitó el manto de lana, se sintió bastante cómoda con la estola de seda, sin nada debajo.

–Kell, ¿cómo se calienta la villa?

–Tenemos suelos elevados, con ventilación. El calor procede de las cañerías de agua caliente que pasan por debajo de cada suelo. En pleno invierno se puede andar descalzo por las habitaciones. A los romanos les gusta la comodidad.

A Diana le maravillaba que una civilización tan antigua estuviera tan avanzada. Las casas georgianas eran lugares húmedos y fríos en invierno, y dependían de un hogar pequeño que había en cada habitación para mantenerlas tibias.

Sabía que no transcurrirían muchas horas hasta que llegara Marco. Sentía crecer una gran excitación en su interior. Quería ver cuánto había progresado su guardarropa, y debería pedir a Sylla que le retocara el peinado, porque el viento se lo había convertido en una maraña de bucles.

Los vendedores se habían retirado del solárium, pero el mercader de ropa había dejado a sus asistentes para que confeccionaran el nuevo atuendo, y Nola había dispuesto que dos esclavas los ayudaran con la costura. Diana observaba con deleite las numerosas estolas de distintos colores y géneros.

–Gracias, Nola, son exquisitas. Les agradezco a todos su arduo trabajo y su generosidad.

Diana cogió un manojo de prendas, incluidas la de color ultramarino, la de diseño de tigre y la blanca de seda, y las llevó a su cámara, donde Sylla le mostró cómo doblarlas de una manera especial para evitar que se arrugaran.

Diana decidió que esa noche se pondría la túnica de seda blanca. Sentada frente al espejo, observaba cómo Sylla le entretejía perlas en los mechones de cabello dorado, y aumentó su excitación al pensar en la velada con su romano aquella noche. Jamás se había sentido así con respecto a Peter Hardwick, y eso le indicaba cuánto la atraía Marco Magno. De hecho, se dio cuenta de que estaba obsesionada por él.

Al recordarlo nadando en el río violento e imaginar que la rodeaban esos brazos fuertes, bien podría haber gritado de excitación. Sonrió. Estaba dispuesta a apostar que el general se aseguraría de no recibir visitas inesperadas aquella noche.

Cuando Kell golpeó la puerta de la alcoba y entró con más prendas nuevas, Diana se enteró, decepcionada, de que Marco ya había llegado.

–¡Oh, quería recibirlo en el atrio cuando llegara a casa!

–Necesitaba con urgencia un baño caliente para desentumecerse los huesos. –Kell levantó una de las prendas que llevaba–. El general me ha pedido que te pongas la túnica blanca corta para la cena.

A Diana le sorprendió la semejanza con el traje que había usado en la inauguración del Panteón. Llegaba sólo hasta los muslos, el bajo terminaba en forma de picos y uno de los hombros quedaba al descubierto.

–Oh, creo que la han confeccionado mal. No podré usarla esta noche. –En cierto modo se sentía decepcionada, porque la túnica la hubiese hecho parecerse a la diosa Diana.

–La han diseñado así especialmente –informó el esclavo.

–Pero la parte superior cubre sólo un pecho –señaló ella.

Kell meneó la cabeza.

–Ésta es una de las túnicas que solicitó el general, y pide que te la pongas esta noche para la cena.

Diana se quedó perpleja. ¿Cómo era posible que él esperara que fuera a cenar con una túnica que dejaba un pecho al descubierto? Todos los habitantes de la casa verían su desnudez. La excitación se evaporó para dar paso a un tenso enojo. ¡Él la trataba como a una prostituta! ¿Lo haría a propósito para insultarla, o su deseo era tan grande que quería tenerla semidesnuda ante sí? Si se reclinaba en el sofá con una túnica que apenas le cubría los muslos y le dejaba un pecho al descubierto, ¡ya adivinaba cuánto tardaría él en ponerle las manos encima!

Diana depositó la prenda sobre la cama y dijo con firmeza:

–Me pondré la elegante estola de seda blanca. ¿Serías tan amable de esperar afuera mientras me cambio, Kell?

Los ojos grises del hombre le sostuvieron la mirada un momento.

–Acepté aconsejarte, señora, y así lo haré ahora. Ponte la prenda que eligió el general.

–Gracias por tu consejo, Kell. Yo misma le explicaré por qué no puedo usarla.

Kell aceptó resignado la decisión de la muchacha y salió del cuarto color damasco a esperar para escoltarla hasta el atrio. Cuando estuvo lista, Diana examinó con atención su apariencia frente al espejo de bronce pulido. La seda blanca caía en grácil línea recta por el cuerpo delgado. Los pechos abultados mostraban con claridad el contorno de los pezones duros como diamantes a través del delicado material. Las perlas que le salpicaban el cabello con su brillo plateado realzaban su belleza. Eligió un brazalete de oro y una tobillera a juego. Decidió ir descalza para mostrar el bonito anillo que lucía en uno de los dedos de los pies.

Posó la mano en el brazo de Kell y bajó altiva las escaleras. Estaba segura de que lucía absolutamente hermosa.

Una vez más, Marco había llegado al triclinio antes que ella. Los esclavos de la casa estaban ocupados sirviendo los platos. Del brazo de Kell, Diana se detuvo entre los pilares a esperar la reacción de Marco.

No tuvo que esperar demasiado. El rostro moreno se puso serio. Los ojos negros la recorrieron con frialdad.

–No llevas el vestido que pedí.

Diana dio un paso al frente.

–¡Marco, me niego a ponerme un vestido tan escandaloso!

Los esclavos interrumpieron sus tareas para mirarla.

Marco caminó con decisión hacia ella.

–¿Te niegas? Creo que no he oído bien. –El tono era duro, amenazador.

Diana tragó con dificultad y alzó el mentón. Antes que nada pensó en su promesa de obedecer las órdenes de Marco ante los demás. Si ella violaba el pacto, él quedaría libre de hacer lo mismo. Y, a juzgar por su mirada, de buen grado aprovecharía esa excusa para hacerlo, ¡y hasta disfrutaría con ello!

Cuando el general volvió a hablar, lo hizo en el tono del poderoso romano.

–Regresarás a tu alcoba y te cambiarás. Cuando vuelvas, cumplirás con tu único objetivo en la vida: ¡darme placer!

14

Diana bajó los ojos y hundió los dedos en el brazo de Kell, en gesto de frustrada furia. Si perdía el control y replicaba al romano frente a los esclavos, perdería el poco poder que había obtenido. Sabía que no tenía más opción que hacer exactamente lo que él le ordenaba.

Con gran dignidad, se dio la vuelta y abandonó la habitación. Agradeció que Kell no le recordara que debía haber escuchado su consejo. Sylla la esperaba con la túnica corta ya lista; sabía que enviarían de vuelta a Diana. El general nunca permitía que le desobedecieran.

Diana decidió que debería superar su recato. El pudor no estaba permitido en un hogar romano. No le quedaba más opción que obedecer ante los demás esclavos, pero una vez que ella y Marco estuviesen a solas le haría saber y le mostraría cuán enfurecida se había sentido al verse forzada a mostrar su desnudez en público.

La muchacha se quitó la hermosa prenda de seda blanca y dejó que Sylla le deslizara la túnica por la cabeza. También era de color blanco, pero el género era más diáfano y transparentaba el tono de su piel. Mientras la esclava se la sujetaba sobre un hombro con un gran broche de rubí, Diana miró asombrada su reflejo. Jamás se habría imaginado vestida con un traje que cubría un pecho y revelaba por completo el otro. Era una prenda muy erótica. No, más aún: era decadente.

Sintió las mejillas calientes y vio en el espejo cómo le subía el color. Más le convenía acabar con los rubores, pues todos la verían: primero Kell, y después Marco y los esclavos que servían esa noche la cena.

Sylla le alcanzó unas sandalias con largas tiras doradas. Diana se quitó el anillo del dedo del pie, la tobillera de oro y el brazalete, y cruzó las tiras por la piernas desnudas. Por último eligió un par de brazaletes de oro y rubí. Al subírselos hasta la parte superior del brazo se sintió definitivamente pagana. Se sentía y parecía una sibarita. Antes de salir del cuarto sumergió una toalla en agua de rosas y se refrescó las mejillas.

Una vez más, el esclavo la escoltó hasta el triclinio; sus ojos entornados ocultaban por completo sus pensamientos. Esta vez Diana mantuvo la cabeza más erguida que nunca. Marco Magno se comportó como si aquélla fuera la primera vez que ella bajaba a cenar. Deslumbrado por la imagen de la diosa, ya no tenía la cara seria ni la voz fría.

–Te saludo, mi señora. Es un placer estar al fin en casa.

–Te saludo –murmuró ella, sin llamarlo por su nombre ni levantar la mirada.

Diana se dirigió de inmediato al sillón. Se sentó, plegó las piernas y acomodó la parte inferior de la túnica de modo que le cubriera los muslos, ya que debajo de la falda transparente no llevaba ropa interior. No colocó el almohadón dorado debajo del codo, porque no quería reclinarse. Notó que en el sofá había almohadones dorados nuevos que reemplazaban los que empapara Petrio.

Esa noche les sirvieron dos esclavos. A causa de la gran cantidad de energía que había gastado en un día tan riguroso, Marco tenía un apetito voraz. Aquella noche se sirvió un rodaballo entero, preparado con salsa de hinojo, un pastel humeante de carne de venado, perdices y pavo real asado.

Bebían *calda*, una mezcla de vinos, especias y agua caliente. Era la misma receta del hipocrás, y Diana pensó por un instante fugaz en Peter Hardwick. Él habría sido el primer hombre en hacerle el amor, si ella no hubiera retrocedido en el tiempo. Se estremeció de sólo pensarlo. De algún modo había logrado una fuga afortunada. Miró a Marco y se dio cuenta de que, a pesar de lo mucho que los separaba en actitud, pensamientos, palabras y hechos, no había otro hombre al que ella prefiriera para que le hiciera el amor.

–¿Disfrutaste de la demostración de hoy en el río?

–Por favor, ¿puedo decírtelo cuando estemos en privado? –pidió ella en voz baja.

–Claro que sí.

Él quería que ella pronunciara su nombre. Le producía un placer indescriptible oírlo en esos labios. Deseaba que lo entretuviera con la conversación mientras cenaban. La había disfrutado bastante la noche anterior, hasta que Petrio lo arruinó todo.

–Anoche, cuando llegué a mi cámara, estabas dormida. ¿Te molesté?

–¿Puedo decírtelo cuando estemos en privado? –volvió a rogar Diana.

Él juntó las cejas negras. Ella se había propuesto fastidiarlo adrede.

–No, maldición, no puedes. Contestarás cualquier pregunta que te haga.

–¿Puedo contestar tus preguntas con sinceridad?

Marco estaba seguro de que su pregunta encerraba algún engañoso truco femenino. Entornó los ojos negros.

–Puedes contestar cualquier pregunta del modo que quieras, siempre y cuando tu respuesta me complazca.

Diana se mordió el labio. Marco sabía que estaban jugando al gato y al ratón.

–Comencemos de nuevo. ¿Disfrutaste de las demostraciones de hoy en el río?

–Las disfruté por encima de todas las cosas, amo.

Marco apretó los dientes ante la respuesta servil.

–¿Anoche te perturbé?

–Tu proximidad siempre me perturba, amo.

A Marco se le agotó la paciencia.

–Retiraos –ordenó a los esclavos–. Cerrad la puerta al salir.

No habló hasta que se hallaron a solas.

–Una vez más... –Su tono advertía de que estaba al límite de su tolerancia para con ella–. ¿Disfrutaste de las demostraciones de hoy en el río?

Diana acomodó el almohadón dorado debajo del codo y se echó atrás de manera provocativa. Le dirigió una mirada de soslayo y replicó indignada:

–Lo disfruté, aunque no tanto como tú, Marco. Estabas mostrando tus habilidades ante los legionarios y en especial ante los centuriones de cohorte. Pobre Petrio, ¡no tiene ni la menor posibilidad de compararse contigo!

–Mea culpa –repuso el general, al tiempo que sonreía como un niño. Los ojos la recorrieron ansiosos–. ¿Tienes idea de cuán deslumbrante estás esta noche?

–¿Para ser una esclava, quieres decir? –preguntó Diana con dulzura.

–¡No pareces una esclava! Pareces una diosa. Mandé hacer esa túnica exactamente como la de Diana del Bosque. Lo único que necesitas es una flecha en la mano.

–Espero que pronto lo rectifiques –murmuró Diana, sugerente.

Marco echó atrás la cabeza y lanzó una sonora carcajada.

–Eres encantadora.

–Mi único deseo es complacerte. –Las palabras rezumaban sarcasmo.

–Si es así, ven y recuéstate conmigo en mi sofá para que compartamos el mismo plato, la misma copa.

El pulso de Diana se aceleró. Si la tenía en su sofá, se olvidaría de la comida y ella se convertiría en el primer plato. No se sentía preparada; debía dar una respuesta que le proporcionara algo de tiempo.

–Prometiste cortejarme antes de que me entregara.

–¿Qué mejor que cortejarte en mi sofá?

–Si no llevara puesta una túnica que deja un pecho al desnudo, no pondría objeciones a compartir tu sofá. ¿Quizá mañana por la noche? –sugirió ella.

–Mañana. ¡Júralo! –ordenó él, desconfiado.

–Te lo prometo, Marco –repuso Diana con voz suave.

Los ojos negros brillaron mientras se le ocurría una idea diabólica. Se aprovecharía al máximo de la promesa.

–¿Te gustaría que pidiera a Nola que mañana nos sirva ella, en lugar de los esclavos?

–Sí. Eso protegerá una pizca de mi pudor. Gracias.

–Tu pudor está fuera de lugar, Diana. Tienes el cuerpo más hermoso que yo haya visto jamás.

–Te agradezco el cumplido, Marco, pero ¿no puedes entender que no deseo exhibir mi cuerpo?

–Qué ridiculez. Cuando una mujer posee belleza, debe exhibirla. Es lo único de valor que tiene una mujer.

Los ojos oscuros la acariciaban, como para dar énfasis a las palabras.

–¡Te equivocas! ¡La belleza es sólo una pequeña parte de una mujer!

–No; lo es todo. La belleza es todo lo que yo, o cualquier hombre, quiere en una mujer. Belleza y obediencia, por supuesto.

–Eso es arrogancia ciega, ¡un concepto masculino que rebaja a la mujer! –Diana se echó el cabello hacia atrás, impaciente, mientras hablaba con pasión.

Marco no lograba quitarle los ojos de encima. Sin duda la furia aumentaba la belleza de la joven.

–¿Qué otra cosa hay? –preguntó él con brusquedad.

–La inteligencia, por supuesto, y la fuerza de carácter. ¿Y qué me dices del sentido del humor? El humor es tan importante como la belleza. A una mujer debe apreciársela por todos sus atributos. ¡Cualquier esclava puede obedecerte, romano!

–No fuimos nosotros, los romanos, quienes inventamos la esclavitud, Diana. Las tribus celtas de Britania comercian esclavos con los romanos desde hace años.

–Eso no la torna en algo lícito. La esclavitud es ilícita. Siempre lo ha sido.

–La economía depende de los esclavos. La esclavitud existirá siempre. Debes aceptarlo.

–No, Marco, estás muy equivocado. La esclavitud se abolirá. Gracias a Dios.

–No tengo intención de discutir los méritos de la esclavitud. Estás aquí para entretenerme. Lo que me interesa es tu belleza excepcional, no tu inteligencia.

–Lo lamento mucho. Había planeado entretenerte esta noche con mi inteligencia, no con mi belleza.

–Será imposible.

–Qué difícil eres, Marco Magno.

–Ahora iremos arriba y continuaremos nuestro juego –dijo, decidido, mientras sonreía.

–¿Es una orden o una invitación?

Él esbozó una sonrisa más amplia.

–Como no hay quien nos oiga, es una invitación.

–Me alegra que juegues según las reglas.

–La gracia de que yo sea el que controla radica en que puedo cambiar las reglas cuando quiera. –Se aproximó al otro sofá y se paró ante ella. Su proximidad aceleró el corazón de Diana–. Me complacería subirte en brazos.

Antes de que ella pudiera protestar, la tomó en sus brazos. El pecho desnudo se apretaba contra el ancho pecho masculino. El género tosco de la túnica de él le rozaba y erizaba el pezón. Sus muslos desnudos descansaban en los antebrazos musculosos, y el calor del cuerpo de Marco la penetraba hasta casi derretirle los huesos.

Mientras Marco subía las escaleras, Diana sentía en el trasero el roce del falo duro como mármol. El deseo le ascendió desde las nalgas hasta el centro femenino y el vientre. Cada escalón que él subía incrementaba el deseo. Diana se aferró a él y sintió que los músculos se ondulaban debajo de las manos. Toda las sensaciones que experimentaba eran intensas y profundamente sexuales. Comenzaba a descubrir que la excitación era un estado muy placentero.

Marco la llevó a la alcoba y cerró la puerta con un pie. Diana sentía un incontrolable deseo de entregarse. Deseaba que el general le cubriera la boca con la suya para saborearlo. Pero, en lugar de besarla, él la llevó frente al gran espejo de plata para que viera cómo lucía en sus brazos.

El reflejo era abiertamente sensual. Marco le levantó más la piernas, para que ella viera los rizos dorados que le cubrían el centro rosado de entre los muslos, y allí, justo abajo, se veía el bulto masculino, erecto y tieso, apuntando hacia el objetivo. La bajó un poco para que los cuerpos se frotaran ligeramente uno contra otro.

Diana lanzó un suspiro entrecortado, y él sonrió. La hizo deslizarse por su cuerpo hasta que los pies tocaron el suelo, de cara al espejo. Diana no podía creer la disparidad de alturas al verlo tan cerca, detrás de ella. También la tez de ambos era contrastante; ella tan blanca, él tan oscuro.

Diana lo contemplaba fascinada mientras la fuerte mano cubría el pecho desnudo y el pulgar encallecido jugaba con el pezón. Chorros de fuego líquido corrían desde la punta del pecho capturado hasta más abajo del vientre. Marco la apretó contra sí para que ella sintiera su miembro duro contra las nalgas desnudas. Ella suspiró y deslizó la mano entre los cuerpos, donde se tocaban, pero él la apretó aún más hasta que la mano quedó atrapada con los dedos sobre el miembro hinchado. Cuando le acariciaba el pezón, ella sentía cómo crecía y se ponía más duro.

Luego, con la otra mano, Marco levantó la túnica corta y ella lo vio acariciar el monte de Venus y le permitió pasar los dedos por el vello del pubis. Diana jadeaba por las cosas que él le hacía y las sensaciones que en ella despertaban aquellos dedos fuertes. Con la mano libre, Diana cubrió la de él en un intento de apartarla de su sexo, pero su mano pequeña, del todo ineficaz, se dio por vencida mientras él buscaba la hendidura con la punta de un dedo calloso hasta encontrar el capullo sensible.

Entonces Marco movió el dedo en círculos lentos hasta que la hizo gemir de placer. Al ver sus propios contoneos bajo los dedos de Marco, Diana se excitó tanto que deseaba gritar de placer. Comenzó a jadear y sintió el falo moverse y palpitar bajo su mano.

Marco comenzó a estrujar el pecho desnudo con un movimiento lento, al mismo ritmo del círculo que trazaban sus dedos. Diana quería rogarle que lo hiciera más rápido, pero las palabras se atascaban en su garganta y sólo conseguía gemir de placer. Ahora sentía una oleada de sensaciones que le aceleraban intensamente el pulso. Con un conocimiento de mujer que se remontaba a Eva, supo que si él movía los dedos más rápido, el placer terminaría pronto. El lento y constante movimiento rítmico en círculos hacía que el placer se prolongara.

Se arqueó contra él y comenzó a mover la cabeza contra el pecho ancho. Cuando alcanzó el orgasmo, fue tan intenso y veloz que gritó y embistió con desenfreno contra la mano de Marco. Él la apretó con firmeza para intensificar el placer sensual que le proporcionaba cada contracción. Luego volvió a tomarla en sus brazos para besar la boca temblorosa.

Ella lo abrazó con dulzura y le permitió explorar su boca del mismo modo en que había explorado sus sentidos. Cuando al fin él apartó los labios, murmuró:

–Esto es sólo una pequeña muestra del placer que compartiremos. Ahora que te he complacido, es tu turno. ¿Crees que tu inteligencia pueda mantener mi interés, o deberás recurrir a tu belleza? –desafió el general.

Subió los escalones y la dejó sobre la cama. Luego se quitó la túnica de lino y se extendió junto a Diana, con los hombros apoyados contra las almohadas y almohadones.

Los ojos curiosos de Diana lo examinaron con admiración. Era un espléndido espécimen masculino. Tenía el torso cubierto de rizos negros, más tupidos en el pecho, donde la moneda de oro reflejaba la luz de la lámpara de plata. El vello se tornaba más escaso en el vientre marcado, para volver a florecer en la entrepierna. El sexo masculino, aún en estado de excitación, se erguía como una columna de mármol coronada de terciopelo bermellón.

Diana dobló las rodillas y juntó las manos. En posición casi arrodillada, comenzó a hablarle despacio.

–Marco, me llamo Diana Davenport. Nací en Londres, Londinium, en el año 1772 después de Cristo. Viajé a Aquae Sulis, que nosotros llamamos Bath debido a los antiguos baños romanos que se construyeron mil setecientos años atrás. Un día entré en una tienda de antigüedades. Me asombró encontrar un casco romano de acero y bronce. No pude resistir la tentación de probármelo, pero al hacerlo me sentí extraña, casi descompuesta, y experimenté la sensación de caer a través del espacio.

»Ahora me doy cuenta de que, de algún modo, retrocedí en el tiempo. Creo que me desmayé y, cuando recobré el sentido, estaba aquí, en Aquae Sulis, casi debajo de las ruedas de tu cuadriga. En mi ignorancia, pensé que unos hombres de mi misma época, vestidos como antiguos romanos, jugaban como chicos tontos. Sin embargo, cuando me pusiste un collar de esclava caí en la cuenta de que no se trataba de un juego.

Marco observaba la hermosa boca mientras hablaba. Era el hombre más afortunado del mundo. Poseía una joven esclava que no sólo era extremadamente bella, sino que era capaz de narrarle historias y entretenerlo con su humor e inteligencia. Y lo mejor de todo era que ningún hombre la había tocado antes. Ni uno solo. Entornó los ojos. Mientras continuaba la música de la voz de Diana, la ardua jornada de trabajo comenzó a surtir efecto y el general se quedó dormido mientras escuchaba el relato.

La muchacha levantó la vista para medir la reacción de Marco ante las cosas que le había contado. Abrió los ojos como platos, incrédula: ¡Marco se había quedado dormido mientras ella hablaba! Aún de rodillas, se aproximó más para verlo de cerca. Aun en reposo, las facciones conservaban el orgullo de un águila, aunque lucía mucho más joven. El pecho ancho se elevaba y bajaba con la respiración lenta y pareja. Tenía la nuca, los brazos y hombros bien contorneados por los músculos fuertes, y la piel oscura del vientre era tirante como el parche de un tambor.

El miembro, ya flojo, descansaba sobre un muslo, la cabeza guardada dentro del prepucio. Aun así parecía un arma peligrosa; su mero tamaño intimidaba. Bajó la vista hacia los muslos y las pantorrillas. Marco tenía las piernas más musculosas que ella jamás hubiera visto. Los hombres modernos no eran así. Él era como un coloso.

Por último miró las manos. Eran grandes, diestras, poderosas, callosas y estaban cubiertas de cicatrices. Le maravillaba que le hubieran proporcionado tanto placer. Habían sido fuertes y tiernas a la vez. Se miró el pecho descubierto, el que él había acariciado, y le sorprendió que no le hubiera dejado ni una marca.

Puso una mano junto a la de él y vio que medía sólo la tercera parte de la del romano. A pesar de que era enorme, en él no había indicio alguno de torpeza. Tenía el poder y la fuerza ágil de un animal. Era rápido con la espada, se movía a la velocidad del relámpago y atacaba con la misma seguridad letal.

Diana se preguntó por qué el destino la había puesto en los brazos de ese hombre. No obtuvo respuesta. Sin embargo, en el fondo de su corazón celebraba que le hubieran dado esa oportunidad fantástica de experimentar aquella época, aquel lugar y aquel hombre. Sintió una leve punzada de miedo de que pudieran arrebatárselo. Le asombraron sus propias emociones y admitió que detestaría tener que dejarlo.

Sabía que si Marco abría los ojos, ella se le entregaría en un instante. Luego se sintió culpable. Él había tenido un día agotador y necesitaba descansar para levantarse a las cinco y comenzar un nuevo día. Con una última mirada, a regañadientes y en silencio, abandonó la alcoba de puntillas.

15

–¡Esto es escandaloso! –gritó Diana–. ¡Me niego a ponerme esto, me niego a bajar, y pueden ir a decírselo a él mismo, maldita sea!

–El general me advirtió que quizá te mostraras irrazonable. Te recuerdo la promesa que le hiciste –dijo Kell con voz pétrea.

Diana estaba tan enfadada que por un minuto no pudo pensar con claridad. Luego recordó sus propias palabras:

–Si no llevara puesta una túnica que deja un pecho al desnudo, no objetaría compartir tu sofá. ¿Quizá mañana por la noche?

–¡Mañana. ¡Júralo! –había ordenado él.

–Te lo prometo, Marco.

Los pensamientos de Diana se sucedían a velocidad vertiginosa. Él la había engañado. ¡Le había mentido en forma deliberada! Había utilizado diabólicamente las palabras de la propia Diana para atraparla. ¡La túnica que le había elegido para esa noche no dejaba un pecho al descubierto, sino ambos!

–Puedes bajar y decirle que se terminaron todas nuestras promesas. ¡De hecho, también se acabó nuestro trato!

–¿Te refieres al pacto según el cual serías su esclava sólo ante los demás? –preguntó Kell, con el rostro muy serio.

–¿Cómo lo has sabido? –inquirió Diana, furiosa.

–Las paredes oyen –replicó el esclavo en tono cortante.

–¿Toda la casa lo sabe? –indagó ella, indignada.

–¿Saber qué? ¿Que en recompensa por fingir que eres su esclava, él tiene que mantener el pene a raya hasta que tú accedas a entregarte por propia voluntad?

–¡Oh, Dios mío! –Diana ocultó su rubor con las manos. Jamás se había sentido tan avergonzada. Luego pensó que la vergüenza no era de ella, sino de Kell, por violar su intimidad–.

¿Ya estás sumando apuestas sobre cuándo me llevará a la cama? –preguntó encolerizada.

–En realidad, no pasará demasiado tiempo si cancelas el pacto –le advirtió el esclavo.

–¡Que venga Nola!

–Una esclava no puede impartir órdenes.

–Sólo finjo ser una esclava, ¿recuerdas? Trae a Nola antes de que te haga flagelar.

–Eso podría resultar muy doloroso, britano –comentó Nola desde la puerta.

–La mujer de la Galia –dijo Kell con la vista dirigida al techo–, ¡lo único que me faltaba!

–Nola, ¿en la casa todos saben mi secreto?

–No. Sólo lo sabe el britano, y yo soy lo bastante lista para sumar dos más dos, pero Marco es un hombre muy reservado y es tarea de Kell preservar esa intimidad, así que puedes estar segura de que nadie conoce tu secreto.

–Gracias por socavar mi autoridad –dijo Kell–. Quizá tú logres convencer a la dama de que se vista y baje a cenar.

–¡Mira esto! –gritó Diana al tiempo que levantaba una prenda de color rojo carmesí.

–Es una túnica para las caderas. Te quedará magnífica.

–¡Quedaré desnuda! Uno de vosotros bajará a decirle que me niego a vestir eso.

–Habrá que hacerlo con diplomacia. El britano no servirá; iré yo.

Nola se había expresado así sólo para molestar a Kell. ¿Por qué se metía en estas cosas? Se dirigió al triclinio ocultando la tensión que sentía.

–La túnica que ha escogido es hermosa, general, pero no olvide que la muchacha es en extremo púdica y jamás en su vida ha visto una prenda igual.

–Ella prometió obedecer mis órdenes. ¿Se niega a hacerlo?

–No, no. Pero creo que convendría que usted despejara de esclavos esta parte de la villa. Ella se sentirá más relajada si sólo los ojos de usted contemplan sus encantos.

–Di a Kell que retire a todos los hombres. ¿Podrías servirnos tú esta noche, Nola?

Nola inclinó la cabeza. Le aguardaba una tarea delicada, y aún no sabía cómo cumpliría la misión. Cuando regresó a la alcoba de Diana, Kell dijo:

–Ah, mujer diplomática, ¿le dijiste que la dama se niega?

–Le expliqué que ella es muy púdica y que jamás en su vida había visto una túnica como ésta.

–¿Y? –presionó Kell, implacable.

–Y desea que retires los esclavos hombres de esa parte de la villa. Eso, por supuesto, ¡te incluye a ti, britano!

Kell lanzó un exagerado suspiro de alivio.

–Los dioses están de tu lado esta noche. No tendré inconveniente en obedecer las órdenes, pero tú, estimada Nola, te enfrentas a una tarea insuperable.

–Por una vez me gustaría borrar esa expresión relamida de superioridad de su cara de macho –comentó Nola cuando Kell se marchó.

–No le dijiste nada a Marco –la acusó Diana.

–Ha mostrado una gran consideración al permitir que te sintieras más cómoda –señaló Nola.

–¡Pero de todos modos pretende que me ponga esta cosa! ¿La has visto? Es una prenda libidinosa y escandalosa.

–Escasa, quizá, pero no escandalosa. Los romanos honran y adoran el cuerpo. No hay nada más hermoso que las formas femeninas desnudas. Considerarlas libidinosas es una obscenidad en sí mismo. Pruébate la túnica, y tú misma verás que realza tu belleza.

De mala gana, Diana se quitó la estola y dejó que Nola le colocara alrededor de las caderas la túnica carmesí. Caía por delante hasta el hueso púbico, donde la mujer sujetó el género con un enorme broche de perlas. Al verse en el espejo, lo único que pensó Diana fue que, si Prudence la viera, ¡se moriría del impacto!

Una voz profunda dijo desde la puerta:

–Ya te has admirado demasiado. Ahora es mi turno.

–¡Marco! –exclamó Diana con un hilo de voz–. No puedo andar por ahí con esto.

–Entonces te llevaré yo –replicó él, implacable.

La levantó como si fuera una pluma y la llevó al triclinio, sin hacer caso alguno de las protestas. Diana se volvió contra el cuerpo de él para que sólo se le viera la espalda desnuda. Sin embargo, aquello no careció de consecuencias. Los pezones rozaban el pecho masculino a cada paso que daba. Sentía el calor del cuerpo y olía la esencia viril que impregnaba la piel morena.

Diana esperaba que Marco la llevara de nuevo frente al espejo, pero en cambio la recostó en el sofá de ella y le puso un pequeño almohadón dorado debajo del codo. Luego el romano fue a su sofá y dejó que sus ojos se recrearan a gusto.

Diana dejó de protestar. El deseo de Marco Magno prevalecería siempre. Era el más dominante de los hombres, y ninguna fuerza de la Tierra lograría alterarlo jamás. Diana tenía dos opciones: aceptarlo o rechazarlo, aunque sabía que le convenía aceptarlo. En lo más hondo de sus entrañas, no quería que fuera de ninguna otra manera. No podía sino admitir sus verdaderos sentimientos: que la halagaba muchísimo que él la encontrara irresistible.

Se atraían mucho, y la expectación de verse, tocarse y saborearse ardía como fuego en la sangre. Se tentaban tanto uno al otro que se hallaban en constante estado de excitación. Diana sabía que era inevitable que Marco le hiciera el amor, y de sólo pensarlo sentía ganas de gritar de deseo.

Nola los siguió hasta el triclinio.

–¿Les sirvo por separado? –preguntó, aunque sabía perfectamente que Marco quería a Diana en su sofá, reclinada con él.

–Sirve los platos principales por separado, y luego puedes retirarte, Nola.

Había enormes langostinos, camarones pequeños y escalopes en salsa de manteca y limón; luego, un ganso crujiente relleno con almendras. La ensalada contenía guisantes, pepino y remolachas, con un aderezo sabroso de miel y semillas de anís. Diana nunca había comido nada a la mesa del romano que no fuera delicioso. El príncipe de Gales se habría puesto verde de envidia de haber sido invitado a cenar allí.

–¿Me disculpas por haberme quedado dormido anoche?

–La culpa es mía. Es evidente que te aburrí.

–No, estaba de lo más entretenido. Tienes una imaginación muy fértil.

–No lo imaginé, Marco. Sucedió de veras.

–Quiero que continúes tu historia. Quiero que me lo cuentes todo... pero después.

A Diana le costaba respirar.

–¿Después?

–Sí, después. No sólo esta noche, sino todas las noches, me encantaría que me entretuvieras con tus historias.

–¿Después de qué? –susurró ella, con la garganta de pronto seca y la voz ronca.

–Después de satisfacer las necesidades de nuestros cuerpos. Tras haber comido y saciado la sed y después de habernos saciado en el amor. Entonces hablaremos.

Diana bajó la vista. Si Nola no los dejaba solos enseguida, ella se consumiría de deseo. Era sumamente erótico y tentador reclinarse ante el viril general romano vestida con una prenda que sólo le cubría las caderas. La obvia intención de esa prenda era la de destacar el pubis, que estaba adornado con perlas, más que cubrirlo. Por fin Nola retiró los primeros platos y llevó una bandeja con postres y frutas; luego se marchó.

Los ojos negros de Marco brillaron. Tendió una mano y dijo:

–Ven aquí, a ver si hay algo que te tiente. –La tensión sexual en el cuarto era tan tangible que podía saborearla y olerla.

Diana se deslizó del sofá y se le acercó en forma lenta y sinuosa. Cuando se acercó lo suficiente, lo miró de soslayo y dijo, provocativa:

–Veo muchas cosas que me tientan. Escoge tu postre y yo te lo serviré.

–Te escojo a ti –repuso Marco con voz ronca.

Diana se sentó en su sofá, cual hurí entrenada en un harén para el placer del sultán. Levantó las piernas y con un movimiento fluido y elegante se acurrucó contra el cuerpo de él. Él estaba recostado sobre un solo codo y mantenía las rodillas flexionadas. Diana se apoyó contra sus rodillas, de frente a él, para que tuviera total acceso a los pechos que los ojos habían acariciado durante la comida. Pero la necesidad de besarle los labios primero era tan abrumadora que Marco la rodeó con los brazos y le abarcó la boca en total posesión. Una vez que comenzaron, no podían dejar de besarse. Tenían hambre el uno del otro. Los labios de Diana se abrían a la feroz exigencia del romano, y él hundía la lengua en la gruta oscura y dulce para paladear la miel que contenía. Los sentidos de Diana desbordaban del olor, el sabor y la sensación de tenerlo en su interior. Él le acarició la lengua con la suya, jugando el juego masculino-femenino de dominación y sumisión hasta subyugarla, mientras ella lo abrazaba con fuerza y le permitía poseerla hasta quitarle la razón. La llevó al borde de la locura, hasta que la hizo jadear y morder y enterrar las uñas en la carne con ciego éxtasis.

Al cabo de un momento, los besos se volvieron menos violentos y brutales para tornarse más sensuales y eróticos. Con la lengua Marco le dibujaba los labios, le mordisqueaba y succionaba la boca durante una eternidad, hasta dejarle los labios hinchados por el exceso de besos. Y aun así las bocas continuaban hambrientas. Le dio besos suaves, besos cortos y cálidos, y otros lentos y apasionados.

Luego la apartó para observar los pechos generosos, que iban endureciéndose por el placer que él le provocaba. Bajó la cabeza para lamer el tieso pezón rosado y luego se metió en la boca toda la deliciosa aréola. Diana se arqueó hacia atrás para que el pecho entrara en la boca de él y casi la devorara.

De nuevo sentía ávida la boca, de modo que Diana deslizó los labios y la lengua por la columna del cuello del romano. Se sentía insaciable. Jamás se saciaría de él. La túnica de lino que vestía Marco tenía la sisa amplia, así que Diana deslizó las manos por dentro para acariciar los grandes músculos del amplio pecho.

Aquello no la satisfizo por mucho tiempo.

–Quítatela –rogó.

Cuando él obedeció, le pasó los dedos por los rizos oscuros y apoyó la boca para lamerle y succionarle las tetillas. Un anhelo intenso se desató en su interior. Necesitaba un acto de amor más voluptuoso. Quería envolver el cuerpo magnífico con sus largas piernas. Necesitaba que los dedos de Marco jugaran con su cuerpo, que la penetraran.

Sin embargo, él prefirió hacerle otras cosas. Mojó el dedo en el vino, le untó la punta de los pechos y luego pasó la lengua por los pezones duros como diamantes para chupar las gotas de color rojo sangre. Después bebió un sorbo de vino y apoyó la boca en la de Diana para darle besos empapados de sabroso alcohol.

–¡Por favor, Marco, por favor!

El susurro era tan intenso que él se percató de que por fin estaba lista para entregarse, y muy, muy deseosa.

–Ven –dijo Marco al tiempo que se ponía de pie y la tomaba de la mano.

Cuando sus pies tocaron el suelo, Diana sintió flaquear las rodillas. Se aferró a la mano de Marco y lo siguió a donde la guiaba. No llevaba nada puesto, salvo el medallón de oro que lucía siempre; en aquel momento ella pensó que era tan hermoso que podría andar siempre desnudo.

De repente, Diana se sintió demasiado vestida. Al llegar al pie de la escalera, él la levantó ante él y le quitó el broche de perlas.

–Agárrate a mí –le dijo, y ella pasó los brazos por el cuello fuerte, y cuando le enroscó las piernas alrededor del torso la túnica carmesí cayó en el último escalón.

Mientras Marco subía despacio las escaleras, el deseo de ambos aumentaba hasta casi inflamarse en llamas. El largo miembro viril se apoyaba contra la hendidura de Diana, duro como un ariete, y ella se retorcía hasta quedar húmeda de deseo. Besó intensamente a Marco y deslizó la lengua dentro de su boca. Diana estaba lista para pedirle lo que deseaba.

Él salvó de una zancada los escalones que llegaban hasta el costado de la cama y se situó a los pies del lecho. Las manos poderosas la levantaron de la cintura y la depositaron sobre la cama. La boca de él, a la altura de las rodillas de Diana, la colmó de besos. Luego Marco restregó las mejillas por la piel suave como terciopelo.

–Marco, necesito tocarte –murmuró Diana mientras lo miraba–. Soy Diana; necesito tu flecha en mi mano, ¡la necesito dentro de mí!

–Quiero saborearte. He decidido conservarte virgen un momento más.

–¡No! –gritó ella, febril por entregarle su virginidad.

–Ponte de rodillas.

Por un momento ella pensó que quería rebajarla, obligarla a rendirle honor. Las manos de él se deslizaron por la parte de atrás de los muslos y la empujaron hasta dejarla de rodillas de modo que su boca quedara muy cerca del sexo. Entonces fue Marco quien le rindió honor a ella. Con delicadeza echó su aliento caliente sobre los rizos dorados que coronaban el monte de Venus. Luego comenzó a besarla. Con las manos le cubrió las nalgas, los dedos se desplegaron por la vagina y luego la acomodó para que la boca obrara su magia.

A Diana le desconcertó lo que él le hacía. Era algo perverso y demasiado íntimo, incluso para dos amantes. Pero, a medida que los labios de Marco hurgaban en ella y la lengua buscaba el pequeño capullo de placer, Diana dejó a un lado los prejuicios y se arqueó sobre esa boca tan, tan gloriosa.

En el momento en que él hundió la lengua dentro de ella, Diana gritó de placer con abandono tan salvaje que el eco se oyó en toda la villa. Cuando llegó al clímax, se arqueó sobre las pieles y luego se dejó caer, floja, en una postura deliciosamente entregada, con las piernas colgando al borde de la cama.

Marco se acostó sobre ella, arrebatado por la pasión ardiente. Nunca había sido tanta su necesidad, pero aun así no quería desflorarla esa noche. Su arma ya no era una flecha, sino un *gladius* sediento de sangre. Controló su hambre con voluntad de acero y se arrojó entre los pechos voluptuosos. Los tomó con sus manos fuertes y formaron una zanja profunda donde el falo duro como mármol pudiera frotarse dentro de la suavidad de terciopelo de la carne. Cuando eyaculó, sus gritos hicieron que los de ella parecieran simples susurros.

Marcó llevó un recipiente de agua perfumada y le lavó los pechos con ternura; luego la arropó con las sábanas. Se acostó al lado de Diana y la atrajo hacia sí.

–No quiero dormir. Deseo abrazarte toda la noche, para tocarnos, hablar y besarnos.

Ella suspiró, complacida.

–¿Así que esto es el «después»?

–Ajá –repuso él al tiempo que hundía la cara en la maraña perfumada de sus rizos rubios–. Mmm, eres tan distinta de las otras mujeres... Mucho más fina, de huesos tan delicados... –Por un momento fugaz estuvo dispuesto a creer que Diana era una diosa–. ¿De dónde vienes en realidad, Diana?

–Vine del futuro, Marco.

–¿Y qué hacías en esa Londinium del futuro?

–Vivía con mi tía y mi tío después de la muerte de mi padre. Él me legó la casa y la biblioteca más maravillosa, repleta de libros. Yo leía todo lo que podía. Mi tema preferido era la historia. He leído mucho sobre la época de cuando los romanos ocupaban la antigua Britania. En los tiempos modernos, la reina Boadicea es una gran heroína.

–Boadicea era una mujer salvaje e incivilizada que, a la muerte de su esposo, incitó a los icenos a la rebelión –la corrigió Marco.

Diana levantó la vista.

–Los romanos la obligaron a hacerlo.

–Dime lo que has escuchado, y te diré lo que en realidad sucedió –replicó Marco con paciencia.

–Bueno, ella era la reina de los icenos, una poderosa tribu celta que poseía oro y plata en abundancia. Creo que fue el procurador Cato quien saqueó su riqueza. Cuando la pobre Boadicea se opuso, él la hizo azotar en público. Sus hombres violaron a dos de sus hijas y esclavizaron a su pueblo; así fue como se levantaron en rebelión y quemaron Londres. Era tan valiente que prefirió quitarse la vida ella misma para que los romanos no la tomaran viva.

–En primer lugar, Boadicea no era una reina, aunque estaba casada con el rey de los icenos. Cuando el emperador Claudio vino a Britania, él y el rey sellaron un acuerdo de paz, y el soberano permitió a los romanos construir y ocupar campos militares. Durante dieciséis años convivimos en paz y prosperidad. Construimos caminos y ciudades pobladas en su mayoría por britanos que se habían civilizado. El rey sobrevivió a Claudio, e hizo el mismo acuerdo con Nerón. Incrementamos el comercio para que viniera a establecerse aquí gente de todo el mundo.

»A su muerte, el rey legó la mitad de su fortuna al emperador Nerón, y la otra mitad a sus hijas. La monstruosa Boadicea estaba tan celosa que pagó a algunos soldados para que destruyeran a sus hijas. Luego se proclamó reina e incitó a los nativos a alzarse contra el régimen romano.

»Mi legión, junto con otras tres que estaban asentadas en esta región, luchaba en el oeste del país, al mando del gobernador Paulino. Sólo habían quedado unas guarniciones simbólicas. Los salvajes icenos invadieron la nueva capital administrativa que se estaba construyendo en Camulodunum. Incendiaron la población a medio construir y masacraron a doscientos albañiles y obreros indefensos.

»Al ver lo que eran capaces de hacer, se volvieron hambrientos de destrucción. Saquearon los pueblos más ricos, donde la defensa era más débil. Paulino trajo las legiones a toda prisa, pues sabía que el hermoso y adinerado puerto de comercio de Londinium sería su objetivo. Llegamos antes que las tribus bárbaras y, en lugar de arriesgar la población de Londinium, preferimos evacuarla. Era una ciudad de comerciantes, aristócratas, legionarios retirados, administradores y empleados. Muchos quedaron atrás: los ancianos, los enfermos o aquellos demasiado obstinados para abandonar sus hogares. Boadicea y sus tribus salvajes devastaron, quemaron y decapitaron todo lo que encontraron a su paso. Cuando regresamos, encontramos que habían destruido la basílica, el foro, los baños y templos, pero no fue ésa la peor parte. Los ríos corrían rojos de sangre. Estuvimos juntando cabezas cortadas durante meses, y la mayoría de las víctimas eran britanos civilizados, no romanos. Borra de tu mente todas las visiones románticas de la «pobre» Boadicea, Diana. Era enorme y aterradora, con una voz fuerte y vulgar y una masa inmunda de cabello rojizo.

Diana abrazó al general.

–¿Eso sucedió hace sólo unos meses, Marco? Creí que Aquae Sulis era un lugar tan hermoso...

–Fue hace casi un año. Aquae Sulis es un hermoso lugar –aseguró él con firmeza–, pero algunas tribus celtas siguen en rebeldía. Se retiraron al oeste del país, y aquí entrenamos a los legionarios antes de que vayan tras ellos.

–Marco, tengo miedo –murmuró Diana.

Él la besó y la tranquilizó.

–¿Cómo puedes tener miedo, conmigo a tu lado?

–Pero temo por ti –dijo ella, abrazándolo más fuerte.

Marco se puso a bromear para disipar la ansiedad de la joven.

–¿Has visto el tamaño de mi arma, pequeña? Soy invencible.

Ella se acurrucó a su lado, sabiendo que él la protegería con su vida. Toda la vida era incierta; cada día era una incógnita. Estar en los brazos de alguien, abrigada y segura, era lo mejor que podía esperar.

16

Diana se despertó y se sentó en la cama. Cuando vio a Marco sentado al escritorio, dijo:

–Oh, pensé que me habías dejado.

Marco se acercó a los escalones, se sentó al borde de la cama y le tomó las manos.

–No quería despertarte, y tampoco podía marcharme.

–Es hermoso despertar y encontrarte aquí.

Él la envolvió en sus brazos y le dio un beso prolongado. Los pechos de Diana se aplastaron contra la pechera. Él murmuró:

–Diablos, no puedo sentir tu piel suave contra la mía. ¿Cómo podré pasar el día sin verte? –Metió la mano dentro de la túnica y se sacó la cadena de oro–. Hoy llévala tú. –Se la deslizó por la cabeza y vio caer la pieza de oro en el valle que se formaba entre los pechos. De inmediato se puso tenso al recordar la sensación de intimidad que le había procurado ese valle profundo y delicioso–. Todo el día recordaré que la medalla que cubre mi corazón hoy cubre el tuyo.

–Aún guarda la tibieza de tu cuerpo –murmuró ella.

–Manténla tibia para mí y devuélvemela esta noche.

–Marco, si tuviese un caballo podría ir a verte alguna vez.

–¿Sabes cabalgar? –No recordaba haber visto jamás a una mujer a caballo. Los caballos eran para el cuerpo de caballería y la guerra. Las mujeres se desplazaban en literas–. Un caballo podría resultar peligroso. Son muy fuertes, Diana, y se precisa un gran dominio. Haz que Kell te lleve en el carruaje. Ahora debo irme.

Abajo, en el triclinio, Kell levantó las cejas mientras tomaba la túnica de Marco. Jamás antes el general se había desvestido antes de llegar al baño o a la alcoba.

En ese preciso instante, Nola recogía en la escalera de abajo la túnica carmesí. Cuando los dos se encontraron y vieron lo que llevaban, llegaron a dos conclusiones distintas.

Nola pensó: «Ella lo tiene en la palma de la mano».

Kell pensó: «Él ha reclamado su recompensa».

Ambos se hallaban en lo cierto.

Para cuando Diana se bañó y tomó el desayuno, Marco había regresado.

–Ponte el manto y ven al patio. Te reservo una sorpresa.

Cuando la joven salió al peristilo, los hombros abrigados con el manto, vio que Marco conducía un caballo blanco como la leche. Tenía una montura con cuatro perillas, dos delante y dos detrás, para ayudar al jinete a mantenerse firme.

–Es una yegua de bastante buen carácter. ¿Crees que podrás manejar a semejante bestia?

Depositó a Diana sobre la montura y la vio sentarse de costado, en lugar de montar a horcajadas. Quedó impresionado cuando la vio avanzar por el patio con absoluta soltura. Diana llevó la yegua de vuelta hasta él y le tendió los brazos para que la bajara. Marco la atrajo hacia sí para susurrarle al oído:

–No te traje un semental porque al único macho que quiero que montes es a mí.

Diana se ruborizó tanto que casi alcanzó el tono subido del manto.

–Gracias por este regalo tan hermoso y considerado.

–He ordenado a uno de los esclavos del establo que cabalgue a tu lado. ¿Vendrás a verme esta tarde? Estaremos en las cumbres, en la pista de las cuadrigas.

Ella se elevó un poco y le ofreció los labios. Cuando por fin Marco encontró la fuerza para apartar su boca, murmuró:

–Sabes que no puedo estar lejos de ti un día entero.

Ella lo vio montar el pura sangre de un salto y perderse en la lejanía, con el manto escarlata flameando al viento.

Marco Magno poseía tal fuerza vital que Diana de pronto dudó de ser lo bastante mujer para un hombre tan poderoso. Por el momento él parecía fascinado con ella, ¿pero no se debería sólo a su virginidad? Tal vez después de que llevase a cabo el místico rito del himeneo perdiera interés en ella.

En aquel momento, Diana deseaba con todo el corazón saber más sobre la sexualidad. A las mujeres georgianas solteras se las preservaba deliberadamente en la ignorancia acerca de la intimidad entre un hombre y una mujer. Quizás ésa era la razón por la cual había tantos matrimonios infelices. La mayoría de los hombres nobles y acaudalados tenían amantes, y tal vez se debía a la marcada distinción entre las mujeres buenas y las malas que imponía la sociedad. Si a las damas les enseñaran a comportarse con cierta perversidad de vez en cuando, quizá los maridos les guardarían fidelidad.

Diana suspiró y regresó a la villa. No tenía opción; Marco debería enseñarla acerca de su propia sexualidad. Hasta el momento él se mostraba bastante feliz de que así fuera. Un estremecimiento le recorrió la espalda. Quizás aquella noche él le enseñara todo lo que había que aprender.

–Nola, tengo un problema. Quiero montar el caballo que acaba de regalarme Marco, pero todas mis estolas son muy ajustadas. Algunas tienen cortes en la falda; mis piernas quedarían desnudas y se enfriarían.

–Cuando el clima se vuelve muy frío algunos legionarios, en especial los de caballería, usan pantalones de cuero, aunque la mayoría, incluso Marco, usan las túnicas cortas con botas largas de cuero. Pero me temo que las mujeres no montan a caballo.

–Pues bien, yo sí. Los pantalones de cuero me parecen una idea maravillosa. Haz que me confeccionen unos. Ahora no hace tanto frío, pero en invierno sí lo hará. ¿Cómo mantendré las piernas tibias hoy?

–Tenemos medias de lana –sugirió Nola.

–¡Oh, qué bien! Me las pondré con una túnica corta y unas botas, si es que puedes encontrar unas de mi talla.

Nola le llevó las medias y dejó el tema de las botas en manos de Kell.

–¡Lucirá escandalosa! –exclamó Kell en marcado desacuerdo.

Nola echó la vista al cielo.

–Sólo un hombre criticaría una vestimenta así mientras aprueba por completo una prenda que deja desnudos los pechos.

–Tú no deberías alentarla a cabalgar como un hombre. Ella debería tener una litera o dejar que la lleve en mi carruaje.

–Ajá, britano, conque no te gusta la idea de que un joven esclavo del establo usurpe tu lugar.

–No pienses con tanta malicia, mujer de la Galia. Sé que la mayoría de las mujeres son infieles, probablemente incluida tú, pero esta dama es distinta. –Kell miró a Nola por encima de su larga nariz y agregó con gran superioridad–: Me he enterado de que es virgen.

–Después de haber encontrado su ropa desparramada por toda la villa, dudo mucho que sea así, britano.

El esclavo sonrió con presunción.

–Yo sé lo que sé.

Kell se guardó de contar a Nola con cuánto cuidado había examinado las sábanas al cambiarlas aquella mañana.

En el momento en que Diana se estaba poniendo unas medias de lana y la túnica corta, llegó Kell con un par de botas de cuero suave que llegaban hasta el tobillo, con tiras de cuero que envolvían las pantorrillas. Pero también le llevó unas protecciones de piel para las piernas. Diana rió al mirarse en el espejo.

–¡Oh, parezco un vikingo!

–Luces muy atractiva –aprobó Nola.

–¡Repugnante! –replicó Kell–. Señora, iré al establo a intercambiar unas palabras con el esclavo que la escoltará.

Diana se puso el manto y siguió a Kell mientras intentaba no reírse a carcajadas de las muecas que hacía Nola desde atrás. Cuando entró en el establo y vio al esclavo, pensó con perversidad: «Si alguno de mis pretendientes se hubiera parecido a él, ¡me habría tentado a revolcarme con él en el heno!». Entonces se dio cuenta del cambio radical de su actitud hacia los hombres y el sexo. El esclavo vestía una túnica corta de cuero y muñequeras del mismo material. El cabello marrón, que le llegaba a los hombros, estaba sujeto sobre la nuca. Tor tenía un rostro agradable y ojos risueños.

–Bórrate esa maldita sonrisa del rostro –espetó Kell–. Te han confiado a la favorita del general. ¡Si le sucede algo, te castraré con mis propias manos! –El joven esclavo empalideció–. Vigílala a cada momento, pero desvía la vista si el viento le vuela el manto.

El esclavo parecía tan confundido que a Diana le dio pena.

–Estaré bien, Kell, pero gracias de todos modos. Me complace saber que te preocupas por mí.

–Sólo me preocupo porque eres propiedad del general –informó él, aunque ella sabía cuál era la verdad.

Mientras iba cabalgando desde la villa hasta la pista donde había comenzado su increíble aventura, supo con exactitud dónde el arquitecto georgiano John Wood habría de construir el Royal Crescent y el Circo. Ambas construcciones eran versiones en extremo anglosajonas del estilo romano clásico. Al pasar ante los viñedos, vio que estaban cosechando las uvas y que las vides habían sido plantadas mirando hacia el sur; se percató con admiración de que algunas aún continuarían floreciendo en el siglo XVIII.

Antes de divisar las cuadrigas vio el polvo que levantaban en el camino. Sin embargo, ese día no había carreras recreativas. Los legionarios estaban recibiendo instrucciones de cómo utilizaban los celtas las cuadrigas en las contiendas. Eran pequeños vehículos cuadrados con costados de mimbre, abiertos en ambos extremos para facilitar el acceso. Mientras Diana observaba, los hombres corrían junto a los ejes de las cuadrigas, se paraban en el yugo para arrojar las lanzas y luego volvían a subir y partían antes de que los legionarios pudieran tomar represalias.

Los gritos espeluznantes que lanzaban los britanos, combinados con el ruido de las ruedas, bastaban para aterrorizar al enemigo. Diana se tapó la boca al ver a Marco, sin armadura, correr junto al eje de una carroza para lanzar jabalinas. Si resbalaba le pasarían por encima las patas de los robustos caballos que tiraban del vehículo.

–¡No puedo mirarlo! –gritó mientras se tapaba los ojos.

–Todo está bien, señora. El general ha saltado lejos de la carroza –informó el esclavo.

Ella vio que Marco instruía a los oficiales:

–Los celtas combinan la movilidad de la caballería con el poder de la infantería. Los conductores de las cuadrigas pueden controlar los caballos a todo galope incluso en pendientes empinadas. Traen a sus hombres, que combaten a pie, y mientras tanto alinean las cuadrigas para una rápida retirada. Antes de que termine el día aprenderán a combatirlos para que no les resulten más que una molestia. El primer objetivo serán los caballos que tiran de los carruajes.

Marco sabía de la presencia de Diana y fue a su encuentro una vez que asignó tareas específicas a los centuriones. Se sonrieron al mirarse a los ojos. Todos los que los veían sabían que eran amantes. Él se acercó y acarició el hocico de la yegua. Arqueó una ceja negra como un ala de cuervo al ver el atuendo de Diana.

–Luces bien, y pareces abrigada.

Ella se inclinó hacia abajo y murmuró:

–¡Tengo las piernas calientes, pero el trasero congelado!

Los ojos negros de él brillaron.

–Si estuviéramos en privado te pondría en mi regazo y te daría calor –murmuró.

–Si estuviéramos en privado me calentarías con tus caricias.

–Eres una dama muy atrevida –replicó él. Tomó las riendas de la yegua y la alejó unos pasos del escolta, para hablarle en privado–. Esta noche tenemos un invitado a cenar. He recibido nuevas del procurador, informándome de que hoy estará en Aquae Sulis.

–¿El procurador es algún oficial importante?

Marco meneó la cabeza.

–Ocupa el cargo más elevado de Britania. Es el administrador que se halla a cargo de las finanzas y todo lo demás. No quiero que sepa que eres una esclava. Inventaré un cuento creíble.

–No será un cuento: yo no soy tu esclava –bromeó ella.

Las manos poderosas tomaron con ademán posesivo uno de los muslos de la muchacha. Marco se puso duro como el mármol en cuanto la tocó.

Diana dejó de bromear.

–¿Quieres que me quede en mi alcoba, Marco?

–No, te quiero a mi lado. Si tenemos que discutir algún tema de negocios confidencial, entonces puedes marcharte. Acabo de enviar un mensaje a Kell; él se encargará de todo.

Al regresar a la villa, Kell había reunido a todos los esclavos de la casa y les había dado indicaciones, desde la vestimenta que debían llevar hasta las tareas específicas que cada uno debía cumplir. Nola daba instrucciones a un grupo de mujeres. Cuando los esclavos se retiraron a realizar las tareas asignadas, Diana dijo a Kell:

–Marco desea que cene con él mientras agasaja al procurador, pero no quiere que él sepa que soy una esclava.

–Comprendo –repuso Kell.

–El procurador, Julio Clasiciano, representa en estas tierras al emperador –explicó Nola a Diana–. Es muy poderoso. Si supiera que eres una esclava podría solicitar tenerte una noche o para siempre, y Marco estaría obligado a complacerlo.

Kell agregó:

–El procurador no es voluptuoso. Jamás ha usado a una de nuestras esclavas.

–Aun así es un hombre –replicó Nola con aspereza–. Marco es consciente de la tentación que suscita Diana, aunque tú no lo veas, britano.

–La cena se servirá más tarde de lo habitual –informó Kell a Diana–, porque primero disfrutarán del ritual del baño. Yo iré a buscarte cuando sea el momento de bajar.

–¿Qué hago? –preguntó ella, desorientada.

–Te limitarás a agraciar el triclinio –aclaró el esclavo, demasiado ocupado para dar más explicaciones.

–Ven arriba, que yo responderé todas tus preguntas –ofreció Nola a Diana.

–Tienes más osadía que gracia –espetó Kell.

–¡Y tú, más arrogancia que un romano! –contestó la mujer.

–Yo soy britano. Tengo más motivos para ser arrogante.

–Ganó Kell –comentó Diana con una risa franca.

–¡Sólo por una vez me gustaría ser la que dijera la última palabra con ese hombre!

–Nola, aprende una lección de mí: atraes más moscas con azúcar que con vinagre.

–No dudo de que tienes a Marco comiendo de tu mano. No lo lastimes, Diana. Es un buen hombre. No hay ni sombra de maldad en él.

–Ya lo he descubierto por mi cuenta, Nola.

Marco y el procurador llegaron juntos en una litera. Kell había apostado un esclavo con una antorcha como portero, y cuando entraron en el atrio vieron que estaba lleno de urnas que contenían flores del jardín. Ambos hombres hicieron ofrenda a Vesta, diosa del hogar, y luego Marco llevó al invitado por el peristilo hacia su cuarto de baño privado.

Como la noche era fresca, decidieron tomar un baño dentro de la casa. La gran sala de baño de madera, cubierta de una enredadera de *wistaria*, era cualquier cosa menos rústica. Tenía un *caldarium*, caliente, un *tepidarium*, tibio, y un *frigidarium*. Se desvistieron, entraron en el cuarto caliente y se dispusieron a transpirar echados sobre planchas de mármol. Mientras aumentaban el calor y la temperatura, el procurador comenzó a hablar.

–Por fin se está reconstruyendo Londinium. El foro, con la cámara del consejo y las oficinas administrativas, está completo, y también está terminado el templo de Júpiter. Tiene altares macizos y finos suelos de mosaico como los tuyos, y se halla rodeado de jardines ornamentales. Esta vez la ciudad tendrá un muro defensivo de tres metros de altura, con murallas almenadas y cuatro torres con portones.

–Fue una locura destrozar una ciudad tan hermosa, Julio. Fue nuestro puerto comercial más importante, y volverá a serlo. Estoy seguro de que, una vez que lo reconstruyan, será más grande y mejor.

–Marco, he recibido un comunicado del emperador Nerón. Está reconsiderando la importancia de Britania para el imperio. Contempla la posibilidad de retirar todas las tropas y a los ciudadanos romanos y devolverla a los celtas, a quienes teme no conquistar jamás.

–Sería un error colosal, Julio –dijo Marco, con el corazón encogido.

–¡Coincido contigo! –afirmó el procurador en tono decidido–. Sólo por razones monetarias sería una estupidez abandonar esta región del imperio. Sólo las ganancias que se obtienen de la plata y los esclavos son suficientes para sufragar la construcción de docenas de ciudades nuevas.

–Eres un hombre honesto, Julio. El último procurador era un especulador, lo cual significaba que, cuando ejecutaba prisioneros, se apropiaba de sus posesiones. Quizá las ganancias de la plata y los esclavos también quedaron en sus propias arcas.

–Me temo que sí, Marco. Ahora debo convencer a Nerón de que esta ciudad lo tiene todo: minas de plomo, acero, bronce, madera, hasta oro para acuñar nuestras propias monedas. Las tierras son tan fértiles que sembramos suficientes granos para alimentar a la población y a los legionarios, y hasta tenemos excedente para exportar. La agricultura está organizada en escala masiva y la respalda una importante industria pesquera.

–Este país prospera –convino Marco–. ¿Se lo comentaste a Nerón en tus informes?

–Ad náuseam –se lamentó Julio.

–Debe de estar recibiendo informes negativos de otra fuente –concluyó Marco.

–Creo que has dado en el blanco.

Las esclavas de baño comenzaron a untarles aceite y frotarles la piel con los cepillos, pero el procurador no se distraía del tema que estaban tratando.

–Siento que contigo puedo ser franco, Marco, porque en algunas cosas pensamos de forma similar. Creo que es Paulino. Tenemos al hombre equivocado al frente del ejército. Sé que está decidido a acabar con toda insurrección de las tribus celtas, pero ha exterminado por completo a los siluros y está masacrando a los icenos, en lugar de enviarlos a Roma como esclavos. Ahora se dedica a aniquilar a los druidas de forma sistemática.

–Soy consciente de que cuando profanamos los lugares sagrados de los druidas y masacramos a sus sacerdotes, incitamos a las tribus nativas a una insurrección cada vez mayor –comentó Marco.

–Cuando Claudio se hallaba al mando del ejército, teníamos paz. Los britanos anhelaban convertirse en ciudadanos romanos. Adoptaron nuestras togas, aprendieron a hablar en latín, construyeron calles llenas de comercios y, en consecuencia, la prosperidad aumentó para todos en forma estable, debido a la demanda de artículos de lujo y consumo.

–Aquae Sulis no se vio afectada, pero sé que bajo Paulino el resto del país sufrió.

Pasaron del cuarto caliente al tibio.

–Tú has combatido bajo su mando. ¿Cómo es él, Marco?

–Se le ha contagiado la enfermedad romana de la sed de sangre. Masacra a las mujeres y los niños, y hasta a los animales cuando lo domina la locura. Practica el *decimatio* para castigar a los legionarios, y con regularidad mata a uno de cada diez cuando le desobedecen. Cuenta a esos hombres como «bajas razonables».

–Sin duda nadie se atreve a hablar contra él –concluyó Julio.

Se zambulleron en el baño frío, los envolvieron en grandes toallas y se dirigieron al vestuario.

–Bueno, vayamos paso a paso. Primero debo persuadir al emperador Nerón de que mantenga a Britania dentro del imperio. Con mi último informe envié dinero y lingotes de plata, con el fin de convencerlo hasta cierto punto, pero quisiera que tú presentaras un informe sobre Aquae Sulis, no sólo respecto al fuerte y el entrenamiento de los legionarios, sino acerca de la prosperidad de la ciudad en sí misma y de cómo los nativos se han romanizado desde hace dos generaciones y ahora son productivos constructores, tejedores, alfareros, orfebres, ingenieros, físicos, etcétera.

–Lo haré mañana, Julio –prometió Marco.

–Eres un buen hombre. Sabía que podía contar contigo. Ahora vayamos a cenar. ¡Mi estómago cree que me cortaron la garganta!

Diana decidió usar la elegante estola de seda blanca con el cinto de oro. Nola le llevó una gargantilla de oro y esmeraldas de la colección del general, y Sylla le arregló el cabello rubio en un rodete abultado sobre la nuca. Kell la escoltó hasta la entrada del triclinio al mismo tiempo que llegaban Marco y su invitado.

–Julio, te presento a Diana, quien a menudo está invitada a mi mesa.

Diana tendió una mano al procurador, y el hombre se la llevó a los labios con gesto galante.

–Disculpa que un viejo te mire tan fijamente, querida, pero posees una extraña belleza clásica.

Marco advirtió que el hombre mostraba una franca curiosidad por Diana, así que le explicó:

–El padre de Diana era un escriba del gobierno que contrajo matrimonio con una britana.

Con ello daba a entender que era mitad romana; Diana se limitó a sonreír.

El procurador iba vestido con una túnica blanca larga que estaba rematada en la parte inferior con un ancho borde de color púrpura; además, llevaba una corona de laurel sobre el cabello gris. Ella no podía creer que estuviera cenando con un oficial romano de tan alto rango.

Se dirigieron al triclinio, donde habían preparado tres sofás alrededor de la mesa.

–Tenemos aquí un ejemplo perfecto de la unión de Britania y Roma. Si Diana honrara la mesa del emperador, destacaría como una exquisita combinación de belleza y cultura. Ella es la prueba viviente de que los britanos son en extremo civilizados.

–Le agradezco el cumplido, señor procurador.

–Oh, por favor, llámame Julio.

Diana lo premió con una radiante sonrisa al tiempo que se reclinaba en su sofá y acomodaba un almohadón dorado bajo un codo.

En el ocioso transcurso de la comida, tanto Marco como Diana sentían que la tensión sexual crecía entre ellos de forma explosiva. Aunque había tres personas cenando, dos se volvían locas de deseo. Cuando los ojos negros de Marco la acariciaban, ambos se fundían en los fuegos oscuros de la expectación. Ambos no veían el momento de que se marchara el invitado. Cuando Julio al fin se puso de pie para partir, Diana se sentía débil de anhelo.

17

Marco entró con el procurador en el atrio y lo vio subir a la litera. Julio siempre dormía en el *praetorium*, una residencia espaciosa que se hallaba dentro del fuerte, pero había informado a Marco de que al amanecer partiría hacia Glevum, residencia de la mayoría de los legionarios.

–Eres muy ladino, Marco. ¿Dónde la tenías escondida, y cómo la encontraste?

–La considero un regalo de los dioses –respondió Marco con ironía.

–Ella dice que vino a Aquae Sulis a tomar baños de aguas termales, pero creo que se queda por motivos más personales. Serías un tonto si la dejaras escapar, Marco.

–No te preocupes, la mantendré cautiva –afirmó Marco, riendo, mientras partía la litera.

Cuando volvió a entrar, encontró a Diana apoyada en uno de los pilares. Con los brazos le rodeó la cintura y la mantuvo aprisionada contra el mármol.

–Has sido una anfitriona encantadora, amor.

Diana le ofreció los labios.

–Y Julio un invitado encantador, aunque no se habló de negocios.

–Sí, lo hicimos cuando tomamos el baño. El vapor no sólo abre los poros; a veces también suelta la lengua. La ropa es una barrera, y una vez que te la quitas desaparece toda reticencia.

–Ya lo he descubierto –murmuró ella, traviesa, al tiempo que se acercaba al general en actitud sensual y le aflojaba la toga.

La boca de Marco reclamó la suya en un beso apasionado, que le hizo correr fuego por las venas. Con los labios aún sobre los de ella, el general dijo con voz ronca:

–¿Crees que esta noche podremos seguir vestidos hasta llegar al aposento?

–Será una tarea harto difícil –murmuró Diana con picardía mientras acariciaba el miembro masculino.

Él la levantó contra el miembro duro y procedió a besarla en cada escalón que subían. Cuando por fin llegaron a la alcoba, Marco dijo en voz baja:

–Quiero llevarte hasta la cama todas las noches por el resto de mi vida.

Lo dijo con tanta seriedad que Diana se sintió fundir. Ella, que nunca se engañaba, creía que estaban enamorándose. Empujó al fondo de su mente los problemas que pudiera acarrear el amor. Nada debía estropear para ninguno de los dos aquella noche especial.

Delante del fuego que Kell había encendido en el inmenso hogar, Marco se desvistió y luego hizo lo propio con Diana. A continuación experimentó el infinito placer de soltarle el cabello y dejó que sus dedos se enredaran en la masa sedosa, explorando la textura, oliéndolo, saboreándolo.

Arrojó los almohadones color púrpura de la cama frente al fuego; luego la atrajo hacia sí y la acomodó en su regazo. La sostuvo de espaldas al fuego y le masajeó las nalgas.

–He estado todo el día esperando el momento de calentarte el trasero.

Diana lo abrazó y él la besó con pasión; luego ella se quitó la cadena del cuello y la pasó por la cabeza de él, de modo que la moneda de oro de César colgara en medio de los rizos negros.

–De mi corazón al tuyo –susurró.

Marco vio cómo la luz del fuego teñía el cabello y la piel de la joven. Sus dedos acariciaron la carne con reverencia, y luego los siguieron los labios.

–Diana, cuando te vi hoy montada en la yegua, se me ocurrió que te había proporcionado el medio para escapar de mí.

Los ojos de ella se agrandaron.

–Yo no escaparía de ti, Marco. No deseo abandonarte.

Él la apretó más con los brazos y una ola de protección lo invadió.

–Quizá sí después de esta noche. Te haré daño.

–Sí, lo sé. Eres demasiado fuerte para mí, pero tus manos y tu boca trabajan maravillosamente. Provocan en mí tal grado de excitación que anhelo unir nuestros cuerpos. Mi necesidad es tan grande que el temor al dolor no significa nada. Para ti debe de ser lo mismo. ¡Estamos hambrientos!

–Iré despacio, me detendré cuando sea necesario –prometió él.

Diana lo empujó contra los almohadones.

–¡Yo no!

Lo montó con los muslos sedosos y luego le apoyó los senos en el pecho, de modo que el gran falo hinchado quedó atrapado entre ambos cuerpos. Las llamas se sumaban al calor de su sangre y, una vez más, cuando comenzaron a besarse no pudieron parar.

Diana pensó que cuando los juegos amorosos alcanzaban cierto punto, Marco demostraba mucho más dominio de sí mismo que ella. Sabía que él poseía una voluntad de acero, pero esa noche quería hacerle perder todo control. Deseaba probar los límites de su resistencia. Sabía que tenía cierto poder sobre él, pero esa noche quería probar hasta lo más hondo cuánto lo atraía.

Tomó uno de sus largos rizos dorados y le hizo cosquillas en la comisura de los labios; luego le pasó la punta de la lengua, provocándole una risa irrefrenable. Después le pasó el bucle por la garganta y continuó con la lengua, dejando un rastro caliente y húmedo para que el fuego lo secara. Diana se sentó aprisionándole las caderas angostas con las rodillas; sus nalgas descansaban sobre los muslos musculosos. Entonces, con el mismo bucle de cabello dorado, le rozó las tetillas de bronce hasta que se erizaron.

Marco se anticipaba a sus movimientos y supo que ella seguiría jugando con la lengua. Disfrutó la atención que Diana le rendía, y deseó haberla conocido mucho antes, pero era lo bastante inteligente para darse cuenta de que todas las cosas llegan en el momento indicado. Tampoco quería perder el tiempo pensando en lo que podía haber sido; deseaba aprovechar el momento al máximo y exprimir cada minuto hasta la última gota de placer. Hasta la llegada de Diana, él no tenía idea de que se estaba perdiendo algo en la vida, y se dio cuenta de que si ella lo dejara ahora, se sentiría desconsolado.

Cuando ella le hizo cosquillas en el vientre hundiendo el hermoso cabello dentro y alrededor del ombligo, Marco supo que pronto hundiría la lengua en el hueco sensible, para lamérselo y mordisqueárselo. Cuando lo hizo, el romano sintió la aspereza de la lengua y experimentó un delicioso estremecimiento que le recorrió la columna vertebral.

A Diana le encantaba hacerlo reír, y notaba que en aquellos días él reía con facilidad. Sin embargo, él dejó de reír cuando ella le pasó el cabello desde el ombligo por el vientre ondulado hasta la cabeza hinchada del falo. Cuando miró los ojos negros, vio la pasión que embargó a Marco de repente. ¿Esperaría que su boca y su lengua continuaran acariciando el lugar que había acariciado el cabello? ¿Se atrevería ella a hacerle algo tan íntimo?

Marco soltó una exhalación temblorosa. Y en ese momento Diana se dio cuenta de que él se moría por que ella lo saboreara. Lo miró con expresión provocativa un instante, y luego bajó con lentitud y tocó con los labios la cabeza de terciopelo. La masa de cabello sedoso cayó hacia delante y ocultó sus movimientos. Las manos viriles se acercaron para apartar y levantar los rizos, de manera que él pudiera ver la boca lujuriosa sobre el sexo rígido.

La punta de la lengua rosada se movía con rapidez sobre la punta del sexo masculino. Los colores contrastantes bastaban para causar estremecimientos que le recorrían todo el cuerpo. Rosa y bermellón se complementaban a la perfección. Entonces la lengua cálida y húmeda se enroscó en la cabeza con forma de corazón para paladearlo por completo. Marco sabía a sal, aceite de almendras y puro sexo masculino. Diana levantó la cabeza para observar el placer en el rostro moreno y severo. Cuando se acuclilló ante él, los dedos de Marco buscaron el centro femenino y descubrieron que lo que ella le hacía la había humedecido.

–¿Crees que estás lista para acogerme dentro de ti? –preguntó con voz ronca.

–No creo que jamás vuelva a estar más excitada que en este momento –susurró ella.

Indudablemente, Marco sabía que era así. Ella ni siquiera había experimentado el coito aún. Él no demoraría la situación llevándola a la cama, de modo que la recostó sobre el suelo y le abrió las piernas para que el fuego le calentara el interior de los muslos y la hendidura rosada hasta que estuviera ardiente.

–Envuélveme con las piernas –ordenó.

Cuando ella obedeció, comenzó milagrosamente a penetrarla, con lentitud, centímetro a centímetro. Los líquidos cremosos de Diana parecían lava derretida. Marco jamás había experimentado algo tan caliente, tan denso y tan decididamente sexual.

Aunque ella le rogara, Marco sabía que ya no se detendría. Su obsesión era poseerla por completo. Quería ponerle su marca para que fuera suya para siempre. Cuando llegó a la barrera, empujó con fuerza hasta atravesarla. Si era brutal, que así fuera. Ella debía aguantar el dolor antes de convertirse en una mujer capaz de dar y recibir placer eternamente.

Diana gritó de dolor, pero Marco embistió con fuerza hasta que su arma sedienta de sangre penetró hasta el límite. Luego se detuvo para que ella se acostumbrara a tenerlo dentro. Diana se quejó porque su vagina se estiraba tensa alrededor del pene inflamado.

–*Mea amata,* ¿estás bien? –preguntó Marco en voz baja.

Cuando ella intentó hablar, sus músculos se contrajeron alrededor de él. Marco soltó un gemido profundo de placer absoluto, y de repente Diana sintió una gran oleada de poder y orgullo al saber que era capaz de conmover de forma tan profunda a ese romano viril y poderoso. En comparación con ella, era como un coloso, y a ella le había preocupado no ser suficiente mujer para él... De pronto supo que era una auténtica mujer. Diana le mordió el hombro, levantó las piernas y las cruzó más arriba sobre la espalda de Marco; luego arqueó el monte de Venus y él se hundió aún más hondo, hasta que ella lo enfundó por completo como un guante de terciopelo.

Entonces Marco comenzó a mover su magnífico cuerpo hacia dentro y hacia fuera de ella. Cada vez se hundía con más fuerza, y luego se retiraba en una fricción caliente y resbaladiza. Estaba duro como mármol, palpitante, caliente y hambriento. Diana sentía los testículos pesados contra las nalgas cada vez que él la penetraba. Luego comenzaron unos pequeños temblores de placer en el intenso calor que él creaba en su interior. Toda ella se convirtió en fuego líquido, ojos nublados, tórrida sensualidad; entonces las embestidas de amor de Marco se tornaron casi violentas, más profundas y más rápidas, en una cópula ruda y elemental que provocaba crecientes oleadas de placer que estallaban en vibraciones profundas, hasta que Diana experimentó un hondo placer hedonista.

La sensación creció más y más; se movieron juntos hasta alcanzar el clímax y luego se dejaron caer al precipicio. Diana gritó, pero esta vez de pura dicha, y el grito de Marco sofocó el suyo. Ella le besó el pecho, donde el corazón de Marco latía tan fuerte que lo sentía en su interior latiendo al mismo ritmo de la erección; entonces él explotó y lanzó la semilla blanca y caliente dentro de la gruta femenina.

Ambos disfrutaron de una liberación caliente y estremecida, y permanecieron inmóviles, los cuerpos tendidos, juntos, saciados. Cuando Marco se apartó y vio que Diana tenía los muslos sedosos cubiertos de semen y sangre, sintió una punzada de dolor en el vientre al pensar que la habría lastimado de manera tan brutal.

–Lo lamento –dijo con voz entrecortada.

–No, no –murmuró ella con suavidad, y le acarició el rostro–. Fue como un cataclismo, como debe ser entre un hombre y una mujer.

–Te amo –susurró Marco.

El corazón de Diana se detuvo. Que Dios la ayudara; sabía que ella también lo amaba.

Él llevó un recipiente de agua perfumada y le lavó con ternura la piel delicada. Luego la tomó en sus brazos y la condujo a la cama. La abrazó y la puso sobre su cuerpo. Las extremidades de Diana estaban tan pesadas y lánguidas que se sentía demasiado exhausta para abrir los párpados. Se preguntaba cómo podía él soportar tanto peso, y entonces cayó en la cuenta de que él era tan musculoso y fuerte, y ella, tan liviana, que quizás una armadura resultara más pesada.

Diana amoldó su cuerpo al de él tan perfectamente que era como si estuviesen hechos el uno para el otro. Apoyó las manos sobre los hombros anchos, la mejilla sobre el pecho velludo y escuchó los latidos de su corazón. Una de las piernas largas del romano descansaba entre las suyas. El miembro, ahora semiduro, rozaba el muslo de Diana. Ella envolvió una de las piernas musculosas con las suyas, largas y sedosas. Era maravilloso sentir la presión que ejercía contra el sensible monte de Venus.

Mientras se quedaba dormida, creyó oír un susurro intenso:

–Jamás permitiré que vuelvas de donde vienes.

Qué extraño resultaba que dijera eso, cuando ella sabía que Marco no creía en su improbable historia. Tal vez Diana sólo estuviera soñando.

Cuando abrió los ojos, Diana vio directamente el par de ojos negros brillantes.

–No te has movido en toda la noche.

Ella sonrió soñolienta.

–Eso es porque estaba donde quería estar.

Marco la colocó sobre su cuerpo para acariciarle con los labios las sienes y los párpados.

–¿No deberías haberte ido ya? –preguntó, adormecida.

–Hoy no saldremos de esta estancia. No quiero que nos alejemos de la cama, no más de tres pasos.

–Pero... ¿y el entrenamiento de los hombres? –inquirió ella al tiempo que se ruborizaba.

–Aquí tengo lecciones más importantes que dar.

Marco se hizo a un lado, de modo que Diana quedó boca abajo, y entonces la montó a horcajadas, retiró de la nuca el cabello dorado y la besó allí. Los labios juguetones provocaban estremecimientos en la espalda de la joven, que comenzó a retorcerse de vibrante excitación. Se arqueó hacia atrás y las manos de Marco se deslizaron por debajo para reclamar los pechos. Ella se dio cuenta de que sus nalgas, al moverse, se frotaban contra el miembro, que se agrandaba y endurecía de manera alarmante.

–Mmm, práctica de espada, creo. Pero no tengo arma –bromeó ella.

–Te presto la mía. Hoy practicaremos cómo envainar la espada. –Acarició con suavidad las nalgas e introdujo los dedos en la hendidura para excitarla.

Diana se sorprendía de las sensaciones que comenzaban a crecer en la profundidad de su sexo. Era como si unos hilos de fuego se conectaran desde las nalgas hacia la parte delantera de su cuerpo, y se prolongaran por el vientre hasta los pechos vibrantes. Cuando comenzó a jadear con deseo ferviente, Marco murmuró:

–Ponte de rodillas.

Diana estaba tan excitada que podía someterse a cualquier deseo, confiada en que él le daría un placer desconocido.

Marco arqueó el enorme cuerpo sobre el de ella y la penetró por detrás. Como antes, los músculos de Diana se contrajeron alrededor del falo, para hacerlo entrar más hondo. Él se detuvo para que ella se acostumbrara a la nueva sensación de posesión. Cuando comenzó a embestir, ella enseguida gritó de placer. La cabeza del miembro besaba el capullo sensible cada vez que él empujaba. La sensación era absolutamente distinta de la que había experimentado acostada de espaldas. El pene se deslizaba más profundo hacia delante y frotaba la vulva con un ritmo suave que la llevaba a excitarse con rapidez. Se sentía salvajemente desinhibida. Una vez Diana había visto a un padrillo montando una yegua, y ahora cayó en la cuenta de que Marco la estaba poseyendo del mismo modo.

En esta posición, él podía desatar toda su enorme energía sexual sin control alguno. Marco sabía que si empujaba con demasiada fuerza, Diana podía apartarse. Sin embargo, no lo hizo. Ella se arqueó para amoldarse a la curva de su cuerpo flexible, para que él la llenara con sus fuertes embestidas. Llegó a tal punto de placer que arañó la colcha al pensar que su necesidad quedaría insatisfecha. Entonces Marco le mordió la nuca justo como había hecho el purasangre negro, y Diana alcanzó el orgasmo con una erupción que le hizo temblar hasta los dedos de los pies.

En el instante en que sintió que ella se contraía alrededor del miembro, Marco estalló dentro de Diana. Luego bajó, se tendió a su lado y la atrajo hacia sí hasta que ambos quedaron de costado, disfrutando del instante de muerte que siempre sigue a una magnífica copulación.

Cuando Diana fue capaz de pensar con coherencia, dijo:

–Marco, ¿hoy no te echarán de menos en el fuerte?

–Enviaré un mensaje diciéndoles que estoy escribiendo un informe para el procurador.

Cuando Kell les llevó el desayuno, le incomodó tener que molestarlos con algo tan mundano como la comida, pero Marco, desnudo, declaró que se hallaba famélico y aprovechó para enviar un mensaje a su oficial de más alto rango. Kell se esforzó por desviar la mirada de la cama alta, donde Diana se hallaba sentada y tapada con la colcha hasta el mentón. No le hizo falta posar sus ojos en ella para saber que estaba deliciosamente ruborizada.

Marco llevó la bandeja a la cama, la depositó entre ambos y procedió a alimentar a Diana, haciéndole probar todos los manjares.

–Tu comida es la mejor que he probado en mi vida. El príncipe de Gales sería capaz de matar con tal de tener a tus cocineros.

–¿El príncipe de Gales? –preguntó Marco mientras bebía de una copa de aguamiel.

–El hijo de nuestro rey. El heredero del trono siempre ostenta el título de príncipe de Gales. Gales es el país del oeste que te causa tantos problemas. Al final fue conquistado, aunque eso ocurrió al cabo de cientos de años.

Marco levantó una ceja en gesto burlón.

–Tus historias son fascinantes. Casi quiero creer que eres quien dices ser.

–Casi, pero no del todo –bromeó ella al tiempo que aceptaba la copa y bebía del mismo lado que él.

–¿Cómo es ese príncipe? –inquirió Marco.

Diana rió.

–Es gordo y desfila con uniformes militares por su frustración de que nunca le hayan permitido combatir en ninguna guerra. Su padre, el rey, está loco de remate, y el príncipe contiene la respiración hasta que lo nombre regente. Mientras tanto se viste de satén y encaje, se pinta la cara, escribe cartas estúpidas a sus amantes y hace bromas ridículas con sus amigos, que son igualmente ridículos.

–Los hombres que visten encajes y se pintan la cara no son hombres, Diana, sino juguetes de los corruptos. En Roma hay muchos hombres semejantes en la corte del emperador. ¿Cómo son los hombres en tu Londres?

–Los jóvenes copian como esclavos el estilo que impone el príncipe. La moda consiste en usar pantalones de satén hasta la rodilla y pelucas empolvadas. Son muy afeminados, y por eso me niego a contraer matrimonio con alguno de ellos.

Él la atrajo a sus brazos.

–Dices todo esto para que no tenga celos de los hombres a los que conoces.

Diana recorrió con la lengua la cicatriz que atravesaba la mejilla del general.

–Todo es cierto. Pasé la vida entera soñando con los hombres de verdad de otras épocas.

–¿Como los romanos? –preguntó él mientras le tomaba los pechos con manos posesivas.

–No, jamás soñé con los romanos. Por eso me resulta tan extraño hallarme en esta época de la historia. Me habría encantado volver a la época isabelina o al período medieval.

–Cuéntame cosas acerca de esos hombres medievales con los que soñabas –gruñó él con fingida ferocidad.

–Bueno, es una larga historia y me encantaría contarte todos los detalles íntimos, ¿pero por qué no esperamos hasta después?

–¿Después? –repitió Marco con voz ronca, esperando que ella se refiriera a lo que él creía que se refería.

Por suerte para ambos, así era.

18

Cuando Diana abrió las persianas, la luz del día se filtró en la habitación.

–Es un hermoso y cálido día de otoño.

Marco se le acercó, la envolvió con los brazos por debajo de los pechos y le besó la cabeza.

–Y aquí estamos nosotros, desperdiciándolo en la cama –bromeó.

–Necesitas descansar, trabajas demasiado.

–Sí, se te ve bastante exhausta –bromeó Marco.

–¡Diablo romano! Quise decir que necesitas descansar de tus legionarios.

–Prometiste contarme acerca de los hombres medievales con los que soñabas.

Diana se inclinó hacia él.

–Eran grandes guerreros, como tú. Invadieron Britania en el año 1066, provenientes de Francia, el lugar que tú llamas Galia, y ésa fue la última vez que esta isla fue conquistada.

–¿Así que estás esclavizada por los galos?

–No, no nos esclavizaron. Los reyes de una dinastía de Plantagenet y sus nobles gobernaron durante más de trescientos años.

–Si no había esclavos, entonces ¿a quiénes gobernaban?

–A la clase campesina. Era un sistema feudal, en el que los nobles luchaban en las batallas y los campesinos trabajaban la tierra.

–De hecho, eran esclavos –destacó Marco.

–En cierto modo supongo que sí, pero con toda seguridad los hombres medievales no compraban ni vendían gente.

–Sientes gran admiración por esos hombres –comentó Marco con melancolía.

La realidad de esos tiempos era horrenda, sin duda, pero las leyendas de la Edad Media se han novelado en libros y canciones. Era una época de hidalguía, cuando un caballero se debía a una dama, no sólo para protegerla sino también para permanecerle fiel, aunque la mayoría de las veces sólo podían amarse en la distancia.

–Pura labia –se mofó Marco–. Juraban constancia y luego fornicaban bajo un seto con la primera que encontraban.

Diana hizo caso omiso de los comentarios groseros.

–Su armadura era muy distinta de la vuestra.

–¿Cómo?

–Bueno, los cascos tenían viseras en el frente para proteger la cara. –Le tocó la cicatriz.

–Te molesta –dijo él.

–Oh, no, Marco. La considero un símbolo de honor. Te hace más atractivo, aunque es extraño que yo piense de ese modo.

–¿Esos hombres no luchaban con escudos y espadas?

–Sí, y tenían arqueros, que usaban arcos y flechas. Pero los caballeros se cubrían el rostro con armaduras de acero.

–¿Cómo se manejaban en la lucha cuerpo a cuerpo? –inquirió él, interesado.

–Creo que no muy bien. Fueron progresando hasta cambiar esas armaduras por cotas de malla y protecciones para la nuca, y reemplazaron la visera por una protección fija para la nariz.

–Mmm, no es una mala idea –reconoció Marco.

–Eran magníficos constructores. Cambiaron el aspecto de Britania, y sus grandes castillos aún se mantienen en pie al cabo de mil años.

–¿Castillos?

–Deja que te muestre.

Diana tomó del escritorio unos pedazos de pergamino y carbonilla y los llevó hasta los escalones que ascendían a la cama. Se sentó allí, con Marco a su lado, y procedió a dibujar un castillo.

–Eran gigantescos, de piedra, parecidos a tu fortaleza. Las paredes medían quince metros de alto por tres metros de grosor. Los construían alrededor de un espacio abierto o patio. Tenían torres cuadradas o redondas a los costados, y todo estaba rodeado por un profundo foso de agua. Había una sola entrada, por razones defensivas, con un puente encima del foso que se levantaba todas las noches.

–Allí es donde vivían los nobles y el rey. ¿Y los ciudadanos? –preguntó él, interesado.

–Bueno, los campesinos vivían en chozas de paja, y cuando se sentían amenazados por huestes enemigas entraban en la muralla, para su seguridad. Pero los comerciantes y los artesanos vivían en pueblos y construían negocios como los que hay aquí, en Aquae Sulis.

–Lo copiaron de nosotros –dijo Marco con satisfacción–. Nuestros templos y foros probablemente continúen en pie al cabo de dos mil años.

Ella lo miró y se preguntó si debía decirle la verdad.

–No, Marco. No es así –replicó con suavidad.

–¡Ahí es donde falla tu historia! ¿Acaso afirmas que en tu Britania no queda nada de lo que construimos los romanos?

–Quedan los caminos y los baños. El resto son ruinas excavadas por unas personas llamadas arqueólogos. Sabemos que debajo de muchas de nuestras ciudades modernas hay ciudades romanas enterradas. Debajo de Londres está Londinium; debajo de Bath está Aquae Sulis.

–¿Eso es todo lo que queda de la mayor civilización del mundo? –inquirió Marco, arrogante.

–¡Claro que no! Vuestro idioma, leyes, literatura, arte, costumbres, estilos arquitectónicos han pasado a formar parte de la vida cotidiana. Lo que más sorprende al mundo moderno es vuestra tecnología. Los acueductos, la ingeniería, los sistemas de calefacción y drenaje se hallaban muy adelantados a su época. De hecho, aún no os hemos alcanzado en ese aspecto.

Marco deslizó los dedos por la pierna de Diana.

–¿Y en cuanto al amor? Los romanos hacen el amor mucho mejor que tus hombres modernos..., tú misma lo admitiste..., y tal vez seamos mejores amantes que esos medievales con los que sueñas.

–En realidad, acabo de leer un libro del gran erudito Ovidio sobre el amor, y no lo consideré de ese modo –provocó Diana.

–Bueno, tenemos mejores escritores y filósofos que Ovidio –aclaró él al tiempo que señalaba los pergaminos con un gesto.

–Ah, sí, déjame ver si encuentro unas líneas de un texto que leí la primera vez que estuve aquí.

Diana corrió con agilidad hasta los estantes que se hallaban detrás del escritorio, donde estaban las cajas de cuero que contenían los pergaminos, y buscó allí un momento. Marco la miraba fascinado. Deseaba mantenerla desnuda para siempre.

–Aquí está –dijo Diana, triunfal, mientras desplegaba un rollo. Comenzó a leer:

> Y cuando arde tu deseo, sin duda
> si hay una criada o un paje cerca a quien atacar,
> ¿no elegirás sonreír y aguantar?
> ¡Yo no! ¡A mí me gustan los amores fáciles y baratos!

»¡Éste es tu gran filósofo Horacio!

–Pero eso es una sátira –explicó Marco–. ¿Sabes lo que es una sátira, Diana?

–¡Demonio arrogante, claro que sé lo que es una sátira!

–Entonces dímelo –insistió él.

–Un texto literario que se mofa de los vicios y las locuras humanos. –A medida que las palabras salían de su boca comprendió la intención de Horacio.

–Muy bien, me has impresionado. –Le quitó el pergamino de las manos y lo devolvió a la caja–. Ahora, ¿sabes lo que es el deseo ardiente? –preguntó al tiempo que la levantaba y la deslizaba encima de su cuerpo recio.

–Sólo desde que te conozco, romano –respondió Diana, entre risas.

–Bien. Veamos si puedo borrar tus fantasías de esos hombres medievales.

–Ah, eso exigirá algo muy especial.

–Mmm, entonces quizá sea el momento del *tantra.*

Diana se puso tensa en sus brazos.

–Eso suena demasiado erótico para una dama de poca experiencia.

–No temas, mi amor. Yo quiero amarte, no lastimarte. El *tantra* es suave y sensual, y cada parte de tu cuerpo recibe placer. Además, no te molestaré con mi gran peso.

–Me encanta tu peso, Marco. Amo tu grandeza. Cuando estás encima de mí no tengo duda de que me está haciendo el amor un hombre de verdad.

Él le tomó el rostro con las manos callosas y se lo llevó a la boca como si fuera una pieza delicada de porcelana de la que deseara beber. Al cabo de un instante los besos los encendieron, y se tendieron en la alfombra.

–Para el *tantra* debes sentarte en mi regazo, cara a cara.

Diana se sentó sobre los muslos musculosos y estiró las piernas detrás de él. Abrazados, los cuerpos se tocaban desde las caderas hasta los labios. Cuando ella se excitó lo suficiente, Marco la levantó sobre su sexo salvaje y comenzó a empujar. Con la boca le reclamaba que abriera los labios para que la lengua explorara en lo más hondo de su cavidad perfumada. Con un movimiento combinado de lengua y miembro, empujó salvajemente de modo que la pasión entre ambos creció y se inflamó; antes de alcanzar el clímax, él se detuvo y le acarició la piel hasta que ella tuvo la sensación de que se evaporaba.

Como él la había penetrado tan hondo, las palpitaciones y pulsaciones tardaron en ceder. Cuando las manos de Marco hubieron abarcado cada centímetro de piel desnuda y ella hubo explorado cada magnífico músculo, él comenzó a empujar de nuevo, haciendo que se elevaran cada vez más en su ferviente búsqueda de satisfacción. En la cuarta repetición del rito sensual ya ninguno de los dos podía contenerse más. Marco alcanzó el orgasmo al mismo tiempo que Diana dejaba escapar sus fluidos amorosos para ungir con plenos honores su masculinidad.

Mientras el romano la abrazaba para acariciarle el cabello sedoso, Diana experimentó un instante de pánico. ¿Y si de repente la separaban de Marco y la devolvían a su época? La mera idea le resultaba insoportable, y se aferró a él con fuerza hasta disipar ese pensamiento aterrador.

Más tarde, cuando pudieron pensar con coherencia y volver a hablar, Marco bromeó:

–Ahora que ya te he demostrado que los romanos somos unos amantes superiores, ¿qué otra fantasía medieval puedo echar por tierra?

Diana miraba a través de la ventana, pensando en cuán hermoso lucía el bosque bañado por el sol. Las hojas habían comenzado a cambiar de color, y ella esperaba que aquél fuese un otoño glorioso.

–Siempre he querido participar en una cacería real del medievo –comentó con aire soñador.

–¿En tu época no hay cacerías? –preguntó él al tiempo que se erguía detrás de ella y le cubría los hombros con las manos poderosas.

–Los cazadores del siglo XVIII son patéticos. Tres o cuatro docenas de hombres con varios perros de caza corren acosando a un pobre zorro. Me gustaría asistir a una cacería de jabalí, en la cual la presa tiene las mismas probabilidades de luchar que el cazador. Supongo que no disfrutaré de la matanza, pero la persecución debe de ser de lo más estimulante.

Él besó el hombro suave de ella.

–Yo te llevaré a una cacería de jabalí.

Diana se dio la vuelta para mirarlo.

–¿Hablas en serio, Marco, o sólo bromeas?

–Hablo absolutamente en serio, pero deberás esperar a que Suetonio Paulino lleve a la campaña a los nuevos legionarios entrenados. Espero que regrese mañana de los territorios occidentales, pero sólo se queda alrededor de una semana.

–Oh, Marco, ¡lo disfrutaré tanto!

–Confío en que no lo disfrutes más que a mí.

–¡Basta! Necesito un baño; estoy impregnada de sudor de tanto hacer el amor.

–Eso carece de sentido. Cuanto más haces el amor, más deseas seguir haciéndolo.

–¿Como una compulsión?

–Como un narcótico –respondió él con voz intensa–. Iremos a nadar en la piscina del jardín –agregó en tono más ligero–. No podemos perdernos este día de sol.

–Yo no sé nadar –dijo Diana, apenada.

–¡Yo te enseñaré! –De repente fue presa de un entusiasmo sin límites.

–No me obligarás a llevar armadura, ¿verdad que no? –bromeó ella.

–No, te haré nadar desnuda. Vamos –urgió, entrelazando los dedos con los suyos.

–Marco, no podemos salir así –protestó Diana.

–¿Por qué no? –replicó él–. Es una pérdida de tiempo vestirse para luego desvestirse. Y después repetir ese ridículo ritual para regresar aquí.

–Compláceme –pidió Diana al tiempo que envolvía su desnudez en el manto rojo.

Marco se cubrió también con el manto escarlata, pero el miembro protuberante sobresalía de entre los pliegues.

–Dije compláceme, no enloquéceme –aclaró Diana, riendo ante el escandaloso espectáculo que él ofrecía.

Marco se miró en el espejo.

–Esto sí que es grosero. Completamente desnudo quedaría mucho más respetable.

–Que los dioses me libren de la respetabilidad –murmuró ella en tono reverente.

Salieron de la cámara cogidos de la mano y, desplegando toda la dignidad que les fue posible, bajaron al peristilo.

El agua de la hermosa piscina estaba más cálida que el aire. Pasaron dos horas jugando en aquel lugar que Diana consideraba ya su propio Edén. Marco, con determinación de acero, resolvió no dejarla salir de la piscina sin haberla enseñado a nadar. Después de muchas risas, salpicaduras, chapuzones y besos, cumplió su cometido.

Con gran osadía de su parte, Diana aceptó que *Rómulo* y *Remo* entraran en la piscina con ellos, y los cuatro jugaron a sus anchas. Hicieron tanto ruido que todos los empleados de la casa, incluidos los jardineros, acudieron para ver al amo, incrédulos. La llegada de la nueva esclava había provocado un cambio tan asombroso en el amo que estaban fascinados. Nunca antes el general había revelado esa faceta. Sólo Nola había llegado a vislumbrar al muchacho amante de la diversión que moraba dentro del gran hombre.

Los perros se cansaron antes que Marco; salieron del agua y se sacudieron para secarse. Cuando Diana salió, vio un par de ojos que la miraban entre las hojas. Como no quería que castigaran a nadie, decidió guardar silencio, pero cuando Marco emergió de las profundidades e intentó tomarla en sus brazos, ella cayó presa del pánico. Tomó el manto y corrió hacia la villa.

Marco la persiguió. Diana miró por encima del hombro al subir las escaleras y vio que él ya había llegado al primer escalón.

–Cuando te atrape voy a...

Ella se dio la vuelta y le tapó la boca con la mano.

–Chist, querido... Todos nos miran y nos escuchan.

Marco sonrió.

–Pregúntame si me importa.

Cuando se le cayó el manto rojo, de pronto a Diana dejó de importarle también. No había nada de vergonzoso en el amor. Era algo glorioso de contemplar.

Kell había cambiado las sábanas y ordenado la habitación. Había toallas limpias reemplazando las manchadas con sangre, y les había dejado agua perfumada fresca.

Ahora que estaba fuera del alcance del agua tibia y del sol, Diana comenzó a temblar. Marco se puso de rodillas para encender el fuego y ella se acurrucó contra la ancha espalda para calentarse.

–Será mejor que me ponga algo de ropa –dijo, sólo por el placer de oír que él se lo prohibiera.

Marco se dio la vuelta, dispuesto a contemplar su esplendorosa desnudez.

–¿Por qué no te pones esas protecciones de cuero para las piernas? No se me ocurre nada más erótico que hacerte el amor con las piernas enfundadas en cuero.

La sugerencia despertó a la hechicera que había dentro de ella. Cada vez que él le hacía el amor, Diana ganaba un poco de poder sobre él, pero algo curioso le estaba sucediendo a su corazón. Se había dispuesto a esclavizarlo deliberadamente, pero de algún modo se había enamorado del magnífico romano y disfrutaba tanto del juego de dominación y sumisión masculino-femenino que ya no deseaba dominarlo. Lo quería tal como era. Mientras de él fuera el poder, ¡de ella sería la gloria!

Cenaron en la cama y Diana decidió que, ya que Marco había disfrutado de tanto placer erótico con las protecciones de cuero para las piernas, se las dejaría puestas toda la noche. Al fin, cuando se cansaron de entregarse a sus actividades preferidas, se durmieron acurrucados como la noche anterior, Diana boca abajo, encima de él.

Cuando Diana despertó al amanecer, Marco se había ido. Al estirarse sensualmente en la gran cama, de inmediato se percató de que él le había dejado dos cosas: la moneda de oro y su viril esencia masculina.

Diana y Nola decidieron ir de compras a Aquae Sulis. Pasaron toda la mañana fuera, y al regresar la litera se hallaba repleta de las compras de Diana. Había adquirido perfumes, maquillaje, un juego de tablero con piezas de marfil, vasijas rojas de Samos, gran cantidad de tablillas de madera y un estilo para escribir.

Cuando regresó ya estaban listos los pantalones de montar de cuero que había encargado, de modo que decidió ponérselos para visitar a Marco por la tarde.

Cabalgó hacia el fuerte con el leal esclavo a su lado, pero Tor debió esperarla a la entrada del fuerte. Aunque pertenecía a la casa del general, a los guardias no se les permitía dejar que un britano deambulara por allí sin escolta. Además, el gobernador Paulino había vuelto, y todos conocían su odio por los britanos.

Como las reglas eran las reglas, Diana decidió dejar los caballos con Tor y continuar a pie. Pronto se dio cuenta de que en el fuerte había muchos más hombres que en su última visita. Paulino debía de haber regresado de Gales con sus legionarios. Diana recibía tantas miradas de hombres extraños que le alivió ver el rostro conocido de Petrio. El joven acudió de inmediato, el hermoso rostro envuelto en sonrisas por el encuentro casual.

–Mi hermano es un hombre de suerte por inspirar tanta devoción, Diana.

Ella le dirigió una radiante sonrisa.

–¿Sabes dónde está?

–Lamentablemente se halla muy ocupado. Paulino volvió con su ejército y Marco está en el *valetudinorium* con todos los legionarios heridos. Yo seré tu escolta en su lugar. ¿Ya has visitado el fuerte?

Diana cayó en la cuenta de que Petrio se refería al hospital.

–Ya estuve aquí, pero no pasé demasiado tiempo. Si Marco está ocupado, será mejor que me vaya.

–No te vayas. Si Marco se entera de que no te he agasajado, me castigará con dureza. –Petrio sonrió como un niño–. Y todavía figuro en su libreta negra por llegar ebrio a la villa.

Diana se sonrojó un poco. En realidad no deseaba quedarse, pero no quería causar problemas entre los hermanos. Ese joven valiente partiría a luchar a Gales en pocas semanas, de modo que ella no podía rechazarlo.

–Déjame pensar qué podría interesarte. Yo vivo en los cuarteles de los oficiales, pero son comunes. Hay una preciosa vista desde las torres de los miradores, aunque eso no sería de gran interés para una mujer hermosa. ¿Has visitado el templo?

–No, nunca he visitado un templo romano.

–Vosotros, los britanos, veneráis a Sul, la diosa del sol. ¿Tú no?

–Oh, no. Soy cristiana –respondió Diana.

Petrio la miró perplejo.

–¿Cristiana?

Ésa era la extraña secta de alborotadores a los cuales Nerón se deleitaba en perseguir. En Roma era costumbre culpar de todo a los cristianos y castigarlos en consecuencia. A los romanos les encantaba ver derramar sangre humana, de modo que los prisioneros cristianos eran siempre muy solicitados para los juegos. Petrio se prometió recordar el dato, pues sabía por instinto que el conocimiento es poder.

–Aquí, en el fuerte, hay un edificio enorme que alberga muchos templos –informó. Cuando entraron, había varias puertas para elegir. Una tenía esculpido el nombre de Júpiter Óptimo Máximo; otra, el de Mitra; una tercera llevaba inscrito el nombre de Marte, el dios de la guerra; en la última puerta se leía el nombre de Fortuna, que Diana supuso que era la diosa de la suerte y la buena fortuna–. Marco venera a Júpiter, pero la mayoría de los hombres del ejército adora a Mitra. Es un culto masculino; Mitra es un dios invicto que representa el coraje. Según las leyendas, le ordenaron capturar un toro primitivo. De su cuerpo surgen plantas y hierbas; de su sangre fluyen nuevas formas de vida; de su semen viene toda procreación.

La condujo hacia la puerta que llevaba el nombre de Mitra y comenzaron a subir; entonces entraron en el templo y vieron, abajo, un enorme templo. Debajo del altar de piedra había un foso donde se habían reunido algunos oficiales de centuriones. Petrio señaló a un hombre que parecía un gran oso y susurró:

–Ése es Suetonio Paulino. Debe de estar agradeciendo por sus victorias sobre los celtas.

Un joven musculoso de pecho desnudo, que vestía un taparrabos blanco, caminó hacia el altar de piedra. Llevaba un enorme martillo de hierro y una espada. Entonces se oyó de repente un bramido y un toro blanco puro corrió hacia el altar, resoplando y sacudiendo la cabeza con furia. El joven acólito levantó en alto los brazos musculosos y golpeó con el martillo de hierro la cabeza del animal. En el momento en que éste cayó a sus pies, sacó el *gladius* y lo hundió en el cuello del toro. La sangre brotó a chorros y se derramó sobre los adoradores del sacrificio que se hallaban en el foso, quienes quedaron empapados en un segundo. Diana miró con horror cuando Petrio tomó un recipiente para recoger la sangre del toro, aún tibia, y se la llevó a los labios. La joven se dio la vuelta y huyó enceguecida.

Petrio la alcanzó en un instante.

–¿Qué sucede?

–Sácame de aquí –pidió Diana.

Petrio vio que estaba pálida y temblorosa. El derramamiento de sangre lo había excitado sexualmente, y esperaba que hubiese surtido el mismo efecto en Diana. La había llevado allí para montarla. Pero al ver la vulnerabilidad de la temblorosa muchacha, Petrio se dio cuenta de que su deseo aumentaba segundo a segundo. La levantó y la llevó a través de dos puertas más, hasta el templo de Fortuna.

La dejó sobre un pilar y se puso de rodillas junto a ella para quitarle el manto. Fingió preocupación.

–No debí haberte llevado al templo de un dios. Debí haberte llevado al templo de Fortuna. Ella nos dará todo lo que deseamos.

Un pequeño cordero negro se acercó a Diana dando cabriolas. Tenía los cuernos dorados y llevaba un collar de flores alrededor del cuello.

–Oh, qué preciosa cría –dijo Diana al tiempo que estiraba la mano para acariciar al tierno animal.

Antes de que ella se diera cuenta de lo que se proponía, Petrio abrió el vientre del cordero con su cuchillo y puso en las manos de Diana las entrañas que aún latían de vida.

Diana sintió que iba a desmayarse, y de repente tomó conciencia de que Petrio estaba a punto de violarla.

19

Diana se obligó a no desmayarse. Se aferró a la conciencia como una mujer en peligro de ahogarse se aferraría a una brizna de paja. Arrojó a la cara de Petrio las entrañas ensangrentadas del cordero, pero, lejos de causarle repulsión, la sangre excitó aún más al joven. Como un rayo cayó sobre ella y le arrancó del cuerpo la túnica de seda.

Al final la salvaron los pantalones de cuero. Mientras Petrio forcejeaba para arrancárselos, Diana logró patearlo con fuerza en la entrepierna con los pies calzados con botas. Petrio cayó como el toro cuando lo golpearon con el martillo. La única diferencia radicaba en que Petrio aulló de intenso dolor.

De inmediato Diana se puso de pie y salió corriendo. No dudó ni un segundo, ni siquiera para mirar por encima del hombro. Una punzada de dolor en un costado casi le impedía avanzar, y al llegar a la casilla de los guardias sentía arder los pulmones. El manto escarlata había absorbido la sangre del cordero, de modo que los legionarios sólo vieron que tenía prisa por salir.

Diana subió a la montura antes de que Tor pudiera ayudarla.

–¿Sucede algo, señora? –preguntó el esclavo, preocupado.

–Sólo llévame a casa –pidió Diana.

Él entendió que ella no deseaba o no podía hablar más, y supuso que el general le había ordenado que regresara a la villa.

Cuando llegó, Diana se dirigió a la sala de baño. Kell vio su agitación y le envió a Sylla. La esclava la encontró vomitando en la letrina. Diana se bañó, se puso una túnica de lana fina color crema y subió las escaleras hacia su alcoba. Trabó la puerta con una barra de madera, para asegurar su intimidad, y comenzó a pasearse de un lado a otro, acongojada.

Apartó con rabia de su mente el episodio del templo. Había sido tan desagradable que ni siquiera soportaba pensar en ello. Pero cuanto más intentaba dejar la mente en blanco, más rápido se agolpaban los pensamientos. Por fin se sentó y revivió cada uno de los horribles momentos.

Jamás olvidaría el olor metálico de la sangre mezclado con el del incienso. Para ella, el peor momento no había sido el intento de violación de Petrio, sino cuando éste acuchilló al pequeño cordero inocente y la involucró en ese sacrificio enfermizo. Los ojos se le anegaron de lágrimas y rompió a llorar en silencio.

Diana no tenía idea de cuánto había llorado, pero cuando miró por la ventana ya había oscurecido. Se lavó la cara y se sintió mejor tras haber derramado las lágrimas purificadoras. Sin embargo, más allá de su conciencia prevalecía una tristeza que era incapaz de disipar.

Ya casi había anochecido cuando Marco llegó a la casa. Había estado toda la tarde en el hospital intentando lidiar con el excesivo número de legionarios heridos que había llevado Paulino a Aquae Sulis para que se recuperaran. Sabía que sobreviviría menos de la mitad. Al final de la jornada, tenía la ropa sucia de sangre y otras sustancias inmundas, así que se bañó en el fuerte antes de regresar a la casa.

Marco agradeció a los dioses que Diana lo esperara en su hogar. Ella podría disipar las tinieblas con más eficiencia que cualquier vino u opio que él hubiese probado. Diana era algo más que un hermoso cuerpo en el cual él se perdía de placer. El romano saboreaba su inteligencia, su humor y algo más, algo difícil de definir. Ella poseía una inocencia y una dulzura inmaculadas, y eso lo hacía sentir tan protector como posesivo; posiblemente, más protector.

Lo decepcionó que Diana no hubiera acudido a recibirlo al atrio, aunque lo atribuyó a la tardanza de su llegada. Deseaba que lo hubiese esperado para cenar con él, aunque comprendía que ella ya hubiera comido. Marco no se bañó, como era su costumbre, sino que fue directamente al triclinio. Sólo Kell estaba allí para recibirlo. Después de un momento de desilusión, Marco se animó. Diana debía de aguardarlo arriba.

–Kell, haz que me lleven la cena a la alcoba.

Marco subió los escalones de tres en tres. Al abrir la puerta y encontrar la habitación vacía se le oprimió el corazón. ¿Dónde diablos estaba? No había esclavos; el vestíbulo estaba desierto. Se dirigió a la cámara color durazno donde solía dormir Diana. La puerta estaba cerrada. Cuando intentó abrirla la encontró trabada.

–Diana, ya he vuelto a casa –dijo. No podía controlar la irritación que le causaba que ella le hubiera trabado la puerta. Como no obtuvo respuesta, la irritación se convirtió en enfado–. ¡Diana! –llamó con voz atronadora.

–Vete –respondió ella en voz baja.

«¿Que me vaya? ¿Lo habré oído bien?»

–¡Abre la puerta! –ordenó.

El enfado se convertía en furia. «¡Esto es lo que gano con satisfacerla!» Al oír un movimiento en el interior de la habitación, advirtió, incrédulo, que Diana no iba a obedecer sus órdenes. Arremetió con violencia contra la puerta y la golpeó hasta que la barra interior se partió en pedazos y cayó. La puerta se abrió y Marco entró en la habitación con los ojos llenos de furia. Al verla tan callada y pálida supo que algo andaba mal. El corazón se le encogió de temor; corrió y se arrodilló junto a ella.

–¿Estás enferma? –Tenía la voz desgarrada de emoción.

–Yo... me encontraba mal, pero ya estoy mejor.

Por un instante el corazón de Marco dio un vuelco al pensar que ella podría estar embarazada, pero la lógica indicaba que era demasiado pronto. Le tomó la mano con ternura.

Diana se apartó de él.

–No me toques.

–¿Que no te toque? –Repitió las palabras de ella con tono serenamente ominoso, como advirtiéndole que pisaba terreno muy peligroso.

Diana no atendió la advertencia.

–Hay demasiadas diferencias entre nosotros –gritó ella–. ¡Odio Roma, aborrezco todo lo que representa! ¡Detesto a los romanos!

–¿Qué gusano te está carcomiendo el cerebro? Roma es el centro del mundo. Representa la excelencia en el gobierno, el aprendizaje, la cultura y la filosofía. Y, como romanos, no nos gustan las masas: ¡somos patricios! Somos los hombres más educados, civilizados, valientes y honorables que jamás hayan existido.

–Sois una raza de degenerados primitivos y brutos –le recordó Diana. Después le dio con brusquedad la medalla de oro que sostenía en las manos–. Tómala. Me contamina.

Marco hizo caso omiso de la cadena y tomó a Diana en sus brazos.

–¡Te contaminaré yo! ¡Por los dioses que lo haré!

La muchacha forcejeó en vano. Los brazos de Marco eran como fajas de acero; su pecho, como uno de los muros de piedra de la fortaleza. Cuanto más intentaba ella resistirse, más aumentaba la furia y más se encendía en él el deseo. La arrojó sobre la cama y le abrió la túnica de un tirón. Luego se quitó el manto y se sacó la túnica por la cabeza.

Diana lo desafió con la mirada, aunque temblaba.

–Si me fuerzas como un amo toma a su esclava, destruirás mi amor por ti. Comprobaré que eres un degenerado bruto y primitivo, y seremos enemigos para siempre. –Su voz era tan baja e intensa que lo hizo detenerse.

Marco se mesó el cabello, en gesto de absoluta frustración.

–¿Qué ha sucedido hoy? ¿Qué ha provocado este cambio en ti? ¡Háblame, mujer! –exclamó.

Diana cubrió su desnudez con la túnica y se sentó con los pies bajo el cuerpo. Marco, una torre de viril frustración, se irguió frente a la cama. Ella seleccionó las palabras con cuidado.

–Hoy, cuando fui al fuerte, tú estabas tan ocupado que entré en el templo. El brutal sacrificio pagano que vi me puso enferma.

Marco se desplomó con alivio al pie de la cama.

–¿Así que de eso se trata? Diana, no debiste haber ido allí. Eres muy frágil y tienes el corazón muy tierno para entender ciertas prácticas. ¿Por qué crees que nunca te he llevado al templo?

Diana meneó la cabeza.

–No se trata sólo del cruento sacrificio de animales, sino también de la enorme diferencia que hay entre nosotros. Jamás podré aceptar el estilo de vida romano. Jamás aceptaré sus prácticas y creencias. –Se abrazó en gesto de protección. Sintió la suave lana de la túnica en las palmas de las manos–. La ropa, la comida y el idioma son diferencias mínimas, fácilmente superables. Pero vuestra manera de pensar, las creencias, los ideales..., a eso me opongo con rotundidad. Creéis que gobernáis el mundo por derecho divino. Todo el imperio se basa en el poder y la opresión. Los romanos son sádicos por naturaleza. Las diferencias entre nosotros son demasiado grandes para superarlas.

–¡La única diferencia importante que hay entre nosotros es que yo soy hombre y tú eres mujer! Nuestros cuerpos se entienden en comunión tan perfecta que nos volvemos uno cuando hacemos el amor. Nuestras diferencias desaparecen en el momento que estamos unidos.

–No, Marco. Dejamos de lado nuestras diferencias para poder satisfacer nuestro deseo. Cuando lo saciamos, nuestras diferencias siguen ahí, ¡más grandes que la vida!

–¡Lo que yo siento por ti es amor!

–¿Podrías decir sinceramente que no sientes deseo por mí? –presionó ella.

–Sí. Siento amor y deseo. Una combinación explosiva. ¡La mayoría de los hombres y mujeres vendería el alma con tal de experimentar lo que sentimos nosotros!

–Temo que eso es lo que hice yo –dijo Diana con calma–. Toma esto. –Volvió a darle la cadena.

–Julio César fue el aristócrata, el diplomático y el general más grande que haya existido jamás.

–César era un conquistador que se apropiaba de tierras que no le pertenecían y esclavizaba a miles de personas libres y orgullosas.

Marco tomó con renuencia la medalla de César y se la pasó por la cabeza. Sabía que era a él a quien Diana acusaba de esas cosas, no a César, y que eran ciertas.

El romano levantó la cabeza, orgulloso como un águila, y con todo el coraje que poseía preguntó:

–¿Me amas?

Diana lo miró perpleja. Se le hizo un nudo insoportable en la garganta y se le llenaron los ojos de lágrimas contenidas. Se arrodilló ante él.

–Marco, te amo tanto que me duele el corazón. –Lo rodeó con los brazos y mientras él la estrechaba contra sí, sus lágrimas le mojaban el cuello.

–No llores, amada. No puedo soportarlo –murmuró él al tiempo que la presionaba contra su pecho.

En el círculo protector de esos brazos cálidos, el horror de aquella tarde cedió. De nada serviría contarle lo de Petrio; de todos modos el hermano menor se marcharía en unos días.

–No me importa si eres cristiana, druida, britana o celta. Para mí eres simplemente Diana, mi corazón, mi vida. ¿De veras te importa que yo sea romano? ¿No puedo ser simplemente Marco?

Antes de que ella le contestara, un suave carraspeo los interrumpió. Levantaron la vista y vieron a Kell en el umbral, entre los restos de la madera destrozada que yacían en el suelo. Llevaba una bandeja de comida y mostraba una expresión de cauteloso alivio. Sin duda no sabía qué esperar después de ver el destrozo provocado por el general.

Cuando Diana vio la comida y se dio cuenta de que Marco no había cenado, se sintió culpable.

–Es muy tarde. Por favor, come; debes de estar exhausto.

Marco puso la bandeja sobre la cama.

–Compártela conmigo –la tentó–. Mi comida siempre sabe mucho mejor cuando la compartes conmigo.

Diana movió la cabeza y se enjugó las lágrimas. Marco la acomodó en su regazo y la alimentó con los mejores bocados al tiempo que también comía. El deseo de hacerle el amor era como una tormenta en su interior, pero controló el fuego de su pasión con voluntad férrea. Ahora que la había tranquilizado, no quería destruir el frágil vínculo que había logrado restablecer.

Después de comer hablaron en voz baja. Él le contó su jornada, restando importancia a las heridas horrendas y el gran número de muertos. Ella le mostró las cosas que había comprado en las tiendas y él le prometió enseñarle a escribir con el estilo. Luego la arropó con las sábanas y le dio un beso suave.

–Estas pálida. Duerme un poco, amor. Voy a hablar unas palabras con Kell y luego me acostaré también.

Marco tenía un engorroso problema que se había multiplicado por cien a causa de Diana. Buscó a Kell y entraron en el solárium. Kell le sirvió una copa de vino y el general le dijo que se sirviera una también. Indicó a su esclavo que tomara asiento, pero Kell permaneció de pie. Siempre pensaba mejor mientras se paseaba de un lado a otro.

Tras haber caminado cuatro veces de una punta a la otra de los mosaicos que mostraban la figura de la tigresa, dijo:

–Tengo un problema con respecto al banquete que ofreceré al gobernador y sus centuriones antes de que partan al combate.

–Nunca antes ha sido un problema. Como siempre, me mantendré lejos del camino del gobernador.

–No, Kell, el problema no eres tú, sino Diana.

–Comprendo. –Y en verdad lo comprendía, con toda claridad. El término *banquete* era un eufemismo que en realidad se refería a la bacanal que ofrecía el general, que se había vuelto una tradición. Los centuriones y los centuriones de cohorte que habían regresado con éxito, así como los que estaban a punto de ocupar su lugar, se unían a Suetonio Paulino en un festejo que sólo podía describirse como una orgía. Comían hasta estallar, bebían hasta vomitar y fornicaban hasta el delirio–. Ella debe estar absolutamente a salvo de la lujuria de los hombres, encerrada en su cuarto –sugirió Kell–. Para extremar la seguridad, puedo apostar dos guardias en la puerta.

–No es su seguridad lo que me preocupa. Yo siempre podré protegerla. –Marco se paseó por encima de la tigresa, y luego alrededor.

Kell ocultó una sonrisa. El general rodeaba a la tigresa como si se tratara de Diana. La analogía era muy apropiada, ya que Diana se comportaría como una tigresa si llegara a enterarse de los actos de libertinaje que de vez en cuando se desarrollaban en la villa. Ni siquiera aceptaba la desnudez pública, de modo que Kell bien podía imaginar su expresión de escándalo ante las cópulas múltiples, la concupiscencia y las perversiones que practicaban Julia Allegra y sus prostitutas cuando se juntaban con los legionarios romanos.

A Kell le sorprendía que a Marco Magno le preocupara lo que una esclava pensara de él. ¿Acaso ya no era el amo de su propia casa? ¿Acaso el general le había entregado la hombría junto con el corazón?

–¿No podría celebrar el banquete en el fuerte? –preguntó Kell en tono de sugerencia.

–No. No proveeré de prostitutas a dos mil hombres. Destruiría la disciplina para siempre.

Kell sabía que era inútil sugerir que no ofreciera el tradicional banquete. Ese cerdo de Paulino lo esperaba, y si creía que el general le estaba retirando la hospitalidad lo tomaría como un insulto personal.

–Quizás esa noche puedas sacar a la dama de la villa –prosiguió Marco–, pero ¿adónde la llevarías, y con qué pretexto? No tengo la menor idea.

Kell vació la copa para reunir coraje con objeto de decir lo que iba a decir.

–General, me parece que se preocupa sin necesidad. No porque sea su esclava, sino porque es su mujer, ella debería saber cuál es el lugar que debe ocupar. Una mujer se aprovecha de un hombre en cualquier momento en que él es lo bastante tonto para permitírselo. En mi propio caso, Nola se aprovecha de mí todos los días, simplemente porque sabe que siento debilidad por ella.

Marco estaba al tanto de la relación entre Kell y Nola.

–Lo que dices es cierto. Si un hombre no dirige, lo dirigen. Si no gobierna, lo gobiernan. Si el hombre no es el amo, la mujer lo desprecia. El banquete que estoy obligado a dar no tiene absolutamente nada que ver con Diana. No es asunto de ella, y no tiene por qué interesarle. –Marco terminó el vino–. Gracias, Kell.

–Vuestra es la decisión, general. Sin embargo, creo que es sabia.

Mientras lo miraba subir las escaleras, Kell se preguntó qué lo habría impulsado a ponerse del lado del romano frente a una britana. Entonces se dio cuenta de que había más cosas en juego que el pertenecer a una u otra tierra. Era una lucha mucho más antigua: el hombre contra la mujer. ¿Cómo no iba a ponerse del lado de los hombres?

Marco se metió en la cama y decidió que debía manejar a Diana con mano más dura. Quizás esa noche debía haberle dado una buena paliza cuando lo rechazó y le echó en cara las diferencias que había entre ambos. Él era demasiado indulgente con la pequeña zorra. Le había secado las lágrimas y la había alimentado, para luego meterla en la cama, conteniendo su deseo ante el temor de que ella se irritara. Ahora había decidido reparar ese error. Si Diana le demostraba aunque fuera siquiera un leve rechazo, ¡le azotaría las hermosas nalgas hasta que le castañetearan los dientes!

La tomó con manos exigentes y la atrajo hacia sí. Le tapó la boca con un beso salvaje. Si no la forzaba a entregarse en ese mismo instante, usaría su mano a modo de un látigo.

Diana se derritió contra él. Tendida entre los muslos de mármol, se volvió blanda, toda complacencia femenina. Sus sensuales senos descansaban sobre el pecho de Marco; su vientre suave acariciaba el sexo exuberante; la boca perfumada se abría en una invitación irresistible.

Marco embistió la boca con lengua exploradora, y cuando se apartó, ella le buscó los labios y susurró:

–Marc... Marc... Marco.

Ese susurro era para él lo más glorioso. Diana le acarició la cicatriz del rostro. El leve contacto encendió en él la más intensa de las pasiones. Luego, de modo casi increíble, Diana se irguió, tomó el miembro firme en las manos y lo hundió voluptuosamente en su interior. Su sexo era como seda caliente. Marco se ahogaba de necesidad. Ella comenzó a cabalgarlo despacio, seductora, elevándose y enseguida bajando con fuerza hasta que él quedaba anclado en lo más profundo de su ser. Luego aceleró el ritmo hasta que Marco se sacudió con toda su potencia.

La unión había adquirido una intensidad salvaje, tempestuosa, primitiva. Brotaba un ardor intenso entre ambos, y emitían sonidos de amor en susurros roncos. Alcanzaron juntos el clímax y Marco siguió estrechándola contra sí aun mucho después de que cesaran los últimos espasmos líquidos. La mantuvo así hasta que volvió a excitarse, y decidió quedarse dentro de ella toda la noche.

Marco se sentía todopoderoso después de haberla dominado en el acto último de sumisión y dominación, pero mientras Diana descansaba encima de él en sedoso esplendor, le pareció que ronroneaba. El romano sonrió en la oscuridad y se preguntó no sin ironía cuál de los dos era el esclavo.

20

Marco ordenó a Kell que encargara la comida y la bebida para el banquete, y fue a visitar a Julia Allegra con el fin de organizar el entretenimiento. No habló del tema con Diana hasta que llegó el día del banquete; entonces, antes de salir para la fortaleza, se sentó en el borde de la cama y carraspeó.

A Diana le encantaba verlo con la pechera lustrosa. Cada vez que Marco la tocaba vestido con la armadura, ella se sentía desfallecer.

–Mañana Paulino parte con los legionarios. Para el gobernador y sus oficiales se ha convertido en una costumbre venir a cenar aquí antes de su partida.

–¿Quieres decir que esta noche estará en la villa? Oh, Marco, ¿puedo quedarme aquí? –preguntó Diana, alarmada.

Marco se animó. Diana no presentaría ninguna dificultad.

–Quizá sea lo mejor. Paulino detesta a los britanos, y por eso quiero mantener incluso a Kell lejos de su vista. ¿Por qué tú y Kell no vais al teatro esta noche? Cuando acabe la función, regresa directamente aquí y atranca la puerta. Ya viste con tus propios ojos cómo se pone mi hermano cuando bebe, y cuando los hombres jaranean hasta caer rendidos.

–El teatro es una idea encantadora. Paulino me desagrada. –Se estremeció levemente al recordar al gigante peludo que parecía un oso sucio.

Marco se despidió con un beso.

–Hoy no te veré, ya que estarás dormida cuando venga, pero en cuanto los legionarios partan mañana, dispondré de más tiempo para estar contigo. Te llevaré a cazar jabalíes. –Se puso de pie y se ajustó el cinturón de cuero con las armas–. Que disfrutes del teatro.

–Que disfrutes de tu banquete –respondió Diana con inocencia, lo cual hizo que Marco se sintiera un villano por engañarla.

Con la estola azul marino y la *palla* haciendo juego, Diana atrajo en el teatro más miradas que los propios actores. Sus rizos rubios llamaban la atención de ambos sexos. Los susurros que preguntaban: «¿Quién es?» eran respondidos por quienes contaban con la información privilegiada de que el general Magno había tomado una concubina. Los hombres envidiaban al general al instante, mientras que las mujeres habrían pagado cualquier precio por estar en el lugar de la joven.

A Diana le sorprendía que Kell mantuviera una mano sobre su látigo, a modo de advertencia a las masas para que guardaran la distancia. Ella y el esclavo habían elegido un entretenimiento musical que resultó ser un ballet extravagante. Diana disfrutó inmensamente al ver a los cantantes y bailarines tocados con sus trajes y máscaras elaboradas. El espectáculo se tornó un poco estridente cuando un grupo de mujeres acróbatas aparecieron dando volteretas por el escenario, ya que vestían poco más que unas anchas fajas de cuero negro: una para cubrirse los pechos y otra para taparse el sexo.

El entretenimiento no terminó hasta avanzada la noche; luego Kell la llevó a una vinatería; una parada tradicional después del teatro, donde servían a los clientes bebidas calientes y frías. Diana eligió *calda*, vino tibio con especias, mientras que Kell prefirió Setinian, un vino fino añejo, importado de Italia. Admitió de mala gana que el vino romano era superior al de su tierra nativa.

Diana regresó en una litera; Kell iba caminando a su lado, así podían conversar sobre la velada. Ella se sentía muy mimada, casi mala, por haber pasado una noche en la ciudad mientras Marco debía cumplir con sus deberes de anfitrión con el líder militar y sus centuriones.

–Gracias por acompañarme, Kell. He disfrutado mucho. Me aseguraré de contar a Marco con todo lujo de detalles las acróbatas que se ha perdido. –Rió divertida–. Pobre Marco.

Cuando llegaron a la casa, había literas alineadas en la parte exterior de la villa, por lo que supieron que los invitados del general aún no se habían retirado.

–Creo que deberíamos entrar por el peristilo en lugar de por la entrada principal –aconsejó Kell–. Tal vez estén discutiendo asuntos militares. –«Que los dioses me perdonen por la mentira», pensó.

Diana se dirigió hacia el jardín amurallado a través del puente y quedó inmóvil. Media docena de mujeres desnudas paseaban montadas en la espalda de hombres también desnudos. Otros juerguistas desnudos sostenían antorchas encendidas o blandían pequeños látigos para flagelar a los que hacían de sementales.

–¿Asuntos militares? ¡Malditos negocios de diversión, querrás decir!

Kell la tomó de un brazo y la llevó a unos escalones que daban acceso al segundo piso. En ese momento Marco salió de la villa con una mujer desnuda colgando de un brazo. La prostituta tenía ojos de color negro azabache y estaba muy bien dotada, con grandes pechos y amplio trasero. Diana no podía creer lo que veían sus ojos. La mujer que acompañaba a Marco era idéntica a Allegra.

–¿Qué diablos estás haciendo aquí? –inquirió la joven; los ojos amatista clavaban en Marco una furia púrpura.

–Ella está aquí porque yo la invité. Ve arriba –ordenó Marco.

El general dirigió una mirada furibunda a Kell. En nombre del cielo y del Hades, ¿dónde tenía el cerebro aquel hombre, para permitir que Diana viera tal perversión?

Diana se puso las manos en las caderas y hundió los talones en el suelo.

–¿Me has ordenado que suba? ¿Estás seguro de que no necesitarás tu alcoba para esa gorda ramera?

Marco le dio una sonora bofetada y la tomó en sus brazos. Luego la llevó pateando y maldiciendo por las escaleras hasta el balcón superior. De un empujón la metió en la alcoba y cerró la puerta.

–Deja de lanzar insultos ya mismo. ¡Cualquiera que te oiga podría confundirte con una de esas rameras!

–¡No andarían errados! Eso es lo único que soy para ti: ¡tu ramera! En apariencia, una de muchas. ¡Eso es lo que cualquier mujer es para un romano! ¿Por qué no me pongo la túnica corta y me uno a tus juegos?

Marco apretó los dientes. En forma deliberada ella lo empujaba a la violencia. Abrió la puerta y encontró a Kell afuera.

–Entra –ordenó–. Asegúrate de que no salga de esta habitación en toda la noche. –Recorrió a Diana con sus ojos negros–. Si ya has terminado de dar tu espectáculo, volveré con mi ramera.

Diana tomó una lámpara de plata y la arrojó contra la puerta. Luego se tiró sobre la cama y rompió a llorar.

Kell la dejó llorar durante cinco minutos y luego le dijo con voz seca:

–Conmigo desperdicias tus lágrimas, señora. Resérvalas para el general.

–¡Oh, cállate! ¡Esta velada ha sido una condenada conspiración para quitarme del camino y que él pudiera organizar esta maldita orgía romana! –Se sentó y se enjugó las lágrimas.

Kell pensaba que le convenía tranquilizarla. Marco Magno no se sentía muy feliz con él en aquel momento.

–El general deseaba ahorrarte este disgusto. Los hombres siempre actúan como animales en celo.

–¿Pretendes decir que este tipo de cosas ya ha sucedido antes? –gritó Diana.

–Es ese cerdo de Paulino. Si el general no abriera la villa para este banquete, el gobernador se convertiría en su enemigo, y los enemigos de Paulino no viven mucho tiempo. El general sólo invita a Julia Allegra y sus rameras para que los hombres no abusen de las esclavas de la casa.

–¿Julia Allegra es la alcahueta? –preguntó Diana–. Me recuerda a alguien a quien conocí, que también se llamaba Allegra. –«Cuando no se hacía llamar dama Lightfoot», pensó con disgusto. El labio inferior le tembló–. Oh, Kell, ¿qué debo hacer?

–Dejar de comportarte de modo ridículo, por supuesto.

–¿A qué te refieres? –preguntó ella, apenada.

–Ven aquí, frente al espejo.

Diana se acercó despacio y se quedó mirando el reflejo con grandes ojos tristes.

–Mírate..., mírate de verdad. Eres una de las mujeres más hermosas que jamás he visto, y que sin duda jamás ha visto el general. Una mirada tuya, y quedó anonadado como si lo hubiera golpeado un rayo. Si sabe que tú le estás esperando, ¿por qué habría siquiera de mirar a otra mujer?

Diana resopló.

–¿Y Julia Allegra?

–¡Él no la tocaría ni con el pene de otro!

–¿De veras? –preguntó Diana con voz trémula.

–Mira, te propongo que uses tus propios ojos. El amo no la montaría ni poniéndole una bolsa en la cabeza.

Diana rió pese al lenguaje grosero que empleaba Kell.

–Quizá la está reservando para Paulino.

Ahora fue Kell quien rió.

–¡Una cerda para un oso en celo!

Diana razonó que era mucho más honorable, de parte de Marco, ofrecer prostitutas que permitir que los legionarios abusaran de las esclavas de la casa. Al fin y al cabo, era su villa y podía hacer lo que quisiera. Aun así, ella no lograba disipar unos celos abrumadores hacia todas las mujeres que Marco había tocado en su vida. Cuando fuera a acostarse, lo castigaría. Jugaría a la reina de hielo, y él necesitaría un millar de disculpas para ablandarla.

Sin embargo, Marco no fue a acostarse. No se acercó, y Diana no lo vio hasta la noche siguiente. Pasó todo el día sola porque todos los esclavos estuvieron ocupados desde la mañana hasta la noche poniendo orden y limpiando los restos que habían dejado los jaraneros. Todo necesitaba limpieza: los suelos, las paredes, las alfombras..., y había que cambiar la tapicería de todos los sofás de la villa.

Las sensaciones de Diana iban desde el odio hasta los celos y la cólera. Había sido herida en su orgullo; Marco la había avergonzado y humillado. Ella haría que el castigo estuviera en consonancia con la ofensa. Hacia la tarde el anhelo acompañaba a la soledad, y Diana tuvo que vencer las ganas de cabalgar hasta el fuerte sólo para ver al general un momento. Al caer la noche, decidió fingir indiferencia absoluta. Lo recibiría normalmente y fingiría que nada había sucedido entre ellos. Y por cierto no haría nada que lo molestara. Por supuesto, se pondría alguna prenda muy especial.

Cuando Marco llegó a la casa y vio que Diana no había acudido a recibirlo, sufrió una decepción pero no se extrañó. No esperaba que ella apareciera. Preveía una confrontación tan explosiva que podía terminar en un episodio de violencia si él no mantenía un férreo control sobre su temperamento.

Oyó voces femeninas que procedían del solárium y enseguida reconoció la nítida carcajada de Diana. Ella lo atraía como un imán. Vestía una creación exquisita que la asemejaba a la tigresa representada en los mosaicos que resplandecían a sus pies. Su belleza era despampanante.

–Oh, Marco, debes de haber llegado temprano. La tarde ha pasado volando. Pero tú eres el hombre indicado para tomar una decisión por mí.

Las horas transcurridas lejos de ella le habían resultado interminables, pero lo cierto es que no había regresado temprano. ¿Dónde estaban las acusaciones, las palabras de ira, las amenazas, las lágrimas?

Diana lo premió con una sonrisa de adoración.

–No consigo decidirme en cuanto al manto de invierno. ¿Debo hacerlo forrar en zorro negro o rojo? –Puso ante los ojos de Marco un retal de cada una de las suaves pieles–. Nola piensa que el rojo tiene más fuego, pero yo prefiero el negro, por mi tez clara.

Marco miró las dos piezas. Diana lo había desorientado por completo.

–¿Por qué no mandas hacer ambos? –sugirió con serenidad, aunque cauteloso como un lobo.

–Te dije que él era brillante –dijo Diana a Nola; luego se acercó a Marco, para que él la besara.

Los ojos de Magno buscaron los de Nola y le hizo un gesto para que los dejara a solas. Una parte de él hablaba de la conveniencia de dejar el asunto en paz, pero una vez que se retiró Nola, su parte perversa lo impulsó a tocar el tema de la noche anterior.

–¿Disfrutaste del teatro? –preguntó tras un beso tentativo.

–Me encantó cada momento. Gracias por proponerme que fuera.

Diana se mostraba amable. Quizá demasiado.

–Esta noche se te ve hermosa, muy parecida a la tigresa.

Ella se apartó un poco y dio una vuelta completa para que él apreciara lo impactante que resultaba la túnica transparente. Marco podía ver con claridad la curva de los pechos sensuales y los pezones rosados, el ombligo y los rizos dorados que cubrían el monte de Venus. Cuando ella se dio la vuelta, a través de la tela pudo ver hasta la hendidura de las nalgas.

Diana era consciente del efecto que causaba en Marco, y él percibió que era absolutamente calculado y deliberado. Ella había reducido la distancia entre ambos, pero no por completo. Dejó unos centímetros tentadores entre los cuerpos, sabiendo que él la atraería hacia sí. Cuando lo hizo, bromeó:

–Oh, ¿eso es tu espada, o sólo estás contento de verme?

–¿Tienes las garras guardadas? –murmuró él.

–Por supuesto –aseguró ella con dulzura.

–Qué decepción. Después de lo de anoche, creí que estarías muerta de celos.

La carcajada que lanzó Diana fue como el sonido que produce una campana de plata.

–¿Celosa? No tengo ni una pizca de celos en todo el cuerpo.

Marco la aferró contra sí.

–Entonces ¿de qué diablos va toda esta actuación? Te muestras de forma desvergonzada y se nota que estás alterada. –La besó con violencia para hacerle saber que había logrado tentarlo más allá de su resistencia.

–¡Maldito romano, vete al infierno! –Le tomó un mechón de cabello en cada puño y luego le mordió los labios hasta sacarle sangre–. ¡Desearía matarte!

Marco esbozó una sonrisa de profunda satisfacción.

–Pequeña malvada, te amo tanto que sospecho que me embrujaste con tus hechizos. Por las bolas de Júpiter que me has inutilizado para todas las demás mujeres. Pero seguro que no necesitas que te lo diga...

Ella lo abrazó con ferocidad.

–Sí, quiero que me lo digas todos los días y todas las noches, y no sólo que me lo digas, ¡sino que me lo demuestres!

Marco la depositó sobre el suelo de mármol, encima de la tigresa, y le desparramó el cabello sobre los pastos altos. Luego, de manera muy suave y deliberada, le dijo y le mostró con exactitud lo mucho que ella significaba para él.

Cuando Paulino partió hacia el oeste con los legionarios recién entrenados, Marco dispuso de un par de semanas de respiro antes de que llegaran otras dos cohortes para que las entrenara. También sus propios hombres, asentados en forma permanente en Aquae Sulis, experimentaron un cambio en sus deberes militares. El cuerpo de ingenieros volvió a construir caminos, acueductos y baños públicos donde las aguas termales emergían de forma natural de la tierra.

Marco decidió que había llegado el momento de llevar a Diana a la cacería de jabalí. Una mañana la despertó con un beso, muy temprano, y cuando ella se acurrucó y abrió los brazos, él bromeó:

–Por el dios del trueno, ¿eso es en lo único que piensas?

Los femeninos ojos amatista claro miraron los endiablados ojos negros.

–¿Soy demasiado mujer para ti, querido Marco? –preguntó Diana mientras se estiraba con sensualidad sólo por el placer de restregarse contra el cuerpo duro de su amante.

–Si quieres ir a esa cacería de jabalí, será mejor que te vistas antes de que cambie de opinión.

Diana se levantó de un salto.

–¿Hoy? ¿La cacería es hoy?

No intentó ocultar su entusiasmo. Le habían confeccionado una casaca al estilo que ella imaginaba debían de usar en la época medieval; la vestiría junto con los pantalones de cuero. Era verde esmeralda y estaba bordada con una gran águila de oro que, según había decidido, habría sido el distintivo de Marco si éste poseyera uno. Incluso había comprado un cuerno de caza de oro para colgárselo del cuello.

Sylla le había arreglado el cabello en una trenza gruesa y se la había enroscado en la coronilla. En la cabeza se puso adornos de esmeralda y oro que semejaban una pequeña corona. Después de todo, aquélla era su fantasía de una cacería real, y con toda probabilidad sería lo más próximo a tal experiencia que jamás viviera.

Para cuando Diana llegó a los establos, Tor ya tenía la yegua ensillada y lista. Dejó que el esclavo la subiera a la montura. Oyó ladrar a los perros. Cuando avanzó hasta el patio, vio que Marco montaba en *Trajano*, y *Rómulo* y *Remo* daban vueltas alrededor de él sin cesar de ladrar.

–Diana, la cazadora, en verdad hoy pareces una diosa.

–¿Dónde están los otros?

–¿Qué otros?

–No puedes cazar un jabalí tú solo; ¡es demasiado peligroso!

–Tengo los perros y unos caballos de repuesto. Es todo lo que necesito para cazar jabalíes.

Un estremecimiento de temor le cosquilleó en el vientre. Marco no llevaba arma ni ballesta ni perros de caza ni asistentes.

–No temas, amor; te protegeré –afirmó él con inconsciente arrogancia.

Diana enderezó los hombros.

–¿Temor? ¡Yo no tengo miedo! Confío con todo mi corazón en que me mantendrás a salvo. –Deseaba sentirse tan valiente como afirmaban sus palabras–. ¡Me encanta la aventura! –exclamó al tiempo que salía rauda como el viento en dirección a la pradera.

Marco la alcanzó con facilidad antes de llegar a los árboles, y una vez que penetraron en el bosque su marcha se tornó considerablemente más lenta. La luz del sol se filtraba entre los árboles altos en anchos rayos y encendía las hojas doradas y rojas del otoño. Donde los árboles eran demasiado tupidos para que penetrara la luz del sol, el ambiente era lúgubre y sombrío.

Diana se mantenía lo más cerca posible de Marco. Se percató de que el bosque debía de abundar en peligros invisibles, porque oía el ruido que producían los animales entre los arbustos y percibía crujidos extraños entre las hojas caídas. Marco controlaba al par de mastines con órdenes cortantes, pues de lo contrario habrían salido tras el primer ciervo que hubieran olfateado.

El aire, cargado del perfume de los pinos y los helechos, se llenaba de las llamadas de los pájaros que advertían que acechaba el peligro. Marco parecía saber adónde iban, así que Diana venció su aprensión y siguió adelante. Llegaron a un claro rodeado de enormes robles, y allí había un jabalí, con la cabeza baja, que desenterraba bellotas.

Marco lo divisó mucho antes de que el animal lo viera a él. Con la mano hizo una seña a los perros para que permanecieran quietos, y luego les indicó que persiguieran la presa. Diana contuvo la respiración. La bestia era tan desagradable que el temor le oprimió la garganta. En aquel terrible momento deseó no hallarse allí. Más aún, deseaba no haber sugerido jamás ir de cacería. Marco no necesitaba arma, pensó con desdicha, porque sus perros destrozarían al jabalí.

De inmediato emprendieron la persecución. El jabalí corría con rapidez, a pesar de la panza pesada y las patas cortas. Diana vio con horror cómo intentaba ensartar a los perros con los afilados colmillos. La yegua estaba tan nerviosa que comenzó a agitar la cabeza y resoplar. Diana sujetó más las riendas para evitar que escapara. Marco saltó de la montura y corrió tras los perros que ladraban, ya acorralada la presa.

Con horrorizada fascinación, los observó correr por todo el claro. Pronto se dio cuenta de que *Rómulo* y *Remo* se limitaban a morder las orejas del jabalí, al tiempo que conservaban con cautela la distancia de sus colmillos feroces. Los perros estaban bien entrenados para evitar que el jabalí escapara. Su trabajo consistía en impedir que huyera del claro. Por último, atacando uno por cada lado, lograron derribarlo.

Marco se abalanzó sobre el animal y le aferró los colmillos para que no lo ensartara. El jabalí, ahora enloquecido de furia, luchaba como cualquier animal salvaje cuya vida corre peligro. Diana se apretó el pecho con la mano; sentía que iba a estallarle el corazón. Ya no temía por ella, ni siquiera por los perros. Toda su atención se concentraba en Marco. Los brazos y las piernas desnudas ya estaban ensangrentadas por los profundos arañazos, y temía que en cualquier momento sufriera una herida grave. El corazón le latía tan fuerte que lo oía en los tímpanos, hasta que sintió que se desvanecía. ¡Lo amaba tanto que no podía soportar verlo herido y ensangrentado!

21

Mientras Marco luchaba con el jabalí, el sudor le brillaba en la cara y los músculos abultados de los brazos desnudos, y se mezclaba con la sangre que se deslizaba de los rasguños. De manera increíble, el jabalí dejó de resistirse, y Marco tomó una cuerda del cinto y le amarró las patas traseras. Luego le ató la cuerda a los colmillos y le empujó la cabeza hacia abajo, en dirección a las patas delanteras, asegurándolo hasta dejarlo inmovilizado por completo. Lo abandonó en el suelo y con una sonrisa de satisfacción cruzó el claro hasta donde se hallaba Diana.

–No lo has matado –dijo ella, atónita.

–¿Estás decepcionada? –A Marco se le esfumó la sonrisa.

–¡Oh, Marco, no! Nunca he visto tal demostración de valor. –Tendió los brazos para que la bajara.

–Huelo fatal –dijo él sin rodeos–. El olor del jabalí es repugnante.

–No me importa –replicó Diana, y se lanzó a sus brazos, de modo que lo obligó a bajarla–. ¡Eres tan temerario! Mi corazón dejó de latir. ¡Estaba tan preocupada por ti!

Marco dejó que los perros fueran tras una liebre mientras ellos dos se sentaban en un tronco caído para que él recobrara la respiración.

–No habría podido hacerlo sin la ayuda de los perros –explicó–. Están entrenados para que busquen las orejas, así no lastiman al jabalí. Yo los llevo al fuerte, a un gran corral cerrado donde los criamos. Ésta es una hembra pequeña.

–¿Pequeña?

–Los machos son mucho más grandes, aunque no valen tanto.

–¿Oigo bien, Marco Magno? ¿En serio admites que una hembra es superior a un macho?

Él sonrió mientras le acomodaba detrás de la oreja un rizo rebelde.

–Uno o dos machos son suficientes para servir a una cantidad de hembras y producir la camada.

–¿Y qué les sucede a los machos?

–Los comemos, por supuesto. –Tomó su hacha de la montura y construyó un corral provisional con ramas fuertes; luego clavó alrededor unas estacas resistentes y explicó–: No quiero que la atrapen lobos mientras cazamos el siguiente.

–¿Lobos? –exclamó Diana, deseando que se tratara de una broma. Al ver que él hablaba absolutamente en serio, dijo–: ¿Por qué no nos la llevamos? Mi deseo de cazar jabalíes está bien satisfecho.

–¿Crees que tus hombres medievales se detendrían después de cazar sólo uno?

–Oh, Marco, estoy segura de que sí.

–Entonces con más razón no me detendré hasta haberlos superado –decidió él con una sonrisa.

El corazón de Diana se desbordó al darse cuenta de que él hacía todo aquello para impresionarla. Estaba celoso de sus hombres medievales, como él los llamaba. Marco Magno no tenía nada de qué preocuparse; era capaz de eclipsar a los hombres de cualquier época. Y ella se lo diría, aunque no antes de esa noche, en la cama, donde lo recompensaría por su valentía, fortaleza y coraje mucho más allá del cumplimiento del deber.

Cuando por fin terminó la cacería, abandonaron el bosque con tres jabalíes. Las dos hembras iban amarradas al caballo de carga, mientras que Marco había colgado al macho de sus propios hombros. *Rómulo* y *Remo* los seguían cansados. Cuando la reducida partida de caza se aproximaba a la villa, Diana hizo sonar la trompa.

Aunque no había sido como ella imaginaba, sabía que ninguna cacería de ninguna otra época de la historia podría superar la que ella acababa de experimentar junto a su magnífico general romano. ¡En aquel momento no habría cambiado su lugar por el de Cleopatra ni por el de la mismísima Reina Virgen!

Durante la semana siguiente, Marco llevó a Diana consigo por todo Aquae Sulis mientras él supervisaba el avance de varios proyectos destinados a mejorar la ciudad y los distritos aledaños. Recorrieron una ruta romana que se estaba extendiendo hacia la costa. Diana sabía que más allá de Bath se hallaban Bristol y el gran canal de Bristol, que Marco denominaba el Estuario de Sabrina. Llegaron a una encrucijada que conducía al noreste.

–Estoy muy orgulloso de este camino en particular. Lo diseñaron mis propios ingenieros y lo construyeron mis esclavos. Llega hasta Lindum, que queda a más de trescientos kilómetros de distancia.

Para Diana, Lindum sonaba bastante parecido a Lincoln, y de pronto se dio cuenta de que esa ruta que iba desde Bath y Exeter hasta Lincoln continuaba utilizándose en la época georgiana. Desmontó y apoyó la mano con reverencia en una de las piedras del pavimento.

–Oh, Marco, ésta es la gran Vía del Foso, quizá la ruta más famosa de Gran Bretaña. Sólo un par de días antes de caer en tu época, recuerdo haber estado aquí y haber sentido esa increíble sensación de atemporalidad porque aún seguía usándose una ruta que había sido construida por los antiguos romanos.

Marco la miró perplejo, un poco incómodo por ciertas cosas que pasaban por la cabeza de la joven. Mucho de lo que ella mencionaba tenía sentido. Sólo de vez en cuando hablaba de cosas que iban más allá de lo concebible, pero él jamás podría aceptarlas como verdaderas. Porque, una vez que lo hiciera, lo acosaría la posibilidad de que ella se esfumara tan rápido como había aparecido.

–Estas piedras tienen un color hermoso. Son de Bath. Quiero decir, de Aquae Sulis.

–Ya lo sé. –Marco rió–. Soy dueño de la mayoría de las canteras.

Diana se puso de pie con lentitud y lo miró como si estuviera viendo un fantasma. Cuando él mencionó la palabra «canteras», su mente hizo un clic. ¿Sería posible que Marco Magno fuese el conde de Bath?

–¿Qué sucede? –preguntó el romano.

–Nada. Nada en absoluto –se apresuró a responder ella.

La idea era tan extraña que ni siquiera se podía formular. Intentó apartarla de su mente, pero al mirar la figura oscura y orgullosa la impresión seguía allí. De repente recordó que, al verlo por primera vez, en la cuadriga, lo había confundido con el conde de Bath, disfrazado y jugando a algo ridículo. Mark Hardwick... Mark... Marco...

El romano la llevó al río y desplegó un pergamino.

–El próximo proyecto es un puente fijo sobre el río. Permíteme mostrarte mis bocetos.

–¡No! No me los muestres. –Diana estudió un momento las dos orillas del Avon y dijo–: Las aguas pasarán por allí, donde has construido la esclusa. Será un puente alto, con hermosos arcos de piedra. Puedo decirte la cantidad exacta de arcos.

–¡Has visto mis bocetos! –la acusó él.

–Marco Magno, ¡tienes una explicación para todo! No he visto tus bocetos. Ese puente aún se conserva en los tiempos modernos. Se llama puente Pulteney. Un arquitecto georgiano se atribuye el mérito, pero es obvio que robó tus ideas.

Marco entornó los ojos.

–«Éstos» son los tiempos modernos –afirmó de modo categórico.

Diana lo miró y comprendió su renuencia a creer lo que ella decía. Estaban demasiado enamorados y eran celosos uno del otro como para aceptar la idea de que algo pudiera separarlos, en especial algo como el tiempo, que era tan aterradoramente efímero.

Era un glorioso día de otoño, tal vez uno de los últimos de aquel año, así que continuaron caminando por la orilla del río hasta que encontraron un lugar aislado donde la naturaleza parecía florecer por última vez antes de que el largo sueño del invierno cubriera el mundo con su manto.

–He traído comida –confesó Marco.

–¡Y yo una tablilla para escribir y un estilo!

–No era eso lo que tenía en mente –gruñó Marco.

Desmontaron y ataron los caballos. Diana desplegó el manto sobre el pasto y se sentó con la espalda apoyada contra el tronco de un haya. El agua cantaba como si se sintiera feliz de discurrir sobre las rocas de ese lugar bendito. Las abejas zumbaban sin cesar mientras recolectaban polen de las margaritas silvestres y las golondrinas se abalanzaban al río en busca de insectos.

Marco desenvolvió una gran servilleta de lino que contenía venado frío y un par de palomas asadas. También había llevado pan, queso y aceitunas, ya que ninguna comida romana se concebía sin esos alimentos. No tenían copas, así que Marco le enseñó a beber de una bota de vino, lo cual se convirtió en un juego divertido, y luego las risas se tornaron más íntimas y volvieron sus pensamientos hacia el amor.

Se tendieron uno junto al otro para disfrutar de apasionados besos. Cuando Marco le quitó el broche que le sujetaba la túnica, Diana murmuró:

–Marco, no puedo desnudarme aquí, al aire libre.

–No estarás desnuda. Puedes ponerte mi medalla del César.

–Siento haber criticado a uno de tus héroes. ¿Me perdonas? –pidió mientras recorría con un dedo el perfil noble de César.

–¡Sólo si te quedas con mi medalla y nada más!

Ella rió.

–Eres muy persuasivo. ¿Cómo podría negarte algo?

–*Veni, vidi, vinci* –pronunció Marco.

–No. Yo vine, yo vi y yo conquisté –corrigió Diana con lentitud, desafiando su masculinidad, consciente de que él la dominaría antes de que el juego amoroso alcanzara el tumultuoso clímax.

Más tarde, ella se sentó entre sus piernas mientras él le mostraba cómo usar el estilo. Cuando aprendió a escribir en forma legible en la fina plancha de plomo que cubría la tablilla de madera, tomó una limpia y dijo:

–Pondré nuestros nombres y la enterraré para que nuestro hermoso día quede registrado para siempre.

Él rió.

–Es común enterrar estas cosas, pero en general contienen maldiciones.

–¿Qué tipo de maldiciones? –preguntó Diana con curiosidad.

–Ah, las esposas de hombres infieles escriben cosas sin sentido como: «Maldigo su vida y su memoria y su hígado y sus pulmones», y después las entierran, en la creencia supersticiosa de que la maldición se cumplirá.

Diana miró por encima del hombro hacia los ojos negros.

–¿Y si la infiel es la esposa?

–El esposo enterraría a la mujer, no una tablilla para escribir.

Aquello sonó como una advertencia velada.

–Quizá sea una suerte no tener marido –comentó Diana a la ligera.

Los ojos oscuros la contemplaron, pero Diana, que intentaba sujetar el estilo en el ángulo justo, no vio el anhelo que traslucía la expresión de Marco. Él miraba por encima del hombro mientras ella escribía:

Marco Magno,
Primus Pilus
y general de Aquae Sulis,
por siempre amado
por Diana Davenport, 61 d.C.

Los dedos de él tocaron los números.

–¿Qué es esto? –preguntó desconcertado.

–Es la fecha, el año en que estamos.

Marco meneó la cabeza.

–Estamos en el octavo año del imperio de Nerón.

–Sí, ya lo sé, mi amor, pero las generaciones futuras datan todo a partir del nacimiento de Jesucristo. De modo que el año es antes de Cristo, o después de Cristo.

Marco aceptó la explicación sin poner objeciones. Estaba demasiado desbordado de amor como para discutir y arruinar los preciosos momentos que pasaban juntos.

Enterraron la tablilla entre las raíces del haya, como dos niños que intentaran ocultar un tesoro. Cuando llegó la hora de regresar, Marco la cargó delante de él en la montura mientras la yegua los seguía. Aunque habían pasado todo el día juntos, él no quería liberarla de sus brazos.

Al llegar a la casa, Kell entregó a Marco un mensaje que anunciaba que Julio Clasiciano llegaría por la mañana; eso significaba que Marco debía controlar que todo se hallara en orden en la fortaleza para la visita del procurador.

Tendida sola en la cama imperial de altas columnas, los recuerdos de Diana retornaron a los tiempos vividos antes de llegar allí. Su otra vida parecía encontrarse a miles de años y a millones de kilómetros de distancia. Como si fuese otra existencia. Pensó un instante en el conde de Bath. Le resultaba sorprendente todo lo que él y Marco tenían en común. ¿Y si eran el mismo hombre? ¿Sería eso posible? Ahora que era una mujer en todo el sentido de la palabra, reconoció que se había sentido atraída sexualmente por la masculinidad arrogante y morena de Mark Hardwick. Cada vez que se encontraban saltaban chispas entre ambos.

Una sonrisa le cruzó el rostro mientras se quedaba dormida. Qué reconfortante era pensar que Marco pudiera vivir una y otra vez a través del tiempo, en el lugar que tanto amaba. Sin embargo, si eso fuera verdad, mil setecientos años de civilización no habían alterado su personalidad dominante y arrogante. Gracias a Dios. ¡Marco sería Marco para siempre!

–La decisión ya es oficial –informó Julio a Marco–. El emperador Nerón ha decidido conservar Britania en el imperio.

El general y el procurador estaban sentados en el cuarto de mapas del fuerte.

–Imagino que tu envío de lingotes de oro y plata con el sello «DE BRITAN» hicieron imposible que el emperador y el senado consideraran siquiera renunciar a tan lucrativa fuente de ingresos.

Julio aludió en forma directa al motivo de su visita.

–Estoy recomendando que reemplacen a Paulino. Necesitamos un gobernador que sea un estadista, no alguien que masacre a las tribus nativas.

–Para subsistir y prosperar aquí, los romanos necesitamos el apoyo de los britanos –afirmó Marco.

–Y Paulino provoca odio adondequiera que va. Su determinación de exterminar todas la tribus icenas y trinovantes incita a más rebelión. Necesitamos un hombre diplomático. Sólo alguien con dotes de estadista puede restablecer el completo apoyo de los britanos.

–Tendrás que regresar a Roma a presentar tus ideas al emperador y al senado. Los mensajes se interceptan con facilidad, o bien se pierden o se pasan por alto.

–Tú y yo pensamos de manera similar. Quiero que me acompañes a Roma, Marco. Dos voces pesan más que una. Tú eres el mejor defensor con que este país puede contar. Yo veré a Nerón en persona, pero quisiera que tú hablaras ante el senado.

Las emociones de Marco pugnaban en su interior. Le encantaría visitar Roma, ver de nuevo a su padre, la villa, las tierras de las que era heredero, pero ya no consideraba aquello su hogar. Su hogar era Aquae Sulis, pues era allí donde estaba su corazón, y la mera idea de dejar a Diana le resultaba inimaginable. Sin embargo, era un hombre que siempre había antepuesto su deber a cualquier consideración personal; era incapaz de sacrificar su honor por el lucro, por la gratificación o cualquier otra tentación.

–Julio, me has puesto en un dilema.

–Considéralo con calma, amigo mío. No necesito tu respuesta hasta dentro de un par de días. Sin embargo, pretendo embarcar la semana próxima. No queda mucho tiempo hasta que los vendavales tornen peligroso el cruce del mar.

–Ven a cenar esta noche. Hay algo que he vacilado en preguntarte, y las preguntas fluirán con más facilidad con el estómago lleno.

–Si también participa tu dama, Diana, será un placer cenar contigo. –Julio aceptó con ojos chispeantes.

–Si tú eres mi huésped, Julio, estoy seguro de que ella aceptará mi invitación –respondió Marco con cortesía.

Antes de cenar, Marco y Julio se relajaron en la sala de baños, en el ritual diario que tan alto significado social encerraba. Los habían untado con aceites, cepillado y masajeado, y al fin Marco dio rienda suelta al tema que le ocupaba la mente. Antes de tomar el baño frío, Marco dijo:

–Soy un soldado de carrera, como bien sabes. He firmado contrato por veintiséis años de servicio, y he cumplido dieciséis. –Su mirada encontró la de Julio–. Se sobreentiende que un soldado de por vida no contrae matrimonio.

Julio supo de inmediato lo que Marco tenía en mente.

–Esa regla se ha flexibilizado en el último par de años. Necesitarás permiso, pero si yo lo recomiendo te lo otorgarán en forma casi automática. –Julio ya casi olía la victoria–. Si vienes conmigo a Roma, el proceso se acelerará.

–Bueno, sin duda es un incentivo –admitió Marco.

–De modo que tu relación con la dama Diana es seria, ¿verdad?

–Sí. Me gustaría tener un hijo, y ya no soy tan joven. Hasta ahora me contentaba con tener un hermano que me sucediera, pero a los treinta años he decidido de repente que quiero una esposa y un heredero legítimo.

–Bien por ti, Marco. Creo que es un gran paso, pero prudente. Con la madurez nos damos cuenta de que nadie es inmortal, y cuando vemos una oportunidad de que la felicidad nos mire a la cara, debemos aferrarnos a ella con ambas manos y no dejarla escapar jamás. –Le guiñó un ojo–. Estoy listo para el chapuzón frío cuando quieras.

Unas horas después Kell escoltó a Diana hasta el triclinio, donde ambos hombres la recibieron con un recatado beso de bienvenida. Ella vestía una estola de color lavanda claro con una *palla* violeta plegada y sujeta sobre un hombro. Los rizos dorados, recogidos en lo alto de la cabeza, mostraban la gargantilla de amatistas.

La conversación fue impersonal y amable mientras los esclavos se movían con eficiencia entre los sofás y la mesa; en el momento en que se retiraron, Julio habló de su viaje a Roma. Sin previa advertencia se volvió hacia Diana y dijo:

–Debo convencer al emperador y al senado de que el ejército de Britania debe convertirse en una fuerza de paz cuyas funciones principales sean las de vigilar el territorio y defender las fronteras.

–Su misión es muy noble, Julio. Con todo mi corazón le deseo que tenga éxito.

–Estoy seguro de que si Marco añade su elocuencia a la mía, lograremos convencerlos. Pero la decisión es suya.

«Maldito seas, Julio, ¿no podías dejar que se lo dijera yo?», pensó Marco.

El pánico se desató en el pecho de Diana para dejar paso a un frenesí descontrolado. Las palabras del procurador le indicaban que necesitaban a Marco en Roma, pero que él no había aceptado ir. Al decirle que la decisión era de Marco, Julio esperaba que Diana ejerciera su influencia. Ella no quería que la separaran de Marco, no quería que la dejara sola. Marco era su mundo, su vida, su razón de ser. La comida se volvió ceniza en su boca. No quería mirar a Marco por temor a lo que vería en sus ojos.

Julio sumergió los dedos en el agua perfumada y se los secó con una servilleta de lino.

–Quizás a Diana le gustaría ir a Roma –comentó.

Marco se animó un poco. Diana veía con claridad que Julio desplegaba todas sus armas para que a Marco le fuera imposible negarse. Invitaba a Diana porque suponía que él no iría sin ella. Por supuesto, Julio no tenía idea de que ella era una esclava, carente de libre elección, pero se quedaría o iría a donde Marco le ordenara. Y él no quería que Julio ni siquiera sospechara que Diana era una esclava. ¡Los romanos no desposaban a esclavas!

Diana había perdido el hilo de la conversación. Los oía hablar vagamente del padre de Marco y de las tierras que éste heredaría. Su semblante claro lucía remoto y sereno como el de una diosa lunar, como si fuera por completo indiferente al tema de conversación que se desarrollaba ante ella. Pero en su interior sólo pensaba en Roma, la Ciudad Eterna. La posibilidad de visitar la Roma antigua le resultaba tan impresionante que la conmocionó por completo.

Pensar en Roma era aterrador, aunque no fuera la magnífica ciudad lo que la llenaba de miedo. Era la gente de Roma. ¡Los romanos!

De todos los emperadores que habían gobernado, Nerón era el más cruel y degenerado. «Nerón es un loco», pensó Diana con un estremecimiento de repugnancia. Julio llevaría a Marco directo a su corte, que no era más que una pocilga hirviente de corrupción. Había leído en los libros de historia lo que Nerón hizo a los cristianos, de modo que para ella era imposible visitar ese lugar. Sin embargo, en el fondo de su corazón sabía que Marco consideraría que su deber era ir. Y si se iba, ¿volvería alguna vez?

«¡No, no! –gritó el corazón de Diana–. Haz que este día vuelva a comenzar, sin la visita de Julio!»

Miró de soslayo a Marco. Sus ojos acariciaron en secreto el perfil noble, el torso musculoso, las manos fuertes que gesticulaban mientras hablaba con Julio. Diana pensó que el procurador hablaba abiertamente ante ella porque sospechaba que tenía influencia sobre Marco Magno. Ella rogó que así fuera. Utilizaría esa influencia para evitar que él partiera a Roma. Haría lo imposible por mantenerlo a su lado. ¿Acaso no se había propuesto esclavizarlo? Se valdría de su poder de persuasión para influir en la decisión de Marco, y si eso no funcionaba, usaría su cuerpo. ¡Jugar a la prostituta con Marco era un precio muy bajo por proteger lo que ambos habían encontrado allí, en Aquae Sulis!

22

Diana se retiró a la alcoba y dejó que Marco despidiera al procurador. Se quitó el broche que sujetaba la *palla* sobre un hombro, pero no se desvistió ni se soltó el cabello. Reservaba para Marco esas tentaciones íntimas.

El general acompañó al procurador hasta la litera.

–Mañana te haré saber mi decisión, Julio.

Al regresar al atrio, reflexionó. Era un hombre decidido. Toda su vida había tomado decisiones rápidas, y se había arrepentido de pocas. ¿Por qué dudaba en volver a Roma? La respuesta surgió de inmediato. Diana. Ella era la razón.

Se detuvo con un pie sobre el primer escalón; los ojos negros no distinguían lo que tenían delante. ¿Cómo manejaría el tema de declararse a una mujer? Se pasó una mano distraída por el cabello. ¡Qué tonto era! Antes de pedirle que se casara con él, debería liberarla. ¿Y si Diana rehusaba ir a Roma? Como esclava, no tendría opción. Quizá no debiera apresurarse tanto a liberarla.

Sin embargo, en el fondo del corazón sabía que debió hacerlo tiempo atrás, y así habría sido de no haber temido que ella lo abandonara en el instante en que recuperara la libertad. Confianza, a eso se reducía todo. En un matrimonio debía haber absoluta confianza, y antes de poder compartir la confianza, debía compartirse la verdad. Marco se cuadró de hombros y subió las escaleras.

En el nombre de Júpiter, ¿por qué se preocupaba? Como esclava, ella debía obedecerle; como esposa, debía obedecerle; y como concubina, debía obedecerle. Si se rebelaba, él simplemente la pondría en su lugar. Diana era una simple mujer que tenía que aprender cuál era su lugar: junto a él, en silencio y obediente.

En el momento en que entró en la alcoba y la vio ante el espejo, su cuerpo respondió como siempre. El corazón se sobresaltó y empezó a palpitar tan fuerte que él podía sentirlo en la garganta, en la entrepierna y en las plantas de los pies. La sangre fluía por las venas caliente, densa y pulsante, hinchándole el miembro y sacándolo de su guarida como un predador dispuesto a devorar a la presa desprevenida. Marco se enfrentaba a una difícil verdad: Diana no era una mujer común.

No era sólo su cuerpo lo que respondía a ella. Su mente disfrutaba mucho de la inteligencia de Diana, y cuando no estaban haciendo el amor, hablar con ella constituía su pasatiempo favorito. Había momentos en que tenía la fugaz impresión de que los espíritus de ambos se tocaban. Marco no se imaginaba pasar la vida con ninguna otra mujer. Tenía un regalo preparado para ella, pero esperaría a que se presentara el momento apropiado. Quería que fuera algo íntimo, especial y significativo cuando la obsequiara con el símbolo de su amor y sus vidas compartidas.

Diana le echó una mirada provocativa, con los ojos entornados, que lo atrajo como la luna atrae las mareas. Marco le quitó la *palla*, dejándole un hombro descubierto, y ella se estremeció de placer cuando las manos callosas le acariciaron la piel suave. Mientras le sacaba las hebillas del cabello, Marco murmuró:

–Habría deseado que Julio me permitiera decirte lo de Roma.

–Marco..., yo...

Los dedos le cubrieron los labios para acallar las palabras.

–Déjame hablar. Tengo muchas cosas que decirte esta noche.

El corazón de Diana se contrajo. «Adiós. ¡Me va a decir adiós!»

La proximidad de su amada no lo dejaba pensar con claridad. Marco caminó hacia el hogar para reavivar el fuego, reencendió las llamas y tomó aire antes de plantear la cuestión.

–Quiero liberarte, pero antes debe haber sinceridad entre nosotros, Diana.

–Creí que entre nosotros no había más que verdad –respondió ella, rígida.

Él se volvió para mirarla con ojos intensos.

–Tus historias me entretienen, amor mío, pero ha llegado el momento de la verdad. Confía en mí. No te castigaré.

Una oleada de furia creció dentro de Diana. La arrogancia del romano era intolerable.

–¿Castigarme? ¿Aún consideras que nuestra relación es de amo y esclava? –En un segundo, la furia se convirtió en cólera–. Permíteme desilusionarte, romano. En el lugar de donde yo vengo no existe la esclavitud. No puedes liberarme, porque jamás he sido tu esclava. Ahora no soy tu esclava, ¡ni jamás lo seré en el futuro!

Él avanzó dos pasos, le tomó los hombros con las manos fuertes y la sacudió hasta que le castañetearon los dientes.

–Dado que no vas a confesarme la verdad, te la diré yo. Sé que eres una druida y que te enviaron a espiar. Reconóceme algo de inteligencia. No temo tus ritos secretos; no es allí donde radica tu fuerza. Es el dominio druida sobre la aristocracia tribal celta a lo que debe ponerse fin. Los druidas son la fuerza unificadora más poderosa de Britania. Sé que los sacerdotes y las sacerdotisas druidas educan a los hijos de los reyes y los nobles celtas y que son consejeros influyentes, con profundos sentimientos antirromanos, cuyo objetivo es refrenar la influencia de Roma. Ellos te enviaron porque eres hermosa. Tu trabajo era seducirme.

Diana, ya enrojecida de ira, se ruborizó aún más: ¿no acababa de planear seducirlo?

–¿No ves que te he convertido en mi esclava para protegerte? –continuó Marco–. Si Paulino tuviera la menor sospecha acerca de ti, te habría condenado a muerte. ¿Alguna vez has presenciado una ejecución pública? A un enemigo de Roma no le está permitido simplemente morir, ya que la muerte es una forma de escape. Un enemigo debe sufrir tortura.

Su voz dura intentaba hacerle entender lo que podía suceder si ella no le era leal.

–He visto prisioneros azotados hasta que la carne se les desprendía de los huesos en tiras ensangrentadas. Luego los he visto ardiendo en la pira. –Con voz más tranquila le preguntó–: ¿Alguna vez has visto una crucifixión?

–¡Basta! –Se apartó de él con los ojos brillando de espanto–. No soy druida. Soy cristiana. Los romanos crucificaron a los cristianos, ¡así que a mí me han enseñado todo cuanto se refiere a esas cosas abominables!

–El cristianismo es una cultura oriental poco popular, cuyos conversos son considerados ateos. Tú eres demasiado inteligente para ser cristiana.

–Y tú eres demasiado ignorante incluso para mantener una conversación inteligente acerca del cristianismo. Nosotros creemos en un ser supremo, un solo Dios. ¿Cómo se puede considerar eso ateísmo? –replicó Diana.

Marco se aferró a la última pizca de compostura, consciente de que, si perdía el control, la situación se volvería violenta.

–Son ateos porque renuncian a todos los demás dioses verdaderos –explicó, como si hablara con una niña estúpida.

Diana lo miró un momento en silencio. Luego, con tranquila dignidad, contestó:

–La brecha que nos separa es ancha y profunda, insalvable. Nos separa el tiempo, Marco. Entre tu época y la mía, el cristianismo se propagó tanto que abarca la mayor parte del mundo civilizado. Y lo más irónico es que a los cristianos más devotos se los llama «católicos romanos», y Roma se ha convertido en el cuerpo y el alma del cristianismo.

–Roma es demasiado culta y civilizada para que suceda algo semejante –espetó él en tono despectivo.

–Los romanos son tan cultos y civilizados como los jabalíes. ¡Tienen la inteligencia de los burros, la terquedad de las mulas y la arrogancia de los mandriles de culo azul y peludo! –Sus hermosos pechos se elevaban y descendían debido a la profunda agitación–. ¡Jamás te acompañaré a Roma!

Marco se apartó como si Diana fuera una víbora. Si le ponía las manos encima no sería responsable del daño que pudiera causarle. Ella lo incitaba adrede a cometer un acto de salvajismo.

–Jamás te lo pediré –juró Marco.

Diana se abrochó la *palla* y pasó a su lado con la actitud de desprecio que muestra una reina ante un mendigo leproso.

Kell despidió a los esclavos que habían ordenado y limpiado el triclinio. No quería que oyeran cómo Diana gritaba al general.

Nola bajó las escaleras.

–Han empezado otra vez.

–¿Escuchando a hurtadillas, mujer de la Galia?

Ella ignoró la provocación sarcástica.

–Yo iré con ella. Tú ve con él.

Kell asintió. Cuando golpeó a la puerta de la alcoba, ésta se abrió con tal violencia que el esclavo dio un paso atrás, alarmado. Marco, vestido con una toga de bordes color púrpura, se pasó con furia impotente una mano distraída por el cabello corto y rizado.

–Le he ofrecido la libertad y me la ha arrojado a la cara. Por las condenadas bolas de Mitra, ¿qué les pasa a las mujeres?

–Es culpa mía, general. Sabía que necesitaba una zurra desde el primer día en que llegó, pero le dejé el castigo a usted. Fui demasiado cobarde para estropear su belleza.

–Ella es muy hermosa, ¿verdad? –preguntó Marco con anhelo.

–Sí, lo es. Pero, entre nosotros, hemos creado un monstruo, porque ahora es tan obstinada y malcriada como hermosa.

–¿Qué me sugieres que haga? ¿Volver a ordenarle que friegue los suelos?

–Ella gozaría del castigo para poder echárselo en cara. Mi consejo es que no le haga caso. Que no la mire ni le hable. Su vanidad no le permitirá continuar de ese modo, y se arrepentirá de inmediato.

Marco se paseó por la alcoba, con el rostro ceñudo.

–Junta sus cosas y llévaselas.

En la habitación de color melocotón, Diana enumeró sus motivos de resentimiento a Nola.

–Él piensa que soy una espía enviada por los druidas para seducirlo. Se niega a creer que soy cristiana. Rehúsa creer todo lo que le he dicho. ¡Si me amara me creería!

–¿Qué deseaba el procurador? –preguntó Nola.

–Quiere que Marco vaya a Roma. Y bien, ¡que se vaya! Si tiene que prescindir de mí, tal vez llegue a valorarme.

Nola quedó perpleja por la noticia. ¿Kell había mantenido en secreto la visita a Roma?

–No salgas de tu alcoba. Si le ignoras, pronto se arrepentirá.

Kell golpeó apenas la puerta antes de entrar en el cuarto de Diana.

–Gracias por compartir la noticia de que el general regresa a Roma –dijo Nola con sarcasmo.

Kell llevaba puesta su máscara interior, de modo que su rostro no traicionó el asombro ante la noticia. Dejó sobre la cama las prendas y los adornos del cabello de Diana.

–El general te prohíbe el acceso a su alcoba. Me pidió que te devolviera tus pertenencias.

Diana se enfureció.

–¿Qué diablos les pasa a los hombres?

–Cuando son jóvenes –explicó Nola con dulzura– tienen el cerebro demasiado blando y el pene demasiado duro. Cuando llegan a la edad de Kell, sufren de rigidez cerebral y ablandamiento del pene.

–Mujer de la Galia, tú eres suficiente para provocar flaccidez a cualquier hombre, sin que importe la edad.

–Eso depende de cómo maneje la lengua –replicó Nola, sugerente.

–Tu lengua es tan afilada que sacaría sangre.

–Britano, mi lengua podría dejarte seco –espetó Nola, negándose a dejarlo con la última palabra.

Diana perdió la paciencia con ambos.

–Creí que se trataba de mi problema, pero es obvio que se trata del vuestro. Los dos necesitáis ir a algún lugar privado donde agotar las energías sexuales.

Nola y Kell se miraron en horrorizado silencio al verse enfrentados a la verdad. Kell hizo una ceremoniosa reverencia y se retiró. Nola miró a Diana con ojos acusadores y lo siguió.

Durante las dos horas siguientes Marco se paseó de un lado al otro de su alcoba. El péndulo de sus emociones se balanceaba entre la indignación y la culpa. Sencillamente, había arruinado todo con Diana. Sabía que debía haberla tratado con mano dura, y que jamás debía haberle permitido decir lo que quisiera cuando se hallaban a solas. ¡La primera vez que ella se mostró insolente con él, debió ponerla sobre las rodillas y asegurarse de que fuera la última vez que se atrevía a desafiarlo!

La declaración que Diana le había arrojado a la cara lo hería como un taladro. «¡Jamás te acompañaré a Roma!» El eco del desafío le retumbaba en los oídos. Por el esplendor de Júpiter, Kell tenía razón. Diana necesitaba un paliza. La había pedido, y la tendría.

Marco eligió de entre sus armas un látigo corto de cuero, pero enseguida vaciló. Si iba a verla llevado por la furia, la lastimaría. Era tan delicada y de huesos tan finos, que podría matarla si la golpeaba. Reflexionó un momento. ¿De dónde diablos había salido Diana? Era tan distinta que él casi creía que en verdad procedía de otra época. ¿La amaba tanto como para creer en lo imposible y aceptar lo que ella le había dicho? Por el bien de ambos, vio que no tenía opción. Sólo podría haber sinceridad entre ellos si él aceptaba la verdad de Diana.

Con el fin de apaciguar el calor de su sangre y lograr cierto grado de calma, Marco fue al escritorio y abrió los mapas para planear su viaje. Era probable que navegaran desde el puerto más cercano a Silarum, en el estuario de Sabrina, hacia el Oceanus Britannicus, después el Oceanus Cantabrius, pasando la Galia e Hispania. A continuación atravesarían el estrecho paso junto a la elevada roca hacia el vasto Mare Internum, y de allí a Roma.

Sería bueno volver a ver a su padre. A pesar de que Tito Magno era de noble linaje, no se resistía a obtener dinero mediante el comercio. La sola producción de sus olivares le brindaba una gran riqueza. Su padre siempre había sido un comerciante tan astuto como autoritario. Marco hizo una mueca. Le habían inculcado disciplina a una temprana edad, de gran valor en la carrera militar.

Marco deseaba que su padre conociera a su hermosa novia. Aunque ya no necesitaba contar con la aprobación del anciano, sería un placer recibir su bendición. Marco se puso de pie y se estiró; luego dejó vagar la mirada por la habitación, en busca de una manera de volverla más acogedora. Apartó de la cama la colcha de piel y deslizó una pequeña caja de marfil debajo de la almohada de Diana.

Estaba cansado de esperar que ella regresara. Se consideraba un hombre paciente, pero su paciencia no era eterna. ¡Aquello era ridículo! Sentía que la poca calma que había logrado alcanzar lo abandonaba. Maldijo entre dientes y fue hasta la puerta. ¡Ya no esperaría más!

Diana, que estaba echada en la cama, sentía inmensa pena por sí misma. ¿Por qué estaba maldita? ¿Por qué tenía que dormir sola? Hasta Kell y Nola tal vez estuvieran compartiendo una cama en ese momento. Se estremeció. Esperaba que Marco llegara y le pegara, y que no cesara de azotarla hasta convertirla en jalea por los insultos que le había dicho. ¿Por qué no venía? ¿Por qué tardaba tanto? ¿Por qué no llegaba y acababa de una vez con todo? De repente lo oyó ante la puerta, y cerró los ojos, fingiendo que dormía.

Marco vio que Diana se había quedado dormida con la lámpara encendida. Bajó la intensidad de la luz, y miró a su amada. Se le retorcieron las entrañas al ver las pestañas húmedas de lágrimas. Qué bruto debía de parecerle a un ser tan frágil como Diana. Sin embargo, ella se enfrentaba a él con la tenacidad de un terrier. Una oleada protectora lo invadió. Sin quitarse la túnica, se metió en la cama junto a ella y con suma delicadeza la rodeó con los brazos.

–No puedo dormir sin ti –murmuró al oído de la joven.

Como si despertara de un sueño ligero, Diana se dio la vuelta en sus brazos y lo miró. Un suspiro hizo temblar sus labios.

El rostro moreno del romano se suavizó cuando bajó la vista para mirarla con adoración. Enjugó con suavidad las lágrimas con un dedo, acarició el cabello fino de la frente y acercó los labios para besarle las cejas. Con la boca le acarició los párpados, las mejillas, las comisuras de los labios, y lo hizo con tanta ternura que a Diana se le formó un nudo en la garganta. Le acarició el mentón y las mejillas con el dorso de la mano, como si fuese frágil porcelana que se debía tocar con cuidado.

Ella contuvo la respiración. Jamás había soñado que su feroz romano podía ser tan tierno y cálido. Alzó las manos para acariciarle la mejilla y le dibujó la cicatriz con los dedos. Cuando él tembló al delicado tacto, Diana advirtió cuán sensible era su rostro. Jamás hubiera creído que un hombre tan fuerte pudiera ser tan sensible.

Marco la rodeó con los brazos tiernos y la acunó mientras le susurraba y canturreaba palabras de amor. Su delicadeza dejaba ver el lado afectivo, blando y sensible del general.

–Te amo más que a la propia vida –murmuró Marco, y Diana se apretó contra él y le rodeó el cuello con los brazos–. Cuando te aferras a mí con tanta dulzura mi energía se duplica. Me hace sentir invencible –susurró él–. ¿Me permitirás que te lleve de nuevo a nuestra alcoba? No quiero pasar ni una noche lejos de ti por el resto de nuestras vidas.

Los susurros eran tan íntimos y privados que Diana tuvo la certeza de que él jamás había hablado así a ninguna otra persona. En aquel momento no existía nadie más en el mundo entero, excepto ellos dos, abrazados dulcemente. Ella cedió.

–Llévame de nuevo. Allí es adonde pertenezco.

Marco la levantó de la cama y la cargó apretada contra el corazón. Cuando él la llevaba de ese modo, en un capullo de amor, Diana pensaba que jamás se había sentido tan feliz ni tan a salvo. Cuando llegaron a la alcoba, la cama inmensa los invitaba más que nunca, con las pieles abiertas.

Marco subió los escalones, la depositó con suavidad sobre la cama y se sentó junto a ella. No hizo ningún movimiento para quitarle la prenda que llevaba ni para desvestirse. En cambio, le cubrió las manos con las suyas y se las llevó a la boca para besarle los dedos.

–Desde ahora creeré todo lo que me digas. Te amo y confío en ti, Diana.

–Marco, yo también te amo. Me desgarro cuando discutimos.

Él la atrajo hacia sí y luego, con dedos delicados, le levantó el mentón para mirarla.

–Sé que me amas, mi amor, ¿pero confías en mí?

–Te confiaría mi propia vida, Marco –afirmó ella.

–Eso es lo que te estoy pidiendo, amada. Te pido que te cases conmigo. Te pido que vengas a Roma y que conozcas a mi padre mientras las autoridades militares me conceden el permiso. Una vez que haya hablado con el senado acerca del reemplazo de Paulino, regresaremos a Aquae Sulis, donde somos más felices.

A Diana le tembló el labio inferior mientras miraba a Marco con regocijo. Su corazón se desbordaba de amor por ese hombre. Él la quería como esposa, y ella lo deseaba como esposo, con una intensidad como jamás había experimentado en toda su vida. La aterraba ir a Roma, pero jamás le infligiría la herida de negarse. Él le había pedido que le confiara la vida. ¿Cómo era posible no hacerlo, si lo amaba y confiaba en él con toda el alma y el corazón? Sonrió trémula.

–Sí, me casaré contigo, y sí, iré a Roma.

Marco la levantó en su regazo y la abrazó con ternura.

–Oh, Diana, gracias. Tenía tanto miedo de que me rechazaras... Me has convertido en el hombre más feliz del mundo. –Con los labios le acarició las orejas y luego las mejillas, hasta encontrar la boca. Sin embargo, no la devoró, sino que la acarició con ternura infinita.

Diana se incorporó para tomarle el rostro y deslizó los dedos por la nuca. La ternura de él la conmovía. ¿Cómo era posible que un hombre físicamente tan poderoso fuera tan tierno? Se le hizo un nudo en la garganta por las lágrimas contenidas. Apretó la cara contra el pecho viril y sintió la medalla de oro contra la mejilla. Al bajar la mirada, vio algo extraño en la moneda del César.

–¿Qué le ha pasado? –susurró con voz ronca.

–La he mandado cortar por la mitad –murmuró él.

Marco deslizó una mano debajo de la almohada y sacó la caja de marfil. La depositó en el hueco de la mano de Diana y contuvo la respiración.

Diana la abrió despacio, y allí, sobre un pequeño cojín de seda, yacía la otra mitad de la medalla del César, con una fina cadena de oro.

–Oh, Marco –fue lo único que fue capaz de decir antes de que las lágrimas le resbalaran por las mejillas.

–Sin lágrimas, mi amada, te lo ruego –pidió Marco con voz ronca.

–Son lágrimas de felicidad. Mientras la lleve contra mi corazón, siempre estarás conmigo.

Él dejó escapar un largo suspiro que significaba mucho para ambos. Le deslizó con delicadeza la cadena por encima de la cabeza y la contempló descansar en el valle que se formaba entre los hermosos pechos.

–Llévala como símbolo de mi amor eterno por ti.

Diana tomó la otra mitad de la valiosa medalla de oro y la unió a la de ella.

–Nos unimos para convertirnos en un todo –dijo al tiempo que levantaba la boca temblorosa en gesto de dulce y seductora invitación.

Muy despacio, Marco bebió de su boca, en el acto amoroso más tierno que jamás habrían de experimentar ambos. Se durmieron entrelazados, sabiendo que se habían comprometido por entero el uno con el otro, para bien o para mal.

23

Al día siguiente, Diana resolvió dejar de lado toda aprensión y se ocupó de los preparativos del viaje. Mientras ella y Nola empacaban ropa, joyas, elementos de baño y cosméticos, se percató de la cantidad de cosas hermosas que le había dado Marco. Rió con ironía. Cuánto había odiado la moda restrictiva de la época georgiana; ahora poseía las prendas más eróticas y seductoras jamás diseñadas en la historia. Cada uno de los artículos estaba pensado para realzar el cuerpo femenino con el único objeto de dar placer al hombre. Al analizarlo, Diana se daba cuenta de lo primitivo del concepto, y sin embargo le resultaba delicioso ostentar su femineidad y ejercer el poder con que la naturaleza había dotado al sexo femenino.

Marco decidió que mientras se hallara en Roma podría arreglárselas sin Kell; sus servicios eran más necesarios en Aquae Sulis, como casero y encargado de la villa. El general dijo a Diana que podía llevar a Nola si lo deseaba, pero cuando ella supo que Kell se quedaba, pensó que sería una espléndida oportunidad para que el britano y Nola pasaran un tiempo juntos y exploraran los límites de su relación recién descubierta.

Marco insistió en que Diana llevara consigo un guardaespaldas, tanto durante el viaje como cuando se encontraran en Roma. En muchas ocasiones estarían separados, y él sabía de los temores de su amada, aunque ella intentara ocultarlos con valentía. Le asignó a Tor, que ya la había escoltado, para que fuese su esclavo personal, y le ordenó que se mantuviera junto a Diana como si fuera su sombra.

Tor no podía creer que le hubieran conferido ese honor. Los otros esclavos envidiaban su ascenso al rango de guardaespaldas de la dama del general, de quien se rumoreaba que pronto sería la esposa de Marco. De inmediato Kell comenzó a instruir a Tor en todo lo necesario, desde la higiene personal hasta cómo evitar que Diana fuera empujada entre una multitud. Cuando terminó, la cabeza de Tor estaba atestada de tareas que debía cumplir, así como de la monumental responsabilidad de proteger a Diana.

Kell le proporcionó un látigo de cuero y le enseñó a no dudar jamás en usarlo con cualquiera que no cediera paso a su dama. Luego Marco llevó a Tor a la fortaleza para darle lecciones prácticas del uso de la espada corta. El general, por supuesto, llevaría a diez de sus mejores soldados como guardias personales, aunque las lecciones de armas no estarían de más para el esclavo personal de Diana.

Sólo restaban dos días para emprender el viaje. Marco sabía que se quedaría en el fuerte hasta tarde, empacando las provisiones, eligiendo a los centuriones que llevaría e instruyendo a su segundo al mando para que se hiciera cargo del fuerte durante su ausencia. Como iba a comer con sus hombres, indicó a Diana que cenara sin él.

Sin embargo, al llegar a la casa y encontrar el triclinio a oscuras, cayó en la cuenta de lo mucho que había extrañado la estimulante compañía de la joven durante la cena. Se dirigió hacia el cuarto de baño para asearse, y se regocijó de encontrar a Diana esperándolo en el agua.

–¿Es que los dioses me han premiado con un espíritu del agua?

–Te he visto tan poco en los últimos dos días, que pensé que esta noche podría ser tu esclava de baño.

Las palabras eran tan seductoras como el hermoso cuerpo que flotaba desnudo en el agua de color verde azulado.

–Pronto verás más de lo que has pedido –prometió Marco con una sonrisa al tiempo que crecían sus expectativas.

–¡No! No os desvistais, amo. Dejad que lo haga yo.

Diana salió del agua, se paró ante él y le desabrochó la pechera. Estaba mucho más cerca de lo necesario.

–Siempre te negaste a servirme como esclava, y sin embargo, ahora que te he liberado, ¡te divierte jugar a eso! –murmuró Marco, complacido.

–Me divierte y me excita, amo –respondió Diana mientras pasaba las manos por la gran masa de músculos del pecho desnudo. Él mismo se quitó la armadura de correas de cuero y dejó que ella le quitara la ropa interior de lino. Cuando lo hizo, saltó hacia atrás en gesto de fingida alarma cuando el falo hinchado se salió de la prenda–. Soy una esclava ignorante, amo. Enseñadme mis tareas.

–Atiende mis necesidades –ordenó él con voz profunda.

–¿Cómo? –preguntó ella con inocencia.

–Acaríciame.

–¿Así? –Diana deslizó la mano entre las poderosas piernas y con las yemas de los dedos ascendió por la parte interior de los muslos. El miembro se puso rígido–. ¿Así, amo?

Diana cubrió los pesados testículos con la palma de la mano y los movió hacia arriba y abajo con ritmo lento. Luego los aferró con los dedos hasta palpar las dos esferas dentro de las bolsas, y las frotó con movimientos circulares una contra otra.

Él gimió por el dulce dolor que le provocaba el masaje. Diana puso un dedo de la otra mano debajo de la base del pene y recorrió con lentitud el miembro en toda su longitud. El prepucio se estiró, permitiéndole crecer un centímetro más, hasta que la cabeza quedó por completo expuesta y empeñada en estirarse más. Como no podía, comenzó a palpitar y a hincharse hasta adquirir un tono rojo bermellón.

–¡Qué arma formidable!, es como un gran *gladius*. ¿Qué debo hacer con ella, amo?

–¡Enfúndala! –ordenó Marco con voz palpitante de deseo. Sus manos le cubrieron las nalgas para atraerla, pero ella se liberó en fingida indignación.

–¿Es esto lo que hacen por ti las esclavas de baño? –inquirió con las manos apoyadas en las caderas–. ¡Necesitas un buen chapuzón frío!

Se metió en el agua, y él la siguió como un rayo y la atrapó. Desde atrás, la rodeó con los brazos y la atrajo hacia sí de modo que el miembro duro reposara contra la vagina. Diana quería atormentarlo más frotándose contra él hacia delante y atrás pero, para su desilusión, se dio cuenta de que estaba suspendida, apoyada en él, sin que sus pies tocaran el fondo.

Sonrió en secreto, negándose a que él la burlara. Marco era tan grande que la punta del falo sobresalía de entre los rizos dorados del pubis de Diana. Con un dedo se aplicó a dibujar círculos en la punta hinchada hasta que él creyó perder la razón. Marco apretó los dientes para resistir las sensaciones eróticas.

–Este juego se puede jugar a dos, pequeña.

La inmovilizó envolviéndole la cintura con un brazo y pasó los dedos sabios por el capullo sensible, que estaba justo encima de la punta del pene. Lo que le hacía con el dedo le provocaba espasmos, luego la hacía contonearse y por último arquearse de excitación frenética. Cuando se detuvo de repente, ella protestó.

–Llévame al final –pidió Diana, jadeante.

–Mi deseo prevalece –le contestó él al oído–. Te llevaré al final cuando yo esté listo.

La levantó del agua y con brazos poderosos la sacó del baño. Tomó una gran toalla y una botella de aceite, dispuesto a perseguirla. Pero Diana no huyó. Se aproximó y frotó con su cuerpo suave la rigidez de él.

–Bruto mezquino –susurró juguetona.

–Mezquino no, amada. Seré más generoso de lo que he sido en toda mi vida. Te daré una y otra vez hasta que no puedas recibir más.

La tomó en los brazos y la condujo arriba, a la alcoba. Luego extendió la toalla ante el fuego y recostó a Diana sobre ella. Vertió el aceite de almendras en las palmas de las manos, lo calentó al fuego y comenzó a masajearla con caricias prolongadas y enérgicas.

–Tu piel es tan clara y suave... Espero que los intensos vientos del mar no la estropeen.

Diana se estiró como un felino bajo sus caricias.

–Puedes hacer esto todas las noches para evitarlo –ronroneó.

Marco rió de su ingenuidad.

–Un barco no es propicio a las largas sesiones de juegos amorosos. Quizás un acto rápido contra la pared de un camarote.

–Mmm..., eso también podría resultar interesante.

–Quizá lo suficiente para calentar la sangre hasta que naveguemos por el Mare Internum, donde el glorioso sol brilla todos los días.

–Nosotros lo llamamos mar Mediterráneo –murmuró Diana, apenas capaz de mantener una conversación cuando preferiría abandonarse a la excitación dichosa.

–Significa exactamente lo mismo: mar interior –aclaró él mientras sumergía en la hendidura femenina las carnosas yemas de los dedos.

Acarició cada pliegue rosado como si fueran los pétalos de una flor. La fragancia a almendras resultaba embriagadora a medida que el calor del fuego liberaba la esencia del aceite. Diana jadeaba y se esforzaba por no pedir más.

–¿Por qué elegiste almendras?

–Porque me encanta el sabor –respondió Marco con voz ronca al tiempo que se inclinaba a lamer cada pezón y luego los cubría con la boca para sentirlos endurecerse como enhiestas lanzas.

Su lengua dejaba un rastro húmedo y ardiente que iba desde los pechos y el vientre hasta el monte de Venus. Diana clavó las uñas en las palmas de sus propias manos para evitar gritar mientras la lengua viciosa lamía el sabor a almendras de cada pétalo de su flor.

–Marc... Marc... Marco.

El nombre sonó a súplica, y tanto por ella como por él mismo, el romano hundió la lengua en lo más profundo, incapaz de seguir negándose ese placer. Hurgó y buscó, hurgó y buscó, acariciando el capullo hasta dejarlo hinchado al punto de estallar.

Diana enterró los dedos en la tupida melena de Marco, urgiéndolo a que la devorara. Con los ojos entrecerrados contemplaba la cabeza morena entre sus piernas y, con un profundo estremecimiento, comprendió que aquello era lo más excitante e íntimo que un hombre podía hacerle a una mujer. Cuando ya no pudo resistir más, se arqueó en la boca del romano con un grito agudo de placer.

Marco se colocó sobre ella para beber los gritos en su boca. Diana probó su propio sabor en los labios y enseguida comenzó un nuevo ciclo de deseo, pero ahora más caliente y feroz, tanto que ninguna lengua juguetona era capaz de saciarlo.

La urgencia de su necesidad palidecía en comparación con la de él. La penetró con salvajismo; la fuerza poderosa de la penetración aproximó a Diana peligrosamente al fuego. Marco se volvió tan voraz que ella abrió más las piernas y se arqueó más alto para abarcar dentro de sí hasta el último centímetro del rígido miembro.

Marco ansiaba penetrar el cuerpo voluptuoso con toda la fuerza de un cuerpo masculino en la cumbre de su energía. Sin embargo, Diana deseaba más, exigía más. Al fin levantó las piernas hasta que sus tobillos se apoyaron sobre los hombros anchos del romano y quedó completamente abierta. Él la embestía una y otra vez, sin descanso, hasta que estuvieron primero ebrios de amor, luego locos de pasión. Las sensaciones que experimentaban eran tan intensas que los gritos comenzaban media hora antes que las erupciones volcánicas de los orgasmos.

Cuando el coito terminó al fin, se desplomaron exhaustos en cuerpo, mente y emociones. Permanecieron inmóviles durante un largo rato, hasta que el mundo dejó de moverse en círculos. Luego algún demonio hizo que Marco susurrara:

–¿Quieres más?

Diana estaba absolutamente satisfecha, y sabía que también él se hallaba completamente agotado por la ferocidad de su acto de amor. Ni siquiera pudo hablar, así que negó despacio con la cabeza.

–Yo tampoco –admitió él al tiempo que lanzaba un profundo suspiro de satisfacción.

El mismo demonio se acercó a Diana y sonrió en secreto.

–Qué pena, querido Marco –susurró ella–, porque de pronto tengo el antojo de saborear almendras. –Se irguió con un movimiento fluido y evaluó la belleza masculina con párpados cargados de pasión.

Marco observó alarmado que ella tomaba el frasco de aceite. Estaba seguro de que no alcanzaría otra erección sin antes descansar un buen rato.

Diana, de rodillas sobre él, le pasó el aceite por el ombligo; luego, con manos delicadas, lo esparció hacia abajo, hasta el vientre rígido y los muslos musculosos. Con dedos perversos acarició el miembro fláccido que yacía en paz tras su ardua labor. Para sorpresa de él, despertó de inmediato. No se agitó soñoliento, sino que se irguió a la vida con sed de venganza, listo para cualquier ataque.

Diana bajó la cabeza, se pasó la lengua por los labios y dijo:

–Quiero jugar de nuevo a la esclava.

Diana recorrió el largo del falo desde la base. Al llegar a la cabeza, la lamió con delicadeza; luego enroscó la lengua por debajo de la cresta y hundió la punta en la pequeña abertura para saborear las gotas del fluido claro que emanaba obediente. Después repitió la secuencia, cada vez de forma más erótica.

La lengua se deslizaba por él como una serpiente sensual que lo hacía palpitar y temblar de éxtasis. Marco cerró los ojos y abrió la boca para emitir los sonidos del placer que le crecían en la garganta. Cuando Diana se metió el miembro en la boca caliente, él le advirtió con un grito:

–Voy a acabar.

Diana apartó un instante la boca sólo para devolverle sus palabras:

–Mi deseo prevalece. Te haré acabar cuando yo esté lista.

A la mañana, cuando despertaron, yacían entrelazados ante las cenizas del fuego. Diana se ruborizó profundamente cuando Marco murmuró:

–Anoche ni siquiera llegamos a la cama. –Le besó la nariz–. Te adoro.

A Marco le encantaba cuando ella se ruborizaba, y siempre lo hacía cuando le parecía que habían hecho el amor de forma eróticamente perversa.

Llegó un mensaje que comunicaba la urgencia de que Marco Magno se presentara en el fuerte. Cuando él vio el ceño preocupado de Diana, le dijo con tono ligero:

–Hoy es nuestro último día. Pronto resolveré el problema, sea lo que fuere.

Cuando llegó al fuerte, se dio cuenta de que el problema no podría resolverse tan pronto. Su primer centurión de cohorte lo esperaba con noticias inquietantes.

–General, a hora temprana, su hermano Petrio llegó cabalgando y cayó inconsciente del caballo. Lo llevaron al *valetudinarium* para que le atendieran las heridas.

Marco corrió al hospital, temiendo lo peor, pero al llegar vio que Petrio se hallaba consciente y relataba sus desventuras al procurador.

–¿Dónde te hirieron? –preguntó Marco con profunda preocupación.

–Es un brazo fracturado, que estoy por arreglarle –respondió el profesional que había atendido al hermano–. Pensamos que también se había roto el hombro, pero sólo estaba dislocado. Tenía la cabeza empapada en sangre, pero sólo resultó ser una herida superficial en el cuero cabelludo.

–¿Qué diablos haces de nuevo aquí? –inquirió Marco.

–Es un escándalo –sentenció Julio–. Lo dejaron en el campo, dándolo por muerto. Cuando recuperó el sentido, el ejército ya estaba demasiado lejos. ¡Paulino es un pésimo líder!

Marco miró a su hermano con incredulidad. ¿Por qué no lo habían atendido sus propios hombres?

–Paulino es un cerdo –dijo por fin Petrio–. Ordenó matar a todos los legionarios heridos para que no retrasaran la marcha del ejército.

El general había trabajado bajo el mando de Paulino y, a pesar de que lo detestaba, sabía que lo que su hermano decía no era cierto. Paulino sólo pasaría a un legionario por la espada para acabar con su sufrimiento, si no había nada que hacer para salvarlo. El propio Marco haría lo mismo. Paulino había llevado a sus heridos de regreso a Aquae Sulis. Era muy poco probable que se dejara a un soldado en el campo, dándolo por muerto, en especial a un centurión de cohorte. Marco sospechaba que el hermano había desertado, pero, como el castigo para tal cobardía era la muerte, mantuvo la boca cerrada.

Mientras el médico acomodaba el hueso quebrado, Julio propuso:

–¿Por qué no lo llevamos a Roma con nosotros? Un defensor más para sacar a Paulino de Britania no puede perjudicar nuestra causa y, por desgracia, tu hermano no podrá combatir por un tiempo.

Al ver la loca expresión de esperanza que encendía el rostro de Petrio, Marco no reveló que su hermano era zurdo.

–¿Roma? ¿Iremos a Roma? –preguntó Petrio, regocijado.

–Ya que el procurador piensa que puedes contribuir a su causa, te declararé fuera de combate por enfermedad. Descansa un poco. Zarparemos mañana al amanecer.

El general visitó el cuerpo de ingenieros para asegurarse de que durante su ausencia el puente sobre el río se construyera según los planes. Una vez que se alejó de Petrio, se regañó a sí mismo por su desconfianza. ¿Qué era lo que le hacía dudar de la honorabilidad de ese joven y apuesto demonio? Dejó de lado sus dudas y pensó en cuán contento se pondría el padre de tenerlos a ambos a la vez bajo el mismo techo.

Entrada la tarde, Marco llegó a la villa con los diez guardias legionarios que los acompañarían a Roma. Llevaron los baúles y el equipaje a bordo de la barcaza que los transportaría a la costa donde subirían al barco para el viaje a Roma.

Marco quería demorar el momento de mencionar a Diana el regreso de su hermano. Aunque ella nunca había dicho nada en contra de Petrio, él sabía que no le caía bien. La única alternativa era decírselo esa noche, lo cual tal vez les arruinara la velada a ambos, de modo que la tomó de las manos y la llevó al jardín.

Diana, creyendo que él quería estar a solas para intercambiar besos y palabras de amor, dijo:

–Sólo un beso. Ya sabes que una vez que comenzamos no podemos parar, y aún tengo muchas cosas que hacer.

Él la miró con ternura, le tomó una mano, se la llevó a la boca, le dio un beso en la palma y le cerró los dedos.

–Diana, mi hermano Petrio ha regresado con un brazo roto. Como no podrá luchar hasta que sane, Julio le ha pedido que nos acompañe a Roma. –Marco vio empalidecer a Diana–. Querida, sé que no te ha tratado con respeto, pero también sé que cuando él sepa que serás mi esposa, te tratará con todos los honores. –Sonrió–. Te prometo que se comportará muy bien. –Y añadió en silencio: «¡Si no, lo estrangularé!».

Diana se esforzó para devolverle la sonrisa, pero en cuanto él regresó al fuerte la invadió una sensación de náusea. Creía haberse deshecho de Petrio. ¿No sería aquello un mal augurio de que su viaje a Roma estaba condenado al desastre aun antes de emprenderlo? Quizá debió explicar a Marco lo que había sucedido aquel día en el templo, pero en aquel momento ella no había querido enfrentar a los hermanos, y tampoco deseaba hacerlo ahora. Marco la llevaría a la casa de su padre, de modo que era doblemente importante que no hubiese discordias familiares por su causa.

Pensó en confiarse a Kell, porque con él le resultaba fácil hablar, pero con toda probabilidad confesar el asunto al esclavo sería lo mismo que decírselo a Marco, ya que apenas había secretos entre ambos. Por fin decidió hablar con Tor. Ya que el trabajo del joven sería protegerla, Diana debería confiar en él. Lo encontró con Kell, escuchando con paciencia las instrucciones de último momento acerca de un sinfín de temas, desde beber aguas de origen dudoso hasta el *mal de mare*.

–Creo que es hora de que nos conozcamos mejor, Tor. Ven a caminar conmigo por el jardín, allí podremos hablar en privado.

Tor, desconcertado, buscó la aprobación de Kell. Éste elevó la vista al cielo.

–¡Idiota! La regla número uno es obedecer a tu dama antes que a nadie, ¡incluso que a mí!

Mientras Diana se encaminaba al jardín, los ojos de Tor ya no mostraban alegría.

–Temo no ser gran cosa, señora.

Diana se conmovió. Acababan de despojarlo de la confianza en sí mismo, y ella debía remediarlo de inmediato.

–Tor, ¡eres excelente! Por favor, no seas distante conmigo. Quiero que seamos amigos, deseo confiar en ti. De hecho, quiero poder contarte todo.

El ceño fruncido desapareció de la frente del muchacho.

–Puede hacerlo, señora. La serviré como usted quiera. Por favor, corríjame si hago algo mal, señora.

–Llámame Diana. Por favor, no te preocupes por cosas sin importancia como los modales o la ropa, Tor. Ven y siéntate junto a la piscina para que te confíe mis temores.

Tor se sintió mucho más aliviado al saber que a ella no le interesaban demasiado sus modales, ya que no lo habían entrenado como un esclavo de la casa.

–Cuénteme sus temores, señora Diana.

Ella se inclinó hacia él en actitud confidencial.

–Odio y temo a los romanos. –Vio la mirada de sorpresa del joven–. Oh, amo a Marco con todo mi corazón. Estará procurando permiso para que nos casemos, pero tengo el mal presentimiento de que ocurrirá alguna tragedia si voy a Roma.

–No permitiré que nadie le haga daño, señora Diana –afirmó Tor.

–Yo soy cristiana, pero prefiero mantenerlo en secreto mientras esté en Roma. Los romanos les hacen cosas terribles a los cristianos. Además, Marco no quiere que se sepa que fui esclava en su casa.

–Yo soy britano como usted, señora Diana. Para mí, sus secretos son sagrados.

–Gracias, Tor. Hay un asunto delicado que debo confiarte, y que nadie más sabe. Hace poco, Petrio, el hermano de mi futuro esposo, estuvo entrenándose en el fuerte. Se marchó con el ejército de Paulino, pero ha regresado y nos acompañará a Roma. –Diana bajó la vista–. Intentó violarme en el templo.

La mano de Tor voló hacia el *gladius* que le había dado Marco.

–La protegeré de esa basura romana, señora –juró con voz intensa–. Soy fuerte; puedo levantar un caballo. Mis músculos son de acero, ¡tóquelos! –Exhibió los bíceps enormes, y Diana los tocó con asombro.

En ese momento un ruido le hizo levantar la vista, y allí estaba Petrio, mirando cómo ella tocaba al muchacho apuesto y semidesnudo que era su esclavo personal.

24

Los dos hombres jóvenes se miraron con odio.

–Te pasaste del límite, esclavo.

–No, Petrio, no es así –dijo Diana con firmeza–. Lo eligió Marco, y actúa según sus órdenes. Ha jurado protegerme de cualquier peligro.

Petrio cambió el tono de inmediato. Se ajustó la banda alrededor del cuello para que el brazo le quedara en una posición más cómoda, y le dirigió una sonrisa de simpatía.

–Marco me ha comentado acerca de su buena fortuna. Permíteme ser el primero en darte la bienvenida a nuestra familia.

Se llevó la mano de ella a los labios con tal cortesía que Diana no podía creer que aquél fuera el mismo hombre que se había comportado como un ebrio y un violador brutal.

–Gracias, Petrio. Lamento que te hayan herido.

–Son cosas que pasan. Marco me dijo que preguntara por Kell. No tengo nada que ponerme, salvo mi armadura.

–Por supuesto. Te mostraré dónde puedes encontrarlo. –Se abstuvo de mencionar que Marco era más alto y ancho que su hermano. Estaba segura de que Petrio era perfectamente consciente de sus desventajas con respecto a Marco. Miró a Tor con una sonrisa cómplice–. Te veré al amanecer.

–Estaré listo, señora Diana.

La barcaza que partió desde Aquae Sulis al amanecer iba repleta de gente y equipaje. Cuando llegaron al canal de Bristol y subieron a bordo de la embarcación romana, depositaron todo en la bodega y Marco llevó a Diana al camarote donde iban a dormir; estaba situado entre uno similar, que correspondía al procurador, y el pequeño compartimento que ocuparía Petrio. Los guardias legionarios de Marco y las dos docenas de hombres que acompañaban a Julio colgaron hamacas en la bodega; Tor se ubicó ante la puerta de Diana, decidido a velar por su dama.

El viento era inclemente y frío, y Diana se alegró de haber llevado sus cálidos mantos de piel con capucha. Sin embargo, cuando el barco llegó a la bahía de Vizcaya, el clima se había tornado demasiado tempestuoso para que ella permaneciera en cubierta. Por desgracia, cuando se resguardó en la cabina pequeña sintió náuseas.

Marco la acostó en la litera, la arropó, la lavó y atendió todas sus necesidades con tanta ternura como haría una madre con su bebé. La abrazaba y la consolaba, la presionaba con suavidad para que comiera algo cada vez que vomitaba y le quedaba el estómago vacío.

Diana no se comenzó a sentir mejor hasta que descendieron por la costa hispánica, pero para cuando se aproximaban a Gibraltar logró recobrarse por completo. Se hallaba junto a la barandilla con Marco, que la rodeaba con los brazos mientras navegaban por el estrecho, deleitándose con el cálido sol mediterráneo. Aunque no lo creía posible, amaba a Marco cada día más.

Cuando Marco estaba ausente, cada vez que Diana subía a cubierta Tor la acompañaba. Diana se sentía agradecida y sorprendida de que Petrio la tratara como a una princesa cada vez que se encontraban, aunque reparó en que el joven pasaba la mayor parte del tiempo con el procurador, quien obviamente mostraba un interés paternal por el hermano de Marco Magno.

Un día en que el mar azul estaba tranquilo como un estanque y el sol calentaba glorioso, Diana decidió explorar la embarcación romana. Tenía un diseño semejante a las naves griegas, salvo por el largo espolón de acero que estaba montado en la proa. Tor le explicó que el espolón se usaba para embestir a los barcos enemigos; luego se bajaba una plancha para que los soldados romanos abordaran la nave. La joven se estremeció y agradeció que no hubiera habido ningún enfrentamiento.

Abrió una puerta pesada y descendió un tramo de escalones de madera. Se detuvo horrorizada por lo que vio. Hileras de hombres desnudos de cintura para arriba, de espaldas musculosas empapadas en sudor, empujaban unos remos gigantes. Diana se cubrió la boca con la mano, en gesto de horror. Se le agrandaron los ojos. Tor la tomó de los hombros con firmeza y la condujo de vuelta hacia los escalones.

En cubierta, Diana tomó una bocanada de aire y se aferró a Tor como si fuese una cuerda salvavidas. Marco se acercó, curioso de saber por qué Tor abrazaba a la muchacha. Cuando estuvo lo bastante cerca para darse cuenta de que pasaba algo malo, la tomó en sus brazos, pero sintió que ella intentaba apartarse.

–¡Galeotes! –exclamó Diana con odio, sin aliento.

Antes de responder, Marco la llevó al camarote y la sentó en la litera. Ella lo miró con ojos tan acusadores que Marco alzó las manos en ademán de impotencia.

–No puedo creer que seas tan ingenua. Por todos los dioses, ¿cómo esperabas que nuestra nave fuera desde Britania hasta Roma? No todos son britanos –agregó a la defensiva–. Algunos son galos; otros, nubios...

–Son hombres, Marco, no importa la raza. Dios mío, ¿cómo pueden los romanos ser tan indiferentes al sufrimiento humano? ¿Cómo puedes condenar a los hombres a una vida de esclavitud en galeras?

–No es una vida. Son diez años. Los galeotes necesitan estar en la plenitud de su fuerza. –Al ver que sus palabras no hacían sino empeorar las cosas, Marco se arrodilló y le tomó la mano–. Amada, si pudiera enderezar los errores del mundo para ti, lo haría. Quizás en tu época no haya esclavitud, ¿pero puedes decir honestamente que no existe sufrimiento ni injusticia? En recompensa por su trabajo, nuestros esclavos son bien alimentados y disponen de viviendas decentes, y son tan numerosos que ninguno sufre una sobrecarga de trabajo.

Diana pensó en Londres, en la distancia cada vez más insalvable entre ricos y pobres. La clase acaudalada alimentaba un apetito insaciable por el placer y los lujos, mientras que las jóvenes pobres morían de hambre en silencio en las calles y los niños debían limpiar chimeneas para ganarse la vida y a menudo se quemaban vivos. Diana razonó que Marco no era el culpable de las condiciones que reinaban en su época, así como tampoco podían culparla a ella de la pobreza y el hambre de la suya.

Diana acarició la cara de Marco.

–Al viajar a Roma, te esfuerzas por mejorar las condiciones de todos los britanos. No puedo pedirte nada más.

–Llegaremos mañana –anunció Marco–. Sube a cubierta para que disfrutes del mar y el sol.

Aquella última noche a bordo, mientras estaba en los brazos de Marco, le contó lo que había registrado la historia acerca del emperador Nerón.

–Si te es posible, evítalo. Es un loco cuyo imperio degenera en crueldad y tiranía.

–Asesinó a su propia madre. Lo sé todo acerca de Nerón –aseguró Marco.

–No sabes que dentro de tres años incendiará Roma para construir una nueva capital sobre las ruinas.

–¿Roma arderá? –preguntó Marco, incrédulo.

–Sí, pero la nueva Roma será magnífica y perdurará a través de los siglos. Nerón culpará del incendio a los cristianos, pero será tan odiado que se producirá una rebelión masiva en su contra y él se suicidará antes de cumplir treinta y dos años.

Marco miró las vigas del cielo raso del camarote y se preguntó si de veras Diana habría vivido en el futuro, o simplemente tenía visiones proféticas, como afirmaban tenerlas tantos otros. La atrajo contra su corazón. Mientras estuviesen juntos en ese momento, el pasado y el futuro no le importaban.

A pesar de su temor de ir a Roma, ahora que se hallaba tan cerca Diana decidió superar el miedo. Había resuelto acompañar a Marco, y no quería que ninguno de los dos lo lamentara. Aceptaría la ciudad de su amado con todo el corazón, como hacía con todas las cosas; las medias tintas simplemente no iban con su naturaleza. Lo tomaría como un regalo de los dioses. El hecho de poder ver y experimentar la Roma antigua era como un milagro. Se prometió no perder ni un minuto en miedos ni arrepentimientos.

Desembarcaron en Ostia, en la boca del Tíber. El famoso río que los llevaría a Roma era ancho, de turbias aguas amarillas. Marco permaneció junto a Diana para señalarle todos los puntos importantes de la zona.

Tal como había leído, Diana pudo constatar que en verdad Roma había sido construida sobre siete colinas. Todo era un caos de edificios enormes, tejados dorados, cúpulas, imponentes falanges de columnas de mármol y viviendas particulares rematadas con tejas rojas. Algunas estaban construidas en los valles; otras, en las cumbres, y también había algunas posadas en las laderas de las colinas. Marco le señaló templos, foros, anfiteatros y el gran hoyo que era el circo Máximo.

–Los olivares de mi padre quedan hacia el sur –dijo Marco al tiempo que señalaba la cadena de los montes Sabinos, que se extendían en una bruma dorada hacia el horizonte–. Nuestras canteras están hacia el norte, en los Apeninos, en el nacimiento del río Tíber.

–¿Son canteras de piedra, como en Aquae Sulis?

–No, aquí excavamos mármol. El comercio del mármol es de suma importancia en la economía de Roma –comentó Marco con orgullo.

–¿La villa de tu padre está aquí, en la ciudad?

–Sí, en las laderas del monte Esquilino. En este momento mi mensajero ya debe de haberle avisado de nuestra llegada. Cuando amarre nuestra embarcación nos estarán esperando los caballos, y he solicitado una gran litera para ti.

–Oh, pensé que podríamos caminar por la ciudad –replicó la joven, desilusionada.

–Diana, en Roma viven más de un millón de personas, y la mayoría estará en las calles. Avanzaremos tan despacio que desde tu litera verás mucho más de lo que quisieras. Debemos atravesar algunos distritos miserables antes de comenzar a subir el Esquilino, donde están las villas de los patricios. –La miró a los ojos con expresión seria–. Roma es el crisol de todo lo bueno y todo lo malo del mundo. No existe otra ciudad donde lo divino y lo brutal resulten tan evidentes. No dejes que te abrume.

Ella le dirigió una sonrisa tranquilizadora, y él le besó con suavidad la frente; enseguida llamó a Tor.

–Búscale un asiento a la sombra, en el muelle; aún tardarán un buen rato en descargar. Y localiza a los esclavos de mi padre, los que han traído los caballos y la litera. El procurador se irá sin tardanza a su casa, así que yo debo ir a coordinar nuestros planes antes de despedirlo.

A pesar de que Marco se lo había advertido, Diana no estaba preparada para el tumulto que sofocaba las calles mientras ella miraba fascinada desde la ornada litera de seda, con sus cuatro robustos portadores vestidos con libreas de color amarillo claro.

Cientos de pequeños comercios se apiñaban en las calles, y sus mostradores sobresalían hacia el pavimento para exhibir, en apariencia, todas sus mercancías. Panaderías, puestos de verduras, negocios de vinos y restaurantes baratos competían con puestos de alfarería y de ropa. En cada cruce de calles había santuarios religiosos y fuentes de las que el agua brotaba del pico de un águila, la boca de un ternero o los pechos de una diosa. Los cuencos desbordantes arrastraban toda la basura que arrojaban imprudentemente desde los comercios y las ventanas de las plantas altas.

Daba la impresión de que hasta el último centímetro de las paredes de estuco estaba pintado con mensajes y propagandas. La imagen de Mercurio, el dios del comercio, se hallaba representada en la pared de un cambista, por doquier se veían toscas serpientes pintadas a modo de guardianes. Diana vio un *celer*, un escritor de noticias, en torno al cual se congregaba una multitud ruidosa mientras él escribía con un pedazo de tiza roja acerca de una lucha de gladiadores en el anfiteatro de Tauros. En las paredes, había escritas desde notas de amor hasta insultos y versos obscenos. Resultaba evidente que las paredes eran el papel de escribir de las masas. Todo se encontraba en ellas: desde el nombre y atributos de un esclavo en venta hasta el alquiler de un desván en lo alto de un comercio.

Lo único que Diana encontraba ofensivo era el ruido incesante. Las personas se gritaban unas a otras para hacerse oír por encima del alboroto que producían las máquinas moledoras de maíz, los martillos de los constructores, los gritos de los verduleros ambulantes, los maestros que daban sus clases en las calles y las voces de docenas de aspirantes a poetas que recitaban infinitas diatribas.

De repente se oyeron los gritos de una docena de guardias pretorianos, ataviados con cascos y pecheras dorados.

–¡Háganse todos a un lado! ¡Abran paso! –gritaban mientras apartaban a esclavos y vendedores con los mangos de sus lanzas. Hasta Marco y sus guardias tuvieron que desmontar para que pasara el pretor, un magistrado del pueblo.

En la calle siguiente se encontraron con una procesión de sacerdotes y sacerdotisas que tocaban tambores, trompetas y agitaban castañuelas y cascabeles de bronce que llevaban en las manos. Las mujeres eran sirias de piel oscura; avanzaban girando en danzas alocadas, con el cabello al viento, camino al templo de Cibeles para pasar un día de orgía.

De pronto la litera de Diana se detuvo ante el paso de otra gran procesión. Marco se volvió hacia ella, maldiciendo.

–Debe de ser alguien importante –aventuró Diana.

Un sucio epíteto cayó de los labios de Marco.

–Ella se cree importante. Su anciano marido es millonario. Debería haber una ley contra semejante ostentación de vulgaridad.

Diana observó con asombro el paso de una gran aglomeración de apuestos esclavos que marchaban llevando cajas y bultos sobre los hombros. Los seguía un grupo de bonitas y jóvenes esclavas levantinas que lucían velos llamativos, y luego un muchacho egipcio que cargaba un mono amaestrado, y una niña esclava que transportaba un perro faldero que ladraba dentro de su canasta. A continuación, vio la banda de músicos de la gran dama, seguida de un centenar de esclavos y libertos que llevaban cajas y baúles llenos de objetos y prendas costosas.

Por último apareció «Su Magnificencia» en una litera que cargaban ocho nubios idénticos. La mujer se recostó contra los almohadones, en actitud de hastío e indiferencia hacia el mundo, abanicándose con un abanico de plumas de avestruz cuyo mango estaba adornado con piedras preciosas. Tenía el cabello negro salpicado con polvo de oro, y Diana quedó boquiabierta al ver que vestía una túnica que le tapaba sólo las caderas, y perlas en la parte de arriba.

–Tal vez se está mudando de su palacio a una de sus villas del campo. Hasta el pretor hizo detener su litera para saludarla –comentó Marco con desagrado–, lo cual demuestra que incluso los rangos oficiales deben rendirse al brillo conquistador del oro.

Diana percibió el enojo de Marco al verse obligado a esperar. Le sonrió.

–Esto me da la oportunidad de observar todo a mis anchas. ¡Mira! ¡Están jugando a los dados en el pavimento!

Marco miró con arrogancia la multitud que allí se congregaba.

–¡Holgazanes y parásitos! La mayoría son esclavos de los ricos. Sus tareas son tan escasas que malgastan su tiempo en jugar y entregarse a groseros encuentros sexuales.

A Marco le avergonzaba lo mucho que habían degenerado las costumbres de su ciudad. La gente hacía abiertamente en las calles cosas que sólo deberían hacerse en privado. Los hombres orinaban en las zanjas y las rameras atendían a sus clientes en los umbrales de las puertas. Agradeció a sus dioses que Aquae Sulis nunca cayera en tan bajos niveles.

Al fin dejaron atrás los distritos más comerciales y ascendieron por las colinas. Pasaron por edificios públicos más grandes, como los baños y los templos y establecimientos de salud. Los imponentes arcos de triunfo que se erguían en las avenidas y las estatuas heroicas convertían esa parte de la ciudad en un espectáculo.

La arquitectura era de estilo griego, aunque un poco más ornamentada y, en opinión de Diana, algo vulgar. Las columnas presentaban un recargado y florido estilo corintio, y el mármol de llamativos tonos azul, verde y naranja resultaba de bastante mal gusto y ostentaba un exceso de volutas y motivos florales.

Sin embargo, cuando llegaron a la villa de Tito Magno Diana no encontró defecto alguno en el gusto exquisito que denotaba, aunque se quedó atónita al calcular lo que habría costado. El exterior sencillo no hizo más que intensificar la impresión de sus sentidos al pasar bajo los elevados pilares jónicos del pórtico.

Todas las cámaras estaban construidas alrededor de espacios abiertos, cada uno con un jardín, una piscina y una fuente. La luz y el sol penetraban por todos lados. Los cuartos que daban al primer patio eran a la vez numerosos y espaciosos. Una galería abierta rodeaba los pisos de la planta superior. Una docena de esclavos los recibió en la entrada, mientras otra docena entraba en el atrio con bebidas frías y alimentos. Todos vestían togas de color amarillo claro y llevaban en los hombros insignias con la cabeza de un carnero.

Diana se quedó atrás mientras Marco y Petrio iban hacia el primer patio y saludaban a los esclavos de más edad, que trabajaban desde hacía años para la familia. Marco se volvió y la hizo adelantarse.

–¿Cuántos esclavos hay? –preguntó ella en un susurro.

–Ciento cincuenta la última vez que vine. –Le apretó la mano–. No dejes que eso te intimide.

La llevó por un magnífico vestíbulo bañado en luz y entraron en el segundo patio, más grande y más hermoso que el primero, por el que se accedía a otro grupo de habitaciones que se comunicaban entre sí. Los suelos eran de mosaico, y las paredes y pilares, de mármol claro. En el centro, graciosas ninfas en poses de danza lanzaban chorros de agua cristalina hacia el interior de una piscina circular de mármol blanco que estaba bordeada de lujosas plantas acuáticas. Por toda la villa se veían esculturas y delicados objetos de arte apoyados en pedestales tallados.

El mayordomo, Lucas, saludó con afecto a Marco.

–Su padre se encuentra en la alcoba y pide que vaya a verlo. Ya no está joven y fuerte como usted lo recuerda –lo previno Lucas–, pero su orgullo sigue intacto. Le envía saludos a su dama y la verá en la cena.

Lucas golpeó las manos y se acercaron una decena de esclavas de piel aceitunada.

–He seleccionado a estas esclavas para usted, señora. No tendrán otra tarea que atenderla. –Se volvió hacia Marco–: Me he tomado la libertad de elegirle una habitación que da al peristilo, no muy alejada de la suya, general.

Divertido, Marco enarcó una ceja.

–Las disposiciones son un poco formales, Lucas, lo mismo que tu manera de dirigirte a mí.

–Ahora que es general, lo apropiado es llamarlo por su cargo. Después de la boda, usted y su prometida solicitarán una alcoba más grande.

Los labios de Marco se estremecieron al pensar que deberían dormir separados. Intentaría ser discreto hasta que se celebrara la boda y pudiera llevar abiertamente a Diana a su lecho.

–Ponte en manos de las muchachas –indicó a Diana–. Sé que estás deseosa de tomar un baño y cambiarte de ropa. Si no tienes suficientes criadas, hay muchas esclavas más con horas libres para ocupar.

Las muchachas se llevaron a Diana, y Tor las siguió como un perro guardián, con la mano apoyada en el látigo. Una vez que todos entraron en la cámara, las muchachas se pusieron a reír y a acariciar los músculos del joven con placer. Tor tuvo la impresión de haber muerto y hallarse en el cielo.

–Me llamo Livi, señora –informó una de las esclavas a Diana–. ¿Nos permite atender las necesidades de su guardaespaldas tanto como las suyas?

Tor miró suplicante a Diana. Diana sonrió por la perversidad de sus pensamientos.

–Quiero que lo hagan feliz. ¿Creen que será posible turnarse? Él dormirá en la habitación adjunta. ¿Hay un sofá allí?

Las jóvenes abrieron la puerta contigua para mostrar a la dama que en verdad la habitación contaba con un sofá. Diana entró un momento junto con Tor.

–Gracias, señora Diana –dijo Tor con fervor.

–Mantén tu arma lista en todo momento –le advirtió ella con expresión seria.

–Así lo haré, señora –aseguró él.

–Estoy segura de que Livi y sus muchachas serán capaces de mantenerte razonablemente a gusto. La pregunta es: ¿podrás tú satisfacerlas?

Diana atravesó el umbral hacia su propia alcoba, dejando a Tor con una sonrisa de oreja a oreja.

25

Petrio codiciaba la fortuna de su padre. Siempre había estado salvajemente celoso de que Marco fuera el primogénito y heredero. Pero al menos hasta el momento él había sido el único heredero de Marco. Como Primus Pilus, y luego como general del ejército romano, no era probable que el hermano mayor viviera muchos años. Hasta el momento lo único que Petrio debía ejercitar era la paciencia, y todo llegaría a ser suyo. Sin embargo, ahora que Marco iba a contraer matrimonio, la situación cambiaría. Los hijos de Marco se convertirían en sus herederos y Petrio sólo recibiría una pequeña parte de la fortuna familiar.

En el viaje a Roma había hecho lo imposible por persuadir a Marco de que no se casara. Había difamado a las mujeres en general, tratándolas de perras infieles que se vendían al mejor postor. Señaló que a una concubina se la podía controlar, mientras que a una esposa no. Pero cuando las insinuaciones pasaron de las mujeres en general a Diana, Marco no las tomó de buen grado. En especial cuando Petrio insinuó que acaso sucedía algo impropio con el viril y joven guardaespaldas. Los ojos negros del hermano brillaron entonces de una manera peligrosa.

–Creo que soy capaz de controlar a mi mujer, Petrio. Mantén tu vil lengua y tus viles pensamientos alejados de ella, si deseas continuar entero.

–Marco, no me malinterpretes. Te prevengo contra las trabas del matrimonio, no contra Diana. Si has decidido contraer matrimonio, no podrías haber escogido una candidata más bella.

A Petrio le quedaba un solo camino abierto antes de verse obligado a actuar de un modo más drástico.

Cuando entró a saludar a su padre se desalentó al ver que la mente del anciano no se había deteriorado junto con el cuerpo.

–Hay un tema muy serio que debo hacerte saber, padre. Marco es un tonto enamorado que no se da cuenta de que esa mujer se casa con él por interés. Está ansiosa de echar mano de tu fortuna. Te juro que era su esclava. ¡Tus descendientes serán hijos de una esclava!

Tito cerró los ojos para calmar el dolor que le causaban las palabras de Petrio. Al cabo de un momento en silencio, abrió los ojos y miró a su apuesto hijo.

–Crees que debo modificar mi testamento.

Fue una afirmación más que una pregunta.

–Sí, así lo creo, padre. Si él está decidido a traer la vergüenza a la casa de Magno, no debe recibir la parte del león de nuestra fortuna. Esa mujer es una ramera que fornica con el guardaespaldas. Y hasta aceptó mis insinuaciones.

–Debe de ser muy hermosa para tentarte, Petrio.

–Lo es. Tienta a cualquier hombre que la mire.

–La belleza puede ser una maldición, Petrio. Yo creo que tu belleza es una maldición. Cambiaré mi testamento, pero temo que no te hará muy feliz. Ya ves, también yo estoy maldito, Petrio. Maldito para un hijo, y bendito para el otro. Tenía la esperanza de que la carrera militar curara al menos tu cobardía, pero hasta eso era esperar demasiado. ¡Sal de mi vista!

Petrio se retiró de la cámara y de la villa. El viejo tirano había sellado su ruina. El joven se vería obligado a actuar rápido, antes de que su padre modificara el testamento.

A pesar de estar muy enfermo, el padre de Marco pidió que uno de sus esclavos personales lo pasara del lecho a una silla.

Era demasiado orgulloso para recibir a su primogénito en la cama. Sin embargo, la palidez de su piel y la pérdida de peso revelaron a Marco el grado de la enfermedad del anciano.

Marco se asombró de lo mucho que había envejecido, pero lo alivió ver la ardiente intensidad de la vida que aún brillaba en los ojos oscuros. El general se puso de rodillas para que ambos pudieran abrazarse.

Tito, un hombre práctico y directo, dijo sin rodeos:

–He perdido el uso de las piernas, pero en consecuencia mi cerebro está el doble de lúcido.

Marco le sonrió.

–Siempre serás el hombre más inteligente y más astuto que jamás haya conocido. Me alegra que los años no hayan alterado eso.

–De modo que por fin has traído una prometida a casa. Ya había perdido las esperanzas de tener nietos. Ella debe de ser muy especial, para cumplir con tus severas exigencias.

Marco enarcó una ceja y se le dibujó una mueca de protesta en los labios.

Tito levantó una mano autoritaria para atajar las palabras del hijo.

–Te pareces bastante a mí. Tienes principios tan elevados que esperas lo mismo de los demás. El deber antes que el placer, la muerte antes que el deshonor. Tus dioses son la verdad y la justicia.

–Me haces quedar como un hombre insufrible.

–Ambos lo somos. ¿Dónde encontraste una mujer que te merezca? –preguntó el anciano, divertido.

–Es una britana, tan inteligente como encantadora. Espero que nos des tu bendición, padre.

Los ojos negros de Tito encontraron los de su hijo amado y le sostuvieron la mirada.

–Marco, tu elección es mi elección.

Marco sabía que compartían un vínculo que nada podría destruir. El amor del uno por el otro era incondicional y absoluto.

–Ahora cuéntame de esa misión que tenéis tú y Julio Clasiciano. Si vais a persuadir de algo a Nerón y el senado, no estará de más tener a tu disposición una suma ilimitada para sobornos. Mi fortuna es tuya, Marco; ya lo sabes.

Marco le comentó el plan de proponer un cambio que beneficiaría a toda la nación de Britania. Apreció profundamente el ofrecimiento de la fortuna de su padre para la noble causa, y aseguró a Tito que jamás la usaría en interés personal.

Al retirarse, Marco lo hizo con la certeza de que su padre sabía de sobra que él no codiciaba su fortuna, como Petrio.

Cuando Marco subió a buscar a Diana para llevarla a cenar, le complació que ella hubiera elegido una elegante estola de color verde jade con una *palla* dorada, y sandalias doradas de plataforma de corcho. Su cabello lucía más hermoso que nunca, excepto cuando lo tenía desparramado sobre la almohada. Se lo habían arreglado en una cascada de bucles que le caían por la espalda, trenzados con cinta verde y perlas.

Al llegar al triclinio, Tito Magno ya se hallaba recostado en el sofá, y Marco se alegró de no haberle mencionado a Diana su impedimento físico.

Ella tenía el corazón tan tierno que lo habría tratado con extrema amabilidad, y Marco sabía que el anciano prefería que lo trataran como a un gran hombre.

Marco presentó a Diana con tal orgullo que el padre supo de inmediato de los profundos sentimientos de su hijo por esa mujer. A Tito le gustó de inmediato. No sólo era tan hermosa que podía dejar a cualquier hombre sin aliento, sino que en su tez clara había algo que le recordaba a la escultura de alabastro de una diosa. ¿Venus? No; era Diana, su propio nombre.

–Mil veces bienvenida, querida. Espero que mi hijo te haga feliz.

–Ya lo ha hecho, señor.

La mirada rápida que dirigió a Marco le hizo saber a Tito lo mucho que ella lo amaba.

–Siéntate junto a mí. Para un viejo, una mujer hermosa es el mejor de los tónicos.

Mientras los observaba, a Marco le divirtió ver que su padre estaba cortejándola, y le enterneció que ella se mostrara tan gentil como para responder al flirteo, aunque sólo fuera por no desairarlo.

La comida y el servicio fueron impecables, ya que en la villa de Magno sólo se permitía preparar y servir los alimentos a los esclavos domésticos de rango superior. Cuando estaban al final de la comida, Diana sonrió al padre de su futuro esposo y dijo:

–Tiene una casa magnífica. Le agradezco su cálida bienvenida.

–¿Ya te ha llevado Marco a recorrerla? Entonces id, id. –Después se dirigió al hijo–: Muéstrale cómo puede cenar en la piscina sin siquiera mojarse. Muéstrale los pájaros y los peces. Enséñaselo todo.

Marco la llevó al jardín y la invitó a sentarse en un banco de mármol blanco, en la piscina. Brotaban chorros de agua desde abajo del asiento, como si ella los hiciera salir al reclinarse contra los almohadones, pero había una boca de salida subterránea, de modo que la piscina se llenaba sin nunca desbordarse, y el banco parecía flotar.

–Cuando cenas aquí, los platos más pesados se colocan en el borde, y los más livianos, con formas de barcos y cisnes, flotan en la superficie y dan vueltas sin cesar.

Había árboles de boj tallados con formas de animales, y las rosas florecían en abundancia.

–Detrás de las tres piscinas externas hay un conjunto de habitaciones privadas con hermosas vistas a los jardines. La alcoba se aisló y excluye el paso de la luz y cualquier ruido. También dispone de comedor privado. Una vez que estemos casados, podremos pasar tiempo allí.

–Entiendo que deberemos ocupar cuartos separados hasta que nos casemos. No debemos ser indiscretos en la casa de tu padre.

–Él me regañaría severamente si no te tratara como a una virgen casta.

Regresaron adentro.

–Por favor, no me pidas que te muestre los frescos ni el templo familiar ni la biblioteca esta noche. Hay otra cosa que quiero que veas.

–¿Adónde me llevas? –preguntó Diana, inocente, mientras subían una escalera de mármol y marfil.

–A ver mi alcoba.

Diana quedó muy impresionada por las dimensiones de la habitación. Las paredes estaban pintadas con una serie de imágenes que mostraban las campañas de Alejandro. La enorme cama tenía cabezas de carnero talladas, y el balcón daba al jardín y los estanques de peces ornamentales.

–Casa con tu carácter. Es absolutamente masculina. Quizá yo no debería estar aquí, Marco.

–¿Acaso mi padre no dijo que te lo mostrara todo?

–Sí, pero... Oh, ¿qué haces? –exclamó alarmada cuando él comenzó a quitarse la ropa.

–Te muestro todo –contestó él con una amplia sonrisa.

–Eres un demonio, Marco Magno. ¡Sabes que debemos dormir separados!

Él echó la cabeza atrás y lanzó una carcajada que se oyó en toda la habitación.

–Ningún poder sobre la Tierra podrá alejarte de mi cama esta noche. Pronto me ausentaré con Julio por asuntos oficiales. El procurador accedió a que yo viniera a visitar a mi padre, con la condición de que permanezca con él una o dos semanas mientras agasajamos a los senadores, en forma individual y colectiva. Su convocatoria podría llegar mañana mismo.

Diana se le acercó con timidez mientras él se sentaba desnudo en la cama.

–¿De veras crees que obtendrás permiso para que nos casemos?

–Julio me asegura que es sólo una formalidad. Si las ruedas de la oficialidad giran demasiado lentas, yo las untaré con un soborno, no te preocupes. Lamento dejarte, amor, pero con suerte sólo habrá tiempo suficiente para los preparativos para el banquete de bodas y para confeccionarte el vestido de novia. Yo guardo un anillo magnífico, y es probable que mi padre te dé joyas como regalo de bodas.

Ella levantó las manos para desatarse las cintas del cabello.

–¿Me estás sobornando para que me muestre complaciente respecto a la bacanal a la que asistirás?

Él abrió las rodillas y la atrajo hacia sí.

–Por no decir orgías –bromeó. Su expresión se suavizó al ver la inocente mirada de vulnerabilidad de su amada–. Las únicas actividades de que planeo gozar son las visitas a los juegos y a las carreras en el circo Máximo, a las que todos los romanos son adictos.

–Disfruta de tu ciudad sin sentirte culpable, Marco. Ya sabes que yo detesto esas diversiones.

Él le quitó la estola y la arrojó al suelo. Diana quedó de pie ante él sólo con las sandalias y la mitad de la moneda de oro. Cuando Marco desabrochó la delicada cadena y volvió a cerrarla alrededor de la diminuta cintura, ella se estremeció. Los ojos de Marco se derritieron ante la imagen erótica que ella le ofrecía.

–Esta noche haremos sólo lo que amas con pasión –dijo con voz ronca.

Cuando Marco llegó a la residencia del procurador, se enteró de que aquella tarde Julio Clasiciano había dispuesto llevar a seis senadores a los juegos. También estaba invitado un administrador militar que podía otorgar a Marco el permiso oficial para casarse.

–Julio, lamento no haber traído a mi hermano Petrio. El pequeño diablo desapareció en las entrañas de Roma en el momento en que llegamos. Estoy seguro de que aparecerá una vez que haya gozado de todos los vicios de la juventud.

–Ya apareció, amigo mío. Anoche lo llevé a la corte y lo presenté al emperador. Él y Nerón congeniaron de inmediato. Creo que lo que atrajo a Nerón fue la belleza de tu hermano, pero me parece que Petrio posee cierto grado de astucia que utilizará en nuestro beneficio. Somos afortunados de tenerlo de nuestro lado.

Marco deseaba con fervor que así fuera. Petrio se valdría de su astucia para su propio beneficio, pero si estaba dispuesto a explotar los vicios de Nerón, podría ahorrarles tiempo e inconvenientes a todos.

Cuando llegaron al anfiteatro Claudiano, a Marco le sorprendió ver a Petrio sentado con el emperador y sus amigos. Reían juntos con tal complicidad que cualquiera habría pensado que Petrio era un viejo miembro del círculo.

Julio llevó a Marco a conocer al emperador; el general le hizo la venia militar, en lugar de saludarse con un beso, costumbre que comenzaba a difundirse en la ciudad.

–Otro hermano Magno, aunque no del mismo molde. Bienvenido a Roma. Mañana habrá una *venatione* en mi nombre en el circo Flaviano. Tú y Julio debéis honrarme con vuestra presencia. Garantizo que jamás habréis visto nada igual. Habrá leones y leopardos y también osos. Durante toda una semana han diseñado montañas y cuevas, e incluso montaron un pequeño bosque.

–Será todo un espectáculo, emperador –repuso Julio con el necesario entusiasmo.

Petrio saludó al hermano con un ademán insolente. La mirada que dirigió a Marco daba a entender con toda claridad que podría influir en Nerón para lograr sus propios fines. Y en verdad Petrio estaba disfrutando de su nueva posición de prestigio.

Los encuentros de gladiadores fueron numerosos y variados, y se desarrollaban muchos al mismo tiempo para entretener a los miles de personas que se congregaban en el anfiteatro. A las masas les encantaban esos juegos, que eran gratuitos para todos. Ovacionaban a los valientes, abucheaban a los que no mostraban un comportamiento deportivo y hacían apuestas sobre los resultados. Los combates más interesantes eran entre los *retiarus*, que luchaban con redes y tridentes, y los *secutors*, que luchaban con el casco, la espada y el escudo tradicionales.

Marco observaba en forma subrepticia a su hermano y el regordete Nerón, que no cesaban de susurrar entre sí. Se preguntaba de qué hablarían con tanta seriedad, pero si hubiese tenido la ocasión de oírlos habría sentido asco.

–¿Estás disfrutando del juego? –preguntó Nerón a Petrio mientras hacía girar los anillos en sus dedos rechonchos.

–Me gusta más el derramamiento de sangre –respondió Petrio con un destello en los ojos–. Cuando un gladiador vencido ruega compasión, la multitud siempre se la otorga.

Nerón sonrió con un gesto afectado.

–Ah, también a mí me gusta ver morir a los hombres, pero debo conformarme con las heridas; no puedo contrariar a las masas.

–No eres consciente de tu poder absoluto, emperador. Apuesto a que si pones el pulgar hacia abajo cuando derroten al próximo hombre, no tardarás mucho en dominar la voluntad de esta multitud.

Los dos gladiadores que combatían ante el palco del emperador, que estaba decorado con águilas, continuaban con su lucha. Los dos eran hábiles, pero al fin el más robusto desarmó al adversario y le apoyó victorioso un pie en la nuca. La multitud enloqueció, vitoreando y cobrando sus apuestas. Cuando el hombre caído levantó el brazo pidiendo compasión, de pronto Nerón dio la vuelta al dedo pulgar.

La voz colectiva de la multitud protestó, y Nerón agitó la mano.

–¡Coraje! –urgió Petrio, y tendió su propia mano con el pulgar hacia abajo.

El gladiador victorioso hundió la espada corta en el corazón del caído. La multitud quedó sin aliento. Cuando el vencedor sacó la espada, la levantó en alto y la sangre comenzó a correrle por el brazo, el gentío empezó a vitorear.

Nerón sonrió a Petrio, encantado. Cuando cayó el siguiente gladiador, las masas bajaron los pulgares y festejaron sedientas de sangre cuando el vencedor seccionó la garganta del derrotado y la sangre brotó a chorros sobre la arena.

–Qué bueno es matar –susurró Nerón, sexualmente excitado.

–Es aún mejor cuando tu mano blande la espada.

–Tú eres un centurión. Para ti es fácil; para mí, difícil –contestó Nerón, y apoyó una mano rechoncha sobre el muslo sólido de Petrio.

–Es difícil pero no imposible, emperador. –Los ojos de Petrio se detuvieron en la boca pintada de Nerón–. ¿Por qué no nos retiramos a un lugar más privado, donde pueda sugerirte muchas cosas que atraerán tu apetito?

La mano de Nerón apretó la rodilla de su nuevo favorito.

–¿Una lucha más? –susurró con avidez.

Marco Magno sintió que lo abrumaba una gran tristeza. Quería apartar a su hermano del perverso Nerón. Pero era demasiado tarde. Petrio era un corruptor, y si era capaz de dar clases de depravación a alguien tan ruin como Nerón, ya no existía posibilidad alguna de que se redimiera. Con Petrio no se trataba de sexo, sino de poder. Marco sabía que su hermano se sentía en la gloria al manipular al emperador de Roma. El corazón se le inundó de tristeza al verlos marchar juntos después de los combates.

En la opulenta alcoba de Nerón, el aire estaba cargado de los perfumes que se pulverizaban desde el cielo raso. A los veinticinco años, a Nerón ya no le atraían las mujeres. Se había inclinado por los hombres, pero los afeminados esclavos disponibles a granel no le resultaban atractivos. Se humillaban con suma facilidad y no soportaban demasiado dolor ni crueldad, ya los sufrieran ellos u otros.

El joven emperador prefería compañeros más musculosos, que no se mostraran reticentes cuando él deseara flagelarlos, y que a la vez fueran lo bastante fuertes para mantener impotente a una víctima mientras él infligía torturas más creativas. Eran demonios desagradables, que carecían de emociones y sensibilidad, y poseían una inteligencia bovina, pero sus grandes atributos físicos le proporcionaban placer.

Petrio Magno era distinto. Hacía años que Nerón no se sentía tan excitado por un amante. El joven poseía la belleza de una mujer y la fortaleza de un centurión. También entendía el efecto narcótico que producía la sangre. Era un ser extraño: un bello bruto.

Nerón se tumbó sobre las sábanas de raso púrpura mientras Petrio lo desvestía. Se abandonaron a una charla excitante para mantener erecto al emperador.

–Hace unas semanas decidí experimentar con uno de esos cristianos trastornados. Le até el pene con una tira de cuero, y luego lo hice beber y beber. Sentía curiosidad de ver qué sucedería cuando se llenara pero no pudiera aliviarse orinando.

–¿Fue excitante? –preguntó Petrio mientras se quitaba la túnica con lentitud.

–En realidad no. Creí que el pene se le hincharía hasta alcanzar proporciones gigantescas. Sin embargo, fue bastante divertido. Se emborrachó con simple agua. Cuando empezó a correr de un lado a otro entre gritos, no cesaba de caerse. Pero le explotó la vejiga y murió demasiado rápido.

Petrio ya estaba desnudo, salvo por la funda de cuero negro que le cubría el pene, sujeta por una correa que le rodeaba las esbeltas caderas. Algunos centuriones la usaban para protegerse el pene en la batalla. Nerón se puso tieso en el instante en que sus ojos se posaron en esa obscenidad negra. Sin embargo,

Petrio quería excitarlo hasta la locura antes de aliviarlo. De modo que describió en detalle cuántas heridas cruentas podían infligirse a una persona, y exactamente dónde y cómo retrasar la muerte durante horas mientras la sangre manaba y fluía.

Cuando Nerón jadeaba de deseo, Petrio lo empujó de espaldas sobre el lecho y le practicó una *fellatio.* De ningún modo dejaría que el pene corto y gordo de Nerón entrara en su cuerpo. El emperador lo contemplaba con adoración mientras las largas pestañas de Petrio parecían acariciarle las mejillas y la hermosa boca lo succionaba hasta secarlo.

Luego Petrio le ordenó que se pusiera de rodillas. La sensación de poder que embargó el cuerpo del joven cuando el emperador de Roma obedeció su orden no se parecía a nada que hubiera experimentado antes. ¡Eso sí que era placer! Y antes de que Petrio terminara con él, Nerón obedecería todas sus órdenes, no sólo por razones sexuales. Él controlaría hasta la mismísima alma de Nerón. ¡Tendría el poder! ¡Tendría la gloria!

26

Antes de que terminara el día, Marco recibió el permiso oficial para contraer matrimonio. Aquella noche se sentó a escribir a Diana para comunicarle la buena nueva. Estaba tan ansiosa por casarse con él que le preocupaba no obtener el consentimiento. Una prisa inexplicable urgía a Marco a hacerla suya. Pensaba que una vez que Diana fuera legalmente su esposa, ella no podría volver a dondequiera que fuese el lugar del que había venido, ni los dioses podrían arrebatársela.

Nunca había escrito una carta de amor, así que le fue imposible volcar su corazón en la tablilla de cera. En consecuencia, lo hizo como un comunicado militar. Cuando lo releyó, hizo una mueca de disgusto por el tono autoritario de la misiva y se obligó a agregar una o dos líneas más cálidas:

> Cada día que pasamos separados tiene cien horas; cada noche, mil. Haz todos los preparativos necesarios para que podamos casarnos en cuanto regrese. Te dejo mi corazón.
>
> Tu esposo, Marco

Comenzaba a ver las cosas como las veía Diana. Aunque otrora había disfrutado de los combates de gladiadores, ahora comprendía que constituían una clara muestra del espíritu despiadado y el desinterés por la vida humana que acechaban detrás de la pompa, los brillos y las pretensiones culturales del imperialismo.

Él y Julio habían pasado la velada agasajando con comida y vino a algunos senadores, y a la noche siguiente se repetiría lo mismo. Marco se sentía agotado. Aquello era mucho más extenuante que entrenar a los legionarios las veinticuatro horas del día cruzando un río turbulento. Petrio no había asistido al banquete, y Marco intentó no pensar en cómo estaría pasando la noche su hermano.

Como era de esperar, Petrio se dedicaba a presentar a Nerón otro de los placeres malignos de la existencia. Las calles de Roma eran oscuras y peligrosas por la noche. Al atardecer, el silencio cubría las avenidas que horas antes bullían de vida.

Sin embargo, los míseros callejones y calles del Subura abundaban en carretas ruidosas y carros que transportaban provisiones. Esos vehículos tenían prohibida la circulación por las calles concurridas de Roma durante el día. Los ciudadanos comunes en general no salían de noche porque, pese a la vigilancia, había ladrones, carteristas y bandidos llamados *siccarii*, «hombres de las dagas».

Los ciudadanos más acaudalados que pasaban la velada cenando con amigos influyentes iban acompañados por esclavos que portaban antorchas. Las clases altas no podían resistir la tentación de desafiar la oscuridad a la hora de la cena, que era el momento más importante de la jornada romana. De modo que en los últimos tiempos se había puesto de moda que los jóvenes nobles disolutos se abandonaran a los placeres malvados de deambular por las calles oscuras y golpear a ciudadanos inofensivos y desprotegidos.

Petrio, Nerón y un número selecto de guardias pretorianos del emperador, que eran también sus íntimos, se pusieron máscaras y se armaron con cachiporras, dagas y otros elementos. Petrio prometió a Nerón que cuando ensangrentara la primera espada, la emoción sería indescriptible. Como estímulo adicional, harían una búsqueda del tesoro. Al amanecer compararían los trofeos que habían recolectado y verían quién había ganado. Contarían puntos por narices, orejas y dedos, y al que obtuviera el mayor número se le otorgaría el mejor de los premios: ¡un pene cortado!

Livi y las otras esclavas describieron a Diana todos los detalles de una boda romana. Se casaría vestida con una túnica recta, una prenda hilada en una sola pieza que atraía la buena fortuna. En la cintura llevaría una faja atada con un complicado nudo de Hércules, que debía desatar el novio. Ella podía estar desnuda debajo de la túnica, pero llevaría un velo sobre el cabello, sujeto con una guirnalda de flores, entrelazadas con ramitos de verbena, la hierba sagrada, que ella misma debía cortar.

La ceremonia en sí era un mero asunto civil, y no se requerían ritos religiosos. Sin embargo, siempre había un sacrificio y un adivino que examinaban las entrañas de la ofrenda para ver si los augurios eran favorables. En el altar, el novio, sin sacerdote ni autoridad oficial alguna, formulaba la pregunta directamente: «¿Serás mi *mater familias*?». Luego la novia preguntaba: «¿Serás mi *pater familias*?». Entre las exclamaciones de felicitación, pondrían torta y vino sobre el altar y los dedicarían a Júpiter y Juno.

Livi le contó que siempre había una procesión de bodas, en la que la novia se aferraba a la madre y el novio estiraba de ella y la llevaba a su casa, flanqueados por flautistas que guiaban a todos los invitados tras los recién casados. La costumbre era un recordatorio del rapto de las sabinas.

Tito Magno pidió a Diana que le describiera con exactitud qué quería como ajuar de boda, y él haría que Lucas lo encargara. Cuando llegaron las cajas de madera de sándalo y Diana vio cuán hermosas eran las prendas, se le hizo un nudo de gratitud en la garganta y se le llenaron los ojos de lágrimas. Le habían dicho que el velo podía ser del color que ella deseara, y en un momento de imprudencia había elegido el rojo, la antítesis de lo que habría sido «respetable» para una novia de la época georgiana.

El velo de seda color fuego que sacó de la caja era importado de la lejana China y valía su peso en oro. La túnica recta de color crema, hilada en una sola pieza, estaba bordada con rosas en tono crema y cristales que salpicaban los pétalos como gotas de rocío. Las babuchas de cuero color crema tenían perlas incrustadas.

Diana encontró a Tito en la biblioteca. Cuando el anciano vio cuán contenta estaba la novia con esos simples obsequios, deseó verle la expresión cuando recibiera las joyas que había elegido para ella. El joyero más famoso de Roma lo había visitado aquella misma mañana, y Tito había elegido diamantes para su nueva hija. Quiso que se agregara una gran amatista en el centro de la gargantilla para que combinara con los hermosos ojos de Diana, un encargo por el que pagó una suma extra para que se realizara de inmediato.

El anciano y la joven descubrieron que se llevaban muy bien. La biblioteca era el lugar de la villa que ambos preferían. Cuando Tito le pidió que le leyera, Diana se sintió halagada como jamás en su vida. Al anciano le agradaba beber un vaso de vino de Setinia, que Diana le servía con sus propias manos, en lugar de llamar a un esclavo que perturbara su intimidad. Repetían el ritual por las tardes y de nuevo por las noches. Era un elocuente recordatorio de los días preciosos que ella había pasado con su propio padre.

–Livi me ha explicado todos los detalles de una boda romana. Es asombrosamente similar a las nuestras, en Britania, salvo por un detalle. –Diana titubeó y continuó–: ¿Es necesario que haya un sacrificio de sangre?

–Es una tradición. Los invitados se sentirían decepcionados; los esclavos murmurarían que hubo un mal augurio.

–La vida es un don precioso. Yo no deseo que nadie sacrifique su vida por mí –dijo Diana, muy seria.

–¿Acaso no comes carne y usas zapatos de cuero, Diana? –preguntó el anciano con calma.

–Sí. –Sonrió ella con expresión turbada–. Sé que parezco irracional.

–Acompáñame con una copa de vino.

Cuando ella sirvió y le alcanzó la copa, él le tomó la mano.

–Si los esclavos quieren examinar entrañas, deberán hacerlo con los animales sacrificados para el banquete. No quiero verte triste el día de tu boda. Debe ser el día más feliz de tu vida.

–Espero que los invitados acepten que no habrá procesión.

–Por supuesto que la habrá. Haremos una procesión por toda la villa y por el peristilo hasta las habitaciones del jardín. Los pilares de la entrada estarán envueltos en lana y la puerta se untará con aceite, que son los símbolos de la abundancia. Marco te cargará en brazos para pasar el umbral y así evitar un tropezón de mal augurio; luego te ofrecerá una taza de agua y un tizón encendido para demostrar que eres merecedora de la protección de los dioses de su familia.

Ella sonrió al anciano.

–Marco es toda la protección que necesitaré siempre.

Los ojos de Marco se agrandaron al ver la transformación que había sufrido el circo Flaviano. Era exactamente como lo había descrito Nerón, con cuevas montañosas y un bosque. Aunque aún no se habían soltado los animales para la caza, en toda la arena se oían sus rugidos y bramidos.

Julio se sentó entre dos senadores influyentes, lo mismo que Marco. El palco del emperador se hallaba rodeado de guardias pretorianos, pero Nerón y sus íntimos aún no habían llegado. Como la *venatione* se daba en honor al emperador, la cacería no podía comenzar hasta que él llegara.

Como la multitud se impacientaba, una banda de músicos presentó monos bailarines que iban sujetos con largas cadenas. Estaban entrenados para hacer trucos de circo y mantuvieron entretenidas a las masas por un rato. Pero pronto la gente gritó pidiendo acción, y los gladiadores *bestiari*, que cazarían a los animales, desfilaron alrededor de la arena. El público comenzó a elegir a sus favoritos y hacer sus apuestas. Las armas eran variadas. Algunos llevaban lanzas; otros, arco y flecha, mientras que algunos gladiadores preferían espadas o redes y tridentes.

Por fin llegó Nerón, y cuando se paró al frente del palco imperial y levantó los brazos, la multitud enloqueció. Petrio se sentó detrás de Marco y se inclinó hacia delante a susurrar algo al hermano.

–El cerdo gordo cree que lo veneran, pero en realidad están frenéticos por que comience el deporte sanguinario.

Cuando Marco se dio la vuelta para mirar al hermano, las pupilas de Petrio le indicaron que había tomado una fuerte dosis de narcóticos; se preguntó si los habría tomado para mitigar el dolor.

–¿Cómo está tu brazo? –preguntó Marco.

–No siento nada –respondió Petrio tras apretar el puño–. No te preocupes tanto. –Abrió los dedos–. Tengo a Nerón en la palma de la mano.

Eso era exactamente lo que comenzaba a preocupar a Marco. Petrio era inestable. Quizá debiera hablar de eso con Julio. Ese joven bastardo necesitaba que lo encerraran antes de que causara daños irreparables. Marco decidió llevarlo aparte y hablarle antes del inicio de los juegos.

De pronto surgió desde la arena un alboroto ensordecedor: habían soltado a los animales. Reinó un pandemónium cuando leones, leopardos y osos comenzaron a atacarse. Los leones peleaban entre sí, los osos enormes desgarraban a los leopardos y los arrojaban por el aire. Las astutas leonas cazaban a los osos en manadas y la carnicería era horrenda. Los gladiadores se limitaban a masacrar a los animales salvajes mientras éstos centraban todo su instinto en sobrevivir al ataque de las otras especies.

Marco estaba asqueado. Esperaba una cacería estimulante en la que el hombre se enfrentara a la presa y la supervivencia dependiera del coraje, la destreza, la fuerza y la inteligencia.

Julio y los senadores que los acompañaban daban la impresión de encontrar el horrible espectáculo tan repugnante como le resultaba a él. El general no pudo sino manifestar su desaprobación.

–Creo que ya hemos visto suficiente –dijo Julio mientras se dirigían hacia el frente del palco para despedirse del emperador.

Nerón parecía molesto por su partida.

–No os retiráis aún, ¿verdad? El mediodía se reserva para las ejecuciones. He planeado algunas torturas espectaculares para los enemigos de Roma.

Uno de los senadores, proveniente de una antigua familia patricia, respondió por el resto:

–El senado tiene sesión esta tarde, emperador. Ahora vamos camino a la curia.

Nerón sabía que no le convenía poner objeciones cuando quien hablaba era un venerable senador. Aunque él era el emperador, el senado disfrutaba de tal prestigio y autoridad moral que Nerón lo adulaba. Podían destituirlo si así lo decidían. Aunque el ejército y el emperador eran poderosos, el poder supremo del imperio residía en el senado.

Cuando Marco vio que Petrio se proponía quedarse con Nerón para disfrutar de las ejecuciones, clavó en él una intensa mirada de autoridad. Le dirigió un rápido movimiento de la cabeza para indicarle que lo siguiera, y Petrio obedeció de inmediato.

Marco lo llevó a cierta distancia de Julio y los senadores antes de increparlo.

–Yo te cubrí cuando desertaste de tu puesto militar, y si deseas prostituirte con Nerón es asunto tuyo, pero no avergüences la casa de Magno ni apenes a nuestro padre al alimentar tu adicción a los narcóticos en su villa. ¡Asegúrate de estar limpio antes de volver a entrar en su casa!

Cuando regresó junto al emperador, Nerón advirtió que Petrio estaba conmocionado.

–¿Qué problema tienes, mi amor? Cuéntaselo a Nerón para que él lo resuelva.

–Mi hermano Marco y yo estamos muy unidos. Él se casará pronto con una britana, y teme que ella lo haya traicionado. Oyó un rumor de que es una espía cristiana a las órdenes de las tribus celtas y que la enviaron para seducirlo. Mi hermano teme por nuestro padre mientras él está ausente con el procurador y los senadores. Me ruega que regrese a la villa de nuestro padre para controlar a esa maldita traidora hasta que él mismo pueda ocuparse de ella.

–Quédate conmigo. Enviaré un guardia pretoriano a que la arreste –lo urgió Nerón.

–No, mi hermano aún no tiene pruebas de su deslealtad, pero es bueno saber que estás dispuesto a ayudar y que infligirás un castigo ejemplar si ella levanta una mano contra la casa de Magno.

–Por lo menos quédate para las ejecuciones. He ideado algo que llamo «la antorcha humana». ¡Es de lo más espectacular!

Diana pasó la mañana en el jardín aprendiendo a tejer una corona de novia con flores y verbena, y luego disfrutó de un delicioso almuerzo en la piscina. Camino a la biblioteca, cuando iba a leerle a Tito, Tor la detuvo para rogarle un respiro en sus extenuantes tareas.

–Señora Diana, le ruego que encuentre tareas para Livi y las otras muchachas. No me dejan en paz.

–Se te ve exhausto. ¿Anoche no dormiste nada?

Tor meneó la cabeza.

–Cuando usted está en la biblioteca con el padre del general, yo quedo a merced de ellas.

–Hay una oficina junto a la biblioteca. Les informaré de que debes escribir unas cartas para mí.

–Señora, yo no sé leer ni escribir –dijo él, apenado.

–Ellas no lo saben –señaló Diana.

Encontró a Tito con ganas de conversar, rebosante de recuerdos de su propia boda, del nacimiento de su primer hijo y de cómo era Marco de niño. La joven podría haberlo escuchado alabar a Marco eternamente, y deseó poder dar a su esposo un hijo a su propia imagen.

Sirvió a Tito una copa de vino y se sentó en un banco junto al sofá del anciano. Vestía una túnica de color magenta fuerte que volvía más oscuros los ojos amatista y los hacía contrastar hermosamente con el cabello rubio claro. El anciano la admiraba por encima del borde de la copa. De repente la garganta le quemó como fuego. Se llevó las manos al cuello y la copa cayó de sus dedos.

Diana abrió los ojos horrorizada al ver que el vino le teñía la toga blanca como la nieve y oír los horribles gorgoteos que provenían de su garganta. Quedó paralizada. Sabía que necesitaba asistencia inmediata, aunque también se daba cuenta de que ya era demasiado tarde. Intentó gritar, pero fue un grito silencioso el que emitió. Avanzó tambaleándose hasta la puerta para llamar a Lucas, pero fue Petrio quien entró en la biblioteca, con una acusación en los labios.

–¡Has envenenado a mi padre!

–¡No! –gritó ella sin aliento, y miró de nuevo a Tito, que yacía inmóvil sobre el sofá, con una grotesca mueca de dolor petrificada en el rostro.

Petrio sacó la daga y avanzó hacia Diana.

–¡Tor! –gritó ella.

El esclavo acudió de inmediato, con la mano sobre la empuñadura de la espada, pero antes de que lograra sacarla de la funda, Petrio clavó su larga daga en el vientre de Tor.

Diana gritó de nuevo al ver la pesadilla que se desarrollaba ante sus ojos. Mientras Tor se retorcía sobre los mosaicos intentando desesperadamente evitar que sus intestinos se desparramaran por el suelo, Petrio se puso de rodillas y le cortó la garganta.

Lucas y una docena de esclavos de la casa se agolparon en la puerta. Petrio se volvió hacia ellos con fría determinación.

–¡Ella ha envenenado a mi padre! Su esclavo intentó matarme.

–¡No! –sollozó Diana–. ¡Ha sido él!

Lucas sabía que la novia de Marco y Tito sentían un aprecio mutuo.

–¡Ella sería incapaz de hacerle daño! –protestó.

Petrio mantenía una calma increíble. Con calculada astucia, dijo:

–Si ella no envenenó el vino, debe de haber sido uno de los esclavos. Ya sabes lo que sucede cuando un esclavo mata a su amo... Todos los que trabajan en la casa son condenados a muerte.

Lucas retrocedió horrorizado. Hacía sólo un mes que los doscientos esclavos de una morada habían sido crucificados por asesinar a su cruel amo.

–Lucas, envía de inmediato a buscar al *praefectus vigilum*. La mantendré prisionera en la bóveda de seguridad hasta que él llegue.

Diana se lamentaba por Marco. La muerte de su padre lo hundiría. Petrio la agarró del pelo. Blandía la espada aún manchada con la sangre de Tor.

–Cuando mi hermano se entere de lo que has hecho, se le destrozará el corazón. –Petrio sonrió.

–Marco no creerá que he cometido tal abominable crueldad.

Lágrimas de dolor y tristeza surcaban las mejillas de Diana. Petrio la arrastró hasta el sótano, donde se hallaban las bóvedas de seguridad. Tenían una puerta pesada, ventanas con barrotes y una serie de postes y grilletes para aprisionar a los esclavos desobedientes.

La puso de rodillas y le esposó las muñecas al suelo. Luego la tomó del mentón y la obligó a mirarlo.

–Eras demasiado fina para exhibirte ante mí. Tú y Marco conspirasteis para robarme las tierras y la fortuna de mi padre, pero yo lo tendré todo, y tú, mi hermosa ramera, sólo recibirás tu merecido.

Cuando echó el cerrojo a la puerta, Diana casi cayó presa del pánico. Ahora comprendía que Petrio debía de estar loco. Había envenenado a su propio padre y lo había planeado todo para que la culparan a ella. Al pensar en Tor, que yacía muerto por haber corrido a ayudarla, su carga de culpa se duplicó.

Intentó superar el miedo y pensar de manera racional. Deberían informar a Marco de la muerte de su padre. Por supuesto, Petrio le llenaría los oídos con sus sucias mentiras, pero Marco sabría que ella era inocente del asesinato. Diana no conseguía quitarse el olor metálico a sangre. Un sollozo escapó de sus labios. Marco vendría. Marco la protegería del mundo entero si era necesario. ¿Acaso no le había dicho a Tito que Marco era toda la protección que ella necesitaría para siempre?

27

Diana no podía dejar de temblar. Tenía la garganta dolorida de tanto gritar su inocencia, le latían las sienes por los perversos tirones que Petrio le había propinado, y sentía desvanecer sus esperanzas de que alguien la rescatara de aquella pesadilla.

Cuando llegó, el *praefectus vigilum* creyó en la palabra del vil Petrio Magno. Diana negó tantas veces que comenzó a balbucear. Petrio insistía en que ella era esclava de Marco, y en consecuencia la transportaron a la *ergastula*, la prisión subterránea donde todas las noches encadenaban a la escoria de los esclavos delincuentes en pocilgas que sólo podían describirse como perreras.

El hedor a miseria humana volvía fétido el aire. Había cientos de prisioneros, algunos de los cuales eran apenas unos niños, pero la mayoría eran hombres sentenciados a trabajos forzados o a muerte. Le miraron la elegante estola magenta y el cabello rubio como si fuera una suerte de fenómeno, y durante las primeras horas de cautiverio Diana dio gracias a Dios por los grilletes que llevaban tanto ella como los demás esclavos. Era lo único que la salvaba de la violación total.

Petrio volvió con Nerón en el momento en que dejó la *ergastula*. La sangre le hervía de alegría. Aquél había sido el día más feliz de su vida, y aún no había terminado. Cuando pensaba en el día siguiente, la sangre le fluía aún más deprisa. Era exactamente como una obra que se desarrollaba sobre un gran escenario, con todos los elementos propios de una tragedia griega. ¡Petrio no sólo era el protagonista, sino también el autor!

Se abalanzó sobre el pecho del emperador, liberando su angustia. Su sufrimiento y su dolor parecían tan reales que Nerón se excitó mucho.

–No puedo contar a mi hermano la muerte de mi padre, no puedo..., ¡no puedo! –sollozó.

–Esa mujer debe ser condenada a muerte. Su sufrimiento debe ser mayor que el tuyo. Puedo ordenar que la traigan esta noche, si quieres. Torturarla y verla morir mitigará tu dolor.

Petrio estaba tentado de hacerlo. ¡Quería violarla hasta la muerte! Pero el sufrimiento de Diana no era el objetivo principal de Petrio: deseaba vengarse de Marco. Quería que el sufrimiento del hermano fuese la más pura de las agonías.

–No, mi dolor importa poco. Es pensar en el dolor de mi hermano lo que me consume. Él asistirá mañana a las carreras del circo Máximo. Hace años que ansía verlas. No puedo informarle de la muerte de nuestro padre a menos que consiga mitigar su dolor. Su necesidad de vengarse de la mujer que él mismo introdujo en la casa de nuestro padre debe quedar satisfecha de inmediato. Si yo pudiera hacer eso por él, sería como devolverle todo lo que él ha hecho por mí.

–Excelente sugerencia, Petrio. Esa mujer debe ser condenada a muerte mañana en el circo Máximo. Será todo un espectáculo. Media Roma estará allí para presenciar cómo se hace justicia. ¡La convertiré en una antorcha humana!

–¡Y leones! Me gustaría que hubiera leones.

Petrio veía que Nerón comenzaba a excitarse.

–Sí, sí. Será una carrera más en la que la gente podrá apostar. ¿Qué la alcanzará primero: las bestias hambrientas o el fuego?

–¿Cómo podré agradecértelo, emperador?

Petrio no necesitaba preguntar, pues ya tenía a Nerón a sus pies.

Marco no lograba conciliar el sueño.

Horas antes había hablado con los senadores en la curia, y lo había hecho con gran elocuencia. Al referirse a Britania y Aquae Sulis, lo había hecho con el corazón. Él sentía pasión por aquel rincón del imperio donde había pasado tantos años, y todos los senadores percibieron esa pasión y comprendieron la sinceridad de sus palabras.

Después de su discurso, Julio Clasiciano, el procurador de Britania, agregó el peso de sus propias palabras, y cuando tras la reunión ambos se mezclaron con los senadores, se sentían seguros de haber cumplido con la misión de persuadir al senado de destituir a Paulino como gobernador de Britania. Incluso se habían propuesto algunos nombres que podrían reemplazarlo.

Hacia la cena, Julio dijo a Marco que estaba muy complacido por lo que habían logrado. Conocía a Julio Petronio Turpiliano, el nombre que más sonaba para el cargo. Tenía amplia experiencia en el ejército y había sido un exitoso gobernador de Nimes, en la Galia.

–No sucederá de la noche a la mañana, pues los molinos de la burocracia muelen con lentitud, pero hemos puesto las ruedas en marcha y el cambio para bien es inevitable. Aprecio profundamente tu ayuda, Marco. Si no me hubieras acompañado a Roma, esto habría llevado una eternidad. ¿Cómo puedo compensarte?

–Asistiendo a mi boda. Serás uno de los pocos conocidos de Diana.

–Creo que estarás ansioso por regresar junto a tu amada prometida.

«La palabra *ansiedad* no describe lo que siento. Sin ella estoy vacío.»

–Mañana, después de las carreras, regresaré a la villa de mi padre. Ya no puedo esperar más. Si vuelves a necesitarme, me alegrará regresar, pero sólo después de la boda.

–Qué impetuoso eres. Sin embargo, el amor es tan efímero que debes aferrarte a él y saborearlo mientras dure.

Mientras Marco yacía en la cama, reflexionando sobre las palabras de Julio, se dio cuenta de que no las compartía. «El amor verdadero, el tipo de amor que yo siento, dura para siempre –pensó–. Yo amaré a Diana por toda la eternidad.» Se estiró. La cama estaba tan vacía sin ella... No sólo la cama; también él estaba vacío, casi despojado de vida.

Cerró los ojos y respiró hondo para mitigar el dolor de la soledad. Le acudió el perfume de Diana, y una visión de su rostro inundó su cabeza. Tenía un resplandor único, especial. El dolor se tornó más punzante. Deseaba con todo el corazón haber vuelto con ella esa misma noche. Podía prescindir del circo Máximo con mucha más facilidad que de ella. En la quietud de la noche, imaginó que Diana lo llamaba, hasta que cayó en un sueño liviano.

–Pronto, mi amor. Pronto –murmuró.

Mientras Diana se doblaba de miedo y sufrimiento, poco a poco empezó a oír las voces de los esclavos que la rodeaban. Hablaban de golpes, azotes y marcas con hierros candentes. Vio que muchos tenían en la frente letras que les habían grabado a fuego. Cada día, al amanecer, caravanas de esclavos eran llevadas a latigazos a trabajar en los molinos de harina, atados a la noria para tirar como burros. Otros, en su mayoría niños, trabajaban en los campos hasta que caía la noche. Otros acarreaban piedras y mármol durante quince horas al día para satisfacer la constante demanda de edificios nuevos.

Hablaban de látigos cargados con bolas de plomo en las correas, y carpas carnívoras que se criaban en estanques situados detrás de los corrales de los esclavos. También se hablaba de una rebelión de esclavos. Permanecía en la memoria de todos la rebelión liderada hacía más de cien años por el esclavo Espartaco, pero Diana percibía la apatía y la desesperanza en las voces de aquella gente, y sabía que nunca se produciría otra revuelta igual.

Todos deseaban que los vendieran para entrenarlos como gladiadores, porque la mayoría sabía que de ese modo terminarían en la arena como alimento de los osos o los leones. Por lo menos, como gladiadores tendrían una oportunidad de vencer. Por último, hablaban de la crucifixión y la muerte más común, en la *furca*, en la que la cabeza de la víctima se colocaba en la abertura de dos vigas en forma de V y los azotadores profesionales la flagelaban hasta matarla.

Diana no podía soportar más, así que cerró los oídos a todo aquello. ¿Acaso los romanos no se daban cuenta de que la brutalidad de la esclavitud destruía tanto el alma del amo como la del esclavo? Jamás debía haber ido a Roma; siempre lo había sabido. El lujo refinado de unos pocos afortunados se compraba con la miseria y el eterno sufrimiento de los muchos que sufrían aquellos tratos brutales. ¿Cómo era posible que los romanos hicieran oídos sordos a los discordantes sonidos de la miseria, el tintineo de las cadenas, el chasquido de los azotes, los gemidos del ganado humano?

–Marco... Marco –susurró, con la esperanza aún encendida en el corazón.

Al amanecer las prisiones de esclavos se vaciaron, salvo el grupo que iba a ser ejecutado aquel día. Cuando dos guardias pretorianos fueron a por ella, a Diana se le hinchó el pecho de esperanza. Cuando les dijo que iba a contraer matrimonio con Marco Magno y que debían llevarla con él, los hombres respondieron:

–Ya sabemos que es una prisionera especial. El propio emperador nos ha dado órdenes.

La llevaron al baño de la prisión, donde le permitieron bañarse y cepillarse el cabello dorado. No le quedaba otra opción que volver a ponerse la estola magenta, y una vez que se vistió los guardias la subieron a una litera y partieron junto con la multitud que se dirigía al Palatino.

–¿Adónde me llevan? –preguntó Diana, desconcertada.

–Al circo Máximo –fue la breve respuesta.

«¿El circo Máximo? Marco no asistiría a las carreras al día siguiente de la muerte de su padre. ¡Tiene que haber un error!»

–Deben llevarme a la villa de Tito Magno, en las laderas del Esquilino.

–Tenemos órdenes del emperador –fue la única respuesta que obtuvo.

Quizá Marco había acudido al mismísimo Nerón para pedir que la liberaran. ¡Eso debía ser! Diana sintió renacer la esperanza. Pero pronto se desvaneció cuando la llevaron a una celda que estaba debajo del circo Máximo y la dejaron encerrada allí. En el aire flotaba un olor penetrante a excrementos de caballo.

Presa del terror, Diana no conseguía comprender por qué la habían llevado a ese tétrico lugar. Tenía la garganta tan seca y dolorida que no podía tragar. Deseaba un sorbo de agua helada. Como ignoraba lo que iba a sucederle, su imaginación había comenzado a conjurar las posibilidades más terroríficas.

Mientras se aferraba desesperada a los barrotes de la celda, veía magníficas carrozas adornadas con oro y plata que pasaban por los anchos pasadizos subterráneos. Gritó a los hombres, pero éstos ni siquiera miraron en su dirección. Evitaban el contacto visual como si ella fuera un ser abominable.

A continuación llegaron los caballos reales, en grupos de cuatro y de todos los colores imaginables: negro azabache, castaño, ruano, gris, crema y blanco puro. Los animales estaban nerviosos y resultaba difícil controlarlos. Diana pensó que aquéllos eran los caballos que se utilizaban en las carreras de cuadrigas. Estaban ansiosos por liberar en la vasta arena su energía reprimida.

¿La llevarían en una de esas cuadrigas hasta Nerón? Parecía una posibilidad tan remota, y sin embargo todo lo que había ocurrido en las últimas veinticuatro horas tenía mucho de remoto e imposible.

Marco llegó temprano al circo Máximo. Ese día iban a competir algunos de los corredores de cuadrigas más famosos, cuya destreza él tanto admiraba. Sabía cuán difícil era controlar a un grupo de cuatro caballos mientras se precipitaban por la pista. Para ganar una carrera había que tener en cuenta muchos factores. No sólo resultaban de vital importancia el temperamento y el entrenamiento de los caballos, sino también el peso de la cuadriga, los ejes bien engrasados, el largo de las riendas y las condiciones de la pista.

Sin embargo, el elemento primordial para ganar una carrera de cuadrigas era la actitud del conductor. Era una cuestión de habilidad, coraje, determinación, pero también de temeridad y voluntad de hierro para no aceptar jamás la derrota. ¡Se necesitaban redaños!

Cuando observó cómo llevaban desde los establos del subsuelo las cuadrigas y los caballos, Marco comenzó a sentir entusiasmo. Aunque apenas se había iniciado la mañana, aquél prometía ser un día glorioso. Al terminar las carreras, partiría de inmediato y le daría una sorpresa a Diana. ¡Éste iba a ser definitivamente uno de los días más jubilosos de su vida!

Como se había demorado mirando a los competidores, llegó tarde al palco imperial. Todos los ojos se centraron en él cuando entró y saludó a Nerón. Le ofreció una sonrisa de disculpa. Sus rasgos eran tan fuertes y oscuramente poderosos que Nerón no pudo más que preguntarse cómo había creído que Petrio era el espécimen hermoso.

Diana soltó una exclamación cuando vio al imponente guardia que le abrió la celda. Estaba desnudo, excepto por un taparrabos y una antorcha encendida que portaba en las manos. Los músculos del cuerpo brillaban de aceite, y ella retrocedió alarmada al verle la cara. Tenía un rostro duro y horrible, por entero desprovisto de expresión. Los ojos parecían muertos, de tan indiferentes. ¡Parecía un verdugo!

De pronto cayó en la cuenta de que su pesadilla acababa de comenzar. Salió de la celda e hizo un movimiento con la cabeza para que el gigante no le pusiera las manos encima. Mientras lo seguía por la arena, comenzó a rezar. En el fondo del corazón sabía que su causa estaba perdida y buscó ayuda en san Judas.

> Oh, bendito san Judas, apóstol y mártir,
> grande en virtudes y rico en milagros,
> casi hermano de Jesucristo,
> fiel intercesor de todos los que invocan
> tu especial asistencia en momentos de necesidad.
> A ti recurro desde el fondo de mi corazón,
> y ruego humildemente a quien Dios ha concedido
> un poder tan grande,
> que acudas en mi ayuda.

El gentío la paralizó. El bullicio de las voces era tan fuerte que le lastimaba los oídos; luego el ruido se apagó y lo único que Diana oyó fueron los latidos de su propio corazón en los tímpanos. No podía tragar, y el dolor de la garganta se había expandido hasta el corazón.

Caminaba como en trance. No tenía adónde ir más que hacia delante. Aunque consiguiera gritar, nadie la oiría. Si corría, la arrastrarían cruelmente de vuelta. Sabía que de nada le serviría rogar y suplicar. Lo único que le quedaba era su dignidad. Se aproximó a la estaca que la aguardaba, con los últimos restos de dignidad que le quedaban.

Levantó el mentón con desdén mientras el guardia le ataba las muñecas y los tobillos a una estaca de dos metros cubierta de alquitrán. Pero cuando prendió fuego al extremo superior, Diana empezó a temblar como una hoja. Aunque se hallaba de frente al palco imperial, el sol la cegaba compasivamente. Cerró los ojos para evitar el resplandor.

La gran inquietud que Marco sentía en el pecho creció de manera alarmante al ver las piadosas miradas en los rostros que lo rodeaban. Por fin Nerón habló:

–General, lamentamos darle una noticia tan trágica en un día tan glorioso. Su padre ha muerto, envenenado por la mujer que lo ha traicionado.

–¡No! –La negación fue fuerte y firme, aunque estaba llena de angustia.

Los ojos acusadores de Marco se posaron en Petrio. El hermano se adelantó y levantó el brazo para señalar el centro de la arena.

–Éste es mi regalo para ti, Marco.

Marco se dio la vuelta y la vio. De inmediato supo que era Diana, por el hermoso cabello dorado. Llevaba puesta su túnica magenta favorita.

–¡No!

Esta vez el grito desgarró el aire. La mezcla de furia, dolor y miedo era palpable. Cerró los dedos helados sobre el corazón y se lo oprimió hasta quedar sin aliento.

Marco corrió hacia el frente del palco y saltó hacia la arena, siete metros hacia abajo. Flexionó las rodillas anticipándose al impacto, y sus pies chocaron con la tierra de la pista. Ya había echado a correr aun antes de enderezarse. En el momento en que aterrizó, en el otro extremo se abrió una compuerta, por la cual se abalanzaron un par de leones hambrientos.

La multitud se puso de pie, alentándolo a gritos. ¡Apostaban por él! Una carrera triple para ver quién llegaba primero a la mujer: el guerrero, los leones o las llamas.

Marco tenía una voluntad de hierro. Era un hombre que no reconocía la derrota ni siquiera cuando ésta lo miraba a la cara. Sacó el *gladius* y deseó que sus piernas poderosas recorrieran el terreno más raudas.

Marco y los leones alcanzaron el objetivo al mismo tiempo. Uno se abalanzó sobre él mientras el otro saltaba sobre Diana. Aun mientras la espada se hundía en los órganos vitales del león y lo mataba, él escuchaba los gritos de agonía que lanzaba su amada.

Arrojó el cadáver y hundió el arma en el segundo león. Herido de muerte, el animal se alejó de Diana, pero no sin antes desgarrar con sus grandes zarpas el pecho, un hombro y la garganta de la joven.

–Marco...

Con horror él vio que el cabello rubio ya estaba en llamas, al arder la estaca alquitranada tan cerca de su cabeza. Le sostuvo la mirada agonizante con sus feroces ojos negros.

–Te amaré para siempre y en el más allá –proclamó, y levantó ambos brazos para hundir la espada en el corazón de Diana.

28

La sacudida que experimentó el cuerpo de Diana tuvo la fuerza de un relámpago. En un momento estaba ardiendo; al siguiente estaba helada. Tuvo la sensación de que un aire congelado pasaba veloz a su lado, de que los tímpanos fueran a explotarle. Tuvo la impresión de estar cayendo, y despertó con un grito de terror en los labios y un temblor incontrolable.

Lo primero que vio fueron las sábanas de color durazno de la cama en la que se encontraba. Diana creyó que estaba en su propia alcoba, de nuevo en Aquae Sulis. Entonces sintió los poderosos brazos de Marco a su alrededor y se dio cuenta de que se hallaba a salvo. El alivio fue abrumador.

–Marc... Marc... Marco –sollozó–. Tuve una pesadilla espantosa, en la que me condenaban a muerte en el circo Máximo. ¡Gracias a Dios que desperté!

–Pss, pss –susurró la voz profunda y sedante.

–Oh, Dios, fue increíblemente real. Abrázame... Me siento tan segura entre tus brazos...

Mientras él la apretaba más, ella frotaba las mejillas contra el pecho musculoso. Lo sentía como una roca dura, y se aferró a él con desesperación. Incluso el perfume conocido de su cuerpo le resultaba reconfortante. Él le acarició el cabello hasta que Diana dejó de temblar.

–Mi amor, no puedo ir a Roma contigo. Por favor, no me preguntes nada, Marco. Por favor, debes comprenderlo –susurró Diana con un sollozo estremecido.

–Lady Davenport, ¿sabes dónde estás? ¿Sabes quién soy?

Los ojos de Diana se agrandaron. Recorrió la alcoba con la mirada y poco a poco advirtió que era el cuarto isabelino donde se alojaba, en Hardwick Hall. Cerró los ojos para tranquilizarse. Cuando los abrió de nuevo y vio que aún se encontraba en la habitación color durazno, murmuró:

–Dios mío. He vuelto.

El hombre que la sostenía aflojó los brazos y la apartó para verle la cara. Los ojos negros penetraron en los de ella intensamente, como si tratara de leerle los pensamientos.

–Sí, de hecho has vuelto. La pregunta es: ¿de dónde? –inquirió el conde de Bath.

Diana no quería estar de nuevo en su época; sin embargo, tenía la certeza de que no deseaba volver a Roma. Había escapado por milagro. Luego se dio cuenta de que ni el tiempo ni el lugar tenían nada que ver con su profundo anhelo. Era de Marco Magno de quien no soportaba estar separada. Pero, por supuesto, no estaba separada de él. Él estaba allí, abrazándola. Mark Hardwick era Marco Magno. Lo sabía con tanta certeza como que ella era Diana Davenport. ¡El único inconveniente era que él no lo sabía!

Le estudió el rostro. Excepto por la cicatriz, era exactamente el mismo. Ella conocía a ese hombre más íntimamente que cualquier otra mujer. Sin duda, él creería su historia. Diana respiró hondo y soltó el aire en un suspiro trémulo.

–Todo comenzó cuando entré en un negocio de antigüedades y encontré un casco romano. Cuando me lo puse, fui transportada a la época en la que los romanos ocupaban Bath. Se llamaba Aquae Sulis.

–Ya sé que se llamaba Aquae Sulis –contestó él con aspereza–. Soy arqueólogo.

Ella sonrió.

–Todo lo romano te fascina, porque de hecho vivías en Aquae Sulis. Tu nombre era Marco Magno. Eras un general que entrenaba legionarios antes de que fueran a luchar a Gales.

El conde la miró incrédulo, como si estuviera ante una mentirosa o una loca. Se puso de pie y se irguió ante ella en actitud amenazadora.

–Te ausentaste durante varios meses. ¿Tienes alguna idea de los problemas y el escándalo que has causado con tu desaparición? –El rostro moreno se endureció–. Cuando estés dispuesta a decirme la verdad, te escucharé. –Fue hacia la puerta.

–¡Demonio insoportable y porfiado! ¡Al menos podrías tener la cortesía de escuchar mi historia antes de considerarme una lunática! ¿Adónde vas? –gritó ella.

–A llamar al médico que te atiende. Has estado inconsciente toda la noche.

Diana hundió el rostro en la almohada. La conmoción a causa de todo lo que le había sucedido en las últimas horas, sumada al hecho de que la habían arrancado del lado de Marco Magno de manera tan cruel, era más de lo que podía soportar. Las lágrimas le inundaron los ojos y le bañaron las mejillas.

–Marco... Marco –sollozaba en voz baja.

Cuando el conde de Bath llegó a la puerta, el sonido conmovedor del llanto de Diana lo hizo detenerse. La melancolía y callada desesperación que percibía en su voz le llegó a lo más hondo, y el oírla llorar lo transportó a la niñez y despertó el vago recuerdo de que su abuela siempre lo había llamado Marco.

El médico acudió en el instante en que lo convocaron. Había ido a la universidad con Mark Hardwick, así que los dos hombres se conocían bien. Mark lo recibió en la entrada.

–Charles, ya ha vuelto en sí. Sucedió de repente. Yacía quieta, como si estuviera muerta, y de pronto saltó en la cama tan confundida que yo no sabía muy bien qué hacer. Cuando se calmó, le pregunté dónde había estado, y ella inventó una historia ridícula acerca de haber sido transportada a una época anterior.

–¿De veras? –le preguntó Charles Wentworth con gran interés.

–Ha estado llorando por alguien llamado Marco.

–¿Ése no es tu nombre, amigo?

–Bueno, sí, pero puedo asegurarte que lady Diana no llora por mí. Nosotros dos no acabamos muy bien cada vez que nos encontramos.

–Bien, iré a verla. Creo que será mejor que vaya solo. No queremos perturbarla más.

–Esperaré aquí, Charles –aceptó Mark.

Al abrir la puerta de la habitación, el médico sonrió a la hermosa joven que reposaba en la cama.

–Buenos días. Soy el doctor Wentworth. No se alarme, sólo quiero asegurarme de que se encuentra bien después de su penosa experiencia.

La había considerado adorable mientras se hallaba inconsciente, pero ahora, al ver sus ojos violáceos húmedos de lágrimas, la belleza de Diana le resultaba devastadora. Antes de examinarla quería hablar con ella. Si lograba ganar su confianza, quizás ella le dijera dónde había estado y qué le había sucedido.

–¿Mi penosa experiencia? Entiendo que usted me vio anoche.

–Sí. En apariencia, anoche Mark fue a un negocio de antigüedades, a buscar un casco que había encargado. Él y el propietario la encontraron a usted inconsciente en el suelo. Como usted estaba comprometida con el hermano, el conde la subió a su carruaje y la trajo a Hardwick Hall. Me llamaron de inmediato. Yo la examiné de forma superficial, no encontré ningún hueso roto y aconsejé que la mantuvieran en cama, abrigada y acompañada por alguien que la vigilara. Les dije que me llamaran en cuanto recobrara la conciencia. –El médico formuló a continuación la primera pregunta con sumo cuidado–: ¿Recuerda lo que estaba haciendo antes de perder el conocimiento?

–Lo recuerdo perfectamente, doctor. Estaba en ese negocio de antigüedades, cuando vi un auténtico casco romano. Me emocioné tanto al verlo, al tocarlo, que no pude resistir la tentación de probármelo. Olvidé que llevaba una peluca y de alguna manera se me atascó en la cabeza y no logré quitármelo. Recuerdo que me sentí algo mareada, como si fuera a desmayarme, pero cuando caí no fue al suelo, sino que seguí cayendo y cayendo... Sentí que un viento veloz pasaba a mi lado. En realidad no puedo describir la sensación. No tengo palabras adecuadas, pero fui transportada en el tiempo, a la época en que los romanos ocupaban Britania.

El médico la observaba y la escuchaba con atención.

–¿Fue ayer cuando entró en la tienda de antigüedades?

–No, creo que no, doctor Wentworth. –Sonrió–. Era verano..., hace meses, me parece. Por los copos de nieve que caen del otro lado de la ventana, deduzco que ahora es invierno.

–En realidad está comenzando la primavera; ésta ha sido una tormenta tardía. De modo que usted se desmayó en la tienda de antigüedades un día de verano, y Mark la encontró allí inconsciente a la siguiente primavera, ¿y usted no recuerda lo que sucedió en el intervalo de esos meses?

–¡Oh, no doctor! ¡Recuerdo cada momento! Volví a la época en que los romanos ocupaban Aquae Sulis. Yo vivía en la villa de Marco Magno, un general legionario. –Calló antes de soltar abruptamente que Marco Magno y Mark Hardwick eran uno y el mismo hombre–. ¡Debe de creer que estoy loca! Posiblemente nada de esto tenga sentido para usted.

–No, no, lady Davenport. No creo en absoluto que esté loca. Usted está convencida de que eso ocurrió, y le aconsejo que no lo reprima. La única manera de resolverlo consiste en hablar de ello. Es evidente que usted ha sufrido un gran trauma. ¿Se siente enferma?

–No, me encuentro bastante bien, quizás un poco débil. ¿Está bien mi cabello? –Se llevó las manos a la cabeza–. ¿Está quemado o chamuscado? –preguntó preocupada.

–No, en absoluto, tiene un hermoso cabello. La auscultaré.

El doctor Wentworth le aflojó los botones del cuello alto del almidonado camisón blanco que llevaba puesto, y lo dobló hacia atrás para poder escucharle los latidos de su corazón.

Diana se miró la piel blanca, intacta. Se tocó el hombro y la garganta donde el león la había desgarrado; luego recorrió con los dedos el corazón, donde Marco le había clavado la espada para poner fin a su sufrimiento.

–Parece que estoy completa –murmuró con voz temblorosa.

–Totalmente –confirmó el doctor Wentworth–. Tiene el pulso acelerado, pero estoy seguro de que se normalizará si se mantiene en calma y descansa. –Cerró el maletín negro y le sonrió de modo tranquilizador–. Vendré a verla mañana.

Cuando el médico bajó, encontró a Mark paseándose de un lado a otro del vestíbulo central.

–No encuentro ninguna anomalía física, pero es obvio que ha sufrido algún tipo de trauma.

–¿Te ha dado alguna explicación de dónde diablos ha estado desde el verano?

–Está convencida de haber estado aquí, en Bath, o Aquae Sulis, como lo llamaban en la época de los romanos.

–Por Dios, hombre, ¿ha intentado embaucarte con ese cuento ridículo?

–Mark, por imposible que parezca, para ella es muy real. Quizá sea su modo de escapar de una situación que encontraba intolerable. Déjala hablar. Aliéntala a que lo cuente todo, cada detalle. Es la única manera de que se libere de esa obsesión. Tener a alguien que la escuche le resultará terapéutico, hasta catártico. Una vez que su mente se libere de la carga que lleva, quizá comience a recordar lo que en realidad sucedió y dónde ha estado en los últimos nueve meses.

–Si esto es todo lo que puede decir la medicina, me alegro de que mi pasión sea la arqueología. ¡Yo no tendría la bendita paciencia que se requiere para ser médico!

–Bueno, paciencia es exactamente lo que deberás ejercitar con lady Diana, Mark. No emplees ninguna de tus intimidadoras tácticas autocráticas.

–¿Yo? ¿Intimidatorio? ¡Si soy la viva imagen del caballero!

–Volveré mañana –informó Charles al tiempo que alzaba la vista al cielo.

Mientras Mark se dirigía a la escalera, se encontró con la cocinera, que llevaba una bandeja de comida en las manos.

–¿Por qué no me dijo que la jovencita se había despertado? No ha comido nada desde ayer, señor. ¿Por qué los hombres son tan desconsiderados?

–Sin sermones, Nora, te lo ruego. Con el del doctor Wentworth tengo suficiente. Yo subiré la bandeja. Gracias por tu consideración.

Cuando el conde volvió a entrar en el cuarto, advirtió una expresión de tristeza infinita en el rostro de Diana, como si añorara un amor perdido para siempre.

El dolor por la pérdida de Marco era tan grande que Diana creyó que moriría. De hecho, lo lloraba tan profundamente que deseaba haber muerto. Y entonces se abrió la puerta de la habitación y entró él. La respiración se le entrecortó en la garganta y el corazón comenzó a martillear en forma errática.

¿Por qué Mark Hardwick no podía recordar que alguna vez

había sido Marco Magno? «Había una vez...» Sonaba como un cuento de hadas. Sin embargo, era algo más que eso..., ¿o no? Diana descartó toda duda. Marco era Mark. Él simplemente no lo recordaba. Dependería de ella obligarlo a recordar. La pregunta era: ¿deseaba hacerlo?

Diana amaba a Marco Magno con el alma y el corazón. Pero no amaba a Mark Hardwick. ¡Ni siquiera estaba segura de que le gustara! Mil setecientos años de civilización habían enmascarado sus virtudes y ampliado sus defectos.

–Debes de tener hambre –dijo Mark al tiempo que ponía la bandeja junto a ella.

–Tengo sed. Tengo la garganta muy seca. Gracias.

Él se sentó en una silla que había junto a la cama y estiró las largas piernas.

Diana se tocó el cuello alto del camisón que llevaba puesto. Miró los ojos negros de él y le preguntó directamente:

–¿Tú me desvestiste?

Los labios húmedos del conde de Bath se secaron de pronto. Las palabras de Diana y la visión que éstas sugerían lo hicieron cambiar de posición en la silla para disimular su excitación.

–Te desvistió Nora –carraspeó–. La mayoría de los sirvientes del Hardwick Hall son hombres. Nora es mi cocinera.

Diana comenzó a sorber el caldo que él le había llevado. Los ojos de Mark siguieron la cuchara hacia los labios.

–¿Lo ha preparado ella? –preguntó Diana–. Está delicioso.

–Nora es francesa. Tengo suerte de contar con ella.

Mientras la miraba comer, recordó de nuevo la noche anterior, cuando la había encontrado inconsciente. Cuando la levantó en sus brazos, el dedo helado del miedo le tocó el corazón. Una abrumadora sensación de protección creció entonces en su interior, y aún perduraba. En ese momento pensó que se debía a la vulnerabilidad y el desamparo que expresaba el cuerpo inerte de Diana, pero ahora ya no estaba tan seguro.

Su mente retrocedió hasta la primera vez que la había visto en su vida, disfrazada de diosa. Se había sentido atraído al instante por la hermosa joven, lo cual era raro, ya que él prefería a las mujeres mayores, con experiencia. Quizá se debiera a que ella vestía al estilo romano, y él siempre había alimentado una pasión inexplicable por todo lo romano.

En cualquier caso, de inmediato supo que la deseaba. Cuando él le hizo proposiciones, ella le arrojó el champán a la cara... La boca de Mark Hardwick se torció en una mueca irónica al recordar que la había confundido con una prostituta. No lograba comprender cómo diablos había podido ocurrir. Ella tenía tal aire de inocencia que un hombre de su experiencia debía haberse dado cuenta.

Su propio deseo lo había cegado a la apariencia inconfundible de la buena cuna de Diana. Si debía ser honesto consigo mismo, lo suyo era mucho más que deseo; ¡era pura lascivia! Recordaba con exactitud las palabras de la joven cuando él le ofreció *carte blanche:* «Eres demasiado arrogante, demasiado engreído y demasiado viejo para mí, lord Bath».

También recordaba de forma vívida la sensación de furia que lo invadió al entrar en su alcoba y encontrarla en brazos de Peter. Cuando su hermano le dijo que ambos estaban comprometidos, Mark experimentó una sensación de pérdida tan intensa que cayó en la cuenta de que estaba a punto de enamorarse de Diana. En aquel momento odió a su hermano y codició vergonzosamente a Diana.

El problema radicaba en que aún la deseaba. Al encontrarla inconsciente en la tienda de antigüedades, no había querido llevarla a Hardwick Hall, con Peter. En secreto deseaba que Peter rechazara a una prometida que había permanecido perdida durante meses, pero su hermano se alegró de que la hubieran encontrado y voló a Londres al amanecer a informar a los tíos de Diana.

Lo que nadie sabía, excepto él y Nora, era que en medio de la noche él había ido a su habitación y le había dicho a Nora que se quedaría velando a lady Diana mientras yacía inconsciente, a la espera de estar allí cuando despertara.

Mientras la contemplaba, tan pálida e inmóvil, su belleza lo había embriagado. El solo hecho de pensar en ella había sido tentación suficiente para atraerlo junto a su cama. Una vez que estuvo en el mismo cuarto que ella, el deseo le atenazó la garganta. Alguna fuerza persuasiva que le anulaba la voluntad lo atraía cerca de ella. Como obedeciendo a un impulso propio, su mano se tendió para acariciarla. Rozó los bucles dorados para apartárselos de la frente, y al instante se extravió.

El deseo ardía en su interior y le inundaba el cerebro, el corazón, la entrepierna. El anhelo de hacerla suya lo consumía. Retiró su mano como si Diana lo quemara; luego apartó la silla de la cama. Aun así el deseo no disminuía. Estaba absolutamente excitado, y su cuerpo permaneció en esa evidente condición toda la noche.

Se sentía en extremo posesivo respecto a ella, como si Diana le hubiera pertenecido y la hubiera perdido. Durante la larga y silenciosa noche tuvo visiones fugaces de... ¿otra época? ¿Otro lugar? Las sensaciones eran similares al *déjà vu*, y sin embargo tan efímeras que no conseguía aferrarse a ellas. Había experimentado antes esas sensaciones, más intensas cada vez que sostenía en las manos algún objeto romano.

¿Dónde diablos había estado Diana durante nueve meses? Los celos lo consumían, aunque sabía que no tenía derecho a sentirlos. Lady Davenport estaba comprometida con su hermano Peter. ¿Habría escapado porque no deseaba casarse con Peter? Mark descubrió que deseaba que así fuera.

Cuando Diana terminó el caldo, bebió un vaso lleno de agua; luego tendió una mano hacia la taza de té. Mark Hardwick carraspeó.

–Lamento mi brusco comportamiento de hace unos instantes.

Diana lo miró de reojo.

–Casi te atraganta tener que disculparte.

Él se erizó ante sus palabras, y Diana sintió un aleteo de satisfacción.

Con gran esfuerzo, Mark controló su genio y dijo de la manera más razonable:

–Si me cuentas acerca de tu penosa experiencia, prometo escucharte. Debes explicársela a alguien.

–¿Y ese alguien debes ser tú? Qué arrogancia. Y cuando termine la historia me darás una palmadita en la cabeza y me pondrás un terrón de azúcar en la boca. Luego le relatarás todo lo que te dije a tu amigo, Charles Wentworth, ¡y ambos reiréis hasta el agotamiento!

–Por Dios, Diana, concédeme algo de confianza. Soy capaz de mostrarme receptivo.

–Así que Diana, ¿eh? ¿Qué sucedió con «lady Diana»?

–¡Eso es lo que me gustaría saber, maldita sea! ¡No sé qué te ha sucedido este tiempo, pero te ha robado tu dulce aire de inocencia!

Diana se echó a reír.

–¿Inocencia? –replicó–. Eso fue lo primero que perdí. He vivido con los decadentes romanos. El general Marco Magno me capturó. Cuando me vio desnuda, ordenó que me bañaran, me perfumaran y me enviaran a su alcoba. ¡Y me convertí en su esclava!

29

Mark Hardwick quedó boquiabierto. Las palabras de Diana describían una imagen tan erótica que la sangre fluyó a borbotones por sus venas y el miembro se le hinchó, duro como el mármol. Los pantalones de montar amarillo claro, ceñidos al cuerpo, le incomodaban. Se puso de pie, tratando de disimular la erección, pero los ojos amatista recorrieron el enorme bulto con expresión conocedora.

¿Acaso admitía abiertamente que había tenido un amante? La idea lo alteró. Era una joven soltera y noble. Se trataba de algo insólito. Mark buscó otra explicación en su mente.

–¿Intentas decirme que te violaron, Diana? –preguntó, serio.

–¡No! Pero debes comprender que yo era una esclava en la morada de Marco. Él tenía absoluta autoridad sobre mí.

Mark hundió las manos en los bolsillos para evitar apretar los puños.

–¿Entonces te entregaste?

–¡No! Me negué a obedecer sus órdenes, incluso a reconocer que era su esclava. –Se curvaron las comisuras de sus labios–. ¡Te pusiste totalmente lívido!... Perdón... Marco se puso absolutamente lívido.

–¿Te pegó?

–¿Marco? ¡Santo cielo, no! Tenía un amo de esclavos, con un enorme látigo, que azotaba a sus esclavos por él.

«Está inventándoselo todo, y disfruta de cada palabra», pensó Mark.

–Él ordenó que me pusieran a fregar los suelos de mosaicos hasta que yo estuviera dispuesta a entregarme.

–Y entonces ¿te entregaste?

–¡No! Fregué los malditos suelos.

–Pero me dijiste que perdiste la inocencia. Supongo que con eso te refieres a tu virginidad.

–Mi virginidad. –Sonrió al recordar–. Te fascinaba absolutamente... Quiero decir, a él.

El conde se pasó la lengua por el labio superior. Por Dios, ella era tan excitante que le daban ganas de empujarla en la cama, quitarle el púdico camisón blanco y enterrarse entre sus muslos.

–Él era mi dueño y tenía autoridad total sobre mí. Yo sabía que tarde o temprano debería obedecerle; era inevitable.

–Entonces te entregaste.

–¡No! Hice algo que tú me enseñaste: negocié.

Los recuerdos remontaron al conde al momento en que la había llevado a su casa para negociar.

–Aquella noche me enseñaste muchas cosas. Aprendí que, cuando un hombre ansía obtener favores sexuales de una mujer, accede a lo que sea.

Mark Hardwick sintió que comenzaba a montar en cólera. Tras rechazar su proposición, ahora Diana iba a decirle que había aceptado la de otro hombre.

Diana se pasó los dedos por el cabello desordenado y se lo echó detrás de los hombros. Los dedos del conde se curvaron dentro de los bolsillos. Deseaba hundirlos en aquella masa de oro claro.

–Le dije a Marco Magno que fingiría ser su esclava en presencia de los demás si él me daba la libertad de decir lo que yo quisiera mientras estuviéramos a solas, y si accedía a tratarme como a una dama. Él aceptó a regañadientes.

–¿A cambio de qué? –inquirió Mark.

–A cambio de mi virginidad, por supuesto.

–Entonces ¿te violó?

–Ah, no; yo lo premié con eso. No de inmediato, por supuesto, no hasta que me hubo cortejado y conquistado.

–¿Esperas que crea que un bárbaro romano fuera capaz de cortejar a una mujer?

–Marco no era un bárbaro. –Cerró los ojos, recordando–. Era un patricio. El general era un militar estricto, que disponía de poco tiempo para las mujeres. No era un lujurioso depravado. Sin embargo, me cortejó como jamás lo ha hecho nadie con ninguna mujer. Era físicamente magnífico, tenía el cuerpo tan bien formado y poderoso que mi debilidad fluía de sólo mirarlo. Para mí, verlo con su coraza y su armadura era como un afrodisíaco. Nuestros actos de amor eran demasiado preciosos e íntimos para que los comparta con alguien. De más está decir que, cuando uníamos nuestros cuerpos, teníamos hambre uno del otro.

Mark Hardwick no recordaba haberse sentido tan excitado en toda su vida. Estar en la habitación con Diana Davenport era como hallarse en un burdel de alta categoría escuchando a una cortesana relatar fantasías eróticas. Sin embargo, lady Diana no era una prostituta, sino una joven soltera y noble, que además poseía una tentadora experiencia sexual. Los ojos negros del conde se dilataron de deseo.

–¿Y tú crees que yo era ese Marco Magno? –preguntó, ronco.

–Sé que eras tú. –Lo recorrió con la mirada de pies a cabeza, demorándose en la boca, en la anchura de los hombros, en el bulto protuberante de la entrepierna–. Los años no han sido generosos contigo, lord Bath.

–¿A qué demonios te refieres? –inquirió él en tono autoritario.

–Oh, tienes la misma arrogancia que Marco, la misma autoridad y actitud dominante, pero mil setecientos años de civilización te han dado un lustre que no resulta atractivo. Eres sofisticado, cínico y egoísta; vanidoso, egocéntrico y aburrido. Quizá también disoluto. En otras palabras, estás como saciado, lord Bath, y eso es lo menos atractivo de todo.

–¡Entonces te libero de mi odiosa presencia!

–¡Bien! Ahora me gustaría vestirme. No soy una inválida.

–¡No lo harás, maldita sea! Por supuesto que estás inválida. Aún no has comenzado a recuperarte. Aún estás...

–¿Delirante? –preguntó Diana con dulzura.

–Sí, delirante. No mediré las palabras contigo. Te quedarás en la cama, o...

–¿O qué? –desafió Diana con el mentón erguido.

–No llamaré a mi amo de esclavos; te pegaré yo mismo.

Los ojos negros mostraban un claro destello salvaje que le advirtió que el conde era capaz de cualquier rudeza, incluso de llegar a la violencia.

Diana se hundió en la cama. Era maravilloso oír la absoluta

autoridad de su voz. Le resultaba familiar y reconfortante oír su profunda voz masculina impartiendo órdenes.

Mark tenía la mano en el picaporte al volverse hacia ella.

–No has preguntado por Peter.

–¿Peter? –preguntó Diana con indiferencia.

–Tu prometido, Peter Hardwick. ¿Lo recuerdas?

¿Había sarcasmo en su voz?

–Sí, por desgracia –contestó con sinceridad.

Mark se animó; sin embargo, no se resistió a reprenderla.

–Cuando desapareciste, pusiste a mi hermano en una situación muy difícil. Salió en todos los diarios. Él incitó a una búsqueda exhaustiva. Se puso muy contento cuando te encontré, de modo que a pesar de todo es obvio que siente por ti lo mismo que antes.

–Entre tu hermano y yo no hay absolutamente nada. Aquella noche que nos encontraste juntos, no negué el compromiso porque sentí que él me había metido en un lío. ¡Así de inocente era yo!

–¿No estás enamorada de Peter? –preguntó Mark.

Diana lanzó una carcajada.

–Peter es un chico. Desde la última vez que vi a tu hermano, he vivido una gran pasión. No soy la niña ingenua que era, la que se dejaba seducir por unos cuantos besos. Desde entonces he experimentado el amor de un hombre, un hombre de verdad.

Mark Hardwick se aproximó a la cama.

–Peter se fue a Londres esta mañana, a pesar de la nieve. Ha ido a avisar a tus tíos de tu regreso. Por supuesto, ellos vendrán con él. Los espero mañana por la noche, a menos que el camino esté bloqueado.

–¡Prudence! –exclamó Diana con un estremecimiento–. Supongo que deberé enfrentarme a ella.

–¿Le tienes miedo?

Diana consideró la respuesta un momento.

–Se lo tenía. Ella me mantenía con las riendas demasiado cortas. Me dominaba, y cuando eso no funcionaba, me manipulaba, me hacía sentir culpable, apelaba a mi compasión y fingía ser una inválida. Pronto sabrá que ya no soy una muchachita dócil, sino una mujer.

–Las habladurías que provocó tu desaparición no fueron benevolentes con ella.

Una perversa expresión de placer se dibujó en el rostro de Diana.

–Su dios es la respetabilidad. ¡Ah, cómo me habría gustado ser testigo de su desazón!

–Tus tíos aún son tus tutores legales –advirtió Mark.

Una expresión de desilusión reemplazó la de placer en el rostro de Diana.

–Pensé que eso no te preocupaba –agregó el conde.

–Prudence me castigará con dureza por mi inexplicable desaparición, pero después del miedo que he experimentado, ella no representará más que una leve irritación.

Mark levantó una ceja negra como un ala de cuervo. A Diana se le hizo un nudo en la garganta y comenzó a temblar.

–No preguntes –susurró–. No puedo hablar de eso... Todavía no.

–Descansa un poco –dijo él con brusquedad, y cerró despacio la puerta.

«¿Qué diablos oculta?», se preguntó. Ella lo fascinaba, y más ahora que meses atrás. Ahora la rodeaba un halo de misterio que, sumado a las cosas poco convencionales que había dicho, lo atraía con la fuerza de un imán.

En apariencia, Diana intentaba romper el compromiso, lo cual no caería muy bien a Peter, que había partido raudo hacia Londres, tal vez para informar a los tutores de que podían proceder con los planes para la boda. A Mark Hardwick le producía alivio que Diana no hubiera entregado el corazón a su hermano, y no sólo por razones personales. Una mujer exquisita como Diana se merecía a alguien mejor que un joven ruin y disoluto como Peter.

Tal como era de esperar, cuando Peter Hardwick llegó a mitad de camino hacia Londres, la nieve se convirtió en lluvia. A pesar del tiempo desapacible, él estaba de buen humor. Se había endeudado tanto con el juego que había comenzado a sentirse un hombre perseguido. Sus acosadores se apilaban en todos los clubes de caballeros de Londres, y sabía que existía una única razón por la que aún no habían actuado: que su hermano era el conde de Bath.

Sin embargo, debía saldar deudas más apremiantes. Sus pérdidas en las riñas de gallos y peleas de perros eran pasmosas, y si él no hubiera pagado, esos hombres, como mínimo, le habrían quebrado las piernas. En consecuencia, había caído en manos de prestamistas, con lo cual prorrogaba sus problemas pero de ningún modo los resolvía. La cárcel de Fleet cobraba un aspecto muy real en el horizonte de Peter, y su única esperanza de evitarla residía en ponerse en manos de su hermano y confesarlo todo. Esto indicaba cuán desesperado estaba, porque odiaba a Mark intensamente y haría cualquier cosa con tal de evitar el desprecio de ese arrogante hijo de puta.

Entonces, en su momento más sombrío, Diana Davenport lo había salvado. Reapareció de manera tan repentina y misteriosa como había desaparecido. A Peter no le interesaba en absoluto dónde había estado. Lo único que le interesaba era que su boda con la heredera siguiera su curso.

–Habían pasado ocho meses desde la última vez que hablara con Richard y Prudence Davenport. Ellos permanecieron en Bath un mes, mientras se llevaba a cabo una intensa búsqueda, pero al final no tuvieron otra opción que regresar a Londres.

Era ya tarde cuando Peter llegó a Grosvenor Square, y encontró a Richard Davenport y a su esposa en la casa. Cuando el mayordomo tomó su abrigo y lo guió hasta el vestíbulo, Peter dijo:

–Sé que olvidarán lo intempestivo de la hora cuando conozcan la noticia: ¡han encontrado a Diana!

Ninguno de los dos rostros mostró regocijo. Daba la impresión de que Peter hubiera arrojado una bomba.

–¿La encontraron con vida? –inquirió Richard.

–Gracias a Dios, sí. Se halla a salvo en Hardwick Hall.

–Pero nosotros suponíamos que estaba muerta –soltó Prudence.

El matrimonio intercambió una mirada de culpa.

Una bandera roja flameó en la mente de Peter. Como él mismo era un desgraciado, y siendo como es la naturaleza humana, sospechó de inmediato que ellos tramaban algún engaño. Con el rostro encubierto por una máscara y la voz gentil, dijo:

–Los planes para el matrimonio pueden continuar de inmediato.

–No tan rápido –interrumpió Richard–. Nuestro precioso acuerdo ya no tiene vigencia.

La mente de Richard trabajaba rauda como el viento. Diana había sido dada por muerta, y él había procedido en consecuencia. Desde luego, al no haber cuerpo debían pasar unos años antes de que los tribunales la declararan legalmente muerta, pero Richard era el albacea y tutor de la fortuna de Diana, y mediante una manipulación inteligente se las había ingeniado para transferir el dinero a su propia cuenta.

La mente de Peter Hardwick funcionaba en los mismos términos que la de Richard, en especial cuando se trataba de dinero. La única razón por la que ese par de buitres declararía nulo el acuerdo con él era si alimentaban altas expectativas de quedarse con todo.

Peter sonrió. Si Richard Davenport había hecho algo ilegal, no tenía escapatoria.

–Como prometido de Diana, creo que le aconsejaré que supervise cómo se han administrado sus bienes bajo la tutoría de usted. Mi hermano, el conde, goza de los servicios de los abogados más prestigiosos de Londres.

–Informaré a Diana de que sólo te interesa su dinero –amenazó Prudence–. ¡Ella anulará el compromiso de inmediato!

La sonrisa de Peter le abarcó todo el rostro.

–Se case o no conmigo, ustedes se están quedando sin tiempo. En dos meses ella será mayor de edad y heredará. ¿Será tiempo suficiente para devolver el dinero que falta?

Prudence y Richard intercambiaron rápidas miradas.

–Ah, sospeché que quizá no fuera así –continuó Peter con afabilidad–. Después de todo, parece que llegar a un acuerdo conmigo es el menor de ambos males.

Peter veía que, a pesar del evidente forcejeo, tanto Richard como Prudence sabían que lo único que les restaba hacer era poner la mejor cara posible. Richard se volvió hacia Peter y dijo:

–Debo ir a Bath sin pérdida de tiempo. ¿Ha dicho la pobre muchacha dónde pasó todos estos meses?

–En realidad no. El conde la encontró inconsciente en una tienda de antigüedades y la llevó a Hardwick Hall en su carruaje. Como es natural, llamamos a un médico. No le encontró huesos rotos y espera que se recupere sin demora.

–¿Por qué no me dijiste que estaba herida? –inquirió Prudence, adoptando en un abrir y cerrar de ojos el papel de tía preocupada.

–Usted no se molestó en preguntar –replicó Peter con brusquedad–. Creo que lo mejor será que nos casemos en Bath. Regresaré mañana y los llevaré en mi carruaje, si no tienen nada que objetar.

–Gracias, pero creo que tomaremos nuestro propio vehículo, señor Hardwick –contestó Richard con decisión.

Tan pronto como Peter partió hacia la casa en la calle Jermyn, Prudence dijo:

–Fue una decisión muy inteligente tomar nuestro propio carruaje, Richard. No confío en absoluto en él.

–Creí que no volveríamos a ver nunca más a nuestra querida sobrina. ¡Maldición! Todo estaba saliendo tan bien..., demasiado bien, al parecer. Prudence, tienes razón en no confiar en Peter Hardwick. Creo que resultará ser un cliente muy desagradable. Debemos andar con mucho cuidado y tratar de no contrariarlo. Lo último que necesitamos es una investigación de los bienes de Diana.

–Richard, él dijo que Diana estaba inconsciente cuando la encontraron. Quizá no se recupere.

–Prudence, estás construyendo castillos en el aire. La muchacha es demasiado obstinada para morir en un momento tan conveniente. Yo estaba convencido de que le había ocurrido una desgracia, pero parece que tus sospechas fueron las más acertadas. Debe de haber huido con algún amante, y ahora que la ha abandonado, ella ha vuelto corriendo.

–¡Qué desagradable! Debemos internarla en una institución para jóvenes descarriadas. Quizá sea una suerte que Peter

Hardwick aún esté interesado en ella. Tal vez la mejor opción sea celebrar una boda rápida.

–Bien, evaluaremos la situación al llegar a Bath. Aún somos sus tutores legales por los próximos dos meses. ¡Y ni siquiera el conde puede negar nuestra plena autoridad!

30

En Hardwick Hall, una criada puso sábanas limpias en la cama de Diana mientras Nora le preparaba un baño.

–Gracias, Nora. Éste no es tu trabajo. Me arreglaré bien sola.

–De ninguna manera. ¿Quién lo hará por ti, si yo no lo hago? Al señor Burke le gusta pensar que él controla Hardwick Hall, pero ¿de qué sirve él en una situación como ésta, en que una joven que se halla de visita debe guardar cama?

–Lamento causar tantos inconvenientes.

–En absoluto. Te traeré un camisón limpio y podrás volver a la cama.

–¿De quién son los camisones que estoy usando? –preguntó Diana con curiosidad.

–Míos, por supuesto. Tengo unos muy bonitos, todos comprados en Francia. Te puse uno blanco liso porque venía el doctor, pero tengo algunos con encaje, y otros de algodón fino como telas de araña. Elegiré algo bonito. Vuelvo en un instante.

En el mismo momento en que Nora se retiró, el señor Burke hizo su aparición con una botella de vino y vasos.

–Si hay algo que pueda hacer para que se sienta a gusto, lady Diana, por favor hágamelo saber. Fue una negligencia de mi parte no contar con una doncella entre los empleados, pero hace tiempo que ésta es una casa de solteros.

–Nora ha sido muy amable conmigo.

El señor Burke no resopló exactamente, pues por rango semejante comportamiento no le correspondía, pero dijo:

–Ella es de Francia, como usted sabrá.

Diana abrió los ojos. El señor Burke le recordaba a Kell. Y de repente se dio cuenta, por supuesto, de que Nora se parecía a

Nola, la mujer de la Galia. Se estremeció. Todo era un poco extraño, y le produjo una sensación muy incómoda.

Justo cuando el señor Burke se iba, Nora regresó con un camisón, que entregó a Diana.

–Este color hace juego con tus ojos.

–Ah, es hermoso.

El camisón, color lavanda claro, tenía encaje alrededor del cuello alto y los puños, lo cual le daba una apariencia recatada, pero la suavidad del material lo tornaba seductor.

–Es audaz y modesto a la vez.

–Sí, los franceses nos damos maña para esas cosas. Ahora te metes en la cama, y cuando la comida esté lista te traeré una bandeja.

Diana ya echaba de menos la compañía de Mark Hardwick. Esperaba que cenara con ella.

–¿El señor cena en la casa esta noche?

–Ha ido a cabalgar, con este tiempo inclemente. En los campos que se encuentran en la parte trasera de la propiedad, la Sociedad Arqueológica tiene lo que ellos llaman una «excavación». A veces pasa horas y horas allí, pero aseguró que llegaría a la hora de la cena.

Diana se deslizó dentro de la cama a esperar el regreso de Mark, pero sólo podía pensar en lo que le diría a Prudence.

Cuando el conde entró en la habitación, Diana se animó. Por supuesto, fingió absoluta indiferencia. Mark no había cenado con ella, que casi estaba terminando cuando él llegó. Diana le tanteó refiriéndose a la comida de Aquae Sulis. Cuando vio que Mark no le discutía que hubiera estado allí, la joven se relajó y supo que no tendría que escoger las palabras con cautela.

Aunque el conde disfrutaba de su compañía, debía mantener la mente ocupada para que sus pensamientos no se concentraran en lo mucho que deseaba hacerle el amor.

–¿Juegas al ajedrez? –inquirió Mark con cortesía.

–Sí, solía jugar con mi padre.

Mientras Mark ubicaba el tablero entre ambos, ella dijo:

–La última vez que fui de compras por Aquae Sulis adquirí un juego de tablero romano que se llamaba Ladrones.

Mark se interesó de inmediato.

–He oído hablar de él, pero nunca he sabido en detalle cómo se jugaba.

–Bueno, yo no lo juego muy bien. Es similar al ajedrez, pero más abstracto, con movimientos muy elaborados. Las piezas se dividen en soldados y oficiales, y las mías eran de cristal.

–Me pregunto... –empezó a decir Mark con aire pensativo.

–¿Qué? –apremió ella.

–Bueno, de vez en cuando han aparecido en Bath uno o dos soldados de plata. Yo suponía que eran juguetes de niños, pero tal vez sean las piezas de ese juego del que hablas.

–Nora me dijo que tienes una excavación arqueológica en tu propiedad.

–Sí, pero no es la única. Hay dos o tres en los alrededores del distrito. Estoy proyectando un museo. Tengo algunas muestras de artesanía aquí, en Hardwick Hall, pero se están descubriendo tantas que creo que deberían exhibirse en un museo, para que sean accesibles al gran público.

–Es una buena idea. Me encantaría ver tus piezas y tu excavación.

–Esta manana cabalgué hasta allí. Quería sacar a correr a los perros. Un amigo me regaló un par de mastines hace un par de semanas.

–¡Oh! –exclamó Diana. Se arrodilló en la cama y tendió una mano hasta el otro extremo del tablero. Luego le tapó la boca–. ¡No me digas sus nombres! –pidió–. Te los diré yo.

En el momento en que le tocó el rostro, el deseo invadió a Mark como lava y le volvió la sangre caliente y exigente.

–*¡Rómulo y Remo!* –exclamó Diana con placer.

–¿Cómo lo has sabido? –inquirió Mark–. No, no me lo digas. Marco tenía un par de mastines que se llamaban *Rómulo* y *Remo.*

Diana volvió a taparse con las sábanas.

–¡Exacto! –respondió con profunda satisfacción.

Él levantó una ceja.

–Pudo habértelo dicho el señor Burke. Él admira mucho a esos perros.

–Pero no lo hizo –insistió ella–. Y hay otra cosa extraña: creo firmemente que el señor Burke era tu amo de esclavos, Kell.

–¿El del látigo? –preguntó el conde, divertido.

–El mismo. Ahora puedo reírme, aunque al principio me horrorizó.

–Burke tiene esa cualidad; a veces aterroriza.

–Mentiroso. Dudo mucho de que algo te aterrorice –replicó Diana entre risas.

La mente de Mark no parecía estar en el juego de ajedrez; sin embargo, le tomó el caballo y luego la torre.

–Cuando retrocediste en el tiempo –dijo con cautela–, ¿qué año era?

–El 61 después de Cristo. Boudicca había encabezado el levantamiento de las tribus celtas y quemado Londres hacía menos de un año. En consecuencia, Paulino, que estaba a cargo del ejército romano, exterminaba de forma sistemática a los britanos, tribu por tribu.

Ambos olvidaron el juego a medida que Diana se adentraba en la historia.

–Julio Clasiciano, el procurador de Britania, quería deshacerse de Paulino. Necesitaba un líder más diplomático para restablecer el apoyo britano. Marco y Julio estaban bastante de acuerdo en ese tema, de modo que Julio pidió a Marco que fuera a Roma y hablara con el senado. –La voz se le quebró, y en sus ojos surgió una expresión de gran tristeza–. Debí haberlo detenido para que no fuera.

Mark no quería que Diana llorara, de modo que para distraerla de la tristeza, se le ocurrió provocarla desmereciendo su historia.

–En realidad, haces que suene creíble.

Diana miró las piezas de ajedrez, vio que no tenía posibilidad de ganar y de pronto movió las piernas debajo de las sábanas para desparramarlas.

Los ojos negros de Mark bailaron.

–Pequeña zorra obstinada –murmuró–. Te gusta jugar, pero no te gusta perder.

–¡Digo la verdad! ¡No estoy jugando a nada!

–Entre un hombre y una mujer, Diana, siempre hay un juego.

–Oh, Dios, yo te dije eso. Has esperado mil setecientos años para devolverme mis palabras.

Por un breve instante, él experimentó la sensación de *déjà vu* que desechó al instante, sin querer creerlo. Sin embargo, resultaba fácil pensar que habían sido amantes. Si había esperado mil setecientos años, sería para devolverle algo más que palabras. Debía ejercitar su voluntad férrea para evitar tomarla abruptamente entre sus brazos. El perfume de Diana lo embriagaba; ella le resultaba irresistible y casi familiar. También necesitaba saborearla, tomar sus pechos en las palmas de las manos y hundirse hondo dentro de ella; hacer brotar la pasión salvaje de la que sabía ella era capaz.

«¡Basta! –se dijo–. Esta muchacha te ha hechizado.» La estudió durante varios minutos.

–Tengo cierta curiosidad por saber qué creyó ese Marco Magno que eras la primera vez que te vio. Sin duda no creería que llegabas del futuro.

–De hecho, no me creyó. Recuerdo que yo llevaba puesto un vestido odioso y una peluca empolvada, igual de odiosa. Él pensó que yo era una anciana desfigurada, hasta que...

«Hasta que te vio desnuda», completó Mark en silencio.

–Durante un tiempo estuvo convencido de que yo era una sacerdotisa druida y que me habían enviado a espiarlo.

–Eso tendría sentido, considerando la forma peculiar en que ibas vestida –bromeó él.

–¡Eso tendría sentido considerando mi alto grado de inteligencia! –replicó ella.

–Eres bastante culta, lo admito.

Diana se encogió de hombros.

–Tú has visto la biblioteca de mi padre... y la codiciabas, debo agregar.

–Entre otras cosas –murmuró él en tono sugerente.

Diana se ruborizó, demostrándole que sabía con exactitud qué más codiciaba él.

–Es probable que hayas estudiado con rigor a los romanos, lo mismo que yo –sugirió Mark.

–No, eso es lo más extraño. Jamás me interesó demasiado el período romano. En general, yo fantaseaba con otras épocas de la historia. Prefería el período isabelino o el medieval a la época georgiana.

–¿Por qué? –preguntó él con curiosidad.

Ella lo miró seria.

–No tienes la menor idea de cuán restringida es la vida de una joven soltera. No tengo libertad para vestirme ni hablar, y si fuera por Prudence tampoco tendría libertad para pensar.

«Yo mismo soy fanático de la libertad –pensó él–. Es lo más preciado que tenemos.»

–Si comparas a nuestros dandis afeminados, que emulan al príncipe de Gales, con los hombres de la época medieval o isabelina, seguro que no necesitarás preguntarme por qué prefiero esas épocas de la historia.

–Bueno, muchas gracias.

–Oh, no lo digo por ti. Tú eres como debería ser un hombre de verdad, aunque rara vez se lo encuentra.

«De modo que hay una atracción mutua», pensó él.

–Dime –dijo ella con tono práctico–, ¿cómo te mantienes en tan buena forma física?

Él sonrió, halagado de que ella lo notara.

–Hago ejercicio, nado, monto a caballo y a veces trabajo en las canteras. No hay nada como el trabajo físico para formar a un hombre. Es bueno para la mente y también para el cuerpo.

–Sin duda a ti te hace bien –admitió ella con una mirada provocativa.

–Las cosas que dices no son en absoluto convencionales. Esa cualidad me resulta atractiva.

–No sólo lo que digo... Podría enseñarte cosas que jamás has soñado...

–Estás haciendo algo más que flirtear conmigo –acusó él–. ¡Actúas en forma deliberadamente seductora!

–Forma parte del juego. –Esbozó su sonrisa misteriosa.

–Cuando juegue contigo, será según «mis» reglas –advirtió él.

Ella le lanzó una carcajada en la cara.

–Si crees eso, lord Bath, no sabes tanto de las mujeres como crees.

«Dios Todopoderoso, cuánto placer me procurará dominarla.»

Ella percibió el oscuro salvajismo que reflejaban sus ojos y temió haber llegado demasiado lejos.

–Como me propongo vestirme y abandonar este cuarto mañana, quizá sea mejor que descanse un poco.

–Sólo te levantarás si el doctor Wentworth y yo estamos de acuerdo –dijo Mark con firmeza.

–Ya veremos –replicó Diana mientras lo acompañaba hasta la puerta.

–Si crees que te dejaré hacer todo a tu manera, no me conoces muy bien.

–Sé más de ti que ninguna otra mujer –le aclaró ella con suavidad, seduciéndolo de nuevo antes de cerrarle la puerta en la cara.

Cuando se quedó a solas, Diana fue hasta los altos ventanales. Apartó las pesadas cortinas y se puso a contemplar el paisaje. Una fina capa de nieve cubría el suelo y se extendía por las ramas de los árboles despojados y negros. La pálida luz de la luna proyectaba sombras extrañas en diferentes direcciones. La belleza de la noche encerraba cierta frialdad. Diana jamás había visto Aquae Sulis en invierno, y de algún modo se sentía decepcionada por ello. Habían partido hacia Roma antes de que comenzara a nevar. Sin embargo, hacía frío. Se le curvó la boca al recordar las protecciones de piel para las piernas. A Marco le resultaban muy eróticas.

Marco... Marco. Él era la razón por la que se sentía estafada. No tenía nada que ver la estación, ni tampoco Aquae Sulis. ¿Cómo iba a pasar el resto de su vida sin él? ¿Cómo pasaría esa noche? Dibujó su nombre con los dedos en el vidrio húmedo de la ventana.

Suspiró profundamente. La luz del día había disipado el temor, pero en la oscuridad crecía de nuevo. Diana comenzó a temblar. Volvió a la seguridad de la cama y se tapó hasta el mentón.

En su alcoba, Mark Hardwick yacía inmóvil en la cama, con los brazos cruzados detrás de la cabeza. Intentó relajarse, pero era casi imposible. Con los ojos recorrió su cuerpo hasta el sexo, aún erecto. Al diablo con ella; no había manera de que se relajara. Y, sin embargo, no era sólo el deseo desenfrenado lo que lo ponía tenso.

En el instante en que entró en su alcoba, buscó en sus libros de historia romana hasta encontrar el período del que hablaba Diana. Los libros confirmaban todo lo que ella decía. El gobernador de Britania era Suetonio Paulino; el procurador, Julio Clasiciano. Incluso había mencionado a Boadicea por su nombre auténtico, Boudicca, en lugar de denominarla Boadicea, como todos la llamaban en la actualidad.

Buscó en la enciclopedia una referencia al juego Ladrones, pero no encontró nada. Por fin halló el volumen donde lo había visto mencionado, pero lo único que decía era: «Juego romano cuyos detalles exactos no se han podido recuperar».

Sin necesidad de consultar libros de historia, Mark sabía que Nerón había sido emperador de Roma en esa época. A pesar de que todo lo romano le fascinaba, se indignaba al pensar en las atrocidades que había cometido Nerón. En la inauguración del Coliseo, se habían asesinado nueve mil animales. Nerón era un demente que se suicidó, aunque no lo bastante pronto. La memoria de Mark se negaba a contemplar lo que ese hombre les había hecho a los cristianos.

Mark estaba lejos de conciliar el sueño. Bajó de la cama, se puso una bata y fue a su escritorio. Estaba escribiendo un libro sobre la historia de Bath, que comenzaba cuando Claudio invadió Britania y estableció un centro de descanso para los militares, abastecido por vertientes naturales de agua caliente, que recibió el nombre de Aquae Sulis.

Mark extendió un mapa de Aquae Sulis que había trazado y se puso a estudiarlo. Cada vez que trabajaba en su proyecto romano se abstraía por completo. Mientras su cuerpo se relajaba, su mente comenzó a repasar las preguntas que jamás había sido capaz de responder. ¿Por qué él sentía esa pasión arrolladora por todo lo romano? ¿Habría vivido en la época en que los romanos ocuparon Britania? Siempre había sido lo bastante liberal como para creer en esa posibilidad.

Ahora, sin embargo, le asaltaban otras preguntas. ¿Había

sido romano? ¿Había sido un general llamado Marco Magno? Le gustaba el nombre. Le caía bien. Dejó el lápiz y se mesó el cabello. Estaba dejándose llevar por la fantasía en la que deseaba creer porque Diana formaba parte de ella. Quería creer que habían sido amantes y que podían serlo de nuevo. ¡Lo estaba gobernando su pene!

Si aquello era el resultado de un día de negación y contención, ¿cómo diablos se sentiría al cabo de una noche en las mismas circunstancias? Sabía que la única manera de sacársela de la cabeza era hacerle el amor. Ya era medianoche. La casa estaba dormida. Podría ir por el pasillo hasta la habitación de Diana y llevarla a la fuerza a su cama. Ella lo atraía tanto que se puso de pie y contempló la puerta con una urgencia que casi lo desbordó.

Debajo de los cobertores, mientras comenzaba a entrar en calor, Diana contemplaba la larga noche solitaria que le esperaba, llena de temor. Entonces se le ocurrió pensar en algo más reconfortante: si se quedaba dormida quizá soñara con Marco. La idea le resultaba tan irresistible que logró adormecerse, y al fin se durmió. Cayó de inmediato en un profundo abismo y continuó durmiendo imperturbable hasta la medianoche. Luego, lentamente, comenzó a agitarse.

¿Dónde estaba? Dios mío, se hallaba de nuevo en la prisión de los esclavos. Estaba encadenada como ellos, ¡pero tan cerca que podían tocarla! Diana los empujó salvajemente para evitar el contacto repulsivo. Al alejarse de uno, la asía otro.

–No, no –gimió desesperada mientras se movía hacia uno y otro lado para esquivar las manos crueles.

Para cuando el enorme guardia fue a llevarla al circo Máximo, temblaba de forma descontrolada. «¡Dios mío, no dejes que esto suceda! ¿Por qué he vuelto a retroceder en el tiempo?» Ya había pasado por eso, y ahora tenía que vivirlo todo de nuevo, sólo que esta vez era peor. ¡Esta vez sabía lo que le esperaba en la arena! Medio loca de miedo, comenzó a gritar, y entonces, de forma milagrosa, se liberó del verdugo y echó a correr.

Mark escuchó el grito de terror. Cruzó con rapidez su habitación y abrió la puerta. Diana corría por el pasillo oscuro que comunicaba su habitación con la de él. Corrió directa a sus brazos.

–He vuelto, he vuelto –lloraba; el cuerpo le temblaba, los dientes le castañeteaban.

Mark sintió que, bajo el algodón fino del camisón, estaba helada.

La estrechó con fuerza en sus brazos poderosos, y ella se aferró desesperada.

–Diana, estás a salvo. Ha sido una pesadilla.

A Mark lo invadió un sentimiento de protección. Experimentaba una profunda necesidad de protegerla con su vida, aunque sólo fuese de la oscuridad.

31

Él la levantó y la llevó junto al fuego. Ella le rodeó el cuello con desesperación.

–Marco, ayúdame –rogó.

–Soy Mark –dijo él con firmeza al tiempo que se sentaba en una silla junto al fuego, aún con ella en brazos.

Diana temblaba como un animal asustado que hubiera caído en una trampa. Apretó la cara contra el hueco entre el cuello y el hombro, y él le acarició el cabello y la espalda con su mano firme para imbuirle algo de su energía.

–Diana, ¿sabes dónde estás? –preguntó. La voz de Mark era profunda, casi severa. De manera instintiva sabía que ella necesitaba su fortaleza, no su gentileza. Le pareció que ella asentía con la cabeza. Él le aflojó el lazo ajustado del cuello y le tomó las manos. Diana tenía los ojos muy abiertos, por el miedo, y respiraba con dificultad, como si hubiera corrido para salvar la vida–. ¡Respóndeme!

–Sí –susurró ella.

–¿Quién soy?

–M... Mark.

–Entonces sabes que estás a salvo. ¡No dejaré que nada ni nadie te haga daño!

Ella levantó las manos para sentir la masa de músculos del pecho viril; luego las desplegó, como midiendo la anchura de los hombros amplios; a continuación apretó los poderosos bíceps, probando su fuerza.

Lo miró a los ojos.

–Eres el mismo. Tan grande, tan fuerte... Eres una fuerza tan poderosa contra el mal... Necesito que me abraces.

«Para siempre», pensó él.

–Por todo el tiempo que lo necesites –prometió el conde.

Ella lo abrazó tan fuerte como él a ella. Se entregó a la fuerza de Mark, confiándose a él por completo. Cuando comenzó a invadirla el calor del fuego y el del cuerpo del conde, comenzó a sentirse aliviada. Poco a poco el pánico empezó a ceder. Dejó de temblar en forma gradual y se quedó en calma y confiada en sus brazos.

Mientras la tenía en el regazo, a Mark le maravilló que la mujer seductora de hacía unas pocas horas fuese ahora una niña pequeña. Nunca antes había cuidado ni protegido a una mujer. Era una sensación embriagadora saberse tan poderoso. Y aunque resultara extraño, cuando Diana se abandonaba a su fuerza, se la duplicaba y lo hacía sentirse omnipotente.

Ella le había brindado su confianza. Él sabía que no habría un momento mejor para conocer el resto de la historia.

–Cuéntame... Dime qué sucedió.

–¿En la pesadilla?

–No, Diana. ¿Qué sucedió en Aquae Sulis?

Ella se acurrucó contra él.

–Marco y yo nos enamoramos de forma tan profunda y completa que me resulta difícil explicarlo. Había muchos obstáculos entre nosotros: nuestras creencias, nuestras actitudes, nuestra religión, incluso la misma época histórica, pero nuestro amor lo superaba todo. Éramos almas gemelas.

Las palabras murmuradas despertaron en el corazón de Mark una sensación de soledad. Él jamás había conocido lo que ella describía. La apretó más y ella frotó la mejilla contra el pecho firme como una roca.

–Él no quería ir a Roma sin mí, pero consideraba que era su deber. Quería que nos casáramos pero necesitaba permiso de Roma, porque él era un soldado de carrera que había firmado contrato por veintiséis años. –Movió la cara para escuchar los latidos del corazón de Mark–. A mí me aterrorizaba ir a Roma. Había leído acerca de las atrocidades de Nerón, de modo que decidí utilizar mi poder de seducción para evitar que Marco fuera. Pero, como él debía ir, al fin superé mis temores y lo acompañé.

»El padre me recibió como a una hija. Entre Tito Magno y

yo creció un gran afecto en el poco tiempo que pasamos juntos. Marco me dejó en la villa de su padre mientras él y el procurador influían en los senadores para reemplazar a Paulino como gobernador de Britania...

La voz de Diana se entrecortó.

–Por muy terrible que te resulte, debes afrontarlo –la alentó Mark–. Debes confiar en mí, te mantendré a salvo. –Le rozó la sien con los labios.

Ella se apartó y lo miró a los ojos.

–Yo confiaba por completo en Marco. Creía que él sería la única protección que necesitaría en mi vida. Era el hombre más fuerte, el más poderoso físicamente que ninguna época de la historia jamás podría producir... pero no fue suficiente.

–¡Continúa, Diana! –Era una orden.

–Envenenaron a Tito y me culparon a mí. –Comenzó a sollozar, y el resto salió con rapidez–. Me llevaron a la prisión de los esclavos; fue una pesadilla. Marco era lo único que mantenía viva la esperanza dentro de mí. Estaba segura de que vendría. Me llevaron al circo Máximo para ejecutarme mientras Nerón disfrutaba del espectáculo desde su palco imperial. Marco estaba con él. Debía de haberse enterado del asesinato de su padre al mismo tiempo en que me vio atada a la estaca, en la arena. –Dejó escapar un suspiro tembloroso que le convulsionó todo el cuerpo, y se aferró a Mark Hardwick como si fuera su tabla de salvación–. Los leones, las llamas y Marco llegaron a mí al mismo tiempo. ¡Marco me amaba tanto que hundió su espada en mi corazón para poner fin a mi agonía!

Mark cerró los ojos, sintiendo el dolor de Diana y reviviendo la torturada angustia de Marco. Era como si experimentara su propia muerte.

–Te salvé –murmuró dichoso.

Diana dejó de sollozar y lo miró.

–Te salvó Marco –corrigió él–. Cuando te clavó su espada, regresaste a nuestra época.

–Sí. –Ella le acarició el rostro, tan desgarradoramente familiar, tan amado–. Gracias.

El momento compartido era privado, íntimo, sólo de ellos. Diana volvió a acomodarse contra su pecho y él la rodeó con los brazos. La joven se sentía débil, se fundía en la fuerza de Mark, que sabía duraría para siempre.

Él no se movió hasta que supo que estaba dormida. Entonces la llevó a su cama y la depositó con suavidad sobre las sábanas. La miró con expresión perpleja. Diana le había contado la historia con tanta convicción que él la había revivido con ella. Había tantas preguntas y tan pocas respuestas, pero de algo estaba seguro: la vida de ambos se hallaba entrelazada.

Se tendió junto a ella sobre la cama y la contempló como un oscuro ángel vengativo.

Ella percibió su presencia y se dio la vuelta hasta quedar en su posición favorita, con una de las piernas entre las de Mark, y una de las de él entre las suyas.

«Cree que está en la cama con Marco», gritó la mente del conde.

–Sé que eres Mark –susurró ella, como si le hubiera leído el pensamiento. Sus manos rozaron los músculos duros y luego se quedó dormida.

Cuando el señor Burke abrió la puerta de la habitación con el agua para que se afeitara el conde, los ojos de Mark Hardwick se abrieron en gesto de culpa. Mientras la hermosa joven se despertaba en sus brazos, él dijo:

–Señor Burke, usted no ha visto nada.

–Por supuesto que no, señor –afirmó Burke con calma. Dejó el agua y se retiró, como hacía todas las mañanas.

Diana se apoyó en el pecho de Mark para incorporarse, y se ruborizó profundamente.

–Lo lamento, señor.

–Yo no. Fue un placer. –Los ojos negros brillaron con humor–. Y ya que hemos dormido juntos, creo que puedes dejar de llamarme «señor».

Diana no sonrió.

–Quiero agradecerte tu ayuda. Estaba aterrorizada, y tú disipaste mis miedos. –Lo dijo muy seria, y enseguida se cubrió, con vergüenza.

Él levantó los brazos detrás de la cabeza, estiró los muslos musculosos debajo de la bata y la recorrió con una mirada con placer.

–Si soy Marco Magno, ¿de qué te avergüenzas? Por cierto, despertar en mis brazos te resulta familiar.

La vergüenza de Diana se convirtió de inmediato en enojo. Mark se estaba burlando de ella.

–Pero totalmente desconocido para ti. Yo recuerdo cada detalle; ¡tú no recuerdas nada!

–Recuerdo lo de anoche –replicó él en tono seductor–. Quizá puedas refrescarme la memoria. A ver... Cuando despertabas con Marco, con los cuerpos entrelazados, seguramente te hacía el amor. ¿Por qué no me dejas que...?

–Sigue soñando –lo cortó, al tiempo que se apartaba el cabello de la cara y bajaba de la cama.

Él maldijo entre dientes la reacción que había tenido su cuerpo al mero contacto con ella. Bajó de la cama y le dio la espalda para inclinarse a atizar el fuego.

Mark sospechaba que Diana era muy consciente de cuán tentadora lucía con el camisón lavanda y la masa sedosa de cabello dorado que le caía por los hombros. Estuvo a punto de acusarla de correr a él por la noche con el pretexto de una pesadilla, pero calló a tiempo. Sabía que el terror había sido genuino. Sin embargo, a la luz del nuevo día, también Diana había recuperado la confianza en sí misma y de nuevo se había convertido en un bocado apetitoso.

Cuando Mark se dio la vuelta, vio que Diana examinaba el mapa que permanecía abierto sobre el escritorio.

–Esto está mal.

Él se puso rígido.

–¿Qué diablos quieres decir?

–Este mapa de Aquae Sulis está mal. ¿Quién lo hizo?

–Lo hice yo –respondió él con tono agresivo.

Ella lo miró con pena.

–Oh, querido, qué mala memoria tienes.

Él acortó la distancia que los separaba.

–No lo saqué de mi memoria, sino de mis investigaciones.

–Entonces tus investigaciones son tan malas como tu memoria.

–¿Qué tiene de malo el mapa? –inquirió él.

–El fuerte abarcaba un área más extensa que la que indican tus dibujos. Los baños se hallaban dentro de los muros. Los construyeron para los legionarios.

El conde estaba a punto de contradecirla, pero de pronto vio que lo que ella decía tenía absoluto sentido.

–La fortaleza abarcaba por lo menos doce hectáreas. Además de las viviendas para los soldados, a lo largo de los muros había enormes barracas que albergaban esclavos.

Los dedos de Mark siguieron el sendero que los de ella trazaban en el mapa.

–¿Esclavos?

Diana lo miró con franqueza.

–Eran tus malditos esclavos. ¿Quién diablos crees que construyó los caminos y los puentes? Los romanos no, ¡aunque se atribuyeron todo el mérito!

–¡Mis ingenieros eran los más prestigiosos del mundo! –Se detuvo sorprendido por lo que había dicho.

–¡Entonces recuerdas!

Estaban tan cerca uno del otro que los muslos de ambos se tocaban. Diana de pronto se dio cuenta de cuán transparente era su camisón.

–Oh, Dios, olvidé que venía el doctor –dijo entre dientes.

Diana regresó a la alcoba de color durazno apenas un instante antes de que Nora atravesara el umbral.

–Tu baño está listo, y aquí tienes un camisón más decente para ponerte antes de que llegue el doctor.

Bañado y afeitado, vestido con pantalones de color amarillo claro y chaqueta verde botella, Mark Hardwick saludó a su amigo, Charles Wentworth.

–¿La alentaste a hablar? –preguntó el médico al tiempo que arqueaba una ceja.

–Sí, ha hablado bastante.

–Sin coacción, ¿verdad?

–Maldición, Charles, hablas como si fuese incapaz de mostrarme gentil con una mujer.

–Mmm, bueno, supongo que siempre hay una primera vez para todo. ¿Ha modificado la historia?

–No. Está absolutamente convencida de haberse trasladado en el tiempo.

Mientras subían la escalera tallada isabelina, Mark preguntó:

–¿A veces no tienes la impresión de que has vivido en otra época?

Charles estudió el rostro moreno de su amigo para ver si hablaba en serio. Así era. El médico lanzó una carcajada.

–Para serte franco, sí. Cuando me gradué en la universidad y fui de viaje, visité Egipto. Para mí era tan conocido como Londres. O más. Experimenté un *déjà vu* tan intenso en cada parte a la que iba, que pensé que no era posible que fuera la primera vez que estaba ahí. –Una expresión de desaprobación se le dibujó en el rostro–. Haber sido médico de los faraones suena a divagaciones de loco...

Mark se encogió de hombros.

–A mí me suena bastante normal, amigo. Ahora te dejaré con tu paciente.

Charles entró en el cuarto de Diana y saludó:

–Buenos días, lady Diana. Tiene mucho mejor aspecto; está radiante, de verdad.

–Gracias, doctor Wentworth, me siento bastante descansada. ¿Puedo levantarme hoy?

–No tan rápido, jovencita. Primero tengo un par de preguntas que hacerte. ¿Has tenido algún dolor?

«Sólo en mi corazón.»

–No, en absoluto, doctor.

–Bien. ¿Has sentido alguna debilidad o mareo?

–No.

La puerta se abrió y entró Mark.

–¿Te ha contado acerca de la terrible pesadilla que tuvo anoche?

Los ojos de Charles buscaron los de Diana para confirmarlo.

–Tan real que creyó que había vuelto atrás en el tiempo –continuó Mark.

Diana le clavó la mirada.

–Qué interesante –comentó Charles–. No está del todo mal, en mi opinión.

–Bastante mal –corrigió Mark, serio.

–No, quise decir que, en lugar de reprimirse, lo que le ha ocurrido aflora tanto en forma consciente como inconsciente. –Los miró a ambos–. En apariencia, te sientes a gusto al hablar de esto con Mark, y yo creo que ésa es la mejor terapia.

Diana se ofuscó.

–Si cerraras la boca, el doctor me dejaría levantarme hoy.

Mark se irguió ante ella.

–No me importa que te levantes. Ya te he visto tanto en la cama que comenzaba a pensar que eras mi concubina.

Charles sonrió.

–Por Dios, no necesitáis de mi presencia para comunicaros, a menos que haga de árbitro.

Diana se ruborizó un poco.

–Lo lamento, doctor Wentworth, pero Mark no puede ser tan arrogante.

Los ojos de Charles bailaban.

–Me doy cuenta de que lo conoces desde hace un tiempo.

«Sólo desde hace mil setecientos años.»

–Puedes vestirte si no te esfuerzas demasiado y si prometes descansar esta tarde. Y también mañana.

–Para ese momento habrán llegado mi tía y mi tío. Por Dios, no ansío en absoluto el interrogatorio a que me someterán.

–Me complacerá hablar con ellos, Diana. Les advertiré sobre lo que podría sucederte si te presionan demasiado.

–Gracias, doctor.

–¿También Peter regresará hoy? –preguntó Charles al tiempo que dirigía una mirada a Mark para advertirle de que le convenía aclarar sus sentimientos respecto a la joven antes de que regresara su hermano.

Mark acompañó a Charles hasta la puerta principal del Hardwick Hall, y la mantuvo abierta un momento.

–¿Charles?

–¿Sí, Mark?

–Métete en tus propios asuntos.

Charles sonrió con placer, sin ofenderse en lo más mínimo.

Tan pronto como se quedó sola, Diana se levantó de la cama y abrió el armario. Allí estaban colgados el odioso vestido de color beige y el obsoleto corsé. Luego se detuvo en el baúl que dejara olvidado la mañana en que había huido de Hardwick Hall. Se puso de rodillas para abrirlo y acudió a su mente la imagen de la hermosa ropa nueva.

Allí estaba el osado medio corsé rojo y el vestido de terciopelo verde jade que había comprado en la tienda de madame Madeleine. Sacudió los pliegues de terciopelo y lo colgó; luego hizo lo mismo con los otros vestidos. Guardó debajo de la almohada el camisón que tenía puesto y se puso el corsé. Si bien no era tan exótico como las prendas romanas, apostaba a que era la prenda más osada de todo Bath.

Se puso el elegante traje de montar negro y se recogió el cabello largo en un *chignon* en la base de la nuca. Al no encontrar al conde en la casa, lo buscó en los establos. Él estaba ensillando un caballo, y cuando Diana le pidió que le ensillara uno para ella, frunció el entrecejo.

–El tiempo no es propicio para un paseo tranquilo por el parque, lady Diana.

De nuevo se dirigía a ella en tono formal. Se preguntaba si se debería a un hábito muy arraigado en él.

–Yo no cabalgo tranquilamente. He aprendido a cabalgar con osadía, tal como hago la mayoría de las cosas. Es mucho más emocionante.

–El doctor te recomendó que no te excedieras.

Ella levantó el mentón con orgullo.

–No eres el único que necesita una cabalgada de vez en cuando como vía de escape. También yo anhelo la libertad cuando estoy mucho tiempo encerrada.

Mark cedió y le ensilló un caballo. Al parecer, ambos opinaban del mismo modo acerca de la libertad. La llevó a la parte de atrás de la propiedad, donde estaba la excavación; allí Diana desmontó y caminó por el lodo, tan fascinada como él por el proyecto arqueológico.

Desde allí cabalgaron hasta las canteras, donde Mark advirtió que ella hacía preguntas inteligentes a los obreros. Se le ocurrió que no fingía interés para halagarlo, como la mayoría de las mujeres; Diana sentía genuina curiosidad.

Cuando se detuvieron en una posada a comer algo, el conde no se animó a pedir un cuarto privado. Mantuvieron una fría distancia mientras comían y hablaban como si hubiesen declarado una tregua. Evitaban hablar de temas personales, evitaban provocarse y también hacer cualquier tipo de referencia a la noche anterior.

La cortesía continuó durante el regreso a Hardwick Hall. Cuando llegaron, cada cual se sentía a gusto consigo mismo. Habían pasado el tiempo juntos sin perder los estribos ni una sola vez. Para los dos era un alivio poder comportarse de manera tan civilizada.

Diana se dirigió a su cuarto, decidida a dormir un poco para no estar tan cansada por la noche. Era factible que Prudence, Richard y Peter llegaran aquella tarde, si las carreteras se hallaban transitables. Se quitó el traje de montar y lo colgó en el armario. Esa noche se pondría el vestido de color jade, para darse confianza. No deseaba sentirse en desventaja al enfrentarse con Prudence.

Se abrió la puerta de la habitación.

–Diana..., yo...

Los ojos negros de Mark contemplaron las piernas largas, los pechos exuberantes y la osada prenda de color rojo. Esa imagen de Diana contrastaba tanto con la severidad que mostrara en la cabalgada, que él perdió el control.

Sus manos se cerraron alrededor de la menuda cintura, y la atrajo hacia sí para besarla.

–Oh, santo cielo, no me beses... Una vez que comenzamos, jamás podemos detenernos –murmuró ella.

32

Tenerla en sus brazos le provocaba una sensación tan embriagadora que Mark Hardwick no habría podido detenerse ni aun queriéndolo. Cuando la había abrazado durante la noche, ella estaba en verdad aterrorizada, y en él la sensación de protección había ganado al deseo. Ahora, sin embargo, Diana no temía a nada, excepto a la intensidad de lo que sentía por Mark.

La besó con intensidad, exigente, y Diana respondió con voracidad. «No te detengas..., no te detengas jamás», gritó su mente.

Un beso no era suficiente. Los labios de Mark le acariciaron las pestañas, las sienes, las mejillas; luego retornó a la boca una vez más y la obligó a abrirse y aceptarlo. Las lenguas se entregaron a un juego delicioso e interminable, hasta que él la dominó y ella se entregó deseosa.

Se besaron hasta quedar sin aliento, hasta que el deseo de uno por el otro se tornó voraz. Mark la abrazó, y los brazos de Diana se deslizaron por la nuca viril y lo aferraron, posesivos. El cuerpo menudo lo excitaba tanto como su entrega apasionada. Ella no se contenía; le permitía ser tan dominante y salvaje como deseara, le dejaba tomar todo de ella, mientras ella le entregaba su cuerpo.

Diana gimió con suavidad mientras las manos poderosas recorrían las curvas femeninas, recordando, recordando.

Sin separar la boca de la de Diana, Mark la llevó por el pasillo hasta su propia habitación y cerró la puerta con un pie, para dejar afuera el mundo.

Diana ansiaba verlo desnudo, pasar las manos por los músculos del pecho, por sentir la caliente piel masculina desnuda contra su carne suave. Conocía el cuerpo de Marco a la perfección, pero no el de Mark. Ambos sentían lo mismo, pero ella necesitaba verlo, saborearlo, explorar al máximo su poderosa masculinidad.

Sus dedos intentaron abrir los botones de la camisa, pero la impaciencia de él la hizo desistir. Mark la dejó en la cama mientras se arrancaba la camisa de un tirón. Los ojos de Diana se agrandaron al ver la media moneda de oro que brillaba contra la oscura extensión del pecho musculoso. Sus dedos temblaron al tomarla.

–¡Mark, tu moneda del César! ¡Marco la llevaba siempre!

Las pupilas de Mark se dilataban de necesidad. Quería dejarle su marca para borrar todos los recuerdos de Marco. Tendió las manos, pero ella lo detuvo.

–¿De dónde sacaste la medalla?

–Siempre la he tenido –respondió él, turbado.

Y de nuevo la buscó con las manos. Los dedos fuertes se desplegaron por debajo de los pechos; bajó la cabeza para devorarlos.

–¡Espera! ¡Espera! Tengo algo que mostrarte.

Él cerró los ojos y soltó un lastimoso quejido. Lo último que quería en el mundo era esperar. Como ella lo demoraba, sus manos fueron hasta la cintura de los pantalones de montar y se los quitó.

Los ojos de Diana se llenaron de amor. Desnudo y sin las ropas modernas, Mark era Marco. No lo había perdido; estaba allí mismo. Dependía de ella que él recordara. Rió en silencio. Tendría que atraparlo. Mark Hardwick se mostraba imperturbable en cuanto a su libertad. Fácil de seducir e imposible de casar. En aquel momento Diana decidió tenerlo. ¡De ningún modo iba a volver a perderlo!

Poco a poco, en actitud provocativa, Diana se aflojó los cordones del corsé de encaje escarlata y se lo quitó. Los ojos negros de Mark se derritieron mientras la recorrían desde los pechos hasta los rizos dorados del monte del Venus. Alrededor de la breve cintura, ella llevaba una cadena dorada que añadía un detalle más erótico a su desnudez. Deslizó los dedos por debajo de la medalla y la levantó.

–Ésta es la otra mitad del César. Nos complementamos a la perfección.

Ahora Diana había captado su atención. Desabrochó la cadena y puso la otra mitad de la valiosa moneda de oro en sus manos. Mark la levantó hasta su propia mitad. Al ver que las dos mitades se unían y formaban un Julio César perfecto, se sentó en la cama, consternado.

–Toda mi vida he estado buscando esto. Probablemente sea la razón por la que siento esta pasión por la arqueología y las artesanías romanas. Poseo esta media medalla desde que tengo memoria. Suponía que provenía de un tatarabuelo. ¿Cómo la obtuviste?

Diana se puso de rodillas junto a la cama. Un leve rubor asomó a sus mejillas mientras recordaba.

–La moneda estaba completa cuando la usaba Marco. Después de la primera noche que pasamos juntos, él se la quitó y la colocó en mi cuello para que así lo recordara siempre mientras estabamos separados.

–¿Después de hacerte el amor?

–No. –Ella bajó la mirada–. La primera noche quiso mantenerme virgen.

–Debe de haber estado loco –dijo Mark con voz ronca.

–Después de eso, cada vez que hacíamos el amor nos la pasábamos y nos turnábamos para usarla. La moneda del César lucía preciosa en él. Cuando me pidió que nos casáramos, me regaló la mitad para que la llevara para siempre.

Mark la abrochó y se la deslizó por la cabeza. La media medalla se sumergió en el profundo valle que se formaba entre los pechos.

–¿Ahora me crees cuando digo que alguna vez fuiste Marco?

–Estoy comenzando a creerlo –admitió con una voz que sonaba como terciopelo negro. Estiró los dedos callosos para acariciar los pechos abultados. Diana se estremeció–. No creo que tenga la fuerza de voluntad para mantenerte virgen por mucho tiempo.

–Pero ya no soy virgen. Me hacías el amor todas las noches –susurró Diana.

Él le cubrió los hombros con manos delicadas y la empujó hacia la cama. Diana se entregó a todo lo que él quisiera hacerle. Los ojos de ambos se encontraron y se sostuvieron la mirada mientras Mark acariciaba la parte interior de los muslos sedosos. Diana, incapaz de resistirse al contacto, lo acogió deseosa y abrió los muslos para ayudarlo a encontrar lo que buscaba.

Cuando Mark pasó los dedos por los rizos dorados, ella arqueó el sexo de placer. El contacto era hipnótico. De nuevo se maravilló de que esas manos tan grandes y fuertes fueran tan tiernas al acariciar la piel femenina.

Con un dedo, Mark acarició la hendidura; una gota de rocío femenino se formó de inmediato y lo atrajo, allanándole el camino. Con un dedo él dibujó un círculo y separó los pétalos rosados. Un dedo penetró en su interior.

Diana se mojó el labio superior con la punta de la lengua. Los ojos negros siguieron la huella húmeda. Diana deseaba tener esos dedos dentro de ella, deseaba tener esa lengua en su interior, deseaba enfundar el gran *gladius*. Se ahogaba de necesidad, y resultaba obvio que él se proponía prolongar el juego amoroso hasta llevarla al borde de la locura. Tragó con dificultad; la garganta le dolía del deseo. La primera vez tenía que ser como él quería. ¿De qué otra manera podría ella esclavizarlo, si no?

Diana le tomó la otra mano, se la besó y luego tomó un dedo y se lo metió en la boca. Comenzó a succionarlo de forma seductora, y Mark experimentó la sensación erótica hasta la punta de su pene duro como el mármol.

Diana estaba ardiente y tensa mientras tomaba el dedo de la otra mano de Mark. Al imaginar cómo la sentiría en su miembro, éste comenzó a palpitar y encabritarse.

El problema era que Mark sentía con claridad la barrera del himen que presionaba al empujar con el dedo. Lo sacó despacio y tomó una decisión. No le diría que aún era virgen, ya que ella creía lo contrario. Diana poseía una sensualidad innata que no tenía nada que ver con la edad, y anhelaba que él le hiciera el amor. Mark no quería ver temor en sus ojos. Quería ver el placer, deseaba sentirlo y satisfacer todas las expectativas de su sexualidad femenina.

Simplemente no pudo resistir lo que hizo después. Se arrodilló, hundió la cabeza entre los muslos de Diana y comenzó a hacerle el amor deliciosamente con la boca y la lengua.

Diana, con los ojos entrecerrados, contemplaba el cabello oscuro de su amado entre sus muslos. Aún le hacía el amor exactamente del mismo modo, gracias a Dios. Arqueó el monte dentro de la boca masculina, hundió los dedos en el cabello negro y lo empujó más para mostrarle cuánto placer le proporcionaba.

Llegó al clímax con asombrosa rapidez, pero deseaba más, mucho más. Necesitaba sentir el peso de Mark sobre su cuerpo, necesitaba que llenara su vacío interior, necesitaba la dominación y sumisión completa de los amantes que hacían el amor para toda la vida.

Mark subió a la cama. Cuando se tendió junto a ella, el desigual tamaño de uno y otro se hizo más evidente. Le acarició las mejillas con el dorso de la mano.

–Eres absolutamente adorable –murmuró al tiempo que mantenía a raya su deseo feroz, para poder saborearla como ella se merecía.

Hundió los dedos en la maraña de cabello dorado. Deseaba envolverse en los bucles sedosos, quería enterrarse dentro de ella. Jamás en su vida se había sentido tan insaciable. Quería todo. Se imaginaba poseyéndola en todas las posturas conocidas y aun en otras..., pero no esa primera vez, le advirtió una voz interior. Ella era menuda y delicada, y él sabía que iba a dolerle cuando la desflorara.

Mark no pudo resistir más. La montó, posesivo, y la besó interminablemente. Comenzaron suave, lenta, dulcemente; luego fueron avanzando en besos sensuales, excitantes, que llevaron a besos salvajes, feroces, voraces, hasta que los labios quedaron hinchados de tanto amor. Luego él comenzó el ciclo de nuevo, frotando con delicadeza los labios contra los de Diana hasta hacer que se retorciera de necesidad. Sólo entonces bajó hasta la garganta, dejando una huella húmeda hasta los pechos doloridos.

Diana bajó la mano y la cerró sobre el sexo masculino. Por Dios, había olvidado lo grande que se ponía en sus juegos amorosos. Cuando ella lo aferró con fuerza con ambas manos, Mark se dio cuenta de que no podía aguantar más, estaba a punto de eyacular.

–Enróscate en mí –apremió con voz ronca.

Diana no necesitaba instrucciones. Las piernas largas subieron por la espalda de Mark mientras él empujaba hondo. Un pequeño grito escapó de la garganta de ella. Mark se quedó quieto para permitirle que se acostumbrara a él. El dolor era tan agudo que se hacía insoportable, pero al instante cesó y lo reemplazó una plenitud que la llenó hasta el límite.

Diana se dio cuenta de que había clavado las uñas en los hombros de Mark; luego él comenzó a moverse y empujar larga y suavemente, luego en embestidas cortas y más rápidas, provocándole una sensación exquisita tras otra. Ahora ella le acariciaba los hombros al tiempo que él le susurraba palabras de amor que ella jamás había oído antes. Los susurros calientes la excitaron hasta que todo el cuerpo le tembló. Se arqueó una vez, dos veces, tres veces y luego alcanzó el clímax.

Cuando las palpitaciones de Diana comenzaron a ceder, él gritó y sintió que le vertía dentro su semilla blanca y caliente. En ese momento Diana experimentó algo que jamás le había sucedido antes. Tuvo otro orgasmo rápido, intenso y caliente.

Se abrazaron de manera posesiva, sin querer separarse. Él se dio la vuelta y la liberó de su peso, pero la llevó consigo, de modo que quedara tendida sobre su cuerpo. Mark aún continuaba dentro de Diana en voluptuoso esplendor. Era lo que ambos querían. Habían olvidado por completo el mundo exterior. Esa noche les pertenecía sólo a ellos. Aunque aún no había oscurecido, se quedarían en la cama hasta el amanecer.

Fue un hecho fortuito que Peter pasara la noche en un garito con su depravado amigo Barrymore, y que Prudence y Richard se vieran obligados a pernoctar en una posada a treinta kilómetros de Bath, a causa del fuerte diluvio que hacía imposible la visibilidad una vez que hubo caído la noche.

El clima agotó la paciencia de Prudence. Cuando se enteró de que en la posada había un solo cuarto disponible, con cama doble, se puso furiosa y vengativa.

Richard dejó que se arreglara sola y se fue al bar en busca de una prostituta amigable. La búsqueda fue infructuosa, así que regresó al cabo de una hora. Ahora estaban furiosos y vengativos los dos.

–Esa miserable sobrina tuya me fue enviada como la plaga de langostas bíblica.

–La miserable de mi sobrina ha hecho posible que tú vivas en Grosvenor Square. ¡Su dinero te permite vivir en el lujo! –exclamó Richard.

–Bueno, ¡si tú ganaras más que un abogado muerto de hambre, podríamos vivir de tu dinero!

–Eres una bruja, Prudence, ¡y la peor amante que he tenido en mi vida!

Prudence quedó sin aliento. No podía creer que un hombre cayera tan bajo como para decir esas obscenidades a su respetable esposa.

–No sé por qué diablos estoy contigo. ¡Debí haberme divorciado hace mucho tiempo!

Prudence se puso rígida. Dios Santo, el escándalo del divorcio la mataría.

–¡No te atreverías! Yo sé demasiado sobre tus turbios negocios. ¡Estafarías a tu propia abuela si tuvieses la oportunidad!

Richard sonrió. No era una mala idea.

–Y tú, mi querida Prudence, me ayudarías a gastar el dinero. Somos iguales, y estamos en esto juntos, te guste o no. Sugiero que encontremos un modo de llevarnos bien.

Le miró los pechos opulentos.

–Ven a la cama, acuéstate, y sobre todo cierra la boca.

Con los dedos rígidos, Prudence apagó las velas y comenzó a apartar las sábanas de su lado. Los hombres eran unos brutos, y tarde o temprano reclamaban sus derechos maritales. Aun así, someterse a los manoseos repulsivos de Richard en la oscuridad era mucho menos traumático que afrontar el mundo como una mujer divorciada a plena luz del día.

Después de dos horribles días de viaje llegaron a Bath, donde decidieron alquilar una casa en lugar de verse obligados a aceptar la hospitalidad de Peter Hardwick. Atardecía cuando llegaron a la magnífica mansión isabelina, que se hallaba rodeada de parques.

Al descender del carruaje, Prudence frunció los labios de sólo pensar que tal vez algún día aquello pertenecería a Diana, si se casaba con Peter Hardwick. Sin embargo, así la muchacha se mantendría lejos de la casa de Grosvenor Square, la casa que Prudence había llegado a creer suya.

El señor Burke los condujo al vestíbulo, donde Diana los esperaba con cierto temor. La mujer la examinó con mirada escrutadora, para ver si advertía algún cambio. Y encontró más de uno. La muchacha que tenía ante sí, vestida con el traje de terciopelo color jade, parecía mayor, mucho más compuesta y segura que antes.

Diana les sonrió.

–Lamento mucho haberos causado tanta preocupación, aunque os aseguro que mi desaparición no fue deliberada. Gracias por buscarme y preocuparos por mí. Ambos os sentiréis contentos cuando en un par de meses cumpla la mayoría de edad y os libere de vuestras responsabilidades.

La joven destacaba adrede que la autoridad de ellos pronto tocaría a su fin. Prudence y Richard intercambiaron una mirada de alarma. Diana volvió a sonreír.

–No os preocupéis por mí. Como veis, me encuentro bastante bien.

Prudence la miró con más atención. Se la veía fatigada; sus ojos mostraban una mirada soñolienta y, sin embargo, parecía feliz y dichosa.

–¿Dónde estuviste todos estos meses? –inquirió Prudence.

Diana había debatido consigo misma lo que diría a su tía. ¿Debía contarle un cuento creíble? ¿Debía inventar alguna historia que la mujer se tragara? Al final decidió decir la verdad. Sabía que ni ella ni Richard la creerían, pero en realidad ése no era problema de ella. Cualquiera que fuese la historia que les contara, Prudence creería sólo lo que eligiera creer.

Diana expuso los hechos sin rodeos.

–Cuando dejamos Hardwick Hall aquella mañana, yo no sabía si casarme con Peter o no. Salí a caminar por las calles y entré en una tienda de antigüedades, donde encontré un casco romano. Me lo probé y se me atascó en la cabeza. Creo que me desmayé. Cuando desperté, estaba en el mismo lugar, pero en otra época. No puedo explicar cómo, pero me sentí transportada a la época en que los romanos ocupaban Britania.

–¡Qué disparate! –exclamó Prudence. Para ella, Diana se había fugado con algún hombre. Sólo con mirarla sabía que había perdido su inocencia–. Richard, si nos disculpas, querido, me gustaría hablar a solas con Diana.

Él accedió, pues, al igual que Prudence, creía que Diana había estado con su primer amante, algo que jamás admitiría en su presencia.

–¡Te has comportado de una manera escandalosa! –la acusó la tía cuando se quedaron a solas.

Diana ladeó la cabeza como si estuviera considerando su comportamiento.

–De hecho, así es, Prudence. Las cosas que me puse eran escandalosas, las cosas que dije fueron escandalosas y las cosas que hice eran bastante inmorales. Deliciosamente inmorales.

Prudence adoptó un tono carmesí que no le sentaba nada bien.

–Has desaparecido durante nueve meses. ¿Tuviste un hijo sin casarte?

Diana abrió la boca.

–Deja que tu mente respetable sospeche tal cosa. No, siento decirte que no tuve un hijo, ¡y eso es lo único que lamento profundamente!

–¡Oh! Muestra algún respeto cuando te dirijas a mí, jovencita, ¡aunque es evidente que no te lo tienes ni a ti misma!

Prudence dio la vuelta y fue hacia la puerta al tiempo que gritaba a su esposo:

–Richard, me niego a tratar con tu pupila. Es incontrolable. ¡No está en sus cabales!

Richard, al oír el arranque de histeria de Prudence y leer entre líneas que Diana ya no era virgen, se apresuró a decir:

–Cuando llegue Peter, creo que será mejor que celebremos la boda tan pronto como sea posible.

Diana se puso de pie. Quería decirles que eso era imposible, pero debía anunciárselo primero a Peter. Le debía esa gentileza.

–Si nos casamos o no es asunto de Peter y mío. No vuestro.

–Claro que es asunto nuestro, jovencita –replicó la tía–. Estás bajo nuestro control durante los próximos dos meses. Díselo, Richard.

–Es cierto, Diana, te guste o no –confirmó él.

–Estoy bajo vuestra tutela, no bajo vuestro control –replicó Diana, y levantó la voz tanto como las de ellos.

En el vestíbulo principal, Charles Wentworth y Mark Hardwick se miraron preocupados.

–¿Debemos intervenir? –preguntó Charles.

–Debemos –respondió el conde con decisión.

33

Las voces cesaron de inmediato y el silencio reinó en el ambiente cuando los dos hombres entraron en el vestíbulo. Mark rompió el silencio.

–Él es el doctor Wentworth, que ha atendido a Diana desde que yo la encontré inconsciente. Charles, te presento a Prudence y Richard Davenport, tutores de Diana.

Richard dio un paso al frente para estrechar la mano del doctor. Prudence hizo un movimiento rígido con la cabeza.

–Estoy muy complacido con el progreso de lady Diana, pero debo advertirles que no se ha recuperado del todo.

–¿En qué sentido? –inquirió Prudence.

–Ha sufrido un trauma. Por fortuna, se ha recuperado físicamente.

–Pero no mentalmente –interrumpió Prudence.

–Su estado mental no es grave –aclaró Charles con firmeza–. Ella no se ha recuperado por completo en el aspecto emocional. Para eso necesitará algún tiempo.

–¿Y qué hay de las mentiras que ha inventado para encubrir la verdad acerca de dónde ha estado todos estos meses?

–Yo no las llamaría mentiras, ya que ella está convencida de lo que nos ha contado.

Diana abrió la boca para protestar. Hablaban de ella como si fuera invisible. Mark se llevó un dedo a los labios para indicarle que callara, y ella obedeció de mala gana.

–¡Disparates y mentiras! –exclamó Prudence.

A Charles Wentworth se le agotó la paciencia.

–No tenemos todas las respuestas, pero, con tiempo y comprensión, lady Diana se recuperará, y sin duda eso es lo que queremos todos.

–Recoge tus cosas. Hemos alquilado una casa en Queen Square –ordenó Prudence a la sobrina.

Los ojos de Mark devoraron a la tía.

–Eso es absolutamente innecesario. Lady Diana puede quedarse aquí hasta que el doctor Wentworth dictamine que se ha recuperado.

Prudence fingió indignación.

–Eso es muy inapropiado. Mi sobrina no está casada, lord Bath.

–¿Me está sugiriendo que mi hospitalidad la comprometería? –inquirió Mark Hardwick con fría arrogancia.

De repente Diana se puso de pie, cansada de tanta discusión.

–Iré a Queen Square tan pronto como haya hablado con Peter. Perdón por todo esto, Prudence.

Con intención de calmar los ánimos de todos, Charles dijo:

–Diana se pondrá bien. Me complacerá ir a atenderla a Queen Square.

–Doctor Wentworth, sus servicios ya no son...

–¡Prudence, ya es suficiente! –la cortó Richard–. El doctor Wentworth ha sido de gran ayuda. –Estrechó la mano del médico–. Estoy en deuda con usted, señor, por el cuidado que ha brindado a mi sobrina. De hecho, mandaré a buscarlo para llevarlo a Queen Square.

Tras estas palabras, Richard y Prudence se marcharon, seguidos por el médico.

–¿Por qué diablos cediste así? –preguntó Mark.

–No tengo la menor intención de ir a Queen Square. Sólo lo dije para quitármela de encima. Tenía que hacer algo antes de que tú estallaras.

–Es la mujer más detestable que jamás he conocido en mi vida.

Diana rompió a reír y lo miró de reojo.

–¡Cómo se atrevió a insinuar que me comprometerías!

Él dio dos pasos, la tomó con mano firme de la cintura y la alzó en el aire:

–Déjame hacerlo ahora.

–En absoluto.

Las cejas negras de Mark se juntaron en expresión de decepción. Diana le besó el ceño.

–¡Ahora es mi turno de comprometerte!

Peter Hardwick llegó mucho después de que anocheciera. Diana había convencido a Mark de que le permitiera hablar con su hermano a solas. Se sentó a leer en la biblioteca, segura de que él llegaría esa noche.

El señor Burke tomó el abrigo de Peter y le informó de que lady Diana lo esperaba en la biblioteca. Él irrumpió en la habitación como un novio fervoroso.

–Querida, qué maravilloso verte recuperada. –Se llevó las dos manos de ella a los labios, y luego intentó atraerla hacia sí.

Diana retrocedió.

–Peter, tenemos que hablar.

Él levantó la mano.

–Sin confesiones, Diana, insisto. Lo hecho, hecho está, y en realidad no me interesa dónde hayas estado. Lo único que me importa es que has vuelto.

Se comportaba con tanta gentileza que Diana se sintió consumida por la culpa.

–Peter, voy a anular el compromiso.

–No te lo permitiré. Nos casaremos de inmediato.

–Peter, ¡no estás escuchándome! ¡No puedo casarme contigo!

Peter se arrancó la corbata con gesto salvaje, como si se asfixiara.

–¿Hay algo más? –inquirió él.

–Sí –continuó ella en voz baja–. Hay algo más.

Los labios de él se contrajeron en una mueca de ira.

–Tengo un acuerdo escrito con tus tutores que no se puede romper.

–Yo no sé nada de eso –replicó ella con sinceridad.

–¡Tampoco sabes que ellos quieren tu dinero y presentaron una solicitud en los tribunales para declararte muerta!

El libro que Diana había estado leyendo cayó de sus dedos inertes.

–¿Qué estás diciendo?

–Digo que tus tíos son unos buitres que ya se han apropiado de tu dinero. Si te casas conmigo, ya no tendrán control sobre ti.

Los ojos de Diana se agrandaron.

–¡Quieres casarte conmigo por mi dinero! –Fue una revelación. Qué ingenua había sido–. ¡Gracias a Dios, no tengo necesidad de casarme contigo! En un par de meses seré mayor de edad y administraré mi propio dinero.

–Ya no quedará nada. Dos meses es tiempo suficiente para que Richard y Prudence dilapiden tu fortuna.

–¡Iré a enfrentarme a ellos de inmediato!

–Tu seguridad está en esta casa y en casarte conmigo. No te pongas en sus manos. Diana...

–Déjame.

–Ah, por ahora te dejaré, pero no estés tan segura de que te librarás de tu compromiso con tanta facilidad –aclaró Peter, y abandonó la habitación con paso firme.

Diana se sentó al escritorio. ¿Podía haber algo de cierto en lo que él había dicho? ¿Prudence y Richard pretendían quedarse con su herencia? ¿Peter quería casarse con ella sólo por el dinero? ¿Tenían un acuerdo escrito? Era cierto que Prudence la había presionado sin cesar para que ella se casara con Peter, pero ¿cómo beneficiaba eso a sus tíos?

Unos dedos helados le apretaron el corazón. Ese acuerdo escrito debía de repartir su fortuna entre los tres. Los pensamientos de Diana se tornaron confusos; intentaba juntar todas las piezas, dar algún sentido a todo aquello, y al mismo tiempo se negaba a admitir que la gente que había jurado amarla en realidad sólo lo hiciera por su dinero.

Richard había intentado vender la valiosa biblioteca de su padre. ¿Qué otro motivo podría haber tenido, sino el dinero? Mark había querido comprarla. Dios santo, ¿también él estaba implicado en el acuerdo?

Peter Hardwick abrió de golpe la puerta de la habitación de su hermano.

–Mark, tienes que ayudarme.

El conde intentaba trabajar en su libro sobre la antigua Aquae Sulis pero, por supuesto, tenía la mente en otra cosa. Habría preferido estar con Diana cuando ella anunciara a Peter que se proponía anular el compromiso. Después de todo, se sentía responsable. Se puso de pie y señaló los sillones que se hallaban ante el fuego.

–Siéntate, Peter.

–Cuando llegué a Grosvenor Square para dar a los Davenport la noticia de la aparición de Diana, quisieron matar al mensajero. Richard había hecho una petición a los tribunales para que la declararan muerta. Tengo razones para creer que él ya ha transferido todo el dinero de Diana a su cuenta.

–Es una acusación muy seria, Peter. ¿Qué te hace pensar que él haría tal cosa?

–Dijo que nuestro acuerdo de casarme con Diana había expirado. Mark, ese hombre sólo cancelaría un acuerdo tan beneficioso si él ya hubiera encontrado un modo de apropiarse de todo el dinero de Diana.

–¿Me estás diciendo que iban a pagarte por casarte con Diana? –Los ojos negros de Mark estaban clavados en el hermoso rostro de su hermano.

Peter saltó de la silla.

–¡Haces que parezca un crimen! Mark, por el amor de Dios, ¡estoy endeudado hasta las cejas! Los prestamistas me están acorralando. Si no me caso con Diana Davenport, iré a la cárcel de Fleet.

El puño de Mark Hardwick se estrelló contra la mandíbula de Peter. El joven se desplomó sobre el suelo como una tonelada de ladrillos. Mark respiró hondo para controlar el impulso de golpearlo allí donde yacía, casi inconsciente.

–Pequeño cerdo depravado. ¡Sólo verte me da asco!

Peter avanzó de rodillas, llevándose una mano a la mandíbula, y se puso de pie con ayuda de una silla.

–¡Desgraciado arrogante! Sólo por ser el primogénito se te sirvió todo en bandeja de oro: las tierras, el título, el dinero. Para ti es fácil mirarme por encima de esa nariz arrogante porque iba a casarme por dinero, ¡pero tú ni siquiera tienes coraje para casarte!

Mark se pasó la mano por el cabello para no volver a pegarle.

–Cuentas con una suma generosa, que sería suficiente si no la despilfarraras con tus corruptos amigos. Saldaré tus deudas por última vez. Si vuelves a endeudarte, dejaré que te pudras en la cárcel. Ahora, desaparece de mi vista antes de que te mate.

Las gruesas paredes de la mansión isabelina evitaron que Diana oyera la discusión, pero cuando Peter Hardwick bajó corriendo las escaleras y cerró de un golpe la puerta principal, ella salió de la biblioteca para ver qué diablos ocurría. Fue hasta la ventana del frente y corrió las cortinas; llegó a tiempo de ver un carruaje que partía con un ruido ensordecedor y se perdía por el camino a la velocidad del rayo.

Cuando Diana regresó al vestíbulo principal, Mark se hallaba parado al pie de la escalera. Aun a media luz, advirtió que estaba colérico.

–¿Ése era Peter?

–Sube –ordenó Mark.

De pronto Diana tuvo miedo.

–Lamento ser la causante de este lío.

–Sube –repitió él.

Por el sonido de la voz, Diana supo que jamás lo había visto tan irritado durante toda aquella penosa experiencia.

–No le he destrozado el corazón –se defendió con actitud digna–. Iba a casarse conmigo por mi dinero, pero es obvio que tú sabías..., que lo sabían todos excepto yo.

Él descendió las escaleras como una pantera en busca de su presa. A Diana se le erizaron los pelos de la nuca, sintió un estremecimiento. «¡Corre!», le decía una voz interior, pero ella permanecía clavada al suelo, hipnotizada por la oscura fuerza del hombre poderoso que avanzaba hacia ella.

Mark la tomó en sus brazos autoritarios, que no aceptaban una negativa, y la subió por la escalera. Ella forcejeó, pero la fuerza bruta y la furia de él eran tan poderosas que no logró escapar de sus manos de hierro. Entró en la habitación de él y cerró la puerta.

–Marco... ¡Mark! –dijo Diana sin aliento–. Por favor, no hagas esto.

Los ojos negros la miraron con incredulidad.

–¿Me tienes miedo?

–Temo tu furia –murmuró ella.

Él se sentó frente al fuego y la atrajo hacia sí.

–Mi rabia no es contra ti; ¡es por lo que te han hecho!

Diana se dejó caer en sus brazos, agradecida de que tuviera tanta fuerza.

–¿Cómo volverás a confiar en alguien si todos te han engañado? –Cerró los puños con fuerza de acero–. Hasta tenías miedo de mí. ¡Quiero matarlos!

Ella tomó el puño y se lo llevó a la mejilla. Mark abrió los dedos y Diana se los pasó por las sienes y le acarició el rostro con ternura. Siglos de civilización habían forjado más de un cambio. Marco los habría matado; Mark controlaba su sed de sangre.

–¿Qué te dijo Peter? –preguntó el conde.

–Dijo que Richard y Prudence se estaban apropiando de mi dinero. Dijo que yo sólo podría escapar del control de ellos si me casaba con él. Tenía cierto acuerdo escrito con ellos para dividirse mi fortuna. Le dije que me enfrentaría a ellos.

–No, no debes hacerlo. Haré que mi abogado abra de inmediato una investigación.

–¿Qué te dijo Peter? O, mejor dicho, ¿qué le dijiste tú?

–Cuando admitió que quería casarse contigo, dejé que mi puño hablara por mí.

–Pobre Peter.

–No sentirás pena por ese cerdo, ¿verdad?

–En cierto modo, sí. Nunca tendrá la posibilidad de compararse contigo. Tú eres un ejemplar formidable.

–Exageras, pero me encanta. –Con los labios le tocó el lóbulo de la oreja–. Dime más.

–Eres noble, honrado y...

–Soy un maldito tonto. Le dije que saldaría sus deudas. Mañana tendré que ir a Londres y hacerme cargo de todos sus acreedores. No puedo darle el dinero a él, ya que es absolutamente indigno de confianza. –Sus brazos la aferraron–. ¿Vienes conmigo?

Mark sabía que era pedir demasiado. Si viajaban juntos a Londres, ella quedaría comprometida. La clase alta caería sobre ella como un montón de bestias feroces y devoraría lo que quedaba de su reputación.

–Prefiero quedarme –murmuró Diana.

Mientras él se hallara en Londres, ella iría de visita a Queen Square para una confrontación definitiva. No necesitaba a Mark para librar todas sus batallas. De hecho, ansiaba enfrentarse a Prudence.

–Quizá sea lo mejor –aceptó él con pesar–. Aquí estarás a salvo. Es probable que Peter no regrese por un tiempo, pero le diré al señor Burke que, si lo hace, le prohíba la entrada en esta casa.

–Yo no le tengo miedo a Peter. Mientras te tenga a ti, el mundo entero y todos los que en él viven pueden irse al infierno.

Los posesivos labios de Mark reclamaron los de ella. Entre besos, Diana susurró:

–¿Por qué no buscas un par de sofás romanos para cenar mientras estás en Londres? La comida y el acto sexual son una combinación deliciosa.

Era la mujer más fascinante y menos convencional que él jamás había conocido, y la adoraba. Protestó por tener que dejarla al día siguiente, aunque por la noche compensaría el tiempo perdido.

A la mañana siguiente, cuando llamaron a Charles Wentworth a Queen Square, el médico se sorprendió un poco. Prudence Davenport le había manifestado su odio y no quería que tratara a lady Diana. Richard Davenport debía de haber dejado patente su autoridad. Aunque no lo aparentaba, Richard debía de ser el que dominaba en el matrimonio.

Al llegar, Richard recibió al doctor Wentworth, y resultaba evidente que le había indicado a Prudence, que estaba sentada en silencio en el vestíbulo, que cuidara sus modales.

–Gracias por venir, doctor Wentworth. Necesitábamos entender mejor lo que le sucedió a Diana y saber si va a recuperarse.

–Bueno, por supuesto se trata de un caso confuso. Su sobrina ha desaparecido durante meses. Sólo ella sabe dónde ha estado, pero ha reprimido este conocimiento. Lady Diana cree que retrocedió en el tiempo, a la época en que los romanos ocupaban Britania. Es una especie de amnesia. La mente tiene un espacio en blanco que es terrible en sí mismo, de modo que lo ha sustituido con una historia plausible.

–¿Plausible? –Al parecer, Prudence ya no pudo seguir controlando la lengua.

–Plausible para Diana. Todas las respuestas están ocultas. Si se le permite hablar abiertamente, creo que al fin la verdad aflorará a la superficie.

–Pero usted no lo garantiza, doctor Wentworth, ¿verdad? ¿Es posible que conserve estos delirios para siempre? –consultó Richard con cautela.

–Ojalá pudiera decirles lo contrario, pero, como usted ha señalado, no hay garantías. Sin embargo, el comportamiento de lady Diana es normal en todos los demás aspectos, y muchos de nosotros tenemos excentricidades. ¿Puedo ver a mi paciente?

–Lo siento, doctor, ella aún no ha regresado de Hardwick Hall –replicó Richard–. Yo sólo quería aclarar algunas cosas antes de que ella llegara.

–Doctor Wentworth, apreciaría que nada de esto se comentara –dijo Prudence, rígida.

–Señora Davenport, le aseguro que no tengo la menor intención de hablar sobre mi paciente con nadie. Sólo el hecho de que ustedes son sus tutores me permite hablar del tema aquí.

Mientras Richard cerraba la puerta principal, Prudence abrió la que comunicaba el vestíbulo con el comedor. Un hombre con aspecto de barril apareció en el umbral.

–¿Pudo escuchar la conversación, doctor?

–Sí, señora. Parece que tienen razón de estar alarmados.

Cuando Richard se les unió, se sintió absolutamente agradecido de recibir una mirada de admiración por parte de Prudence. La idea se le había ocurrido de repente, no cuando Diana comenzó a decir cosas sin sentido acerca de los romanos, sino cuando él se dio cuenta de que la sobrina se negaría a casarse con Peter Hardwick. ¿Por qué compartir su fortuna, cuando podían tenerla completa?

Él podía pagar al médico indicado para obtener un certificado de incapacidad mental. Así, una vez que la declararan incompetente, él manejaría sus asuntos legales y sus bienes.

–Richard, querido, eres brillante –reconoció Prudence cuando él le expuso el plan–. Nuestra conciencia puede quedar bien limpia, porque Diana está trastornada de verdad. Necesita estar donde puedan controlarla las veinticuatro horas del día. No se le debe permitir libertad, por su propio bien.

–No podemos llamar a un médico de Bath ni del condado de Somerset. El conde tiene demasiada influencia aquí.

–Sin duda tú, con todos tus conocimientos legales, conocerás a un médico a quien podamos persuadir.

De repente Richard recordó al hombre indicado para su plan. No era extraño que el plan se le hubiera ocurrido con tanta facilidad. Hacía dos años se había encontrado envuelto en una situación similar. Una familia muy prominente se había apoderado de la herencia de alguien a quien habían declarado incompetente, y el doctor Clayton Bognor, de Wiltshire, había firmado los papeles que así lo certificaron. Chippenham, en Wiltshire, quedaba a sólo treinta kilómetros de distancia, y Davenport no tendría inconveniente en convencer al honorable doctor de que lo acompañara a Bath.

Richard miró con gravedad al hombre.

–Doctor Bognor, estoy seguro de que, después de ver y escuchar a la paciente, coincidirá con mi esposa y conmigo en que es poco probable que nuestra sobrina se recupere.

Mientras Prudence se ponía un sombrero de moda y se lo aseguraba con un alfiler, advirtió:

–Quizás encontremos resistencia cuando intentemos sacarla de Hardwick Hall, doctor.

–No se preocupe, estimada señora; le aseguro que no habrá dificultad. La ley está de nuestro lado.

En aquel momento sonó el timbre, y Prudence miró por la ventana para ver quién era la visita indeseada.

–Es Diana –dijo en voz baja a Richard.

–Qué conveniente –repuso él.

–Quizá yo deba regresar al comedor por el momento. Ella se mostrará más franca si los encuentra a ustedes dos solos –sugirió Clayton Bognor.

34

Cuando Richard abrió la puerta, Diana entró con gran autoridad.

–¿No hay sirvientes? Estoy sorprendida, en especial desde que sé que pagué por todo esto. Prudence, en general tú no puedes manejarte con menos de media docena de lacayos que satisfagan hasta el último de tus caprichos.

La tía se ruborizó.

–¡Háblame con respeto, jovencita!

–El respeto hay que ganarlo, Prudence. ¡Lo único que tú y Richard os habéis ganado es mi desconfianza, mi enojo y mi desprecio!

–No estás en tus cabales, Diana –intervino Richard–. Te has convertido en otra persona.

–En alguien no tan confiado y crédulo. Anoche regresó Peter Hardwick, y cuando le informé de que iba a anular nuestro compromiso, reveló el acuerdo secreto que tenía con vosotros.

–No tenemos ningún acuerdo secreto con Peter Hardwick. ¡Él miente!

Por un breve instante Diana deseó creer a su tío. Pero en el fondo de su corazón sabía que era cierto. Se había quitado la venda de los ojos y veía con claridad el par de bribones maquinadores con que trataba.

–Entonces no pondréis ninguna objeción a una investigación sobre el modo en que se han administrado mis finanzas –declaró Diana en tono triunfal.

–Ninguna, y además –replicó Richard, con actitud generosa– en dos meses, cuando seas mayor de edad, te lo devolveré todo y podrás investigar lo que te plazca hasta quedarte tranquila. Me complacerá liberarme de tanta responsabilidad.

Prudence debía conducirla de nuevo al tema que les interesaba.

–Diana, ¿has recordado dónde estuviste todos estos meses, o aún crees que te trasladaste a la época romana?

Diana se volvió para mirar a Prudence cara a cara.

–Para ser una mujer tan respetable, decididamente tienes pensamientos obscenos. Te mueres por que confiese que un amante me dejó embarazada y que me escondí durante esos nueve meses. Pero eso simplemente no es cierto, Prudence. Retrocedí en el tiempo, a la época en que los romanos ocupaban Aquae Sulis. El general que me esclavizó, Marco Magno, era Mark Hardwick, el conde de Bath. Y sí, Prudence, ¡éramos amantes!

Richard abrió la puerta del comedor de un empujón.

–¿Ha escuchado suficiente, doctor?

El robusto hombre apareció en el umbral.

–Esta muchacha sin duda delira. Firmaré los papeles.

–¿Quién diablos es este hombre? –inquirió Diana, furiosa por la falta de honestidad que denotaba el que hubieran tenido a alguien oculto para que escuchara la conversación.

–Es el doctor Clayton Bognor. Ha aceptado tomar tu caso.

–Me atiende el doctor Charles Wentworth. ¿De veras creéis que aceptaré el médico que os convenga a vosotros?

–Tu decisión no cuenta en este tema. Eres menor de edad.

–¡Hazte a un lado! –Diana casi se ahogaba de furia.

Richard desoyó los ruegos de Diana. Bien al contrario, él y el médico se aproximaron y la aferraron con fuerza de los brazos.

–¡Quítenme las manos de encima, cerdos conspiradores! –gritó Diana, indignada, mientras forcejeaba.

El doctor Bognor le tapó el rostro con un pañuelo. Diana jadeó, aspiró los vahos tóxicos y se desplomó en brazos del tío.

Diana sintió que la levantaban. Abrió los pesados párpados y se dio cuenta de que la llevaban por un gran edificio que parecía una mansión imponente, de no ser por las rejas que había en las ventanas. Los dos hombres que la llevaban eran el doctor Bognor y el tío Richard. Dios santo, ¿sería otra pesadilla? ¿Estaba perdiendo la razón?

No, aquello estaba sucediendo de verdad. Sentía los dedos del médico que se clavaban crueles en su carne blanda, y le dolía la cabeza por la sustancia que él había usado para dejarla inconsciente. No veía a Prudence, pero Diana sabía que debía de haber aprobado el secuestro.

Cuando la condujeron adentro, por un instante la furia venció al miedo. Al apoyar los pies en el suelo, se liberó de las garras de Richard.

–¿Dónde estoy? –preguntó.

–En un hospital –respondió él con calma, como si tratara con una niña histérica.

–¡No voy a quedarme! ¡No estoy enferma!

Intentó librarse del médico que la sujetaba, pero éste la apretó con maldad.

–Por supuesto que no te quedarás. Tan pronto como estés bien, regresarás a casa –prometió Richard.

El temor iba ganando terreno poco a poco. Diana sabía lo que estaban haciendo. Iban a confinarla allí para siempre con objeto de apoderarse de su dinero. El pánico hizo presa en ella. ¡Debía escapar! Vio que la mano del doctor Bognor la tomaba del brazo, y de pronto hundió los dientes en la carne y lo mordió con fuerza.

El hombre gritó de dolor y la soltó de inmediato. Richard intentó atraparla, pero ella corrió y se paró detrás de un escritorio gigante que había entre ellos. La matrona que estaba sentada allí saltó alarmada. Diana tomó la silla y se la arrojó al doctor Bognor. Erró, y la silla se estrelló contra la pared y dejó un horrible agujero en el yeso.

Diana asió una lámpara de aceite.

–¡Si no me dejan salir de aquí, destruiré este maldito lugar, ladrillo por ladrillo! –Ya había estado en prisión; esta vez no iría con docilidad.

–¡Está desquiciada! ¡Llamen a las asistentes! –ordenó el doctor Bognor a la matrona.

La joven destrozó la lámpara y la lanzó sobre unos papeles que se amontonaban sobre el escritorio. Éstos se incendiaron de inmediato, y las tres personas que había en el cuarto retrocedieron. Diana corrió de inmediato hacia la puerta, pero vio que estaba cerrada con llave.

Se adelantaron dos mujeres atléticas, con uniformes a rayas. Con un estremecimiento, Diana pensó en las esclavas de baño de Aquae Sulis.

–No tenemos alternativa –dijo Bognor mientras sofocaba las llamas con el sobretodo–. Pónganle una camisa de fuerza.

–No –clamaba Diana al tiempo que las mujeres controlaban con facilidad sus forcejeos frenéticos.

La llevaron arriba, a un cuarto pequeño que carecía de mobiliario. En lo alto de la pared había una ventana con barrotes. La muchacha respiró hondo para recuperar el dominio de sí misma. Debía escapar de aquel lugar, pero no se le ocurría ningún plan. No podía hacerlo mediante la fuerza física, de modo que debería emplear la astucia.

Las mujeres comenzaron a desvestirla. Al ver la camisa de fuerza comenzó a temblar.

–Por favor, no me pongan esa cosa. Me portaré bien. No les causaré más problemas.

Lo mismo habría dado que hablara con las paredes, a juzgar por el efecto que surtieron sus ruegos en las asistentes del hospital.

En un instante estuvo desnuda, salvo por la media moneda de oro que llevaba colgada al cuello. Se apresuró a taparla con la mano, para apartarla del alcance de las mujeres. Sabía que no tenía ni una maldita esperanza de preservarla, pero se le ocurrió una idea desesperada.

–Escuchen. Esta media moneda es de oro macizo. Es una antigüedad de gran valor. Es de Julio César, del período romano. No se la den al doctor. ¡Nadie sabe que la tengo!

Las dos mujeres intercambiaron una mirada de complicidad. La muchacha vio que estaban tentadas de conservarla para ellas.

–Si la empeñan, les darán unas pocas libras; si la venden a una tienda de antigüedades en Bath, quizá les den cien guineas. Pero su valor es absolutamente incalculable. Una vez, el conde de Bath me ofreció medio millón de libras por ella.

Las mujeres se miraron con incredulidad; ellas sabían que lidiaban con una lunática. A Diana se le encogió el corazón. Le había puesto un valor demasiado alto. Esas mujeres no entendían lo que significaba semejante suma. Una la obligó a abrir la mano y le sacó su objeto más preciado. Ambas lo miraron sin decir palabra, y luego una de las asistentes se lo metió en el bolsillo.

La obligaron a meter los brazos en las mangas de lona, se las cruzaron en el torso y ataron las tiras en la espalda. Le pasaron otra tira por entre las piernas y la amarraron detrás, con las otras.

Diana habló rápido, procurando no balbucear:

–¿Cuánto dinero les pagan aquí? ¿Una libra por semana? ¿Dos? ¡Si vendieran esa medalla de oro al conde de Bath, no tendrían que volver a trabajar!

Las asistentes se retiraron y cerraron la puerta. No había cama para recostarse ni silla para sentarse. Diana se deslizó por la pared hasta llegar al suelo. ¿Por qué no había ido a Londres con Mark? ¿Por qué se había permitido ser de nuevo una víctima? Lo había hecho porque creía que en la época georgiana estaría a salvo. Pero la maldad era atemporal. Desde el comienzo del mundo, siempre habían existido personas que harían cualquier cosa por interés.

Cerró los ojos para que las lágrimas no le rodaran por las mejillas. «No te rindas, o ellos habrán ganado.» También el amor era atemporal.

–Mark –susurró–. Encuéntrame... Ayúdame.

La aterrorizaba quedarse dormida, porque el sueño podría provocarle peores pesadillas. «Mark vendrá.» Este pensamiento era lo único con lo que contaba para resistir y mantenerse lúcida.

El conde de Bath visitó todos los clubes de caballeros de moda en Londres y saldó las deudas de su hermano. Al cabo de sólo un día, se dio cuenta de que en verdad no deseaba estar allí. Sin Diana, Londres no tenía ningún atractivo para él.

En las primeras horas de la madrugada fue a acostarse, y sin embargo no podía dormir. Lo invadía el recuerdo de Diana. Se sentía casi desnudo sin ella. La cama estaba tan vacía como su corazón. Era la primera vez en la vida que necesitaba a alguien.

Otro pensamiento lo perseguía sin tregua: ¿y si ella lo necesitaba? Si Diana sufría una pesadilla durante las largas horas nocturnas, no podría ofrecerle el refugio de sus brazos.

Mark se levantó temprano. El amanecer no había disipado por completo su preocupación por Diana. Decidió regresar a Bath de inmediato, y con ese fin visitó el estudio de sus abogados, Chesterton y Barlow. Les dejó instrucciones de pagar el resto de las deudas de su hermano y les pidió que abrieran una investigación sobre la herencia que había dejado el padre de lady Diana Davenport.

–Señor, se trata de un asunto delicado. Tendremos las manos atadas para ver el expediente mientras la dama en cuestión siga siendo menor de edad. Aunque podemos comenzar una investigación discreta –explicó Johnathan Barlow.

–Será mayor de edad en menos de dos meses –aclaró Mark Hardwick.

–Bien. Entonces necesitamos una declaración firmada por la querellante y también por usted, como testigo. Llevaremos a cabo la investigación preliminar para que el día en que ella sea mayor de edad se pueda proceder de forma legal.

Armado con los documentos necesarios para una declaración, Mark emprendió el regreso a su casa a media mañana; en lugar de detenerse en una posada, decidió seguir camino. Sabía que no podría llegar antes de la medianoche, pero la idea de sorprender a Diana y despertarla de su sueño lo motivaba kilómetro a kilómetro.

Cuando tomó el largo sendero que daba acceso a Hardwick Hall, vio que las luces aún estaban encendidas, y de inmediato comprendió que algo grave sucedía. Fue directo hacia los establos, dejó instrucciones precisas respecto a los caballos y corrió a la casa.

El señor Burke aún no se había retirado a sus aposentos.

–Lord Bath, estaba consumido por la preocupación, y no sabía bien cómo proceder.

–Algo le ha ocurrido a Diana, ¿verdad? –inquirió Mark al tiempo que arrojaba el abrigo y se dirigía a la escalera.

–Lady Diana no está, señor.

–¿Dónde está, señor Burke?

–De eso se trata, señor. No tenemos ni idea. El cochero la llevó al pueblo, en apariencia de compras. Le dijo que la esperara en el Abbey, pero jamás regresó al carruaje.

–¿Peter regresó? –inquirió Mark al sospechar algo.

–No, señor. No he visto ni sombra de él.

–El tío y la tía de Diana están en Bath. Es muy probable que ella se encuentre allí. –Mark se maldijo por haberla dejado sola.

–Me tomé la libertad de ir a Queen Square esta mañana, señor. No me atendió nadie.

Una fría sospecha se apoderó de él. Diana había abandonado Hardwick Hall en nombre del pudor. Subió los escalones a zancadas. La habitación estaba inmaculada. El corsé rojo de encaje ya no se hallaba en la alfombra, donde ella lo había dejado. Mark estaba a punto de maldecir de nuevo cuando su vista se posó en los pendientes que Diana había dejado en la mesa de noche. Los tomó y se los metió en el bolsillo.

Luego se dirigió por el pasillo a la habitación de color durazno. Sintió alivio al abrir el armario y ver los vestidos de la joven colgados allí. Después de todo, no había recogido sus pertenencias ni lo había abandonado. El alivio le duró poco. Resultaba evidente que Diana se había marchado con intención de regresar. Una mujer no dejaba su ropa ni sus pendientes a menos que planeara regresar.

Deslizó la mano por debajo de la almohada y palpó el camisón. Se lo llevó a la mejilla con expresión ausente, y la esencia única de ella lo embriagó. Todos los sentidos le indicaban que Diana se sentía tan atraída hacia él como él hacia ella. Diana no se separaría de él por su propia voluntad. Prudence y Richard debían de haberle prohibido regresar a Hardwick Hall. Esbozó una sonrisa. Diana poseía la determinación de diez hombres fuertes. Las prohibiciones de Prudence harían poca mella en su amada. «¡Deben de tenerla encerrada por la fuerza!»

–Señor Burke, traiga mi abrigo –pidió al tiempo que bajaba la escalera–. Voy a Queen Square. Al fin y al cabo, soy el juez de Bath, y si es necesario obtendré una orden de allanamiento.

El señor Burke sabía que era inútil recordar al conde que eran las tres de la madrugada. Mark Hardwick era un hombre que dictaba sus propias reglas.

El carruaje cruzó a gran velocidad el puente Pulteney hacia la calle Bridge. Cuando giró hacia Barton, un vigilante detuvo al cochero.

–No se permiten carruajes en esta parte de la ciudad. A propósito, ¿qué es lo que tiene que hacer a estas horas de la noche?

–¡Quítese del camino, hombre! ¿No se da cuenta de quién es el dueño de este carruaje?

–Ni aunque fuera el mismísimo conde de Bath. ¡No se permiten carruajes! –Alumbró con la linterna el interior del vehículo y se echó atrás–. Disculpe, señor. Sólo era una forma de hablar, como comprenderá.

–No, está bien. Me complace que cumpla su trabajo con tanta diligencia. –Le dio una moneda de oro y ordenó al conductor que continuara.

Golpeó la puerta de Queen Square, pero no vio luces encendidas; al cabo de unos diez minutos aceptó de mala gana que no había nadie en la casa. Decidió regresar al amanecer y preguntar a los vecinos. Mientras tanto, indicó al conductor que lo llevara a la residencia de Charles Wentworth.

Por fortuna, el buen doctor estaba acostumbrado a permanecer despierto hasta altas horas de la noche. A los aristócratas les importaba poco el sueño de un médico cuando la gota y la indigestión impedía el de ellos. Charles bajó y encontró a Mark en el vestíbulo de entrada, caminando de un lado a otro.

–¿Le ocurre algo a lady Diana?

–Se ha ido, Charles. Esperaba que la hubieses visto.

–Ven a la biblioteca, Mark. Las brasas aún deben de dar un poco de calor. Déjame servirte un coñac; das la impresión de necesitar uno.

–¡Tú sabes algo! –exclamó Mark, esperanzado.

–En realidad no. Hace dos días me llamaron de Queen Square y acudí de inmediato a ver a Diana. Richard Davenport y su esposa me recibieron en el vestíbulo y me dijeron que necesitaban más datos sobre lo que le había sucedido a Diana, querían saber si ella se recuperaría. Les expliqué de nuevo que su sobrina creía que se había trasladado en el tiempo. Les aconsejé que le permitieran expresarse con libertad y que no le forzaran la memoria. Cuando pedí ver a mi paciente, me dijeron que aún se encontraba en Hardwick Hall.

–¿Eso fue lo único de lo que se habló? ¿Nada más?

–Bueno, Prudence me pidió que todo debía quedar en absoluta reserva. Deduzco que preferiría que la enterraran viva a ser víctima de habladurías.

–¡Si quieren que este maldito asunto no trascienda, es porque están tramando algo! –Mark maldijo con ira.

«Estás enamorado de ella –pensó Charles–. Ha ocurrido al fin.»

Mark se bebió el coñac.

–La encontraré –dijo con convicción, y Charles le creyó.

–Si puedo ayudarte en algo, dímelo.

A las cinco y media, Mark golpeaba las otras puertas de Queen Square. Lo único que descubrió fue que los Davenport no habían llevado ni a sus propios sirvientes ni habían contratado al personal que solía acompañar la propiedad en alquiler. Nadie había visto a una joven llegar ni irse.

La siguiente parada del conde fue la oficina de alquileres. Como se mostraron reacios a responder cualquier pregunta relacionada con sus clientes, él adoptó otra táctica y alquiló la casa por un mes. Con las llaves en las manos, regresó a Queen Square y la revisó de arriba abajo en busca de alguna prueba que indicara que Diana había estado allí.

Cerró los ojos al tocar los pendientes de Diana y recordó el momento en que se los había quitado. La quería de nuevo en su cama, en su vida. Se había convertido en parte de él. En su fuero interno, estaba convencido de que ella jamás lo habría abandonado por su propia voluntad. Si había huido, no era de él, sino de sus tutores o de Peter.

Mark Hardwick decidió recorrer todas las posadas para carruajes que había en Bath. Encontró transportes disponibles a diario rumbo a Londres, Bristol y otras grandes ciudades. Si Diana había comprado pasajes a cualquier destino, él la encontraría. Comenzó con Christopher, en High Street, y luego pasó a Bear and White Hart. Para cuando llegó a los conductores de Saracen's Head, en Broad Street, comenzaba a pensar que su búsqueda era inútil.

En Angel, de la calle Westgate, descubrió que los Davenport habían guardado allí sus caballos y el carruaje. Sin embargo, nadie recordaba haber visto a una joven.

Mark, frustrado, se pasó una mano por el cabello. De repente se le ocurrió: ¡opio! ¡Lo que había olido en Queen Square era similar a los vahos empalagosos del opio! Por Dios, ¿qué le habían hecho a su amada?

35

Diana pasó la noche acurrucada contra la pared. Por la mañana tenía serias dificultades para respirar. La camisa de fuerza le mantenía tan apretados los brazos por encima del pecho que sentía que se ahogaba. Juró que, si se la quitaban, controlaría su comportamiento para no dar lugar a que se la volvieran a poner.

Por fin las dos mujeres que la habían atendido la noche anterior abrieron la puerta y le llevaron agua fresca. Le quitaron la camisa de fuerza y la dejaron totalmente desnuda. Diana esperó a que se fueran para lavarse con una esponja. Recordó los magníficos baños de Aquae Sulis, revivió la risa y el regocijo que ella y Marco habían disfrutado en la piscina. En comparación con los romanos, los baños de los georgianos eran casi precarios.

Las dos mujeres se habían llevado la camisa de fuerza, y Diana rogó no volver a verla jamás. Prefería mil veces más estar desnuda. A mucha gente podía resultarle humillante, pero Diana había aprendido a aceptar que su cuerpo era hermoso. La desnudez, en ella o en otros, ya no la intimidaba.

Sin embargo, las mujeres regresaron con una bata de color marrón y un par de zapatos de lona.

–¿Qué es este lugar? –se arriesgó a preguntarles con voz tranquila.

Las mujeres intercambiaron una mirada precavida; luego una de ellas respondió:

–Es un asilo privado.

«¿Asilo?» ¡Por Dios, la habían internado en un manicomio!

–¿Cuántos pacientes más hay aquí?

–Hay más de cincuenta pacientes –fue la respuesta–, pero

no se te permitirá mezclarte con el resto hasta que no aprendas a comportarte. Durante las primeras semanas se te mantendrá en reclusión aislada.

«¿Semanas? ¡Dios Todopoderoso, no permitas que me internen aquí!», gritó en silencio. Pero pronto cayó en la cuenta de que, si la mantenían aislada, las oportunidades de escapar serían muy escasas. La sacaron del cuarto y la llevaron por un corredor largo hasta otra habitación cuyo decorado era espartano: una cama, una cómoda, una mesa y una silla.

Se le aflojaron las rodillas al ver la bandeja que había sobre la mesa. Contenía una jarra de agua, un recipiente de avena y una rebanada gruesa de pan. Estaba famélica y tan sedienta que le dolía la garganta. Oyó la llave en la cerradura cuando las mujeres se marcharon, pero en lo único en que podía pensar era en la comida.

Después de haber comido el último bocado de avena y lamer la cuchara, la invadió una profunda sensación de letargo. Le costaba pensar con coherencia, y de forma gradual se percató de que habían puesto alguna droga en la comida para mantenerla sedada. Subió como pudo a la cama y se quedó mirando el techo.

–Mark..., por favor. Eres el único que puede ayudarme –murmuró. Intentó mantener los ojos abiertos y luchar contra el efecto de los sedantes, pero era una batalla perdida.

Mark Hardwick no iba a desperdiciar valiosas horas durmiendo cuando aún quedaba tanto por hacer. El señor Burke empacó su equipaje mientras Mark se cambiaba de ropa. Al cabo de una hora, se dirigían de nuevo a Londres. Se llevó a uno de los cocheros para que lo ayudara a conducir en el viaje de ciento sesenta kilómetros hasta Bath.

En Grosvenor Square, estacionaron ante la elegante casa de los Davenport; el conde de Bath subió corriendo las escaleras y dio su tarjeta de presentación al mayordomo. Su ojo perspicaz advirtió que el sirviente no era el mismo hombre que le abriera la puerta hacía casi un año, cuando había ido a comprar la biblioteca.

Lo llevaron a esa misma biblioteca y los minutos se eternizaron mientras el sirviente informaba a los Davenport de la identidad del visitante. Mark Hardwick revivió aquel encuentro con Diana en que habían saltado chispas entre ambos. La presencia de su amada era casi tangible en la habitación; su esperanza creció al pensar que estaba cerca.

La entrada de los Davenport interrumpió sus recuerdos.

–¿Puedo servirle en algo, señor? –preguntó Richard en tono formal.

–He venido a ver a lady Diana –contestó Mark sin rodeos mientras controlaba el impulso de agarrar a Davenport por la garganta.

Richard buscó la mirada de su esposa antes de responder.

–Me temo que no está aquí. Ella no regresó con nosotros a Londres.

–¿Puedo saber dónde está? –inquirió Mark Hardwick en un tono que dejaba bien claro que no se librarían de él con facilidad.

–Lord Bath –dijo Prudence muy erguida–, no quiero que corra el rumor, de modo que en absoluta confidencia le informo de que se ha ido de nuevo.

–¿Que se ha ido adónde, señora? –preguntó él, implacable.

–A donde se fue cuando desapareció antes, me imagino.

La mujer estaba mintiendo. Diana jamás lo dejaría por su propia voluntad. Él no iba a jugar al gato y al ratón con aquella patética pareja.

–Creo que ustedes ocultan su paradero –afirmó de modo categórico.

–¡Eso es mentira! –gritó Prudence–. La chica ha supuesto para mí un trastorno desde que falleció su padre. Intento sobrevivir al escándalo de su primera desaparición, así que ¿por qué debería revivirlo todo de nuevo?

–Si no está aquí, no pondrán objeción a que yo revise la propiedad.

Richard enderezó los hombros.

–Lord Bath, mi profesión es la ley. ¡En este país la casa de un hombre es sagrada!

–Pero ésta no es su casa, señor. Esta casa pertenece a lady Diana, y por lo tanto ahí es donde radican sus intereses.

–¿Intereses? –Richard lo miró ofendido–. Puedo demandarlo por calumnias.

–Hágalo. Quizá logre explicar al juez por qué olí a opio en su casa de Queen Square.

–¡Opio! –Prudence parecía tan consternada que dio la impresión de ir a desmayarse–. ¡Dios mío, señor! Soy una víctima de los dolores de cadera, razón por la cual fui por primera vez a su miserable ciudad de Bath. Lo que olió es láudano. No puedo dormir sin él.

«¡Láudano! Por Dios, tiene una respuesta para todo.»

El conde de Bath comprendió que era inútil seguir con el interrogatorio. Se marchó de la casa, pero no de la vecindad. Preguntó a los vecinos sobre Diana. Todos coincidieron en que no habían visto a la joven desde hacía casi un año. Mark Hardwick esperó casi todo el día para interrogar a los sirvientes que trabajaban para los Davenport. Por fin localizó al cochero, James, y lo llevó a un *pub* para beber unas buenas jarras de cerveza amarga.

–Mis tareas me obligan a permanecer en las cocheras, ¿entiende?, no en la casa, así que debo guiarme por las habladurías de los sirvientes. Cuando el joven Peter vino a decirles que habían encontrado a lady Diana, yo los llevé a Bath. Llovía a cántaros, así que nos detuvimos en una posada de Chippenham, a unos treinta kilómetros de aquí.

–¿Los llevó a Hardwick Hall al día siguiente? –preguntó Mark.

–Así es, señor. Fue después de que alquilaran una casa en Queen Square, y por el modo en que hablaban, intentaban trasladar a lady Diana de la casa de usted a Queen Square. Casi enloquecen cuando partieron sin ella.

–Cuando lady Diana vino a Queen Square, hace dos días, ¿usted los llevó a algún sitio?

–Si vino, jamás la vi.

Mark estaba claramente decepcionado.

–¿Ella no volvió a Londres con usted?

James negó con la cabeza.

–¿Qué sabe de la doncella personal de lady Diana? ¿Cree que ella pueda aportar alguna idea acerca de su paradero?

James se inclinó hacia Mark Hardwick en actitud confidencial.

–La Señora Respetabilidad despidió a Biddy cuando lady Diana desapareció la primera vez. Biddy pensaba regresar a Bath, a ver si recuperaba su antiguo empleo.

El conde veía con toda claridad que era improductivo presionar más a los sirvientes. Le dio a James un billete de diez libras y se dirigió al estudio de Allegra, que quedaba cerca.

Después de que el conde partiera, James se preguntó si debía haberle dicho que había llevado a Richard Davenport de nuevo a Chippenham, en Wiltshire. Se encogió de hombros. El hombre iba solo; con certeza no llevaba consigo a la sobrina, así que James decidió que la información no tenía valor alguno.

Mientras el conde de Bath caminaba junto a las verjas de hierro de la casa, la dama Lightfoot se acercó desde la dirección opuesta. Cuando llegaron al mismo tiempo a la puerta principal, el conde se tocó el sombrero.

–He venido a ver a Allegra. ¿Ella aún reside aquí, señora?

–Yo soy la dama Lightfoot. Por favor, pase, señor, y tome asiento. La dama que busca estará con usted en un momento.

Mark supuso que la matrona de cabello gris y bastón largo era una pariente de Allegra, pues ambas guardaban cierta extraña semejanza. Al cabo de diez minutos, empezó a impacientarse por la espera. ¿Acaso esas malditas mujeres no se daban cuenta de que él no tenía tiempo que perder?

Por fin apareció Allegra, toda rizos de color negro azabache, labios rojos y escote.

–Mark, querido –dijo con voz ronca–, hacía siglos que no venías a Londres.

–Allegra, estoy desesperado. Busco a lady Diana Davenport. Ha desaparecido.

–Hace por lo menos diez meses –contestó Allegra con aspereza.

–No, no. Yo la encontré, pero se ha ido de nuevo. ¿Tienes alguna idea de dónde pueda estar?

Allegra sonrió.

–Qué criatura tan encantadora descubrí que era. Obviamente, no soy la única. Impredecible, anticonvencional y por completo espontánea... Veo que estás destrozado, ¡y me alegra que te haya complacido!

–Maldición, Allegra, estoy desesperado. Temo que le haya sucedido algo.

Las cejas de Allegra se arquearon.

–Creo que ella es perfectamente capaz de cuidarse sola. Era alumna de baile de la dama Lightfoot, ¿sabes? Ni siquiera ella logró intimidarla.

–Entonces quizá deba hablar con esa dama.

Allegra se echó a reír, con un sonido gutural, no exento de cierto atractivo.

–Mark, ¿no lo sabes?

–¿Saber qué? –preguntó él, impaciente.

–La dama Lightfoot y yo somos la misma persona.

Por un momento él la miró atónito.

–Bajo el aspecto de la dama Lightfoot tengo acceso a las casas de las damas de sociedad y a sus inocentes hijas. Con la personalidad de Allegra, tengo a los caballeros en mi bolsillo.

Mark Hardwick no se divertía. La miró de pies a cabeza. «Cuando crees saber todo sobre las mujeres, una te convierte en un maldito bobo. Quizá más de una.»

Allegra se apiadó de él.

–Mantendré los ojos y los oídos abiertos, querido. De hecho, ambas lo haremos.

El conde de Bath no tenía adónde ir salvo a la calle Jermyn. No había dormido en treinta y seis horas y la frustración comenzaba a condicionar su carácter.

Usó sus propias llaves para entrar en su casa de la ciudad y se encontró cara a cara con el mayordomo que mantenía entre el personal, estuviese o no en la residencia.

–Buenas noches, señor. –La mirada que le ofreció al conde era una mezcla de temor y alivio.

–¿Sucede algo, Jefferson? –preguntó el conde, irritado.

El sirviente vaciló; luego le comunicó que Peter estaba en la casa.

Mark no se hallaba de humor para encuentros fraternales. Al pasar ante la biblioteca oyó algo parecido a un gimoteo que procedía de arriba. «Dios Todopoderoso, ¿será que este pequeño cerdo ha raptado a Diana para obligarla a casarse con él?» Al mirar la escalera, oyó el inconfundible sollozo de una mujer. Mark fue incapaz de contener su furia. «¡Lo mataré!»

Subió los escalones a zancadas y abrió la puerta con violencia. Lo que vio lo puso enfermo. Una joven prostituta estaba amarrada a los postes de la cama mientras Peter azotaba la carne desnuda con un rebenque. El sexo exuberante de Peter se marchitó cuando los ojos negros de su hermano lo miraron con desprecio. El conde no necesitó hablar; con la mirada lo dijo todo. Se quedó allí hasta que Peter desató a la prostituta y ésta comenzó a vestirse.

Mark fue a su propia habitación y cerró la puerta con llave para que su furia no se desatara por completo. Tomó una botella de coñac y la llevó al sillón de cuero. Bebió un gran sorbo directamente de la botella. El coñac le quemó la garganta hasta el pecho. Siempre había sabido que Peter tenía un lado oscuro. El joven cerdo era adicto a los juegos de sangre, y en apariencia no se detenía con los animales.

Pensamientos cínicos invadieron a Mark mientras se llevaba la botella de cristal a los labios. ¿Acaso todos poseían un aspecto vergonzoso y secreto en su naturaleza? ¿Peter, Allegra..., Diana?

Se quitó las botas y se aflojó el chaleco. Todo el maldito mundo era una letrina. «¡Al diablo con él y con todos los que en él viven!», pensó con cinismo. Se proponía vaciar la botella, y procedió a hacerlo.

A la mañana siguiente tenía una resaca horrible. Decidió pasar por alto el desayuno y se dirigió a la biblioteca a redactar unos documentos. Cuando entró Peter, Mark apretó los dientes. Para Peter, la práctica de la indiferencia era un arte.

–¿No crees que deberías darme una explicación? La muchacha estaba bien pagada por sus servicios.

–Cuando irrumpí de ese modo, pensé que era Diana.

–¿Diana? –Peter levantó las cejas–. ¡No me digas que se ha marchado de nuevo! Espera un momento, ¿es que detecto otra víctima Hardwick? –Vio que el rostro de Mark estaba demacrado–. Bueno, ¡maldición! –Peter se sentó en el borde del escritorio y balanceó una bota–. Si te consuela, pienso que has tenido suerte. Es cierto, ella posee la belleza de una diosa, pero es absolutamente fría. Más que fría; es una condenada reina de hielo. Yo no soy de los que aceptan un no por respuesta, pero ella siempre me mantenía a buena distancia con su virginidad inmaculada.

De pronto Mark se sintió mejor. Estudió a Peter con ojos especuladores y cambió de tema.

–¿Alguna vez se te ocurrió ganar algo de dinero?

–No, jamás –respondió Peter con total sinceridad.

–Te daría trabajo en la cantera o en alguna de mis embarcaciones.

Los labios de Peter se contrajeron en una mueca.

–Mi hermano, el reformador. No, gracias, Su Alteza. Tengo un compromiso en Almack's esta noche, un baile organizado para lady Edwina Farnsworth-Peniston, heredera de los ferrocarriles Peniston. ¡Y tú creías que había perdido todo el tiempo en prostitutas y el juego!

Cuando Peter se retiró, Mark se convenció de que su hermano ya no tenía ningún interés en Diana. El día se vislumbraba eterno. No se le ocurría nada más brillante que seguir a Richard Davenport. Estaba convencido de que los tutores sabían el paradero de Diana. Ahora, sin embargo, comenzaba a dudar. ¿Y si Diana simplemente había decidido marcharse? Era una joven hermosa que con seguridad sobreviviría hasta cumplir la mayoría de edad. Luego regresaría con el fin de adueñarse de la herencia y meter la nariz en el mundo.

El dolor de su corazón era casi irresistible. Lo hizo a un lado sin compasión y tomó el *Times* matutino. Sus ojos se detuvieron en el artículo de un hallazgo arqueológico. Cerca de la calle Cannon, debajo de las bodegas de la calle Bush, se habían descubierto unas paredes macizas de piedra posiblemente de origen romano. Fue a investigar de inmediato. Muchos de sus amigos de la Sociedad Arqueológica de Londres se encontraban allí. Era uno de los descubrimientos más excitantes de los últimos tiempos.

Pero Mark comprobó que, sin Diana para compartirlo, la tarde se volvía aburrida y casi sin sentido. El conde permaneció en Londres tres días más. Siguió a Richard cada vez que ponía un pie fuera de Grosvenor Square. El abogado visitaba su oficina durante el día y el burdel Mayfair por la noche. Al fin, Mark Hardwick aceptó la dura verdad: Davenport no lo llevaría a Diana. Al cuarto día, con todas las esperanzas perdidas, el conde regresó a Bath.

Diana yacía sobre la cama, con los ojos fijos en la ventana alta con barrotes. La libertad siempre era tan necesaria como el aire. Las horas ociosas pasaban lentas y volvían interminables los días e infinitas las noches. Pensó que, si no estaba loca al llegar, bien podía volverse absolutamente loca antes de salir… si es que salía alguna vez.

Diana rogó a las enfermeras que le asignaran algún tipo de tarea, con la esperanza de que la llevaran a la cocina o a algún otro lado, pero ellas hicieron caso omiso de sus súplicas. Les pidió algo para leer, pero era inútil, todas sus demandas eran desestimadas. Comenzó a vivir dentro de su propia mente hasta que ésta cobró mayor realidad que el entorno. A menudo retornaba a Aquae Sulis con Marco, pero soñaba con más frecuencia con Mark Hardwick y la encantadora ciudad georgiana de Bath.

Diana no tenía idea de cuánto tiempo permanecería confinada allí. Comía muy poco, porque le dosificaban la comida. Adelgazó y, aun pálida y demacrada, muy en su interior aún se aferraba a la esperanza. Sin ella, temía morir.

Mark vendría. Ella lo amaba ahora más que nunca. Él era el amante de sus sueños, él sería su salvación. Cerró los ojos y se durmió; flotaba de sueño en sueño, de caricia en beso, siempre deseando despertar y encontrarse a salvo entre los brazos poderosos de Mark.

Había caído en un estado de trance, y de repente un día comenzó a vomitar. Tras tres días de vómitos, las enfermeras informaron al doctor Bognor.

El hombre se alarmó. Las drogas que le ponían en los alimentos para sedarla debían de haberla intoxicado. Ya lo había observado antes en otras pacientes jóvenes. Ordenó que suspendieran las dosis de inmediato. Bognor sabía que a los tutores poco les importaría la muerte de la chica, pero él debería responder ante el Comité de Cancilleres del Condado de Wiltshire y el médico forense.

Poco a poco, el estómago de Diana se recuperó; ya sólo vomitaba de vez en cuando. Sabía que le habían suspendido las drogas en la comida, lo cual aumentó su apetito. Aunque el malestar había remitido, todavía sentía náuseas todas las mañanas, y una terrible sospecha comenzó a consumirla.

36

Para Mark Hardwick, la solución a la preocupación y la frustración era el trabajo. Como conde de Bath, encabezaba la Corporación de Bath, que estaba compuesta por el alcalde y los concejales, así como por abogados, físicos, cerveceros, vinateros, talabarteros y comerciantes. Habían contratado a un supervisor, Thomas Baldwin, para que trazara planos para descongestionar un área con objeto de facilitar el acceso y construir cinco calles nuevas. Los planos requerían que la calle Union conectara la parte alta de la ciudad con la parte baja, mediante la demolición de la posada Bear. Los planos también incluían una propuesta de reconstruir la Gran Sala de Bombas.

Mark Hardwick dio la aprobación final y otorgó a la corporación un préstamo de veinticinco mil libras para comenzar las obras. Ahora lo único que debía hacer era convencer a la gente de que los bonos de la ciudad eran una inversión segura. Los días estaban colmados de negocios, pero las noches estaban llenas de vacío. Las horas se hacían interminables, lo mismo que el insomnio.

Su espléndida alcoba isabelina, donde una vez durmiera la reina, ahora sólo evocaba la memoria de una sola mujer: lady Diana Davenport. Igual que las flores, que dejaban algo de fragancia en las manos que las obsequiaban, Diana había dejado una huella de sí en el aire que él respiraba. Los pensamientos de Mark rebosaban de ella; sus recuerdos se remontaban sólo hasta el día en que la había conocido.

En la oscuridad, fantaseaba con ella, y cuando Morfeo por fin lo llevaba a abandonarse a los sueños, éstos eran salvajemente eróticos. Mark buscó sin fatiga en su memoria alguien a quien preguntarle, algún lugar donde investigar, algo que él hubiese pasado por alto. Era consciente de que se estaba obsesionando, pero no tendría paz hasta encontrarla.

También Diana había centrado todos sus pensamiento en una sola cosa. Sabía que debían de haberla encerrado hacía más de un mes, y el instinto le decía que iba a tener un hijo. Le aterrorizaba que una de las enfermeras descubriera su secreto, una sensación que nada tenía que ver con la vergüenza que se inculcaba a la mujer que iba a tener un hijo sin casarse. Si no hubiese estado encarcelada, se habría sentido feliz porque iba a dar a luz a un hijo de Mark. Pero el instinto le decía que, si el doctor descubría su estado, el bebé correría peligro.

Jamás le permitirían tenerlo y, de hecho, ni siquiera ella deseaba que su hijo viviera en un asilo para enfermos mentales. Pero la idea de que la separaran de él y lo dieran en adopción la aterrorizaba. Sin embargo, peor era el temor de que el malvado doctor Bognor pudiera darle una droga para deshacerse de su bebé y ahorrarles un mayor inconveniente.

El conde de Bath examinaba sus libros de contabilidad todas las mañanas. Tenía un contable que se ocupaba de la parte administrativa de las canteras y las embarcaciones que transportaban las piedras a Bristol, pero él llevaba la cuenta estricta de los gastos y ganancias, aunque le resultara una tarea tediosa. Cuando hubo puesto fin a su labor, se sintió aprisionado; sabía que necesitaba una descarga física para liberar el exceso de energía. Montó su purasangre favorito, *Trajano*, y cabalgó por sus tierras. Le sorprendió ver que había llegado la primavera.

Había estado tan ocupado con sus propios pensamientos lóbregos, que ni se había percatado del cambio de estación. ¡Qué cruel que la vida siguiera feliz su curso, que el invierno hubiera terminado y llegara la primavera con promesa de renovación!

Se dirigió al río, atraído por unas hayas cobrizas que comenzaban a echar nuevas hojas. Desmontó y contempló la belleza de aquel lugar en particular. Había algo profundamente conocido y turbador en los alrededores. ¿Qué era lo que casi recordaba?

Sus ojos detectaron un objeto insólito que sobresalía clavado en la tierra blanda de la ladera del río. Cuando se inclinó a examinarlo, se le aceleró el pulso. Parecía un objeto romano, una de esas tablillas para escribir que solían enterrar. Cavó con los dedos para extraerla entre las antiguas raíces del árbol. La mayor parte de la madera se hallaba deteriorada, pero la inscripción permanecía intacta.

Mark limpió los restos de tierra y vio el nombre con claridad: «Marco». El corazón comenzó a latir con fuerza mientras limpiaba otras letras. Definitivamente decía: «Aquae Sulis», seguido de unas palabras de amor. «¡Sí, por Dios! ¡Dice "Diana", seguido por la fecha "61 d.C."!»

Mientras sostenía en sus manos la tablilla incrustada de barro supo con certeza que él y Diana la habían enterrado juntos. Había sucedido un día glorioso, en que habían hecho el amor allí, junto al río. El dolor en el corazón se tornó casi insoportable.

Apretó los puños mientras una oleada de renovada determinación fluía en su interior. Hacía siglos se habían amado y se habían jurado volver a ser amantes.

–Aguarda, Diana. Iré a por ti –susurró, con nuevas esperanzas en el corazón.

Cuando regresó a su casa, Burke le informó de que tenía una visita que lo esperaba en la biblioteca desde hacía horas. Al ver al señor Dearden, dueño de un negocio, Mark supuso que se hallaba allí por asuntos relacionados con la corporación.

–Buenas tardes, señor. Ayer, en mi negocio de antigüedades recibí a una mujer que traía una media medalla de oro del César.

–Dios mío, ¿la muchacha era rubia? –preguntó el conde.

–Ah, usted está tan entusiasmado como yo cuando la examiné y decidí que la medalla era auténtica.

–Sí, sí. Pero la mujer... ¿quién es? ¿Dónde vive? Debo hablar con ella.

–Me temo que no lo sé, señor. Era una mujer alta, robusta; con seguridad no era joven, aunque tampoco vieja. Le ofrecí cien libras pensando que se contentaría con esa suma, pero se negó a dejar el objeto. Entonces le dije que quizá pudiera darle más después de consultar con un cliente que tenía un interés particular en objetos de ese estilo. –Dearden tosió–. Me refería a usted, por supuesto. Sin embargo, tuve cuidado de no mencionar su nombre.

–¿La dejó ir? –inquirió el conde.

–Ella me dijo que regresaría, señor –respondió el hombre sin convicción–. Lo lamento mucho, señor. No debí haberlo molestado hasta tener algo definitivo que ofrecerle.

–¡No, no! Hizo exactamente lo correcto al venir a verme.

Mark se pasó la mano por el cabello, en actitud de frustración. La desilusión siguió al júbilo, era la primera pista que lograba en más de un mes, y no iba a aceptar la derrota.

–Si esa mujer regresa, debo saber quién es. Envíe a por mí de inmediato o sígala usted mismo, si es necesario. El paradero de la mujer es mucho más importante que obtener la media moneda. Le agradezco mucho este gesto, señor Dearden. Será bien recompensado por sus servicios.

Mark Hardwick se dirigió a Bath de inmediato para hacer una visita a todos los negocios de antigüedades. Quizás alguno de ellos había ofrecido más por la media moneda que Dearden y había averiguado la identidad de la mujer. Cada comerciante indagado respondió de manera negativa, excepto uno, que dijo al conde de Bath que la mujer se había ido después de que él le ofreciera cincuenta guineas.

No tenía idea de quién era ella. Mark dijo a cada comerciante que ofrecía una recompensa por la identidad de la mujer y por que le informaran de inmediato si alguien ofrecía vender una media moneda con la efigie de César.

Pasó una semana sin tener noticia alguna. El conde no podía sentarse de brazos cruzados a esperar. De nuevo recorrió las posadas de carruajes, ya que cabía la posibilidad de que la mujer viviera fuera de la ciudad. Los negocios de antigüedades de Bath eran famosos por los objetos romanos que en ellos se encontraban, y eso era lo que había atraído a la mujer. Los conductores habían tenido muchas pasajeras pero no recordaban a ninguna que hubiese preguntado por un negocio de antigüedades.

En su fuero interno, Mark sentía que si era paciente, alguien volvería a ver a la mujer. El problema radicaba en que la paciencia no era una de sus virtudes. Las esperanzas se desvanecían por momentos, cuando de repente el destino le sonrió.

Una mujer extraña fue a Hardwick Hall y preguntó si era posible hablar con el conde de Bath. El señor Burke la llevó al salón de diario, donde los grandes ventanales dejaban entrar la luz del sol, y se retiró a llamar a su patrón.

Mark Hardwick respiró hondo antes de ir al encuentro de la mujer. A pesar de sus ganas de intimidarla, sabía que esa actitud no lo llevaría a ninguna parte.

–Buenos días, señora... –Levantó las cejas con expresión interrogante.

–Mi nombre no tiene importancia, señor. Me dijeron que usted colecciona objetos romanos.

–Así es, señora.

–Conozco a alguien que tiene en venta una moneda romana, digamos una media medalla. Creo que lleva la efigie del César.

El corazón de Mark se aceleró. Con estudiada indiferencia sacó con los dedos su propia media moneda del cuello.

–¿Es parecida a ésta?

La mujer miró perpleja.

–Bien, sí, es así.

–Bueno, como verá, yo ya tengo una, y por desgracia no necesito otra. Sin embargo, en la ciudad hay un comerciante de antigüedades que puede darle hasta cien libras por una de esas medallas.

La expresión expectante de la mujer se transformó en desilusión. Acababa de caminar seis kilómetros para nada, y ahora debía recorrer la misma distancia hasta la ciudad donde había dejado a su hermana custodiando el tesoro.

–¡Pide el carruaje! El que no tiene insignia –ordenó Mark al señor Burke en el momento en que se cerró la puerta tras la mujer.

El conde de Bath no tenía idea de lo que le esperaba, pero estaba preparado para cualquier eventualidad. Fue a su caja fuerte y tomó dinero, luego abrió la caja de cuero y agarró un par de pistolas de empuñadura de ónix. Ahora comprendía por qué las había elegido de color negro en lugar de marfil o plata: lucían mucho más amenazadoras. El color negro poseía en sí mismo su propia autoridad letal. Eligió un abrigo negro en lugar del sobretodo, agradecido de que el invierno helado ya no se hiciera sentir en el aire.

Cuando el carruaje cerrado pasó como un rayo junto a la mujer que había visitado la mansión, él se sorprendió de que ésta ya hubiese caminado más de tres kilómetros. Era de complexión atlética, y Mark se preguntó con curiosidad cómo se ganaría la vida. Le recordaba a una asistente de baño.

La primera parada del conde fue en el negocio de antigüedades de Dearden. Explicó al comerciante que había ido a verlo la mujer que tenía la media moneda en venta, y que él le había respondido que no le interesaba.

–Estoy seguro de que regresará por las cien libras que usted le ofreció. –Contó doscientas libras y se las dio a Dearden–. Las otras cien son por las molestias.

El conde de Bath indicó al conductor que lo esperara en la posada Angel, en la calle Westgate; luego cruzó en dirección a la tabaquería. No tenía idea de cuánto tiempo debería vigilar. El rico aroma a hojas de tabaco inundaba el aire, y no pudo resistirse a elegir una mezcla. Cuando los cigarros estuvieron listos y la mujer aún no había hecho su aparición, se armó de paciencia y consideró la posibilidad de comprar una selección de cajas de cigarros.

Para su sorpresa, vio a dos mujeres casi idénticas que se acercaban al negocio de antigüedades. Para cuando él había elegido una caja de cigarros y había pagado su compra, las hermanas salían del negocio. Las observó caminar colina abajo, en dirección a la parte baja de la ciudad. Luego cruzó la calle y recuperó la moneda de Diana.

Siguió a las mujeres, manteniendo una distancia prudencial, con la seguridad de que sería difícil perderlas a ambas. Entraron en un negocio de dulces y salieron con una caja grande.

«Ya están haciendo uso de sus mal adquiridas ganancias», pensó el conde con cinismo.

Las observó ir directamente a la posada Christopher, en High Street, y supo que tomarían uno de los carruajes. Un centenar de preguntas acudieron a su mente. ¿Estaría Diana con amigos, fuera de Bath? ¿Les habría pedido a las mujeres que vendieran la moneda porque no tenía dinero? La respuesta resonó con intensidad: ¡imposible! Se la había dado Marco. Era lo único de él que Diana había podido traer consigo. Mark sabía que para ella era tan valioso que jamás se separaría de la moneda por propia voluntad.

Caminó hacia la posada Angel, que quedaba a dos calles de distancia, y le dijo al cochero que fuera a Christopher y averiguara adónde se dirigían las dos mujeres. El conductor volvió con la información de que habían comprado dos pasajes a Chippenham. Mark maldijo. Él no tenía jurisdicción fuera de Somerset.

–El carruaje no parte hasta las cinco en punto. Allí están las dos sentadas, comiendo tortas de crema, ¡por Dios!

–También tú puedes pedir algo de comida. Es posible que esta noche no cenemos.

–¿Una pinta de cerveza, señor? La vigilancia es un trabajo que da sed...

Cuando el carruaje partió de Bath, el sol ya se ponía. Habían cruzado el límite del condado de Somerset al de Wiltshire al crepúsculo, pero para cuando llegaron a Chippenham, a las siete en punto, estaba absolutamente oscuro.

Mark Hardwick se sentó junto al conductor. Siguieron a las dos mujeres desde la posada durante casi un kilómetro. Las hermanas estaban evidentemente nerviosas mientras se apresuraban por la ruta oscura, porque miraron por encima del hombro un par de veces al oír el carruaje tras ellas.

Las mujeres tomaron el largo sendero de un edificio que parecía una mansión georgiana. Mark habló en tono bajo al conductor:

–Cuando doblemos por el camino, echarán a correr. Llevan cien libras y pensarán que queremos robarlas. Deseo hablar con ellas dentro del carruaje. Tú atrapa a la de la derecha.

Las hermanas se creían a salvo ya a tan corta distancia de su destino, pero descubrieron que no era así. Eran mujeres fuertes que lucharon duro contra los agresores, pero el conde de Bath pronto dominó a su presa y luego ayudó al conductor a meter a la hermana dentro del vehículo. Cuando Mark encendió la lámpara del carruaje, la mujer que había estado en Hardwick Hall exclamó:

–¡Es el conde de Bath!

En las sombras, su rostro oscuro lucía amenazador. Cuando habló, la voz hacía justicia a la apariencia.

–Sospecho que la dama a la que pertenece la media medalla se encuentra dentro de esas paredes. ¿Estoy en lo cierto?

Las mujeres se miraron alarmadas.

–¿Qué es este lugar? –inquirió él.

–El asilo Woodhaven.

«Por Dios, los bastardos la han internado en un asilo para enfermos mentales. ¡Jamás la habría encontrado!»

–¿Tienen idea de la dimensión del problema en el que se han metido? La dama en cuestión es una heredera secuestrada. Ustedes dos han robado y vendido una de sus joyas. Y yo soy un juez del condado.

Él sabía que las mujeres no tenían idea de que su autoridad no abarcaba Wiltshire. Las dejó temblar unos minutos y luego les ofreció una solución a su problema.

–Si cooperan conmigo, me aseguraré de que no recaiga sobre ustedes la culpa de los crímenes que se han cometido aquí.

Las hermanas intercambiaron miradas y enseguida asintieron con la cabeza.

Mark dio una de sus pistolas al conductor.

–Toma esta arma. Vigila a ésta hasta que regresemos. –Se volvió hacia la hermana–. Tú me llevarás hasta la dama, con mucha calma. ¿Hay una puerta trasera?

La mujer asintió con la cabeza.

–Después de esta noche, yo no te he visto nunca, ni tu a mí. ¿Está claro?

–Sí, señor –respondió con voz quebrada de miedo a la vista del arma que la apuntaba.

La mujer abrió la puerta trasera con una de sus llaves y se adentraron en un pasillo largo, que aparecía iluminado con luz mortecina, entre lavanderías y cocinas. Sabandijas nocturnas se escurrían entre sus pies y se sumergían en oscuridades más profundas. Luego la mujer lo condujo hasta el tercer piso.

No se cruzaron con nadie, pero de vez en cuando llegaban de los cuartos cerrados gritos de sufrimiento, gemidos desesperanzados, alguna amarga carcajada. El conde de Bath se tapó la nariz por los olores a repollo hervido, jabón carbónico y orina. La furia interior amenazaba con explotar; si alguien lo desafiaba, cualquiera que fuese, él le dispararía una bala en el cerebro.

Diana despertó de un sueño intranquilo y oyó que abrían la puerta. Una figura oscura se irguió en el umbral. Por Dios, sabía que el doctor Bognor vendría a por ella, pero no lo esperaba de noche.

–¡No! –gritó–. ¡No me toque!

Al oír su voz, el corazón de Mark dio un vuelco. Por fin la había encontrado. Quería advertirle que guardara silencio, pero lo único que pudo decir mientras se acercaba a la cama fue:

–Mi amor.

–¿Mark? –susurró ella, sin confiar demasiado en sus propios oídos.

–Sí, amor –murmuró Mark en voz baja al tiempo que se llevaba la mano de ella al pecho, donde su media medalla reposaba sobre el corazón. Mientras las manos de Diana se deslizaban por los pétreos músculos, con voz profunda él le advirtió–: Intenta no hacer demasiado ruido.

Cuando la levantó en sus brazos fuertes, el corazón de Diana martilleaba tan fuerte que habría despertado a los muertos. Se aferró a Mark con fuerza, sabiendo que Dios y san Judas habían obrado el milagro. Mark la alzó, bajó tres tramos de escaleras y atravesó el corredor hasta la puerta trasera. Hizo una última advertencia a la asistente:

–Liberaré de inmediato a tu hermana. En tu lugar, yo no haría sonar la alarma; cerraría la puerta con llave sin hacer ruido y me retiraría.

En el camino de regreso a Bath, Mark deslizó los brazos alrededor de Diana y la atrajo hacia sí. Con manos delicadas le apartó el cabello de la frente.

–Intenta relajarte. Tenemos unas dos horas de viaje por delante.

–Eres tan inteligente... ¿Cómo me encontraste?

–No, amor. Fue tu propio ingenio el que me llevó hasta ti. Sólo tú pudiste haber plantado la semilla para que me llevaran la media moneda.

–Oh, Mark, ¡me internaron en un asilo para enfermos mentales! –Diana temblaba sin control.

Él la envolvió en su abrigo para que el calor de su cuerpo la calentara. Poco a poco Diana le contó la historia desde el momento en que había decidido hacer frente a Prudence y Richard. Cuando terminó, él preguntó:

–¿Cuánto tiempo estuviste encerrada?

–Cuarenta días y cuarenta noches.

–¿Cómo has podido soportarlo? –preguntó Mark en voz muy baja.

–Sabía que vendrías.

Las palabras de Diana sonaban seguras, precisas. Aunque detestaba empañar su recién recobrada paz, Mark debía enfrentar los hechos.

–Diana, aún estás legalmente bajo el control de tus tutores por tres semanas más. –Ella se recostó en sus brazos, y él agregó–: La ley los ampara, y tendrán derecho a apartarte de mí en el momento en que se enteren de que te he raptado.

–Por favor, no dejes que vuelvan a meterme en ese lugar...

Como no quería oírla suplicar, le ofreció la única solución que se le ocurría:

–Si nos casamos, estarías bajo mi autoridad.

El corazón de Diana se dilató de dicha. Eso era lo que más deseaba en el mundo, aunque sabía que lo que Mark Hardwick más atesoraba era su libertad. Se le desbordó el alma al saber que él estaba dispuesto a hacer el máximo sacrificio para mantenerla a salvo.

–Gracias –susurró.

–No me agradezcas nada, amor. Es sólo una medida provisional. Ellos acudirán a los tribunales para obtener la nulidad, porque yo no les pedí consentimiento para casarme. Lo único que podemos esperar es que tarden tres semanas en disolver el matrimonio.

37

Eran más de las diez cuando llegaron a Hardwick Hall. Diana tenía la sensación de que la casa le daba la bienvenida, como si hubiese regresado al hogar. Mark se sentía tan protector que deseaba cargarla en brazos hasta arriba. ¿Por qué debía caminar, cuando él podía llevarla? Sin embargo, sabía que Diana había estado recluida en un espacio tan limitado que necesitaba libertad de movimiento.

Ella se detuvo al pie de la escalera a apreciar la belleza de las tallas. Mientras subían juntos, sus dedos buscaron los de Mark.

–Me encanta ir de la mano contigo –admitió con timidez.

Él cerró la puerta y fue a encender las lámparas del cuarto. Diana permaneció junto a la puerta para observar cómo cobraba vida la habitación al bañarse en el suave resplandor. La cama imperial captó toda su atención, con las hermosas cortinas de terciopelo verde bordadas con coronas y leones dorados.

–Me encanta esta alcoba. Jamás volveré a dejarla.

Él se dio la vuelta para hablarle, pero las palabras murieron en sus labios. Diana estaba pálida como un cadáver con esa horrible bata de color marrón y los zapatos de lona. Mark disolvió el nudo que tenía en la garganta y se juró en silencio que si alguien volvía a hacerle daño, lo mataría.

–Sé que es tarde, pero debemos casarnos esta noche, así que me temo que sí tendrás que abandonar esta alcoba.

–Necesito un baño –dijo ella en voz baja.

–¿Qué te parece una tina ante el fuego, como se bañaban en la época isabelina?

Al cabo de un momento, la alcoba estaba llena de sirvientes apresurados que arrastraban una gran tina de porcelana y cubos de agua caliente. Llegaron el señor Burke y Nora, uno para atender el baño de su señor y la otra para atender a Diana. El conde de Bath les dijo en tono amable pero firme:

–Nos gustaría quedarnos a solas un momento.

Diana se quitó la bata y los zapatos de lona y se sumergió en el agua perfumada. Mark se inclinó, hizo un bulto con las prendas y abrió la puerta de la habitación.

–Quemen esto –ordenó al primer sirviente que vio.

–¿Qué me pondré? –preguntó Diana, preocupada.

–¿Tiene importancia?

–Por supuesto que tiene importancia: voy a casarme. Aunque sólo sea por tres semanas –agregó con cierta tristeza.

Mark se acercó; los ojos negros la acariciaban con amor.

–Puedes ponerte esto –dijo al tiempo que le abrochaba la media moneda alrededor del cuello.

–¿Te costó mucho recuperarla?

–Casi nada. Les dije a las mujeres que ya tenía una y que no necesitaba otra. –Buscó en el bolsillo y sacó los aros de Diana–. Y puedes ponerte esto también. Los llevé todo el tiempo conmigo.

La única razón por la que quería que Diana se pusiera los aros era para contemplar cómo se los quitaba cuando fueran a la cama.

Ella lo miró, consciente de su amor.

–Ordenaste a Nora que se retirara, así que deberás ayudarme.

Cuando terminó de bañarse, Mark la envolvió en una toalla y la sacó del agua. Sabía que si se sentaba con ella en su regazo, jamás se vestirían.

–¿Qué te parece si voy a tu habitación y elijo algo de tu guardarropa?

Diana sonrió para sí. Cuando él era Marco, le elegía la ropa. Aún recordaba la sorpresa que le había causado aquella túnica que no le cubría más que las caderas. Asintió con la cabeza y abrió la toalla para que el fuego le calentara la piel. Qué deliciosa sensación la de estar libre para hacer lo que quisiera.

Mark regresó con el vestido de terciopelo color jade.

–Éste me trae recuerdos especiales. Y también esto. –Le mostró el corsé escarlata.

La ayudó a vestirse. Al abrocharle el vestido, se dio cuenta de cuánto había adelgazado. A partir del día siguiente insistiría en que se alimentara bien e hiciera ejercicio. No le agradaba verla pálida y frágil. La quería radiante y fuerte, capaz de dar tanto como recibía.

Diana intentó no fijar la vista en Mark mientras éste se afeitaba y se cambiaba la ropa interior, pero estaba deseosa de mirarlo. El rostro oscuro era absolutamente masculino y el cuerpo lucía fornido incluso si vestía ropa formal. Él levantó la vista y la descubrió observándolo.

–No tengo sortija –advirtió de pronto.

–¿Qué haría un soltero implacable con una sortija de boda? –bromeó ella.

El conde se quitó del dedo su anillo favorito, que lucía una esmeralda.

–Usaremos éste. El señor Burke y Nora vendrán con nosotros, como testigos. –Al final, cuando estuvo completamente vestido, se atrevió a tocarla. Le cubrió el rostro con las manos, acercó los labios a los de ella y la besó–. ¿Seguro que estás lista para esto?

–Estoy muy segura –dijo Diana mientras asentía con la cabeza.

No lo quería sólo por tres semanas, sino para toda la eternidad; sin embargo, aunque tuviesen apenas aquella noche, se sentía la mujer más afortunada del mundo. El destino le había concedido el privilegio de enamorarse del mismo hombre dos veces.

Pasada la medianoche se reunieron en la sala del juez de paz de Bath. La ceremonia civil fue corta; lo más importante eran las firmas y el certificado de matrimonio, más que las palabras que se pronunciaran.

En el carruaje, en el camino de regreso a la mansión, el conde explicó a los sirvientes que tenía la absoluta certeza de que los tutores de Diana anularían el matrimonio, pero que en menos de tres semanas Diana cumpliría dieciocho años y obtendría su herencia. Cuando llegaron a la casa, el señor Burke y Nora desaparecieron discretamente.

En la puerta principal, Mark levantó a Diana en brazos.

–Debemos obedecer todas las reglas –dijo al tiempo que la hacía cruzar el umbral.

–Ésta es una costumbre romana. El novio cruza el umbral con la novia en brazos para espantar los malos augurios. Luego me ofreces una taza de agua y una tea encendida para demostrarme que tengo derecho a la protección de los dioses de tu familia.

Una vez más subieron juntos la elegante escalera tallada. Cuando entraron en la alcoba del conde, vieron que el señor Burke y Nora les habían dejado vino y tortas. Mark la ayudó a quitarse el abrigo, luego se quitó la capa, el chaleco y deshizo el intrincado nudo de la corbata.

–Tengo un regalo que te gustará –dijo Mark, y le dio la tablilla en la que estaban inscritos sus nombres.

–Oh, Mark... Marco... ¡Encontraste la prueba!

–Estaba enterrada junto al río, debajo de las hayas cobrizas, donde una vez hicimos el amor.

–¡Te acordaste!

El rostro de Diana estaba tan radiante de felicidad que él sintió un nudo en la garganta. Fue hasta una vitrina y sirvió vino para ambos.

–Déjame proponer un brindis por Diana, condesa de Bath.

–Cielos, ¿soy una condesa? ¡Suena tan formal e importante! Pero yo tengo un brindis mejor. –Se quitó el vestido, lo arrojó a un costado y se lanzó de espaldas sobre la cama con el corsé escarlata. Luego batió las piernas en el aire alocadamente–. ¡Propongo un brindis por la libertad! –exclamó con alegría.

Mark disfrutaba de ese abandono. Casi había esperado lágrimas, miedos y malos sueños, y estaba preparado para calmarlos. La necesidad de protegerla había crecido con fuerza en él. No se proponía imponerle ninguna exigencia sexual aquella noche. En menos de cuatro horas amanecería.

Diana, obediente, se llevó la copa a los labios y al mismo tiempo levantó una pierna.

–Quítame la media.

Él se la quitó y le besó los dedos del pie, pero enseguida ella levantó la otra, para que repitiera el hermoso gesto. Terminó el vino y se aflojó el corsé. Luego miró a Mark, que no había comenzado a desvestirse.

–Date prisa –lo urgió, estirándose sin pudor entre las sábanas blancas como la nieve.

Mark tragó con dificultad mientras se preguntaba cómo iba a negarse.

–Lo que más me gusta en el mundo es estar acostada contigo, los dos desnudos, y que nos besemos –aseguró ella.

Mark se quitó despacio la camisa y los pantalones, aplazando la tortura que le esperaba.

–Besos es lo único que tendrás –le advirtió.

Ella lo miró para ver si estaba bromeando. Pero hablaba en serio. Trataba de negarse rotundamente, por el bien de ella. Actuaba con nobleza. Sin embargo, Diana decidió hacerle cambiar de idea.

–Bien, tú eres el señor y yo prometí obedecerte. –Se irguió y con lentitud se quitó los aros.

Mark ya no podía mantener la distancia. Su lado de la cama se hundió con su peso, y Diana se acurrucó contra él.

–Había olvidado lo musculoso que es tu pecho –dijo mientras lo acariciaba.

–Esperaremos hasta que estés fuerte, mi amor. Unos días de buena comida y ejercicio, y te habrás recuperado por completo de tu penosa experiencia.

Diana lo montó a horcajadas, de modo que los pechos pálidos descansaran sobre el pecho moreno y velludo.

–Conozco un ejercicio maravilloso, pero prometo obedecerte.

–Te burlas de mí –susurró él entre besos.

Diana deslizó la mano por el cuerpo de Mark.

–Parece que da resultado. –Hizo otro movimiento, de modo que la otra mitad de su cuerpo quedó sobre él–. Cuando me alzaste para pasar el umbral dijiste que debíamos obedecer todas las reglas. ¿Acaso la consumación no es una regla principal?

–Trato de no ser egoísta –gruñó Mark con voz ronca.

Ella se movió contra él de forma sensual.

–¡Oh, por favor, querido, sé egoísta!

Los besos profundos se volvieron peligrosos. Para distraerla, Mark le pidió que le describiera una boda romana.

–Es una larga historia; será un placer describirte todos los detalles... después.

–¿Después? –preguntó él, ronco, consciente de que iba a rendirse.

Mark tenía la extraña sensación de que ya antes habían intercambiado esas mismas palabras. Si le permitía permanecer en la posición dominante, Diana se agotaría. Rodó con ella hasta que quedaron de lado; luego le levantó la rodilla para que la apoyara en su cadera.

Diana le besó en el pecho y se estiró para apoyarle los labios en la poderosa garganta. Elevó una plegaria para agradecer que su bebé estuviese a salvo entre los corazones de ambos. No se lo diría esa noche. Guardaría el secreto un poco más.

Mark estaba duro como el hierro, y palpitante. Frotó despacio la cabeza hinchada del miembro en la hendidura de seda. Cada vez que acariciaba el capullo femenino, aumentaban las sensaciones avasalladoras. Cuando cerró los párpados, Diana vio todo negro con luces plateadas; mientras se excitaba, las luces se volvieron doradas y, cuando él la penetró por completo, se tornaron de color carmesí. El hermoso color rojo le provocaba tanto placer como el grueso falo que entraba y salía al mismo ritmo que latían los dos corazones. Mark se movía en forma profunda, lenta y sensual, decidido a que el acto de amor no se volviera salvaje. Por fin el color se volvió púrpura intenso, y Diana le lamió y le succionó el cuello mientras comenzaban las palpitaciones que parecía que se prolongarían para siempre. Cuando Mark llegó al clímax, ella gozó por segunda vez.

Mark se separó y le dio la vuelta, de modo que Diana quedara en la curva de su gran cuerpo. Ella suspiró satisfecha, maravillada de experimentar sensaciones tan deliciosas incluso sin esforzarse demasiado. Las manos de él le acariciaron los pechos y el vientre.

–Tienes unas manos hermosas.

Mark enroscó los dedos en los rizos dorados del monte de Venus y la cubrió con la palma de la mano, en gesto de absoluta posesión.

–Cuéntame cosas de las bodas romanas –susurró.

Diana describió todas las cosas maravillosas que había planeado para su boda con Marco, y luego le contó acerca de las costumbres. Cuando terminó, él la estrechó más contra sí y confesó:

–En estas últimas semanas, temí que hubieras vuelto atrás en el tiempo..., que hubieras regresado con Marco.

–Mi amor, tú eres Marco.

–Ahora lo sé.

–Jamás podré regresar. Eso se terminó. Nuestro tiempo juntos es aquí y ahora.

–Te amo –susurró él.

–Te amo –dijo ella a su vez.

Diana sabía que el amor era más importante que el matrimonio. El matrimonio era maravilloso, pero el amor era mejor. Ése era el regalo de boda más precioso que él pudiera ofrecerle.

Pasaron la mañana cabalgando bajo el sol de primavera. Dejaron atrás los parques de Hardwick Hall y cabalgaron por campos llenos de flores silvestres. Diana lo llevó a las colinas de Landsdown, donde antes se extendían las pistas de las carreras de cuadrigas, y luego cabalgaron por Hay Hill hasta lo que quedaba de los viñedos.

De regreso a la mansión, Diana insistió en hacer una carrera. Cuando llegó a los establos, Mark ya la esperaba allí, con los brazos en alto. Ella fue a su encuentro, con el cabello dorado enredado y las mejillas sonrosadas.

–Cuando ganes la carrera sabré que estás totalmente recuperada –dijo Mark.

Le hizo ingerir un almuerzo razonable y accedió a ir de compras por la tarde sólo si ella repetía las porciones.

–Aún siento el estómago pesado del desayuno –se quejó Diana–. ¡Si hubiera sabido que eras un dictador, no me habría casado contigo!

Cuando salieron, la primera parada fue en la joyería, donde eligieron una ancha sortija de bodas, en oro. Cuando Mark se la deslizó en el dedo, dijo:

–Ahora puedes devolverme mi anillo.

Diana se mostró decepcionada.

–Oh, querido, ¿qué he hecho con él? ¡No me digas que lo he perdido! –Ante la expresión perpleja de Mark, se apresuró a añadir–: A ver, espera un momento... Palpa aquí abajo. –Se abrió los tres primeros botones del vestido, en provocativa invitación.

Mark hundió los dedos en el escote y sacó el anillo de esmeralda. El joyero quedó boquiabierto al ver que el conde de Bath y su dama se permitían tales atrevimientos en público. No veía el momento de hacer correr la noticia de que por fin el conde había elegido esposa.

–Aún no he comprado los sofás para cenar que me sugeriste, pero Dearden tiene un par en su negocio. ¿Quieres verlos?

–No es necesario, adquiérelos. Yo iré al taller de madame Madeleine. ¿Recuerdas el disfraz de diosa Diana que yo llevaba la noche en que nos conocimos?

Él alzó los ojos al cielo.

–¿Cómo podría olvidarlo?

–Esta noche cenaremos al estilo romano.

–Me niego a ponerme una toga –declaró Mark tras lanzar una carcajada.

Ella se le acercó de puntillas y le susurró al oído:

–Lo importante es que no olvides tu látigo.

A Mark no le agradaba dejarla sola, pero sabía que Diana debía superar su aprensión. Por el momento necesitaba absoluta libertad.

El conde de Bath compró los sofás con la condición de que se los entregaran de inmediato. Cuando Dearden lo felicitó por el enlace, Mark tuvo la certeza de que no transcurriría mucho tiempo hasta que la noticia corriera como la pólvora en la ciudad.

–Lady Diana, qué agradable verla de nuevo –se entusiasmó madame Madeleine, ávida de información sobre la joven que había desaparecido como por arte de magia y había reaparecido de manera igualmente extraña.

–Me alegro de que me recuerde –replicó Diana, con sequedad.

–¿Cómo podría olvidar que usted ganó la batalla del vestido de terciopelo color jade?

Diana sonrió.

–No sólo me quedé con el vestido, también con el conde. –Y alzó la mano para mostrar su sortija de bodas.

–Oh, señora, ¿en qué puedo servirla?

–Bien, usted hace cosas tan hermosas... ¿Podría confeccionarme ciertas prendas poco convencionales?

Mark y Diana decidieron convertir el cuarto de vestir que se hallaba junto a su habitación en su propio comedor privado. El señor Burke llevó una mesa pequeña, que ubicó entre los sofás; luego buscó en los otros cuartos almohadones para reclinarse y para apoyar los codos como le había descrito Diana. En un momento en que Mark no se hallaba cerca, ella confió a Burke:

–La ropa que usaré esta noche es un poco reveladora. ¿Le importará mucho si le pido a Nora que hoy nos sirva ella?

–No, en absoluto, señora.

Diana escondió las cajas del taller de madame Madeleine en la habitación color durazno, para que Mark no viera lo que planeaba ponerse.

Él esperaba verla con la túnica blanca corta de la diosa Diana, así que decidió ponerse simplemente su bata de terciopelo negro, ya que la cena iba a ser íntima. Para despertar su interés, agregó un látigo a su atuendo. Cuando abrió la puerta que comunicaba su habitación con la otra, encontró a Diana ante él, echada sobre un sofá.

Los ojos de Mark se abrieron consternados al recorrer la figura de Diana, recostada, con un pecho totalmente desnudo. Se comportaba como sólo osaría hacerlo una mujer segura de su belleza. Mientras su cuerpo reaccionaba de la manera más extrema, el conde no sabía con certeza si quería que su esposa se mostrara de modo tan descarado.

Fue hacia ella sin vacilar. Cuando Diana advirtió la desaprobación que con toda claridad reflejaba el semblante moreno del marido, levantó los brazos y le ofreció los labios para darle un beso de bienvenida. Él permaneció de pie ante ella, sin tocarla.

–No estoy seguro de que una condesa deba...

Diana aproximó los labios a los suyos y le dijo:

–No me veas como a una condesa, sino como a tu esclava.

Él gruñó y le cubrió la boca con ansia, pero enseguida se apartó.

–Ya has hecho esto antes.

–Mmmm –respondió ella, sensual.

Mark hundió irritado la lengua en la boca caliente e incitante, y sintió que su fastidio se desvanecía. El miembro se paró como una lanza y levantó el terciopelo negro.

Diana tomó el látigo de entre los dedos de Mark.

–No necesitas dos armas.

Los ojos de Mark ardían mientras acariciaba el pecho de la esposa con la mano.

–¡No! Compórtate y ve a tu sofá –lo reprendió Diana–. Iré a tu lado para los postres.

En aquel momento entró Nora con la cena, y Mark la ayudó a retirar los platos de la bandeja y a ubicarlos sobre la mesita, colocándose entre la criada y Diana. Era demasiado púdico para permitir que Nora viera a una dama desvestida de ese modo.

–Nosotros mismos nos serviremos. Eso es todo; gracias, Nora. –Mark se dirigió a su propio sofá–. Ven aquí –ordenó a Diana.

–¡No! Te dije que iría a ti en los postres.

–Si eres mi esclava, será mejor que aprendas a obedecer mis órdenes –declaró él con total autoridad–. Ven y muéstrame cómo poner estos almohadones.

Ella avanzó despacio, sin dejar de mirarlo a los ojos.

–Reclínate sobre un costado. –Le ubicó el almohadón más grande tras la espalda–. Ahora acomoda este almohadón pequeño debajo del codo.

Se quedó quieta junto al sofá, pasando las manos nerviosas por el látigo que le había sacado. Una oleada de deseo recorrió la entrepierna de Marco al verla tocar el látigo. Se desató la bata de modo que el terciopelo negro se abrió y reveló su esplendorosa desnudez.

–Compláceme –ordenó.

38

En aquel momento él se mostraba tan dominante que Diana casi lamentaba no ser su esclava. La intensidad del deseo la volvía vulnerable. Ambos sabían que sólo estaban jugando al amor.

Ella deslizó la mano sobre el falo con pretendida inocencia.

–Qué exigente eres –dijo con voz suave.

–Yo soy un hombre. Yo doy las órdenes y tú las obedeces.

Ambos se excitaban sin ni siquiera tocarse. En el juego había un tono de autoridad total que despertaba en Diana las ganas de comportarse sin pudor alguno ante él. Arrastró las tiras de cuero del látigo sobre la tetilla chata y broncínea, y las movió despacio por el pecho y el vientre tenso. Cuando dio un golpecito en la cabeza del miembro erecto, Mark se lo arrebató abruptamente.

Diana bajó la mirada, arrepentida.

–Lo lamento –murmuró, y se puso de rodillas junto al sofá de él.

Besó la corona carmín del sexo protuberante, oyó el fuerte jadeo de Mark y, con la punta de la lengua húmeda, trazó delicadamente cada centímetro de su cuerpo.

Cuando él abrió los ojos, Diana había regresado a su sofá. Lo miró con aire provocativo y le prometió el paraíso.

–Esto sólo ha sido el aperitivo hasta que lleguemos al plato principal.

–Pequeña zorra –gruñó él–. Si te gustan los juegos, te daré algunas lecciones.

La mañana siguiente los sorprendió de nuevo haciendo carreras por el campo. Cuando Diana perdió una vez más, Mark le sonrió y dijo:

–Me propongo montarte mejor esta tarde.

–¿Crees que podrás mejorar la cabalgada de anoche? –replicó ella con descaro.

–Siempre puedo intentarlo –contestó él, y le guiñó un ojo–. Ya sabes a qué me refiero. Esta tarde iremos a comprar una yegua.

–¿Por qué no puedo tener un purasangre?

–Puedes tener lo que quieras, pero yo prefiero ser el único macho de tu vida, y una yegua haría muy feliz a *Trajano.*

–Cuando vivías en Aquae Sulis, tu purasangre también se llamaba *Trajano.*

Mark sonrió.

–Qué extraña coincidencia, ¿verdad, mi amor?

La llevó al criadero de caballos de Avebury y la dejó escoger. Diana eligió una yegua joven con unas crines rubias, que emulaban su cabello.

–¿No te parece demasiado joven para quedar preñada? –preguntó a su esposo.

De repente Mark ya no pensaba en caballos. Lo doblegaba el deseo ferviente de plantar su propia semilla en su hermosa esposa.

–Creo que es perfecta. –La atrajo hacia sí y le dio un beso rápido en la cabeza dorada.

No regresaron a la casa hasta el atardecer; Burke los recibió con la noticia que esperaban. Mientras ellos se hallaban en Avebury, Richard Davenport había dejado los documentos que había presentado ante los tribunales para obtener la nulidad del matrimonio de su sobrina, con el argumento de que el conde no había obtenido el consentimiento por escrito de parte del tutor de la muchacha. El caso se presentaría en la corte de Easter Assizes, cuatro días antes de que Diana cumpliera dieciocho años.

Diana intentó disimular su decepción, pero Mark la conocía demasiado para no percibir su angustia.

–Ha tenido suerte de que yo no estuviera aquí –maldijo–. Podría haberle echado los perros encima.

Diana agradeció que su esposo no se encontrara en ese momento en la casa, porque sabía que era capaz de mucho más que de echar los perros a su tío.

En la cama se aferró a él; necesitaba su fuerza no sólo para afrontar el escándalo de la nulidad, sino también la realidad. Alimentaba la esperanza de que Richard y Prudence la dejaran en paz, después de lo que le habían hecho. Esperaba que, una vez casada con el conde de Bath, dejaran pasar el incidente y lo aceptaran como un hecho consumado. Qué ingenua era.

–¿Qué haremos? –susurró desesperada.

–Mi amor, una vez que obtengan la nulidad, simplemente te llevaré a donde no puedan encontrarte hasta tu cumpleaños.

Ella deseaba preguntarle: «¿Y después?», pero no pudo. Mark no había sugerido que el día en que ella cumpliera dieciocho años ambos se casarían de nuevo. Diana era consciente de que ése era un arreglo temporal. Con la mano le acarició el vientre. Si le hablaba del bebé, tal vez él volviera a proponerle matrimonio para protegerla. Sin embargo, Diana deseaba desesperadamente que se casara con ella por elección más que por necesidad. No quería que Mark se sintiera obligado.

Diana suspiró, deseando que las cosas fueran de otro modo. Luego ocultó la cara en el hueco de la garganta de Mark. Sabía cuán valiosa era para él su libertad. Y de hecho eso no le importaba, siempre que la amara. ¿Acaso ella no había decidido que el amor era infinitamente más importante que el matrimonio?

Para Mark, lo más importante era que Diana tomara posesión de su propia herencia. Una vez que los tutores dejaran de controlar su fortuna, ella podría demandarlos ante la justicia, pero no antes de cumplir la mayoría de edad. Mark no quería hacer nada que arruinara los derechos legales de su amada. Sólo debían tener paciencia unos días más.

Mientras yacía sopesando la situación, acariciaba el cabello y la espalda suave como el satén de la joven. El problema de la nulidad era un poco más complicado. Desde que el rey aprobara el Acta de Matrimonio para mantener a raya al heredero del trono, la edad legal para contraer matrimonio era veintiún años. Para ello faltaban aún tres años, y aunque Diana se contentara con sólo vivir juntos, Mark no sería de la misma opinión. Por primera vez en su vida deseaba una esposa e hijos, y los quería legítimos.

Y aun cuando todo se solucionara y Diana fuera económicamente independiente, necesitaría el consentimiento de Richard para contraer matrimonio. El rostro del conde de Bath se endureció. Obligaría a Davenport a aceptar, resolvió sin piedad.

Diana se movía impaciente. Necesitaba distraerse con algo.

–He estado pensando en que necesitamos una piscina privada. Podrías ayudarme a trazar los planos.

–¿Exterior o interior?

–Si fuera al aire libre, no podríamos usarla todo el año. ¿Qué tal dentro de un jardín de invierno rodeado de vidrieras, con plantas y árboles?

–Suena maravilloso.

–¿Sabías que sé nadar?

–Eso es algo que me encantaría ver.

–Vayamos al Baño del Rey mañana –sugirió Diana–. Me muero por verte con esos pantalones de lino.

A la tarde siguiente, cuando llegaron al Baño del Rey, a Diana le sorprendió ver cuán tranquila se hallaba la calle Stawles, en general atestada de gente.

–Nos vemos adentro –dijo Mark cuando se separaron para entrar cada uno en el vestuario que les correspondía.

Para sorpresa de Diana, había una sola asistente.

–No puedo creer lo tranquilo que está todo hoy; los baños están casi vacíos –comentó.

Mientras la asistente del baño la ayudaba a ponerse un vestido de lino marrón de cintura alta, le dijo:

–¿No lo sabe? El conde de Bath lo ha alquilado hoy para una fiesta privada en la piscina. Las galerías se han cerrado al público.

Cuando Diana entró en el baño, Mark se acercaba por el agua, desnudo como un recién nacido.

–¡Tramposo! Yo quería reírme de tus pantalones de lino, pero parece que el único hazmerreír aquí soy yo.

–No hay nadie excepto tú y yo. ¿Te animas a quitarte la bata? –la desafió.

–Bañarme desnuda no es una novedad para mí –aseguró Diana solemne. Aunque sólo después de escrutar las galerías y asegurarse de que sólo la verían los ojos de Mark, se aflojó y se quitó la respetable bata de lino. Se sumergió en el agua tibia para mostrarle cómo nadaba–. Esto se llama brazada de pecho –informó.

–No tengo la menor duda –comentó él al observar los globos de porcelana que flotaban en la superficie del agua.

Jugaron y bromearon durante más de una hora, pero Mark no le quitaba de encima sus ojos protectores. Diana ya no estaba pálida, y con seguridad tampoco se sentía tímida, aunque él todavía la veía increíblemente frágil. Nadó por debajo del agua y al salir a la superficie unió su cuerpo al de ella. Diana le rodeó el cuello con los brazos y alzó la boca para besarlo. De repente, las risas se desvanecieron y se pusieron serios.

–Vamos a casa –susurró él.

Cuando llegaron, Diana se alegró de ver que había llegado una gran caja de la tienda de madame Madeleine. Corrió arriba con ella en las manos y dijo por encima del hombro:

–Esta noche cenaremos en el comedor privado.

–Con lady Diana en Hardwick Hall jamás hay un momento de aburrimiento, señor –comentó Burke al conde–. Supongo que querrán que les sirva Nora.

–La condesa es tan poco convencional que creo que eso será lo más conveniente.

Diana daba los toques finales a su cascada de bucles cuando Nora fue a buscarla. Se detuvo sorprendida en el umbral de la habitación color durazno.

–¡No puede ponerse eso, señora!

La muchacha se había abrochado la cadena de oro alrededor de la cintura, y el vestido carmesí alrededor de las caderas.

–¿Por qué? –preguntó Diana, divertida.

–Bueno, yo tengo ideas liberales, por ser francesa, pero esto es demasiado extravagante.

Diana sonrió para sus adentros.

–Podrá escandalizar a una francesa, pero no a una romana. ¿Encontraste el incensario que te pedí?

–Lo puse en el comedor.

–En Aquae Sulis se llamaba «triclinio».

–¿Allí era donde hacían las orgías? –susurró Nora, sabiendo que Diana era una ávida estudiosa de la historia romana.

–Entre otros lugares –confirmó la joven.

Diana decidió que aquella noche Mark le pediría que volvieran a casarse, una vez que su actual matrimonio se anulara. Estaba resuelta a que Mark superara su obsesión por la libertad.

Con la esperanza de sorprender a Diana, Mark apareció en el comedor cubierto sólo con una toalla. Cuando se dirigió a la puerta contigua, Diana preparaba el incienso. Los ojos del conde recorrieron las curvas, que lucían tan eróticas con la túnica carmesí.

–Los dos pensamos exactamente lo mismo –dijo con voz ronca.

–Esto es una costumbre romana –contestó Diana–. El incienso recuerda los caminos del alma.

Las fosas nasales de Mark se dilataron. Diana era más hermosa que una diosa. ¿Qué había hecho él para merecer semejante regalo de los dioses?

Cuando Nora entró con los postres, ellos ni siquiera la vieron. Estaban entrelazados en un sofá, alimentándose mutuamente con los dedos. La criada dejó los dulces y las frutas y se retiró.

Mientras Diana le lamía los dedos, Mark murmuró:

–¿Qué fruta te gustaría? ¿La fruta de la pasión?

–Me inclino por las ciruelas –murmuró ella al tiempo que deslizaba una mano por debajo de la toalla y jugueteaba sin pudor con los testículos.

–¿Por qué más te inclinas? Déjame cumplir todos tus deseos. –La levantó y la llevó hasta la habitación, dejando la toalla y la túnica carmesí enredadas sobre el sofá.

–El *tantra.*

–*¿Tantra?* –Mark no tenía idea de lo que era, pero sonaba casi a prohibido, por el tono provocador en que ella lo había dicho–. Hazme una demostración.

–No en la cama, sino en el suelo. Yo me siento en tu regazo, cara a cara, de modo que cada parte de nuestros cuerpos recibe placer. Tu penetración lenta y sensual debe parar al llegar al punto del clímax, y así puedes comenzar de nuevo... una y otra vez.

Mark estaba loco de pasión. Se hundió en la alfombra y la atrajo sobre el regazo.

Al cabo de dos horas, cuando ella quedó satisfecha, él le besó el cabello y susurró:

–¿Qué te gustaría para tu cumpleaños?

Diana contuvo la respiración, con la esperanza de que él le ofreciera un matrimonio para toda la vida. El silencio era como un manto de terciopelo negro. Por fin respondió en un susurro:

–Adivina.

Él pensó, pero estaba demasiado lleno de ella, demasiado ebrio de amor, como para pensar con coherencia:

–¿Rubíes? ¿Diamantes?

Diana se puso rígida en sus brazos y luego, deliberadamente, se acomodó sobre el pene aún erecto.

–¡Eres un diablo! Sabes lo que quiero más que nada en el mundo, ¡pero tu maldita libertad es demasiado valiosa para ti!

Las cejas negras se juntaron.

–Te daré lo que quieras. ¿Qué diablos deseas?

–Eres tan condenadamente inteligente... ¡Imagínatelo! –Diana salió de la habitación sin importarle su desnudez.

Mark miró con enojo la puerta que ella había golpeado. ¿Cómo podía ser tan adorable un momento y tan odiosa al instante siguiente? ¡Malditas mujeres! Ése era el agradecimiento que recibía por dedicarle toda su atención. Era una pequeña malcriada, y si quería dormir sola, ¡que así fuera!

No se hablaron durante dos días, pero cada uno pagaba el precio de la soledad y el sufrimiento. Al tercer día Mark fue a la ciudad sin ella, y al regresar se encerró en la biblioteca. Diana estaba dispuesta a rogarle que la perdonara. Sabía que el exceso de orgullo jamás permitiría a un hombre como Mark rogar por nada, y por supuesto eso era justo lo que ella pretendía.

A la hora de la cena, Diana pidió una bandeja y se la llevó a su cuarto, aunque deseaba tener una excusa para reunirse con él. Allí, sobre la almohada, descansaba una caja de terciopelo. Cuando la abrió se puso tan contenta como un niño en Navidad. Era una gargantilla de plata con un brillante lapislázuli. Bajó corriendo la escalera tallada y abrió la puerta de la biblioteca sin golpear. Mark estaba escribiendo direcciones en una pila de sobres, pero al verla cubrió los papeles con las manos.

Diana levantó la caja de terciopelo.

–Tu disculpa es muy hermosa.

–No es una disculpa, sino una ofrenda de paz –gruñó el conde.

Diana advirtió un destello divertido en sus ojos oscuros.

–¿Ves? Después de todo, sabías lo que quería –se limitó a responder.

–Tardé un poco, pero al fin te leí la mente –murmuró él, mirándola.

–Pónmelo.

–Arriba.

–Tengo comida.

–Comamos en la cama.

Su apetito sexual era evidente, pero bajo el deseo fluía un amor que no conocía límites. La felicidad de cada uno dependía del otro. Como las dos mitades de sus monedas, no estaban completos a menos que se encontraran juntos.

El primer día de las sesiones de Pascua, la corte declaró nulo el matrimonio de Mark Hardwick, conde de Bath, y lady Diana Davenport, por no obtener el debido consentimiento. Cuando la notificación legal llegó a Hardwick Hall, Mark y Diana estaban listos para partir hacia Bristol a bordo de una de las embarcaciones del conde.

Mientras ella, junto a la barandilla, contemplaba los remolinos que trazaban las aguas turbias del río Avon, Mark la volvió hacia sí, para que lo mirara. Le cubrió la curva de las mejillas con sus dedos largos.

–Mi amor, lamento que se haya disuelto el matrimonio, pero ya sabíamos que iba a suceder.

Ella frotó las mejillas contra las palmas de las manos viriles.

–No son más que papeles..., certificados de matrimonio, anulaciones... No pueden declarar nulo nuestro amor.

Aunque Diana ponía su mejor cara a la adversidad, Mark quería distraerla.

–Después de comprar todo lo imaginable en los comercios de Bristol, creo que debemos ir a Londres. Podemos pasar allí tu cumpleaños, para que disfrutes de una pequeña revancha.

–¡Oh, Mark, sería perfecto! Iré a Grosvenor Square y tomaré de nuevo posesión de mi casa. ¿Vendrás conmigo?

–No me lo perdería por nada del mundo. Hasta el día de tu cumpleaños no cesarán de buscarte por doquier. Sólo tienen cuatro días para dilapidar tu fortuna. Seré tu sombra. Aunque ya no sea tu esposo, te aseguro que aún soy tu protector.

Aquella noche, mucho después de que Diana se acurrucara a dormir en sus brazos, Mark permanecía despierto intentando decidir cómo lograría que Richard Davenport le diera el consentimiento por escrito para que Diana se casara con él. El tío debía de hallarse en dificultades financieras, así que le vendría bien un soborno. Sin embargo, de ningún modo podía recompensar a un hombre que había internado a Diana en un asilo de dementes.

Podía forzarlo a punta de pistola, pero eso los expondría a un nuevo proceso ante los tribunales, y Diana ya había sufrido demasiado. Sencillamente, Mark tendría que obligar a esos buitres a recapacitar.

Bajó la mirada y contempló las largas pestañas de Diana, que estaba profundamente dormida. Ya tenía el ajuar de bodas y había escrito las direcciones en las invitaciones. Estaba ansioso por ver cómo esos ojos amatistas se tornaban violeta oscuro cuando él le propusiera matrimonio otra vez.

El día en que cumplía dieciocho años, Diana despertó en una gran cama del hotel Savoy, en Londres. Si la gerencia se hubiera enterado de que su matrimonio se había declarado nulo, jamás les habrían dado una *suite*, ni aunque él fuera el conde de Bath. Decidió vestirse de rojo para enfrentarse a sus tíos, ya que Prudence pensaba que una mujer respetable jamás debía usar ese color.

Diana se puso el vestido, se acomodó las plumas de avestruz del sombrero y eligió una sombrilla roja rematada con volantes, sólo por si llegaba a necesitar un arma.

Su primera parada fue en las oficinas de Chesterton y Barlow, donde estampó su firma en media docena de documentos legales; luego un pequeño carruaje los llevó a Grosvenor Square.

Los Davenport habían pasado la última semana en Bath. Cuatro días antes, cuando los tribunales habían anulado el matrimonio, se dirigieron a Hardwick Hall a recuperar la tutoría. Cuando Burke les informó de que lady Diana no se encontraba allí, perdieron un día entero intentando obtener una orden de allanamiento, pese a lo cual no consiguieron capturar a su presa.

Cuando Burke dio a entender que el pájaro había volado a Bristol, Prudence y Richard fueron en esa dirección, pero también resultó infructuoso. Evidentemente, el odioso Burke se reía de ellos a carcajadas. Ahora, cuando era ya demasiado tarde, ¡Diana tenía el coraje de entrar y hacer que el mayordomo la anunciara!

–Buenas tardes, Richard. Buenas tardes, Prudence. ¿Cómo anda esa cadera?

Los ojos del conde de Bath brillaron de placer al ver el modo en que Prudence abría la boca y enseguida la contraía en una línea fina y fruncida.

–¿Cómo tienes la audacia de exhibirte así, cuando eres el escándalo tanto de Londres como de Bath? –espetó la tía.

–Siempre me ha sobrado la audacia, Prudence –repuso Diana con una sonrisa–. Hiciste todo lo posible para reprimirme pero, como puedes ver, ninguna de tus insignificantes artimañas dio resultado.

Prudence levantó el mentón con arrogancia y la miró con su larga nariz bien alta.

–¡Al menos tengo la satisfacción de haber anulado tu matrimonio!

«Maldita seas, Prudence. Aún tienes la capacidad de herirme.»

–¿Podemos sostener unas palabras en privado, Davenport? –preguntó el conde con tranquilidad.

Cuando quedó a solas con Prudence, Diana decidió ocultar su vulnerabilidad.

–El matrimonio no es más que un pedazo de papel, que para mí carece de toda importancia.

Prudence sonrió de forma cruel.

–¡No cuando lo declara nulo un pedazo de papel más importante, llamado «anulación»!

–Ya que te fascinan los papeles, tengo uno para ti.

Diana buscó en su bolso y le presentó un documento.

–¿Una orden de desalojo? –gritó Prudence.

–No hay prisa. Hay tiempo hasta la medianoche para desalojar la casa.

–¡Maldita zorra! –exclamó la tía al tiempo que avanzaba con aire amenazador hacia Diana.

–Cuidado, Prudence, o te daré una de las inyecciones de Bognor.

–¿Qué?

–¡O, mejor aún, te meteré esta sombrilla en el culo y luego la abriré!

39

También el conde estaba divirtiéndose a expensas de Richard Davenport. Sostenía un manojo de documentos legales tan mortíferos como cualquier pistola.

Richard lo miró con cautela.

–Permítame satisfacer su curiosidad. Esta declaración autoriza una investigación a fondo de la administración de los bienes de lady Diana.

Richard empalideció.

–Esta otra lo acusa de secuestro ilegal; ésta, de confinamiento y reclusión ilícitos.

–La ley nos ampara, nosotros ostentábamos los derechos legales de la tutoría.

–Pero no una causa justa.

–La chica tenía un acceso de locura: creía que había retrocedido en el tiempo.

–Sólo usted, yo y el doctor Wentworth la oímos referirse a Aquae Sulis, y el doctor y yo lo negaremos.

–El doctor Bognor es testigo –replicó Richard.

–El doctor Bognor tiene más problemas que usted, Davenport. Temo que sus días como médico están contados, igual que los suyos como abogado. Ah, olvidaba mencionar esta declaración, que lo acusa de malversación de fondos. Usted es leguleyo, así que sabrá la condena que una acusación de estas características implica.

El rostro de Richard se tornó ceniciento; el hombre comenzó a transpirar. El conde dejó que sudara unos minutos.

–Quizá pueda convencer a Diana de que olvide presentar algunos de estos cargos... si ella fuera mi esposa.

Las manos de Richard temblaban.

–Prudence jamás dará su consentimiento de matrimonio por escrito.

–Por fortuna, el tutor legal de Diana es usted, no Prudence.

Cuando los caballeros se reunieron con las damas, Diana dijo con dulzura:

–No deberíamos entretenerlos más. Sin duda tienen bastante que empacar.

Prudence, vengativa hasta el final, replicó triunfante:

–Aún necesitas nuestro consentimiento para casarte, hasta que cumplas veintiún años. ¿Crees que podrás mantener tu posición de amante durante tres años más?

El corazón de Diana se contrajo de dolor; el de Richard se hundió de terror; el de Mark se hinchó de triunfo.

En el carruaje, de regreso al Savoy, la sonrisa de Diana no se eclipsó, pero Mark advirtió que no era tan radiante.

–¿Te gustaría salir esta noche a cenar para celebrar tu cumpleaños?

–Si no te molesta, Mark, prefiero una cena íntima.

–Ya la he encargado, de modo que no me molestará si nos quedamos.

Diana se bañó y eligió una bata blanca adornada con cintas doradas para destacar la gargantilla de lapislázuli azul intenso. Cuando salió del baño, la cena ya estaba servida. Levantó la pesada tapa plateada que cubría el primer plato y aspiró con placer. Mark había encargado para ella unas orquídeas divinas. Diana se refugió en los brazos del conde.

–Piensas en todo.

Los labios de él le acariciaron la frente.

–Regresemos a casa mañana.

Ella suspiró con anhelo.

–No es mi casa –dijo en voz baja.

Él le puso un papel en las manos.

–Pronto lo será.

Diana abrió el pliego de pergamino y leyó que Richard Davenport consentía el matrimonio entre lady Diana y Mark Hardwick, conde de Bath. De repente, reía y lloraba al mismo tiempo.

–¿De verdad me estás pidiendo que me case contigo?

–Será mejor que digas que sí, ya que esta tarde envié las invitaciones.

Un gesto de desilusión se dibujó en los labios de la joven.

–Oh, Mark, he causado tal escándalo que nadie aceptará la invitación. Me excluirán de la sociedad, y a ti junto conmigo.

–¡Qué disparate! La sociedad es cualquier cosa menos refinada. Soy un conde, por el amor de Dios. La gente se peleará por la oportunidad de ir a Hardwick Hall y se morirá por conocer a mi extravagante esposa.

–De veras sabías lo que quería para mi cumpleaños –admitió Diana.

–Eres tan transparente como el cristal veneciano, e igual de delicada y adorable. ¿Por qué no olvidamos la comida y vamos a la cama? –murmuró él.

–¿Estás loco? ¡Me muero de hambre! Primero quiero la cena, y luego te quiero a ti de postre.

–El placer demorado es el doble de apasionante. –Hundió un trozo de langosta en la mantequilla y se lo llevó a los labios–. Antes de que termine la noche complaceré todos tus sentidos.

Ella se lamió los labios.

–Eres endemoniadamente engreído.

Mark sonrió para sí.

Hardwick Hall se hallaba repleta de flores de primavera; la casa jamás había lucido tan deslumbrante.

La noche anterior, Mark y Diana habían intercambiado regalos de boda. Ella le compró un *gladius* romano magníficamente preservado, y él le regaló una gargantilla de diamantes con una flor de amatista en el centro, que hacía juego con sus ojos.

–Ah, olvidaba esto –dijo Mark al tiempo que sacaba una caja gigante que guardaba debajo de la cama.

Cuando Diana la abrió, se le anegaron los ojos de lágrimas. Había una túnica recta de color crema, que estaba confeccionada de una sola pieza, y un par de babuchas de cuero color crema con perlas incrustadas. El velo de boda era de seda china color fuego.

–Mark, prestas demasiada atención a mis historias.

–¿Por qué? Te amo por muchas más cosas que tu belleza. Tu inteligencia y tu humor me procuran placer.

Diana se preguntaba cuántos siglos le había llevado aprender a apreciar a una mujer por sus cualidades.

–¿Tienes el suficiente coraje para ponerte un velo de color rojo?

–¡Tengo suficiente coraje para lo que sea!

Ahora, sin embargo, frente al espejo móvil de cuerpo entero, y mientras Nora le ajustaba el velo a la cabeza con una corona de verbena, Diana no se sentía tan segura. La noche anterior creía que no habría invitados. Ahora sabía que hacía dos horas que no cesaban de llegar carruajes.

–Es demasiado tarde para que actúe como una respetable condesa, Nora. La clase alta ha venido a inspeccionarme, de modo que no voy a defraudarlos.

Un pequeño golpe en la puerta de la habitación les indicó la llegada de Burke para escoltarla hasta la capilla de Hardwick Hall. Todos los bancos estaban decorados con lirios. La pequeña capilla estaba repleta de invitados, cuyos rostros Diana apenas si distinguía. La única cara que conocía por completo era el semblante oscuro de su amado, que la esperaba en el altar.

Escuchó con atención cuando el sacerdote los unió en sagrado matrimonio, y se sorprendió cuando el novio le tomó la mano y dijo:

–Yo, Marco, te tomo a ti, Diana, como legítima esposa...

Cuando fue su turno, ella lo imitó.

–Yo, Diana, te tomo a ti, Marco, como legítimo esposo... –Cuando concluyó el tradicional juramento, añadió en voz baja–: ¿Serás mi *pater familias*?

Mark le estrechó las manos y le respondió que sería cualquier cosa y todo lo que ella quisiera de él. Cuando salieron de la capilla y los cubrieron de arroz, Diana guardó su secreto por última vez. Esa noche lo compartiría con su esposo.

El sol del atardecer era tan brillante que se abrieron las puertas para que los invitados pasearan por los jardines de la espléndida y antigua mansión isabelina.

Diana se sorprendió al ver que conocía a la mayoría de los invitados. Estaban el doctor Wentworth y su atractiva esposa, e incluso la dama Lightfoot, que había llegado con los Melbourne.

–¿Allegra no ha podido venir? –preguntó Diana con picardía.

–Vendrá más tarde, cuando la fiesta se vuelva más divertida y comience el baile –replicó la dama Lightfoot con expresión seria.

Lady Emily Castlereagh y su esposo, el marqués de Londonderry, que habían sido íntimos amigos de su padre, habían viajado a Bath junto con los Granville. William Lamb, uno de sus antiguos galanes, llegó con Caro Ponsonby, y Diana casi sintió pena al enterarse de que la pareja estaba comprometida. «Ella le dará una vida de perros. ¡Pobre William!»

La excéntrica condesa de Cork reinaba en el vestíbulo cuando Diana y Mark entraron a unirse a sus invitados. La mujer la acorraló contra la pared y con una mirada penetrante inquirió:

–Lady Diana, ¿dónde ha pasado todos esos meses en que la dábamos por desaparecida?

Se hizo un silencio en el cuarto mientras Diana elaboraba una respuesta ingeniosa.

–Ya sabe cómo son los hombres. Siempre salen de viaje antes de contraer matrimonio. Y bien, yo decidí que era una práctica injusta para el sexo femenino, así que me fui de viaje a Roma.

–Bien hecho, mi querida –aprobó la condesa, y el resto de las damas allí presentes votó también por la igualdad.

Mark abrió una caja de cigarros y se la ofreció al hombre que estaba parado junto a él.

–¿Les molesta si fumamos, señoras?

–Si lo compartimos, no –respondió Diana mientras tomaba un cigarro con actitud ostentosa.

Se produjo un silencio; luego la condesa de Cork tomó un cigarro, se lo llevó a la nariz y comentó:

–Mezcla turca. En realidad, prefiero los americanos.

Cuando Mark y Diana pasaron a la habitación contigua, ella le devolvió el cigarro.

–Te encanta escandalizar a la gente –la acusó él.

–En absoluto. Guárdalo y lo fumaré más tarde.

Cuando comenzaban a caer las sombras de la noche, Diana encontró a Mark entre el gentío.

–Iré arriba a quitarme el velo antes de que pasemos al salón de baile.

–Bien; tu cabello es demasiado hermoso para ocultarlo.

–Ha sido un día absolutamente perfecto. Mi corazón es tuyo.

Diana estaba ansiosa por bailar junto con su esposo en el espléndido salón de baile isabelino, mientras la música descendía flotando desde las galerías.

Mark le tomó las manos y se las llevó a los labios. Ansiaba besarle más que los dedos, pero estaba seguro de que si su boca comenzaba a explorarla no podría detenerse.

Diana se dirigió a la habitación de Mark, que antaño perteneciera a una reina y ahora era de ellos. Cuando se dio la vuelta, tras cerrar la puerta, miró directo a los ojos de Peter Hardwick. ¿Cómo diablos se había metido allí? Luego lo supo: se había escabullido por el pasadizo secreto, para que nadie se enterara de su presencia.

–Peter, ¿qué quieres?

–Eras demasiado fina para entregarte a mí. Tú y mi hermano conspirasteis para robarme las tierras y la fortuna de mi padre. Hasta que tú llegaste, yo era su heredero legítimo. Ahora él planea engendrar herederos en tu cuerpo. Pero yo lo tendré todo, y tú, mi hermosa perra, sólo obtendrás tu merecido.

–¡Petrio! –gritó Diana con horror.

–¡Te llevaré al tejado, de donde saltarás por tu propia voluntad! Nadie sabe que estoy aquí, y nadie lo sabrá jamás.

Cuando él se le abalanzó, Diana no perdió tiempo en gritar. Abrió la puerta mientras las manos crueles de Peter la aferraban posesivas. Logró soltarse retorciéndose con todas sus fuerzas. El velo rojo quedó en las manos de su agresor, pero Diana ya corría por el pasillo hacia la escalera. Peter la perseguía; lo oía respirar tras ella.

Entonces vio a Mark al pie de la escalera, con Charles Wentworth. Antes de que lograra gritar su nombre, sintió un empujón por detrás y comenzó a caer impotente por la escalera tallada.

Una expresión de horror se dibujó en el rostro de Mark al ver que Peter había empujado a su esposa por la escalera. Se inclinó y la levantó en brazos mientras el corazón le latía en los oídos. Era extraño que él sintiera temor, pero ahora intuía que había llegado su hora de desgracia, al buscar la cara de su amada.

–Estoy bien, Mark... ¡Era Petrio! –dijo Diana, jadeante.

Charles Wentworth la tomó de los brazos de Mark.

–Yo la atenderé... ¡Atrápalo!

Con instinto asesino que se reflejaba en sus ojos negros, Mark subió los escalones a grandes zancadas. Sin dudar, se dirigió a la habitación principal y al pasadizo secreto que daba al tejado. Cuando ambos eran niños, Peter había huido por allí en una ocasión en que le había hecho algo brutal a uno de sus caballos. En aquel entonces Mark no lo había atrapado, pero se proponía hacerlo ahora.

Peter se apretó contra la alta chimenea, entre la penumbra. Había planeado arrojar a Diana desde el tejado, pero aquello era incluso mejor. Mark era el verdadero obstáculo a su futuro. La sed de sangre creció en su interior; era la sensación más extática que jamás había experimentado.

Mark permaneció inmóvil hasta que sus ojos se adaptaron a la oscuridad. Su mirada recorría lentamente el tejado inclinado y la cornisa. Al no ver nada, comprendió que Peter debía de hallarse detrás de él, en el otro extremo, junto a la chimenea. Con suma cautela, caminó hacia el muro abierto, donde sabía que el hermano lo vería.

–Sal. –Fue una orden.

Por espacio de unos segundos que parecieron eternos no se produjo ningún ruido ni movimiento, nada. Entonces, de pronto, Peter se abalanzó sobre Mark a gran velocidad.

Los antiguos recuerdos inundaron la conciencia de Mark. ¡Petrio había envenenado a su padre y había hecho que Nerón convirtiera a Diana en una antorcha humana!

Los puños poderosos de Mark lo derribaron. Cuando Peter cayó de rodillas, de repente perdió el equilibrio y se desplomó hacia atrás sobre las piedras. El impacto fue mortal.

Mark observó el cuerpo sin vida de su hermano, desparramado en el suelo. Todo había sucedido demasiado rápido como para que Mark pudiera evitarlo. «¿Lo habría salvado, de haber tenido ocasión?» No podía responder con sinceridad, pero sabía que Peter era la reencarnación de un demonio y llevaba consigo las semillas de su propia destrucción. Después de todo, las ceremonias romanas exigían un sacrificio.

Mark encontró a Diana en su habitación, adonde el doctor Wentworth la había llevado para examinarla. Los ojos negros buscaron los de su amigo Charles y le sostuvieron la mirada.

–Diana se pondrá bien si guarda reposo unos días. Tuvo suerte de no perder al bebé.

Mark se sentó en el borde de la cama.

–¿De verdad estás bien? –Sentía una flojera interna.

–Era Petrio... –repitió Diana.

–Lo sé, mi amor. Ya no volverá a hacerte daño.

–Puede que sea muy malvado de mi parte, pero me alegra que haya muerto.

–Merecía morir. Se acabó.

Diana se llevó la mano de él a la mejilla y le besó la palma.

–Estás muy delgada. ¿Estás segura de que vas a tener un hijo?

–Segurísima.

Él le besó la frente.

–Descansa. Yo me encargaré de todo.

Cuando la puerta se cerró, Diana supo que aquel hombre era toda la protección que necesitaría siempre.

Una cálida noche de mayo, Diana y Mark se hallaban sentados cara a cara, sumergidos en una gran tinaja de porcelana.

–La piscina estará lista en un par de días. Podemos guardar esta tinaja vieja en el desván.

–Ni se te ocurra. Se ha convertido en mi preferida –dijo Diana al tiempo que los dedos de uno de sus pies recorrían la cara interna de los muslos fuertes y viriles de él. Los pies de Mark estaban aprisionados debajo de las nalgas de Diana, de modo que no podía moverlos.

–¿Te gustaría jugar a la esclava y el amo esta noche?

–¿Qué tal si jugamos al ama y el esclavo?

–¡Ni lo pienses! –Pero en el fondo de su corazón sabía que esa mujer lo había esclavizado.

–Negociemos –sugirió Diana mientras jugueteaba con los dedos del pie a una mínima distancia de su objetivo.

–Te permitiré que me llames Marco –la tentó él.

Diana adoraba tener la última palabra, y por suerte vivía con un hombre que se lo permitiría, por una vez en la vida. Con los ojos entrecerrados, murmuró:

–Obedeceré cualquier orden si usas el *gladius* que te compré –y subrayó su ofrecimiento con un sedoso deslizamiento de los dedos del pie.

Título de la edición original: *Enslaved*
Traducción del inglés: Rosa Corgatelli,
cedida por Ediciones B, S. A.
Diseño: Jordi Salvany
Fotografía de la sobrecubierta: © Jeanene Scott/Photonica

Círculo de Lectores, S. A. (Sociedad Unipersonal)
Travessera de Gràcia, 47-49, 08021 Barcelona
www.circulo.es
1 3 5 7 9 5 0 1 2 8 6 4 2

Licencia editorial para Círculo de Lectores
por cortesía de Ediciones B, S. A.
Está prohibida la venta de este libro a personas que no
pertenezcan a Círculo de Lectores.

Depósito legal: B. 47123-2005
Fotocomposición: PACMER, S. A., Barcelona
Impresión y encuadernación: Printer industria gráfica
N. II, Cuatro caminos s/n, 08620 Sant Vicenç dels Horts
Barcelona, 2005. Impreso en España
ISBN 84-672-1392-2
N.º 09886